La casa de la Riviera

VIDIS

HISTÓRICA

Es posible que de todo lo que despierta nuestra curiosidad,
nuestro pasado, sea lo más intrigante. Porque es real
aunque poco sepamos de esos hechos y de esas personas
que vivieron años o siglos antes que nosotros.

Nos fascinan las películas históricas porque durante dos horas
somos verdaderos testigos, vemos hasta el detalle
lo que pudo ser en un auténtico viaje al pasado. *Hemos visto:*
eso quiere decir VIDIS, nuestro sello de novela histórica.

Cada libro te transportará desde la Antigua Grecia
a la Segunda Guerra Mundial. Descubrirás hechos, personajes,
costumbres, tragedias y emociones que pudieron ser reales.
Si te llegan como un relato imaginario, es porque
la Historia, para ser contada, debe ser imaginada.

Cuando acabes la última página, sentirás que además
de haber recorrido un viaje lleno de aventuras,
emociones y puro entretenimiento, habrás
descubierto un episodio de la Historia que no
conocías y estarás feliz por haberte enriquecido.

Te damos la bienvenida a VIDIS,
sabemos que ocupará un importante lugar en tu biblioteca.

¡Que lo disfrutes!

Título original: *The Riviera House*
Edición original: En Australia y Nueva Zelanda por Hachette Australia y en Reino Unido por Little Brown Book Group.

Diseño interior: Florencia Couto
Diseño de cubierta: Laura Lagunas

Traducción: Carmen Bordeu
Corrección de estilo: Sara Moreno Yunta

© 2021 Natasha Lester

© 2021 Little Brown Book Group Limited

© 2025 Trini Vergara Ediciones
www.trinivergaraediciones.com

© 2025 Vidis Histórica
www.vidishistorica.com

ISBN: 978-84-19767-71-4
Depósito legal: M-26785-2024

Primera edición en España: marzo 2025
Impreso en Romanyà Valls S.A.
Printed in Spain · Impreso en España

LA CASA DE LA RIVIERA

Natasha Lester

Traducción: Carmen Bordeu

VIDIS

HISTÓRICA

*A mi padre, que no podrá leer este libro
y que tal vez no esté aquí cuando se
publique. Mereces paz y descanso. Espero
que lleguen pronto. Con todo mi amor.*

Y así llegamos a la parte que podría romperte el corazón. Por cierto, no soporto esos momentos, porque hay días más allá que ni siquiera yo puedo ver, y no siempre son días buenos o fáciles. Sin embargo, esto también es arte. Las cosas que reducen el corazón a cenizas.

Heather Rose,
El museo del amor moderno.

Primera parte

París, 1939-1941

CAPÍTULO 1

—Voy a llegar tarde —se quejó Éliane a Yolande con tono angustiado.

Sin embargo, a sus cinco años, a Yolande le importaban un bledo las obligaciones de Éliane. De hecho, a juzgar por sus puñitos cerrados, era evidente que se cernía una rabieta sobre los Dufort y que, a menos que Éliane encontrara algo más que un trozo de pan duro para desayunar, Yolande estallaría y Éliane se perdería su clase matinal en la escuela de arte.

—Tenemos hambre —protestó Angélique, quien seguía a Éliane en edad.

Éliane observó los rostros sombríos y silenciosos de sus hermanas. Jacqueline, de doce años, la miraba con ojos suplicantes, deseando que calmara el histrionismo de Yolande y el mal genio de Angélique. Ginette, de ocho años, bostezaba; el alboroto de voces ruidosas y hambrientas la había despertado.

Iba a llegar tarde. Pero no era culpa de sus hermanas que sus padres invirtieran cada franco disponible, incluido el salario entero de Éliane, en su *brasserie* agonizante y, por lo tanto, no hubiera comida en la casa. Se dio la vuelta y, a pesar del dolor casi físico que le producía el solo hecho de mirarlos, recogió todos sus pinceles de marta, los metió en una bolsa y le dijo a Yolande con voz firme pero amorosa:

—Te prometo que mañana desayunarás un cruasán. Pero solo si te vistes para ir a la escuela y dejas que Angélique te peine.

Yolande se puso de pie de un salto, el lloriqueo ya olvidado, y su melena rubia se agitó en consonancia con su ánimo renovado mientras se lanzaba hacia Éliane.

—*Merci* —susurró, con la cabeza hundida en la falda de su hermana mayor.

—Te quiero —respondió Éliane, y le acarició el cabello. Luego, mientras Angélique ayudaba a Ginette a encontrar sus zapatos, habló al oído de Yolande —: Angélique está asustada. Es el primer año que tiene que cuidarte. Ayúdala. Así verá que no tiene que preocuparse tanto por ti.

Y al despedirse de Angélique con un beso, le explicó:

—Yolande solo quiere que la quieran. Abrázala. Y se portará bien.

Solo habían pasado seis meses desde que Angélique había cumplido quince años. Su regalo había sido sustituir a Éliane en el supuesto privilegio de preparar a las niñas para la escuela, traerlas a casa al final del día, recoger las sobras de la *brasserie* para la cena, darles de comer y acostarlas. Yolande y Angélique seguían molestas por la ausencia de Éliane, que ahora pasaba esas horas en el trabajo.

Por suerte, Ginette y Jacqueline solo necesitaron un abrazo y un beso y Éliane pudo marcharse. Bajó ruidosamente la escalera de caracol desde el apartamento en el tercer piso hasta la *Galerie* Véro-Dodat, un otrora magnífico pasaje cubierto de la *belle époque*. Estaba flanqueado por tiendas antaño espléndidas, pero ahora casi vacías, con frentes de caoba y separadas por columnas de mármol resquebrajadas y querubines aún alegres, a pesar de que a la mayoría le faltaba al menos un dedo del pie, si no una pierna entera. El olor a café rancio que emanaba del restaurante de sus padres se asentaba alrededor de los globos de las viejas farolas de gas y hacía que cualquier cliente lo bastante insensato como para aventurarse en la *galerie* saliera huyendo con el paladar inmaculado.

Una vez en la calle, continuó hacia el Museo del Louvre, donde estudiaría y trabajaría, liberada de sus hermanas. El viaje le hizo sentir la ligereza del alivio, pero también la pesadez de la pérdida, ya que Angélique era ahora la receptora de todos los abrazos, besos y pequeños gestos de cariño. Éliane esperaba que su hermana supiera apreciar esas demostraciones de afecto.

En el Ala de las Flores, el ala del Louvre que se extendía a lo largo del río, Éliane corrió hasta la Escuela del Louvre. Tomó asiento en el auditorio y buscó a su hermano Luc por entre las filas de estudiantes, pero mientras que el alma de Luc era devota del arte, su cuerpo rendía culto en los cafés de Montparnasse, y otra vez estaba ausente.

Monsieur Bellamy empezó a hablar de los pintores italianos del Renacimiento y Éliane se concentró en mujeres de cabello largo y voluptuosas, en querubines con todas las partes del cuerpo intactas y en un claroscuro de castigos religiosos. Al mediodía, abandonó el edificio, ya que no podía asistir a las clases de la tarde porque su familia necesitaba el dinero de su trabajo. Antes de entrar en el museo propiamente dicho y tomar asiento en la recepción, dispuesta a orientar a los visitantes hacia la *Venus de Milo* y *La Gioconda*, fue a ver a monsieur Jaujard, director de Museos Nacionales. El director le había permitido continuar en la escuela a pesar de que no podía pagar sus estudios ni asistir a clase durante todo el día.

—Monsieur —preguntó con cortesía—, ¿sabe usted dónde puedo vender mis pinceles? —Los sacó de la bolsa, negándose a mirar los últimos restos de su sueño infantil de convertirse en una pintora—. Son de buena calidad, de marta, y tal vez le sirvan a un estudiante nuevo.

Monsieur Jaujard estudió sus tesoros y evitó amablemente mirarla a la cara, que ella sabía que estaba enrojecida tanto por la vergüenza de pedir otro favor como por la pérdida.

—Déjemelos. Conozco a un joven que podría pagarle un buen precio.

—Gracias —susurró ella, y se obligó a entregar los objetos pensando en la cara que pondría Yolande mañana cuando desayunara cruasanes en lugar de pan duro.

Poco antes de la hora de cierre del museo, monsieur Jaujard apareció con un sobre que le entregó a Éliane.

—Para usted.

Ella lo abrió y descubrió al menos el doble de lo que había esperado obtener. Ahora fueron las mejillas de monsieur las que se sonrojaron cuando ella se lo agradeció efusivamente. A continuación, Éliane se marchó del museo: sabía que tenía que gastar el dinero esa tarde o su padre y sus amigos se lo gastarían en bebida en la *brasserie*.

Fuera, el silencio reinaba en las calles; las ambiciones desconocidas de Hitler se cernían como un manto sobre París. Éliane entró en La Samaritaine y encontró dos sujetadores baratos pero adecuados para Jacqueline, quien necesitaba un sujetador desde hacía varios meses. Aun cuando el agotamiento de trabajar dieciocho horas al día en la *brasserie* le hubiera permitido a su madre advertir el desarrollo físico de su hija, no había habido dinero para hacer nada al respecto. Después de pagar la ropa interior, las vueltas le alcanzaban para comprar cruasanes.

Se encaminó hacia su casa con una sonrisa, pues sabía que sus bolsas contenían mercancías y felicidad para sus hermanas, hasta que alguien que llevaba dos máscaras antigás apareció en la acera frente a ella. Éliane apartó la vista. Pero al otro lado de la calle había otro parisino que cargaba objetos igual de inquietantes.

Hitler no atacaría Francia. Ya había invadido bastante parte de Europa. De todos modos, detuvo su paso y se quedó mirando las bolsas en sus manos. Un sujetador aliviaría la creciente vergüenza de Jacqueline por su cuerpo cada vez más curvilíneo; una máscara antigás podría salvarle la vida.

—¡Éliane!

Un brazo le rodeó los hombros y, junto a ella, en la acera, estaba su hermano Luc. Un año mayor y tan rubio como ella, sonreía de esa forma que siempre la hacía sonreír.

—¿Te acuerdas de mi amigo Xavier? —empezó Luc mientras encendía un cigarrillo y hablaba con él en la boca, con el brazo aún sobre los hombros de ella, de modo que Éliane tuvo que levantar la mano para proteger la brasa del viento—. Fue al colegio conmigo un par de años antes de que su familia regresara a Inglaterra.

Éliane recordó vagamente a un niño de cabello oscuro, nacido en Francia, pero que había vivido casi siempre en Inglaterra y que solía estar en el apartamento varias tardes a la semana después del colegio muchos años atrás. Era un par de años mayor que Luc, pero Luc había decidido que este Xavier iba a ser el próximo Picasso y le había obligado a que le diera clases de pintura. Poco importaba que se supusiera que Luc debía ayudar a Éliane a cuidar de las niñas; se quedaba pintando hasta la hora de la cena y retiraba todas las pruebas antes de que su madre subiera a arroparlos, momento en el que Xavier ya se habría ido. Había sido un secreto, como el propio deseo de Éliane de ser pintora, algo de lo que solo se hablaba por la noche, en ausencia de los padres, sentados en el último escalón fuera del apartamento, café en mano.

—Me lo he encontrado hoy —continuó Luc—. En Montparnasse. Iba a ver a Matisse. ¡A Matisse!

—¿A Matisse? —repitió Éliane, riéndose ahora del

entusiasmo de su hermano—. Entonces debe de haber cambiado mucho desde la última vez que lo vi. Solía usar esos pantalones cortos ingleses espantosos...

—Ya no me valen —irrumpió una voz por detrás.

Luc se rio como si Éliane hubiera dicho algo muy gracioso y Éliane se volvió para ver a un *homme* de cabello oscuro con manchas de pintura en los dedos. Llevaba un traje en lugar de pantalones cortos, las mangas de la camisa remangadas y una chaqueta colgada del hombro como un hombre adulto.

—¿Eres Xavier? —preguntó, incrédula.

Él asintió.

—Y tú debes de ser Éliane. Aunque creo que nunca te he visto sin al menos una hermana en brazos.

—Ahora las cuida Angélique. —Mientras hablaba, tomó conciencia, casi por primera vez en su vida, de lo sencillo que era su vestido. Lo había hecho con un retazo de tela pensando que imitaba un vestido de día de Lanvin que había visto en un catálogo, pero ahora se le antojaba como un intento infantil de jugar a disfrazarse.

Xavier, a pesar de toda la pintura en las manos, parecía al menos cinco años mayor que ella, aunque Éliane sabía que solo tenía veintitrés y ella veinte.

De repente, todas las campanas de las iglesias de París empezaron a repicar y Éliane se espabiló.

—Llego tarde —dijo por segunda vez aquel día—. Dale esto a Jacqueline. —Tendió la bolsa a Luc—. Tendré que ir directamente a la *brasserie*, de lo contrario...

Se interrumpió, pero se llevó una mano a la mejilla.

—Ve —la urgió Luc.

Pero él y Xavier caminaron casi tan rápido como ella y eso significó que vieron lo que pasó: la pregunta iracunda de su padre, a pesar de que solo eran las seis y cinco.

—¿Dónde estabas?

—Comprándole un sujetador a Jacqueline, ya que nadie más lo hace —replicó ella. Su padre la golpeó con fuerza.

Por el rabillo del ojo, vio que Xavier ponía una mano en la puerta de la *brasserie*. Éliane contuvo la respiración hasta que Luc lo apartó de un empujón para que subieran las escaleras hacia el apartamento, donde Xavier vería que gran parte de los muebles habían desaparecido, vendidos para pagar las deudas de su padre, salvo lo imprescindible: camas, una mesa, un sofá y seis sillas.

Su madre salió de la cocina al oír el golpe, cruzó su mirada con la de su hija y se encogió de hombros con empatía.

Ojalá Éliane pudiera permitirse el lujo de un dolor de cabeza.

***

Éliane dobló servilletas hasta que hubo alguien a quien atender. Los clientes eran escasos, y como dos mesas estaban ocupadas por los amigos de su padre, que estaban allí por el importante descuento en el vino, Éliane supo que pasaría mucho tiempo antes de que pudiera ser estudiante a tiempo completo en la Escuela del Louvre. Si es que alguna vez sucedía.

Cerca de las ocho y media, vio a Angélique en el *passage* haciéndole señas. Se escabulló.

—¿Qué pasa?

—Yolande no encuentra su muñeca. Esa con la que le gusta dormir.

Éliane cerró los ojos y trató de pensar. No había muchos sitios donde esconder nada en el desangelado apartamento.

—Y también me faltan los guantes —añadió Angélique en voz baja—. Los que me regalaste para mi cumpleaños.

Las dos miraron hacia la cocina, donde su padre estaba preparando los pedidos.

Los ojos de Éliane se clavaron en los de su hermana.

—Tal vez no los ha vendido todavía. Tal vez pueda encontrarlos.

—Yolande no dormirá sin su muñeca.

Su hermana, por lo general muy combativa, habló con resignación. Éliane la atrajo hacia sí y la besó en la frente; comprendía el esfuerzo que estaba haciendo Angélique para pensar en la muñeca de Yolande y no en sus preciosos guantes.

—Dale a Yolande algo mío para dormir —respondió, pues sabía que una Yolande insomne crisparía los ánimos de todos—. Y puedes quedarte con mis guantes.

Angélique la apretó con fuerza y, por millonésima vez en sus veinte años, Éliane deseó poder coger a todas sus hermanas y huir. Sabía que podía hacer algo mejor que un padre en bancarrota y una madre agotada, ¿no? Frunció el ceño al observar a Angélique subir las escaleras. Tal vez había llegado el momento de abandonar la escuela de arte y trabajar también por las mañanas en el Louvre.

Los minutos pasaron con lentitud. A las diez en punto, se oyó el tintineo de la campana de entrada y Éliane, que había estado esperando ansiosa para cerrar, se volvió hacia la puerta con una sonrisa falsa en el rostro.

Xavier estaba de pie allí.

—Esperaba poder beber una copa de vino —declaró, con el acento de su lengua materna inalterado por su estancia en Inglaterra.

—Luc no está —contestó ella.

Sabía que su hermano estaría en Montparnasse, bebiendo vino también y fingiendo que visitar los cafés frecuentados por los artistas de la Escuela de París lo convertía a él también en un artista. Éliane esperaba que Xavier estuviera con él.

—He estado dos horas en Montparnasse escuchando a

Luc hablar de musas con una modelo artística. Buscaba un sitio menos ruidoso.

Éliane gesticuló hacia la cantidad de sillas vacías.

—Bueno, pues has encontrado el restaurante más tranquilo de París.

Él se rio.

—No creo que sea el mejor eslogan para atraer clientes, pero es justo lo que quiero.

Ahora la sonrisa de Éliane fue real. Lo guio hacia una mesa y le sirvió un vino.

Xavier echó un vistazo a la cocina, donde su padre cantaba una canción obscena con voz achispada.

—¿Puedes sentarte?

Éliane asintió.

Xavier le pasó la copa de vino.

—Es para ti.

—Gracias —dijo ella. Mientras daba un sorbo, sintió que desaparecía el cansancio que arrastraba en los pies—. ¿Estás de vacaciones en París? —preguntó, de repente curiosa por saber más de aquel hombre que la invitaba a beber vino y le había pedido que se sentase—. Es un momento complicado para estar aquí.

Junto a ellos, el titular de un periódico anunciaba la inquietante noticia de que la Unión Soviética había firmado un pacto de no agresión con los nazis. Éliane lo apartó de un codazo.

—Estoy aquí justamente porque es un momento tan complicado. —Xavier se reclinó en la silla y ella no pudo evitar preguntarse por qué había ido a verla a ella, la hermana de su amigo, que no había tenido tiempo de retocarse el pintalabios en todo el día y vestía un simple vestido de algodón y quizás una mejilla roja por el golpe violento de su padre.

—No sé si sabes que mi padre tiene una galería de arte

aquí —continuó él—. También tiene una en Londres y otra en Nueva York.

Éliane esbozó una sonrisa irónica.

—Me imagino que en ese entonces debía estar demasiado ocupada gritándole a las niñas mientras tú se lo contabas a Luc.

Xavier volvió a sonreír y ella descubrió que era incapaz de apartar la mirada de sus ojos, que eran de un castaño oscuro, un tono que no estaba segura de que existiera en un tubo de pintura y que podría ser demasiado difícil de lograr incluso combinando otros colores. Era como la luz del sol de la mañana bailando sobre bronce.

—No recuerdo mucho de tu familia, pero recuerdo que tú nunca gritabas —continuó.

Éliane se puso de pie para coger otra copa del estante. A pesar de que su plan había sido barrer el suelo e irse a la cama, ahora no estaba cansada.

—Enseguida vuelvo.

Asomó la cabeza por la puerta de la cocina y se dirigió a su madre.

—Yo me ocuparé de cerrar. Hay un último cliente. Pero no quiere comida.

Su padre refunfuñó, se quitó el delantal y abandonó el lugar sin esperar a su madre, que besó las mejillas de Éliane antes de marcharse. Luego Éliane volvió junto a Xavier con una botella de vino, le sirvió una copa y el eco de su suspiro de alivio resonó en el restaurante ahora vacío.

—Lo siento —se disculpó—. No estoy acostumbrada a estar aquí sin hacer nada. —Xavier dio un sorbo a su vino y la estudió como si fuera un retrato digno de contemplación—. ¿Sigues cuidando a tus hermanas? Luc dijo que estudiabas en la escuela con él. Y que trabajas en el Louvre, además de trabajar aquí. Pero creo recordar que solías pintar. Como Luc.

Éliane soltó una risita breve.

—No como Luc, no —fue todo lo que dijo.

Xavier esperó. Éliane tragó el vino, hizo girar la copa y estudió las viejas marcas de vino tinto sobre la mesa.

—Solía pintar —aventuró con cuidado—. Pero los lienzos son caros. Y necesitas tiempo para practicar. Ahora solo voy a clases de Historia del Arte. Por la mañana. Solo hasta que empieza mi turno en el Louvre.

—¿Todavía tienes alguna de tus obras? —Xavier inclinó la cabeza hacia abajo para intentar que ella levantara los ojos de la mesa y lo mirara.

Ella se permitió hacerlo.

—Tuve que volver a pintar los lienzos de blanco y venderlos —explicó con sencillez. Ahora se sorprendió observándolo con atención.

El cabello y los ojos oscuros y la camisa azul y el cuerpo fornido lo hacían guapo, pero lo que lo hacía casi imposiblemente atractivo era su actitud. Si su padre poseía galerías de arte en todo el mundo y Xavier se juntaba con artistas como Matisse, entonces tenía dinero y poder y, desde luego, su porte y su vestimenta sugerían la confianza y la seguridad en sí mismo de alguien que era consciente de su lugar en el mundo. Pero en lugar de contarle historias sobre artistas célebres, le preguntaba por sus obras.

Era tan embriagador —su amabilidad, la calidez y el interés genuino que brillaban en sus ojos— que ella apartó la copa de vino, sin necesidad de embriagarse más.

—Estabas hablándome de la galería de tu padre —lo animó, deseosa de saber más sobre él.

—Acabo de terminar la carrera de Derecho —precisó Xavier—. Fue un acuerdo con mi padre: yo iría a Oxford y él me dejaría tener lo que él llama mi última aventura romántica con el óleo y los lienzos: un año en Francia para aprender de él el negocio de las galerías y pintar en mi tiempo libre. —Sonrió con pesar al ver la paleta de azules en su mano derecha—. Luego me quedaré en París para hacerme cargo de los intereses europeos en la galería y mi padre se ocupará de Norteamérica e Inglaterra. Con Hitler tan impredecible, tenemos que estar aquí para asegurarnos de que todo esté a salvo en caso de que... —Hizo una pausa.

—¿Crees que habrá guerra? —preguntó ella con tono sombrío.

—No lo sé.

Éliane se inclinó hacia delante, atenta a la conversación. Era un tema en el que sus padres parecían totalmente desinteresados, del que Luc se reía y que ella no quería tocar con sus hermanas por temor a asustarlas.

—Espero que Hitler piense que ya ha hecho bastante —agregó Xavier—. Tiene Austria, tiene Checoslovaquia; ahora tiene una alianza con Rusia. Y ha expulsado de Alemania y de sus tierras conquistadas a todos los artistas judíos o que no pintan exactamente lo que él quiere, o se ha asegurado de que no vuelvan a trabajar. No se limita a apoderarse de las naciones, sino que también destruye su arte y su cultura.

—No había pensado en eso —admitió Éliane con lentitud—. En cómo algo como la guerra puede afectar al arte. Lo cual es una tontería, porque basta con echar un vistazo a la historia para darse cuenta de que cuando los países se pelean, la gente no es la única que sufre.

—Todo sufre cuando el poder y el dinero están al alcance de hombres codiciosos. Y estoy empezando a creer que hay más hombres codiciosos que decentes. —Xavier dio un sorbo a su vino y meneó la cabeza—. Lo siento. No era mi intención venir aquí y ponerme melancólico. Vine porque...

La miró con aquellos ojos, tan sorprendentes como el claroscuro de un cuadro de Rembrandt, luego parpadeó y ella sintió como si le hubiera arañado el corazón con las pestañas.

—… quería hacerte sonreír —añadió, sin apartar la mirada, sin avergonzarse del interés que sus palabras implicaban—. Como le sonreíste a tu hermano esta tarde en la calle. Tienes una sonrisa hermosa.

Éliane no pudo evitarlo. No solo su boca, sino todo su rostro se iluminó con una expresión de felicidad, que Xavier le devolvió. No pronunció las palabras, aunque quería hacerlo: "Tu sonrisa también es hermosa".

CAPÍTULO 2

DE CAMINO AL TRABAJO, ÉLIANE VEÍA CADA VEZ MÁS gente comprando máscaras antigás y linternas. Luego, sentada en el escritorio del Louvre, su mente iba y venía entre los titulares de los periódicos que afirmaban que Bélgica y los Países Bajos habían movilizado tropas para defenderse de las probables ambiciones de Hitler. Y a Xavier, a quien había visto todas las noches en la última semana, siempre después de las diez, cuando cerraba el restaurante y podían beber una copa de vino y hablar.

Le había contado cosas que nunca había dicho en voz alta, cosas poco leales sobre su familia, y sobre Luc. Como que la ausencia perpetua de su hermano de la Escuela del Louvre, donde se suponía que estudiaba y por lo cual sus padres lo dispensaban de trabajar, a veces la enfadaba mucho, o que tal vez envidiaba no tener ella esa posibilidad. Si tuviera tiempo de sentarse en un café de Montparnasse durante todo el día y toda la noche, obtendría algo más que dolores de cabeza por exceso de vino y habladurías.

—No me hago ilusiones sobre mi talento como pintora —había confesado con los ojos fijos en la copa y no en la cara de Xavier, que delataba una compasión que le daba ganas de llorar—. No tener el tiempo para dedicar a la pintura y los lienzos significa que nunca podría desarrollar el poco talento que pueda tener. Pero escribir sobre arte y estudiar arte durante todo el día, en lugar de solo por las mañanas en la escuela, sería...

Se interrumpió, y se ruborizó al darse cuenta de que había abierto su corazón, aunque casi no conocía al hombre que tenía enfrente. Salvo que dejaba a Luc y Montparnasse cada noche para venir a sentarse con ella.

—¿Sería qué? —la instó él con voz suave—. ¿Una nota maravillosa en un día marcado desde el amanecer hasta la medianoche por el trabajo y las responsabilidades familiares?

Éliane sintió como si estuviera traicionando a toda su familia, incluidas sus hermanas, que no tenían la culpa, cuando por fin alzó la vista y respondió:

—Sí.

—Lo siento —le dijo él.

Ante la inutilidad de su deseo, a Éliane se le escapó una lágrima. Xavier la había observado caer, con los puños apretados y el ceño fruncido, como si él también deseara que ella tuviera ese futuro imposible.

Un visitante del museo que necesitaba información la arrancó de sus pensamientos y la llevó de regreso al Louvre. Después de darle las instrucciones para llegar a la galería de las esculturas, su mirada inquieta se posó en el cuadro *La batalla de San Romano* de Uccello. Un caballo negro salvaje con las patas alzadas, listo para el ataque, ocupaba un primer plano entre lanzas rojas que presagiaban lo que iba a ocurrir.

Se estremeció. El arte no siempre era placentero, a veces proclamaba una verdad demasiado profética.

—Mademoiselle Dufort. —El alto y solemne monsieur Jaujard se erguía ante ella con el rostro tan serio como un retrato renacentista—. A partir de mañana, el museo permanecerá cerrado durante tres días por reparaciones esenciales —le comunicó—. Necesito la mayor ayuda posible. ¿Podrá usted venir? ¿Y su hermano?

—*Bien sûr* —accedió Éliane—. Y tengo otro amigo que es pintor y tiene una galería.

—Por favor, pídale que venga también.

Antes de que pudiera preguntar nada más, monsieur Jaujard se acercó a una de las voluntarias de la galería y mantuvo con ella otra breve conversación.

Éliane se sentó en su silla. El Louvre estaría cerrado durante tres días. Era inaudito.

La feroz manada de caballos en un cuadro más allá tembló, como dispuesta a abalanzarse sobre el vestíbulo. Un grupo de personas entraron en el museo hablando en voz alta sobre los alemanes y Hitler.

Sería imposible fortificar el museo adecuadamente en solo tres días. ¿Qué pretendía hacer monsieur Jaujard?

***

Cuando Éliane, Xavier y Luc llegaron al Louvre al día siguiente, se encontraron con al menos doscientas personas allí reunidas: estudiantes, empleados, las mujeres que trabajaban en los Grandes Almacenes del Louvre, los hombres del gran almacén La Samaritaine.

—Estamos trasladando las obras de arte para ponerlas a salvo. Una bomba bien dirigida y... —Monsieur Jaujard no terminó la frase antes de que un escalofrío recorriera la multitud—. Pero las bombas no son lo único que me asusta.

Su voz resonaba con solemnidad en el museo.

—Adolf Hitler está librando una guerra contra la civilización. En un mitin en Munich, proclamó con desprecio que "dirigiría una guerra de exterminio implacable contra los últimos elementos que han desplazado a nuestro arte". Ha demostrado, en Alemania, Austria y Checoslovaquia, que destruirá todas las obras que considere degeneradas, a todos nuestros grandes impresionistas y cubistas. Ha demostrado que se apoderará de todo lo que se ajuste a su estrecha definición de "arte": nuestros Rubens, nuestros Tizianos, nuestra *Mona Lisa*. Rezo para que nunca entre en el Louvre. Pero si lo hace, encontrará poco de valor aquí para destruir.

Éliane miró a Xavier mientras todos a su alrededor vitoreaban. Ella no podía hacerlo. No porque no estuviera de acuerdo con monsieur Jaujard. Sino porque nunca había imaginado que la situación fuera tan desesperada.

Los cuadros irremplazables no se mudaban nunca de lugar a menos que se previera una catástrofe. Ahora comprendía cuál era la intención del pacto de no agresión germano-soviético: los nazis avanzarían a Francia.

Vendrían a por Angélique, Jacqueline, Ginette y Yolande. A por este museo y todo su arte, a por ese gran tesoro intangible que te podía hacer llorar o apartar la mirada o revelarte de repente el concepto del asombro. Éliane lo había visto, había sido testigo del cambio en el rostro de un visitante del Louvre cuando una obra de arte lo conmovía y le erizaba la nuca y el espectador se estremecía, asombrado, y nunca volvía a ser el mismo.

¿Quién podría ser el mismo después de esto?

Y entonces comenzó. Los hombres acarrearon maderas, guata de algodón, sacos de arena, cilindros, todos los materiales de embalaje y protección imaginables, a la galería principal. Monsieur Jaujard supervisó la retirada de las vidrieras del museo. Algunos alumnos de la escuela quitaron cuadros de las paredes. A Xavier se le encomendó que ayudara a codificar las cajas para mantener su contenido en secreto: *MN* por Museos Nacionales, seguido de letras que indicaban a qué departamento pertenecía la obra y, a continuación, el número individual de la obra. Las secretarias redactaban listas con rapidez y por cuadruplicado en las que asignaban un número a cada cuadro. El martilleo sobre los clavos que se hundían en las cajas retumbaba con insistencia.

Luc, que tenía la sensibilidad de un pintor y, por lo tanto, era de fiar para un trabajo tan delicado, debía sacar los cuadros más grandes de los marcos, enrollarlos con cuidado en tubos de cartón y luego introducirlos en cilindros.

Monsieur Jaujard le dio a Éliane una lista de obras y hojas con círculos de colores.

—Debes colocar los círculos amarillos en las cajas que contienen la mayoría de las obras. Los verdes son para las obras más importantes. Dos círculos rojos para las que no podríamos imaginar perder nunca. Y tres círculos rojos para el único cuadro en todo el mundo que hay que salvar —concluyó.

—*La Gioconda*.

—*Oui*.

Después de pegar los círculos en las cajas que contenían las joyas de la corona francesa, reliquias egipcias de miles de años de antigüedad y una columna de roble con el enorme *Las bodas de Caná* enrollado en su interior, Éliane fue una de las pocas personas presentes cuando la *Mona Lisa* fue retirada de la pared. Vio cómo la guardaban en una caja de embalaje de álamo forrada de terciopelo rojo, sobre la cual colocó tres círculos rojos. También estuvo presente cuando monsieur Jaujard escribió una nota a Pierre Schommer, quien recibiría este insólito cargamento en el castillo de Chambord, designado centro temporal de *triaje* de siglos de arte de incalculable valor.

La caja de *La Gioconda*, a diferencia de las demás, solo llevaba las letras MN. En la carta escrita a Schommer, monsieur Jaujard le pedía que, al recibirla, añadiera las letras LPO en rojo para completar el código. Solo la caja marcada de ese modo contendría la verdadera *Mona Lisa*.

"Lo recordaré", pensó Éliane. Podría ser importante.

Al anochecer, vio cómo la *Mona Lisa* escapaba con el primer convoy de camiones. Sintió que Luc se deslizaba a su lado, observando también.

—No puedo ir a servir vino a los amigos de papá ahora— comentó ella, aunque sabía que su padre la castigaría por faltar a su turno en la *brasserie*.

—No —convino Luc, inusualmente serio—. No puedes.

Cuando volvieron a entrar, estudiaron el palacio casi vacío. Las obras de arte barroco habían dejado rectángulos blancos de pintura descolorida en las paredes, los pedestales se erguían sin propósito y las grandes galerías resonaban con gritos como si se tratara de una estación de tren en vez de un lugar de contemplación y belleza. Éliane intentó imaginar un mundo sin París como su corazón. Era imposible.

Le pareció ver que Luc parpadeaba, al igual que ella, pero luego él se alejó hacia el polvo que brillaba en el aire como lágrimas.

Cerca del amanecer, la *Victoria alada de Samotracia*, de casi seis metros de altura y compuesta por ciento dieciocho piezas de mármol, fue trasladada desde su ubicación habitual en lo alto de la escalera Daru. Esa mañana, brillaba con sus alas de alabastro extendidas, una diosa que les recordaba que las batallas se podían ganar y que los humanos no solo libraban guerras, sino que también hacían cosas magníficas.

Las sogas que sujetaban la estructura de madera que rodeaba la estatua fueron izadas, las poleas giraron centímetro a centímetro y la *Victoria* se elevó en el aire. La bajaron y la depositaron sobre una rampa construida sobre la escalera y, una vez allí, treinta toneladas de estatua iniciaron su descenso.

Algunas personas volvieron la cabeza y se taparon los ojos. Éliane contuvo la respiración. Xavier estaba de pie junto a ella y, durante todo el tiempo prolongado, lento e interminable que se tardó en bajar a la *Victoria* cincuenta y tres escalones, Éliane pudo sentir el corazón acelerado de él. Los gritos ahogados de la multitud magnificaban cada balanceo, cada tambaleo.

La *Victoria* no podía caerse.

Algo tocó su mano. Los dedos de Xavier se entrelazaron con los suyos. Ella los aferró con fuerza.

Solo tres escalones más. Dos. El último escalón.

Por fin, la estatua llegó a salvo al pie de la escalera. No se había roto en mil pedazos.

El suspiro colectivo de los espectadores fue el sonido más dulce del mundo, como un himno entonado una y otra vez que retumbó en las paredes de piedra de la sala vacía.

—Quiero creer que es una promesa —dijo Éliane a Xavier con un gesto de su cabeza hacia la diosa exultante—. Que la guerra no llegará y que nadie morirá.

—Es mi mismo deseo —replicó él. No le había soltado la mano.

Sin embargo, alrededor de ellos, parecía que la guerra ya había empezado: los sacos de arena se amontonaban contra las estatuas demasiado grandes para poder ser movidas, trozos de madera yacían esparcidos como restos de una explosión y la gente pasaba con rostros adustos.

Y de repente supo —del mismo modo que presentía cuando Yolande estaba enferma y se despertaba en mitad de la noche para palpar la frente de su hermana— que la promesa que deseaba no se cumpliría. La guerra iba a llegar. Era solo una cuestión de cuándo lo haría. Y de si alguno de ellos podría, más adelante, observar la *Victoria* volver a subir la escalera intacta, viva y victoriosa.

***

Monsieur Jaujard sugirió a los que habían estado allí

toda la noche que se tomaran un descanso. Luc desapareció para visitar a su última amada y Xavier y Éliane se marcharon juntos del museo, aún tomados de la mano.

Atravesaron el jardín de las Tullerías, cruzaron la plaza de la Concordia y entraron en el jardín de los Campos Elíseos. A su izquierda, el Sena serpenteaba entre los edificios y, en algún lugar, una escoba raspaba los adoquines. El sol salía como una bendición, los castaños levantaban sus brazos exultantes hacia el cielo y los pájaros entonaban serenatas, acompañados por la suave percusión de las fuentes. Hasta las flores bailaban al compás. Era la clase de día otoñal que resultaba casi demasiado hermoso —la naturaleza demostraba que era capaz de crear la obra de arte más grandiosa de todas— y envalentonó a Éliane a formular una pregunta que había querido hacer, pero que había temido que fuera demasiado íntima. Pero la piel de Xavier en contacto con la de ella, sus cuerpos uno junto al otro en vez de a través de una mesa y los ojos de él clavados en su rostro transmitían muchas cosas privadas y personales y le hacían sentir que algunas partes de Xavier podrían ser solo para ella.

—¿Me enseñarás tus cuadros? —aventuró—. Si es que no te has cansado del arte después de lo de anoche.

—Nunca me cansaré del arte. —Le apretó la mano con más fuerza.

Pronto llegaron a la rue *La Boétie* y Xavier empujó la puerta de una galería llamada Laurent.

—Ahí estás —gritó un hombre que parecía una versión mayor de Xavier: alto, cabello negro entrecano, distinguido.

—Ella es Éliane Dufort —la presentó Xavier—. Y él es mi padre, Pierre Laurent.

—Por fin —exclamó el hombre, y le estrechó la mano con amabilidad—. Tengo entendido que aprecias el arte. ¿Te gustaría echar un vistazo?

Señaló las paredes sobre las que se desplegaba una

exhibición vívida y sensual de mujeres semidesnudas recostadas en sofás o sillas, rodeadas de llamativos papeles pintados, jarrones rebosantes de flores y telas con estampados de arcoíris. Después de la extraña noche vaciando el museo, ver tanto color y tanta luz era como ingerir vida.

—*Las odaliscas* de Matisse —precisó ella, y se acercó a las pinturas.

—Una mujer que conoce a sus artistas —comentó Pierre con aprobación.

Y luego se esfumó, como el aguarrás en la pintura, y dejó que Xavier y Éliane se abrieran paso entre los rojos, los azules y los verdes esmeralda intensos.

—Es el mismo color de tus ojos —dijo Xavier refiriéndose a ese último tono, que relucía como la seda en unos pantalones pintados—. No siempre —se corrigió—. No cuando estás trabajando en el restaurante. Pero sí en este momento.

—Porque estoy contigo. —La verdad era demasiado difícil de contener.

Los ojos de Xavier brillaron ahora, dorados sobre negro. Los colores de los cuadros parecieron saltar de los marcos y echar chispas en el aire entre ellos; los rojos se reflejaron en las mejillas de Éliane y sonrojaron su cuello.

La mano de Xavier volvió a encontrar la suya.

—Mis cuadros están arriba. Si aún quieres verlos.

Ella asintió y sus ojos siguieron el movimiento de los labios de él mientras hablaba, y los ojos de Xavier recorrieron los pómulos de ella y bajaron hasta su boca. La llevó arriba, donde, entre las obras de arte, Éliane vio un rincón luminoso junto a las ventanas, con tubos de pintura, un caballete, trapos manchados de pigmento y una paleta llena de ideas. Xavier señaló los lienzos apilados contra la pared y ella los estudió uno por uno. Se sorprendió. Luc había dicho que Xavier era bueno, pero se había quedado corto. Y sabiendo cuánto ansiaba ella el placer de pintar, Xavier ni una sola vez había alardeado de sus habilidades, casi ni había mencionado su propio trabajo. De pie allí, con el arte de Xavier entre sus manos, tomó conciencia de la enorme comprensión que yacía debajo de esa reticencia, y su corazón se encogió y luego se expandió por el mismo motivo. Él la conocía. Ella le importaba.

De repente se dio cuenta de que no había dicho ni una palabra sobre los cuadros que tenía delante y que su propia reticencia en este momento podría no ser tan fácil de interpretar.

—Este es el que más me gusta —indicó, y se detuvo ante un lienzo aún más impactante que los demás.

—Ese lo compró Édouard de Rothschild. Tengo que entregárselo mañana.

—Rothschild —repitió Éliane estupefacta.

Los distintos Rothschild, incluido Édouard, poseían algunas de las colecciones privadas de arte más importantes del país.

—A veces... —Xavier vaciló y ella levantó los ojos hacia él para darle a entender que quería oír lo que tuviera que decir—. A veces —repitió—, al ver el nivel de talento en las paredes de abajo, me resulta dolorosamente obvio que tengo un cierto talento, pero no soy un virtuoso. Que debería concentrarme en comprar y vender virtuosismo en lugar de intentar lo imposible. Pero entonces le vendo una obra a alguien como Rothschild y me pregunto si... Si tal vez no debería ser práctico. Si no sería posible ganarme la vida como pintor. Es difícil renunciar.

—Lo es —convino Éliane—. Pero creo que más difícil aún es arrepentirse de algo. —"Tú renunciaste para poder alimentar a tu familia". Las palabras sonaban demasiado a autocompasión, así que no las dijo—. No renuncies —añadió en su lugar, y extendió una mano para tocar la paleta y deslizar el dedo por las manchas brillantes de colores secos.

Otra mano se unió a la suya sin tocar la pintura, sino su piel, el dorso de su mano, su muñeca. Xavier se acercó más, tanto que ella podía oír su respiración acelerada.

—Éliane —pronunció su nombre como si fuera precioso, como si ella fuera preciosa.

Luego levantó la mano y la puso en la cara de ella; su pulgar recorrió el pómulo con suavidad, como un pincel de marta esparciendo calidez sobre su tez. Cada movimiento hacia delante parecía durar una eternidad; cada momento siguiente parecía demorarse hasta la desesperación.

Y entonces ocurrió. Un beso que ella sintió en las puntas de los dedos de sus manos, en los dedos de los pies, en las puntas del cabello. Un beso tan hermoso que una lágrima se deslizó de su ojo. Xavier la enjugó y movió los labios para besar el lugar por donde había rodado. Éliane giró la cabeza, deseando que la boca de él volviera a la suya, y sus cuerpos se fundieron también en el abrazo, las manos de ella en la espalda de él, las de él tomando su rostro, unidos como la pareja dorada, resplandeciente y ajena al mundo en el extraordinario *Beso* de Klimt. Entonces, desde las escaleras, llegó la voz del padre de Xavier.

—Hitler ha invadido Polonia.

***

Éliane irrumpió en el apartamento y encontró a su madre sentada a la mesa, el rostro hundido en las manos, llorando. Se quedó mirándola. Su madre nunca lloraba, ni siquiera cuando se quemaba la piel del antebrazo en los hornos de la *brasserie*.

Luc también estaba allí. Y su padre. Luc recogió la carta del centro de la mesa y se la pasó a Éliane. Su hermano y su padre habían sido llamados al servicio militar.

Angélique habló con voz temblorosa.

—Han dicho en la radio que si Alemania no se retira de Polonia para mañana a las cinco, Francia declarará la guerra. Y Gran Bretaña también.

—Ahora tendrás que usar tu dinero para comprarlo todo —señaló su padre con una mirada feroz hacia Éliane—. Y nuestro maestro ya no podrá esperar a ganar nada con su talento artístico. —El sarcasmo de las últimas palabras hizo que Luc fulminara a su padre con la mirada, y el brazo en alto.

Éliane empujó a su hermano fuera del apartamento y por las escaleras. Se sentaron en la entrada de caoba, en la que se leía "Escalier 33". Los cristales rotos de los paneles de espejo a ambos lados reflejaban un mundo fragmentado y un querubín en lo alto se inclinaba ebrio sobre ellos como si estuviera a punto de caerse en cualquier momento. Éliane le pasó un cigarrillo a su hermano y encendió uno para ella.

—Servicio militar —masculló Luc con amargura—. Adiós a mi sueño de convertirme en otro Picasso.

"¿Por qué entonces no pintaste más ni te esforzaste más durante este último año? ¿Por qué los cafés de Montparnasse te atraían más que tu arte?", pensó Éliane. Pero guardó silencio.

Luc sonrió con pesar.

—Si lo hubiera sabido…

Éliane se quedó mirando las tiendas vacías, las delgadas columnas de humo que atravesaban la mañana, la *brasserie* decadente dos puertas más allá.

—Tendré que dejar la escuela de arte, ¿no? Trabajaré en el Louvre y en la *brasserie* y no podré hacer más.

Luc asintió.

—Mamá no podrá llevar sola el restaurante.

Esa noche, en la cama, Yolande se aferró a Éliane. Ginette, Jacqueline y Angélique también. Su padre y su hermano se iban a la guerra al día siguiente y Éliane quedaría a cargo de mantener a salvo a la familia. Cantó una nana a sus hermanas, *Au Clair de la Lune*, la favorita de Yolande. Cuando Angélique volvió una mirada sombría hacia ella, Éliane sonrió como diciendo: "Todo estará bien".

Poco después, todas dormían. Excepto ella.

***

A la mañana siguiente, Luc desapareció temprano y regresó justo antes de la hora en que debía presentarse al servicio. Sacó un sobre del bolsillo.

—Xavier me presentó a Rothschild. Le vendí un cuadro.

Dentro del sobre había más francos de los que Éliane había visto nunca. Su padre fue el primero en tomar el dinero. Lo besó, luego besó a su hijo en la frente y le pasó un brazo por los hombros. Angélique lanzó un chillido, las niñas más pequeñas se agolparon alrededor de Luc y levantaron los ojos hacia él como si fuera un rey. Su madre se quedó mirando el dinero y a su hijo con total incredulidad.

—¿Le vendiste un cuadro a Rothschild? —inquirió Éliane y se echó a reír.

Tenían dinero. Y Luc tenía un mecenas rico. Un sueño había resurgido de las cenizas de ayer.

—Dije que eras un maestro. —Su padre despeinó el cabello de Luc, ya sin el sarcasmo del día anterior.

—Os he comprado esto—anunció Luc, y entregó unos paquetes envueltos a sus hermanas, quienes los recibieron con exclamaciones de alegría. Los regalos resultaron más apropiados para sus modelos artísticas: joyas, medias de seda, ejemplares del *Vogue* de París—. Tú te ocuparás del dinero —agregó en dirección a Éliane—. Ese es tu regalo. —Sonrió y Éliane sintió una punzada por el hecho de que su hermano no le hubiera comprado algo a ella también. Pero la punzada desapareció casi de inmediato: tener la custodia del dinero era el regalo más práctico de todos.

—¿Qué cuadro era, maestro? —preguntó ella de manera burlona.

—Un autorretrato con una de mis modelos. Lo titulé *Los amantes* —añadió con ironía—. Supongo que es un cuadro de amor.

"Un cuadro de amor". Las palabras le hicieron recordar la sensación de los labios de Xavier sobre los suyos justo el día anterior. Habían ocurrido muchas cosas desde entonces. ¿Qué pasaría con ella y Xavier ahora que Francia estaba en guerra? Casi no habían empezado y ahora…

Éliane intentó recordar el cuadro que había descrito su hermano, pues quería seguir pensando en el amor, no en la guerra. Había muchos cuadros de modelos en el estudio de Luc en Montparnasse, pero en la mayoría estaban recostadas en sofás y con poca ropa, lo que no creía que fuera del gusto de Rothschild.

—No lo recuerdo —comentó—. Ojalá pudiera verlo.

—La única manera de hacerlo es irrumpir en la mansión Rothschild.

—Estoy orgullosa de ti —dijo ella—. Siempre supe que serías famoso.

—Tendrás que inclinarte ante mí y rendirme pleitesía cuando regrese victorioso después de haber derrotado a los alemanes y haberme hecho famoso como pintor —respondió Luc riendo.

Ella se rio también.

—Cuídate. Y… —Vaciló durante una fracción de segundo, preguntándose si de verdad lo sentía—. Cuida de papá.

—Puede cuidarse solo —replicó Luc. Y se marchó.

Esa noche, mientras la madre de Éliane se hacía cargo de las tareas de su marido en el restaurante, Éliane estaba distraída. Cada vez que sonaba la campana de entrada, sus ojos se desviaban hacia la puerta.

Por fin, llegó Xavier, más temprano de lo habitual. La

guerra les había quitado el apetito a los parisinos y el restaurante estaba vacío. Éliane sintió que toda su cara sonreía al contemplar el cabello oscuro, los ojos oscuros, la barba de última hora de la tarde; la divinidad que era Xavier. Antes siquiera de dirigirle la palabra, lo besó durante un largo largo rato.

Más tarde, apoyó su frente contra la de él.

—Ni siquiera te he saludado —admitió, avergonzada por su impaciencia.

Él sonrió.

—Deberíamos saludarnos siempre así. De hecho —murmuró contra sus labios—, yo tampoco te he saludado. Así que ahora debería hacerlo. —Y la besó de nuevo, un beso apasionado e intenso.

—Gracias por llevar a Luc a ver a Rothschild —comentó ella cuando se hubo retirado un poco, solo lo suficiente para poder hablar, con el cuerpo aún apretado contra el de él—. Nunca le habría comprado un cuadro a Luc sin tu recomendación.

—Y yo nunca te hubiera conocido si no hubiera sido por Luc —replicó Xavier—. Así que estaba en deuda con él. —Una de sus manos se movió para acariciar un rizo que se había escapado de una horquilla—. ¿Sabías que me encanta tu pelo?

Se obligaron a sentarse a una mesa, uno frente al otro; la distancia entre sus cuerpos era una brecha que había que salvar constantemente: el pie de ella tocaba la pierna de él, él encendía un Gauloise para ella, sus dedos se rozaban con la suavidad de un pincel de punta fina trazando una línea en un lienzo. Éliane se preguntó cómo era posible que un lienzo no se estremeciera como lo hacía ella.

***

Cosa extraña, durante muchos meses después, fue una época hermosa. En realidad, no había guerra. Los nazis se mantenían alejados. Los franceses la llamaban "la guerra de broma", burlándose de Hitler. Nada cambió, salvo los apagones nocturnos, la ausencia de Luc y su padre y el tumulto de sentimientos de Éliane por Xavier.

Éliane continuó trabajando, aunque el Louvre era ahora un museo con pocas obras de arte: solo quedaban algunas esculturas demasiado grandes para ser trasladadas y un diez por ciento de los cuadros. Monsieur Jaujard siguió empleándola porque sabía que necesitaba el dinero. Éliane lo ayudaba a contactar con los distintos castillos: los sitios en Francia donde ahora se guardaban las obras de arte del Louvre.

Una tarde de invierno, después de salir del Louvre, se acercó al apartamento con inquietud, sabiendo que tenía que ver cómo estaban sus hermanas antes de ir a la *brasserie*. Su padre estaba en casa de permiso durante quince días y eso había inflamado los ánimos de todos. Pero no oyó nada mientras subía las escaleras. Incluso sin la presencia de su padre, en un día normal, a las seis de la tarde, Angélique estaría gritándole a Yolande o Yolande estaría riéndose de alguna maldad que le hubiera hecho a Angélique. Solo había un silencio maravilloso.

Éliane no podía creer lo que vio cuando abrió la puerta. Angélique revolvía algo en una olla con tranquilidad, Ginette estaba haciendo los deberes de matemáticas en la mesa, Jacqueline juntaba los platos y los cubiertos para la cena, y Xavier estaba sentado en el suelo con Yolande en el regazo, leyéndole un libro.

El sonido de la puerta al cerrarse hizo que todos se giraran y miraran a Éliane con aire culpable. Nadie habló.

Entonces Xavier se puso de pie y retiró a Yolande de su regazo. Su corbata y la chaqueta de su traje colgaban del respaldo de una de las sillas. Llevaba unos pantalones y una camisa que probablemente habían estado planchados y limpios, pero que ahora se veían arrugados. Tenía la camisa remangada hasta la mitad de los antebrazos y, en medio de aquel apartamento ruinoso, su antiguo reloj de plata parecía una baratija robada en el nido de un cuervo.

—Pensaba irme antes de que llegaras —explicó mientras consultaba su reloj con pesar.

Su expresión coincidía exactamente con la de Angélique: la de una persona que ha hecho algo malo y sabe que la han atrapado.

Éliane se volvió hacia Angélique, muda. ¿Por qué estaba Xavier sentado en el apartamento leyéndole un cuento a su hermana cuando debería estar trabajando?

Angélique dejó la cuchara y se llevó las manos a las caderas.

—Fui a la galería y le pedí que viniera —afirmó.

—¿Qué hiciste qué? —Los ojos de Éliane pasaron de Xavier a su hermana.

Éliane nunca le había pedido nada a Xavier. Y le encantaba que él nunca le hubiera ofrecido dinero, que ella no aceptaría. De vez en cuando, les compraba pequeñas cosas a sus hermanas: una cometa para Yolande, un libro para Ginette, una manzana para Jacqueline, un pasador de pasta para el cabello de Angélique. Pero darle dinero sería lástima y caridad, y los dejaría en desigualdad de condiciones. La haría débil. Tenía muy poco de lo que sentirse orgullosa, pero estaba orgullosa de cómo cuidaba a sus hermanas.

—Fui al Louvre —dijo Angélique deprisa—. Pero el museo está cerrado, así que no pude entrar. Y... —Hizo una pausa, con las mejillas enrojecidas por el remordimiento—. El problema fue culpa mía, así que tenía que arreglarlo. —Lanzó una mirada protectora y cariñosa hacia Yolande y a Éliane se le estrujó el corazón.

—¿Qué pasó? —preguntó, cediendo un poco y acercándose a Xavier.

Angélique se encogió de hombros.

—Le dije a papá algo que no debía.

—¿Te pegó?

Xavier cogió la mano de Éliane.

Por lo que Éliane sabía, ella y su madre eran las únicas que sufrían los golpes físicos del mal genio de su padre. Si ahora empezaba con Angélique, Éliane no podría seguir trabajando mientras él estuviera allí. Entonces no tendrían ni un centavo.

—No. Pero tiró al suelo toda la comida que había subido para la cena. Yolande tenía hambre. Todas teníamos hambre —añadió Angélique, y atrajo a Yolande hacia ella—. Así que fui a ver a Xavier para pedirle algo de comida.

Éliane intentó soltar la mano de Xavier, pero él no la dejó. De hecho, le rodeó la cintura con el brazo, como si quisiera tenerla cerca, siempre.

—Pero no solo me dio comida. —La voz de Angélique era desafiante ahora, como si esperara que Éliane la regañara—. Vino aquí y cuidó de todas mientras yo limpiaba el desorden.

—Oh, Angélique —exclamó Éliane. Ya había demasiada ira en su familia. Ella no iba a contribuir a eso. Se acercó a su hermana y la abrazó—. Gracias por solucionarlo.

Angélique se echó a llorar. Éliane le acarició el pelo y le susurró mientras Xavier servía la sopa en tazones y los ponía delante de Yolande, Ginette y Jacqueline, dejando otro tazón para Angélique.

—Tienes que comer —urgió Éliane a su hermana—. Y…

Sacó parte del dinero del sobre que le había dado Luc y le dijo a Angélique que comprara helado para todas después de cenar. Angélique la miró como si estuviera loca. Pero quizá un helado cada seis meses le daría a Yolande algo bonito en lo que pensar cada vez que faltara comida. Éliane tenía a Xavier, pero Yolande no tenía nada: ninguna muñeca a la que abrazar, solo una madre cansada y la comprensión del mundo de una niña de cinco años.

—Tengo que bajar —agregó hacia sus hermanas—. Se me ha hecho tarde. Que durmáis bien.

Salió del apartamento con Xavier. Él se detuvo en el rellano y se volvió hacia ella, con los ojos oscurecidos por una mezcla de emociones: preocupación, rabia y una ternura tan exquisita que era todo lo que ella quería ver.

Le tocó la sien y le pasó los dedos por el cabello.

Éliane se estremeció y previó que él le diría lo que ella había esperado no escuchar nunca: "Déjame ayudarte".

Pero no fue así.

—Te quiero, Ellie —declaró Xavier en su lugar.

Dios, iba a llorar. Pero no quería entregarle sus lágrimas. Se acercó a él y sintió el calor que se encendió entre sus cuerpos antes de besarlo con más intensidad que nunca. Xavier la hizo retroceder contra la pared para que estuvieran lo más juntos posible.

Al cabo de un largo rato, él se apartó, con la cara enrojecida y los ojos tan brillantes que ella casi podía discernir el azul, el dorado, el verde y el rojo, todos los colores, resplandeciendo por sobre el fondo de sus ojos.

—No puedo parar de besarte, Éliane —susurró.

—Me gusta mucho.

—¿Eso significa que tú también me quieres? —preguntó él con cierta vacilación.

Ella se rio y no pudo evitar besarlo de nuevo antes de responder.

—¿Necesitas preguntarlo? Claro que sí. Más que a nada.

La sonrisa de Xavier, que antes le había parecido hermosa, ahora era sublime.

—Te quiero, Xavier.

—Hay muchas cosas que deseo en este momento, Ellie —replicó él—. Pero lo que más deseo es sacarte de este apartamento y asegurarme de que no vuelvas nunca más.

Éliane se puso rígida y cerró los ojos. La oferta de ayuda que tanto temía era inminente.

Pero él le levantó la barbilla y le besó los párpados hasta que ella los abrió.

—Sé que no puedes —agregó con dulzura—. Y en parte por eso te quiero. Eres la persona más generosa que he conocido. Pero esta noche —su voz era firme— te acompañaré a la *brasserie* y no me iré hasta que quede al menos otro cliente, porque vas a llegar tarde y sé lo que pasa cuando llegas tarde. Es solo una pequeñez entre los millones de cosas que quiero hacer. Así que, por favor, permítemelo.

Ahora estaba llorando: por el recuerdo de Yolande acurrucada contra Xavier y con la mejilla apretada contra su pecho de una forma en la que nunca se había sentado con su padre; por el hecho de que Xavier, de alguna manera, la quería; porque él intentaba hacer lo que podía, pero no hacía más porque la respetaba.

—Gracias —respondió.

—Haría cualquier cosa por ti, Éliane.

Y ella le creía.

CAPÍTULO 3

LUEGO LLEGÓ MAYO DE 1940. LOS ALEMANES SE ABALAN-
zaron sobre Bélgica y amenazaron a Francia desde el norte.
Se celebró una vigilia de oración en Notre-Dame y las reliquias de santa Genoveva se sacaron en procesión por las
calles. Éliane, de pie junto a sus hermanas, con Yolande
en la cadera, vio pasar la arqueta con los huesos sagrados.
Era muy pequeña, un Panzer la aplastaría como a una hormiga bajo sus orugas acorazadas. "No lo hagas", se dijo a sí
misma mientras las manos de Yolande le ceñían el cuello.
"No pienses en qué más podrían aplastar los alemanes".

El Gobierno prometió que, a pesar de algunos reveses,
permanecería en París y se mantendría firme. Xavier parecía preocupado y todos los días le decía que la quería y ella
le decía lo mismo.

Pero entonces los nazis entraron en Francia.

De algún modo, los teatros y los clubes nocturnos de
París siguieron funcionando, pero las calles se llenaron de
refugiados procedentes del norte de Francia, donde las ciu-
dades de Arras y Amiens habían caído. El ejército británico
huyó a casa y dejó que el pueblo francés se defendiera por
sí mismo. El estruendo de los cañones se volvió incesante,
la amenaza de los aviones estaba siempre sobre sus cabezas
y la guerra acechaba en el umbral de sus puertas. Pero no

había soldados franceses en la ciudad. Solo civiles, y no muchos, ya que la mayoría de los parisinos había empezado a huir. Primero habían partido los ricos, en sus coches, a finales de mayo, pero ahora hasta las familias como la de Éliane se estaban marchando. Éliane no tenía ni idea de dónde estaban su padre y Luc: ¿con el endeble ejército francés en el norte? ¿O habrían sido tomados prisioneros como tantos otros?

Algunas de sus preguntas encontraron respuesta aquella noche, cuando caminaba de regreso a su casa por el pasaje. Una mano en el brazo la arrastró al espacio vacío debajo de las escaleras.

—¡Luc! —gritó—. ¿Qué estás haciendo aquí?

Entonces vio su rostro. Endurecido. Todo rastro de su hermano despreocupado había desaparecido.

—He desertado —reveló con amargura—. El Gobierno francés no se merece más cadáveres. Pero vosotras debéis marcharos. Id al sur. Los nazis llegarán a París en unos días.

Éliane meneó la cabeza.

—No puedo irme —respondió—. Alguien tiene que trabajar. Tendré que enviarles dinero.

—Sabía que dirías eso. Por eso no te conté primero que nuestro padre ha sido tomado prisionero, junto con decenas de miles de hombres. Quería que eligieras quedarte, no que te quedaras porque creías que debías hacerlo.

Éliane se llevó una mano a la mejilla que a su padre le gustaba golpear. Le concedió un breve pensamiento y deseó que su sufrimiento no fuera demasiado grande, y después pensó en Angélique, en Ginette, en Jacqueline, en Yolande y en su madre.

—No hay otra opción —concluyó—. Las demás se irán por la mañana.

—Y yo podré pasar una noche más en Montparnasse. —La expresión sombría en el rostro de Luc parecía más la de alguien dispuesto a disfrutar lo posible mientras pudiera antes que la de alguien que atesoraría el recuerdo de la experiencia.

Y entonces ella supo que ella sí quería algo para atesorar.

No fue a la *brasserie*. Fue a la galería de Xavier y le susurró al oído.

—¿Estás segura? —murmuró él.

—Sí.

Poco después, se encontraban de pie en una habitación de hotel: un bello edificio antiguo en la orilla izquierda con unas cortinas de gasa blanca encantadoras que ondeaban en la ventana.

—Te quiero —musitó Xavier mientras dibujaba sus pómulos con la punta de los dedos.

—Yo también te quiero —respondió ella, casi sin poder evitarlo, porque era imposible expresar con palabras la agitación que sentía en el cuerpo, en la mente y en el aire cada vez que estaba con él.

Xavier sacó un paquete del bolsillo y se lo tendió.

—Se utilizan diez mil flores de jazmín de Grasse y veintiocho docenas de rosas de mayo para cada frasco.

Éliane retiró el envoltorio de una botella de cristal cuadrada llena de un líquido color ámbar y con la palabra *Joy*. La abrió; la fragancia era casi tan embriagadora como la de Xavier.

—Y solo hacen cincuenta botellas al año —continuó—. Así que casi nadie olerá como tú. Lo que significa que siempre podré encontrarte.

Éliane se acercó más.

—Pase lo que pase —concluyó él.

Ella dejó el perfume.

Cuando Éliane se empezó a dar la vuelta, él la giró, le apartó la larga melena rubia a un lado y le desabrochó un botón del vestido para luego acariciar la piel que había quedado al descubierto en la base del cuello. El siguiente botón se separó de la tela: más piel para explorar. ¿Cómo podría sobrevivir a este acto? Su cuerpo ya estaba en llamas y ni siquiera la había besado.

—Xavier —susurró, y él la besó una vez en la parte superior del hombro, con tanta delicadeza que ella casi no lo percibió.

Había un botón más. Xavier se ocupó de él, y también de la piel nueva que había debajo. Éliane se sentía a punto de morir.

Con un movimiento rapidísimo, se quitó el vestido por la cabeza y lo dejó caer al suelo.

Tanta piel al descubierto ahora, tanto por explorar, primero con los dedos y luego con los labios. Partes de su cuerpo que ella ni siquiera sabía que eran eróticas se transformaron en reinos de placer hedonista: el codo, el lóbulo de la oreja, el hueso de la cadera, la parte baja de la espalda. Casi no se dio cuenta de que yacía en la cama junto a él; solo podía pensar en lo mucho que lo amaba, en el modo en que él se concentraba en ella para asegurarse de que disfrutara de su primera vez con un hombre. Xavier sería la única persona con la que lo haría. Hasta el fin de los tiempos, su cuerpo sería el único que ella conocería, el único que querría conocer.

Él la miró y sonrió, y eso fue casi suficiente para precipitarla hacia ese espacio desconocido que la consumía. Éliane le acarició la cara y, con la presión suficiente, lo atrajo hacia arriba para que sus labios se encontraran con los suyos por primera vez desde que habían entrado en la habitación.

Y entonces no hubo nada más que Xavier y Éliane y la repentina y ardiente desnudez de sus cuerpos y el anhelo de algo que era a la vez inexpresable y casi insuficiente, algo tan abrumador que casi le daba miedo.

Más tarde, se quedó dormida y, cuando despertó, se

quedó sin aliento al ver a Xavier. Todo en él era igual, el cabello y los ojos castaño oscuro, la mancha oscura de la barba incipiente en las mejillas y la barbilla, la curva de los labios, pero también había algo diferente, una intensidad fuera de lo habitual en su expresión.

Xavier dejó una caja sobre la almohada.

—Es para ti.

—No puedes seguir regalándome cosas, Xavier —protestó con suavidad pero con firmeza.

—Te he dado dos cosas —precisó él—. El perfume y esto. ¿Sabes lo difícil que ha sido no darte más en estos últimos meses? ¿Lo difícil que ha sido no dártelo todo? Esto es tuyo si lo quieres.

La forma en que pronunció esas últimas palabras, "si lo quieres", le hizo desatar la cinta, quitar el papel y abrir la tapa. Un destello azul fugaz, un cabujón redondeado con una estrella blanca atrapada en su interior, dos diamantes de talla cuadrada a cada lado, una cinta de oro blanco.

—Es un zafiro estrella —le explicó mientras sacaba el anillo de la caja—. Este tiene doce rayos, lo que lo hace aún más raro y hermoso. Pero no tan hermoso como tú. —Sonrió y se lo deslizó en el dedo anular de la mano izquierda—. ¿Quieres casarte conmigo? ¿Por favor?

Fueron esas dos últimas palabras, la vulnerabilidad que palpitaba en ellas, como si aquel hombre apuesto, hechizante y seguro de sí mismo temiera que ella pudiera rechazarlo, lo que hizo que se enamorara de él hasta la eternidad.

Lo besó, y exhaló la respuesta entre sus labios.

—Sí, por supuesto.

Y todo recomenzó. Besos. Cuerpos. Manos. Bocas. Imaginó que la segunda vez sería una decepción, que nada podría igualar a la primera. Pero la superó en todos los sentidos.

Cuando volvió a despertarse, era pasada la medianoche y Xavier estaba sentado en el alféizar de la ventana, con las cortinas agitándose como espíritus a su alrededor. La forma en que la miraba, con tanta atención, como si la estuviera grabando en su memoria, la hizo sonreír. Salió de la cama y se acercó a él. Las torres de la ciudad y la luna se alzaban en la distancia y, en los cafés debajo, los artistas discutían con vehemencia de arte y de la guerra.

Xavier la tomó de las caderas y la atrajo hacia él.

—Me… No sé cómo decir esto. —Cerró los ojos y a Éliane se le encogió el corazón. Parecía sobrepasado de dolor.

—¿Qué ocurre? —preguntó, y le rozó los labios con los suyos para desterrar para siempre cualquier cosa que pudiera hacerlo sentir así.

Xavier abrió los ojos. Eran más negros que la noche más oscura.

—Me marcho —dijo, entonces—. A Inglaterra. Mi… —Se pasó una mano furiosa por el cabello—. Mi padre va a cerrar la galería aquí. —Su voz era incrédula.

Éliane dio un pequeño paso hacia atrás.

—Me he enterado hoy. —Las palabras horribles e increíbles continuaron—. Tenemos que irnos mañana. Los alemanes van a venir, Ellie. Llegarán pronto, a pesar de lo que diga la radio, a pesar de lo que diga el Gobierno francés. Todos los que pueden se están yendo de París. Ojalá pudiera llevarte conmigo, pero… —Vaciló, como si intentara convencerse de sus siguientes palabras—. Aún podemos tener todo lo que queremos. Solo que tardará un poco más.

Ellie. Nadie en el mundo la llamaba así, excepto él. Hasta entonces le había encantado cómo sonaba en su boca.

Agitó la cabeza de un lado a otro, como si intentara desprenderse de lo que creía haber oído y reformular las palabras de modo que no hicieran que su corazón golpeara contra su pecho como puños infantiles descargando su incomprensión.

—¿Te marchas? —repitió con un susurro casi inaudible.

—Hay un último barco desde Burdeos. Tengo que asegurarme de que mi padre llegue sano y salvo a Inglaterra...

—Pero... —Lo interrumpió y se alejó aún más, tambaleando un poco, desequilibrada por el dolor y una comprensión repentina—. O sea, que antes de venir aquí esta noche ya sabías que te marchabas. Lo sabías. Y no dijiste nada.

Xavier extendió una mano, pero ella estaba fuera de su alcance.

—Si no saco a mi padre ahora, se quedará atrapado...

La risa de Éliane fue como un cuchillo que rasgó la noche.

—¿Atrapado? *Quelle horreur.* ¿Como los franceses que no tienen una casa en Londres adonde huir? —Lágrimas calientes le quemaban los ojos—. ¿Cómo te atreves? ¿Cómo te atreves a decírmelo ahora, después de lo que acabamos de hacer? —Se arrancó el anillo del dedo con tanta furia que se hizo un corte—. ¿Cómo te atreves a no decírmelo antes? —concluyó, con la voz entrecortada.

—No podía —musitó él—. No quería arruinar esta noche. No quería estropearlo todo.

Esta noche estaba más que arruinada; era ceniza.

Quizá si hubiera apartado el rostro, si hubiera bajado la vista al suelo, si no la hubiera mirado a los ojos. Entonces podría haberlo odiado. Pero Xavier sostuvo la mirada con firmeza, de modo que ella pudo ver el amor que brillaba como las estrellas en sus ojos. Eso le dolió más que nada. La quería, pero la abandonaba.

Y no la había querido lo suficiente como para decírselo primero. Había antepuesto su cuerpo a los sentimientos de ella.

Éliane nunca había maldecido antes, no más que un *zut* o un *mon Dieu*, nunca había llamado hijo de puta a nadie, pero la frase brotó de su boca.

—¡*Tu es un salaud!* ¡Y un cobarde! —Le arrojó el anillo.

El anillo dio en el hombro de Xavier, cayó y repiqueteó contra el suelo de madera.

Éliane se puso el vestido por la cabeza y se marchó furibunda, jurando que no lloraría, nunca, no por él; no se lo merecía.

**

Era casi de madrugada cuando regresó y encontró a Luc, a su madre y a todas sus hermanas reunidos alrededor de la mesa, esperándola. Sabía que Luc les había dicho que tenían que marcharse. Nadie le preguntó por qué estaba tan pálida ni dónde había estado. Y cuando Yolande dijo: "Éliane tiene que venir con nosotras", Éliane apartó su corazón de Xavier y se lo entregó a sus hermanas.

Eran más valiosas que cualquier *Victoria alada* o *Mona Lisa*, y si esas obras de arte tenían que ser enviadas lejos, entonces sus hermanas también.

—Os enviaré dinero suficiente para comprar muchos helados —aseguró, y le tendió a su madre el sobre con el dinero de Luc, que había sabido ahorrar.

—¿Cómo sabremos qué hacer si tú no estás? —preguntó Angélique, con labios temblorosos como los de Yolande.

Éliane las abrazó.

—Lo sabréis porque os lo he enseñado todo.

Se obligó a sonreír y Angélique, bendita sea, le devolvió la sonrisa, fingiendo que entendía la gracia. Y Yolande se convenció de que estaban a punto de embarcarse en una aventura.

Los Dufort no tenían coche, así que el tren era la única opción. Esperaron durante días en la estación, sin poder conseguir sitio en los vagones repletos. Días agazapadas, con Yolande llorando en brazos de Éliane mientras cientos de aviones de la Luftwaffe sobrevolaban en lo alto y bombardeaban los distritos industriales de París. El ruido era como el de truenos en sus cabezas. Éliane sentía cómo le temblaban los brazos y las piernas y sabía que a pesar de las declaraciones del Gobierno, los nazis estaban muy cerca de París. Sus hermanas no podían estar allí cuando llegaran. El humo negro que se elevaba sobre ellas aniquilaba el sol. Entre los gemidos y los chillidos a su alrededor, Éliane oyó a una mujer gritar que había oído que los alemanes estaban masacrando niños, castrando hombres y violando mujeres. "No", quiso gritar. "No". Esto no podía estar pasando.

Un estruendo repentino sacudió el cielo. Todo el mundo gritó, encogidos, sin saber lo que podría caer sobre ellos a continuación. Angélique, Ginette y Jacqueline sumaron sus sollozos a los de Yolande y se aferraron a Éliane, casi haciéndola caer a un lado.

Los ojos de Éliane se encontraron con los de su madre.

—Tenéis que iros ahora —afirmó, y señaló a la multitud que caminaba hacia el sur.

Su madre asintió. Éliane la besó en las mejillas.

Luego besó las de Angélique; el pelo rubio cubierto con un pañuelo, los ojos azules muy abiertos. Jacqueline, con su cabello oscuro, cogida de la mano de su madre. Ginette, con sus rizos rojizos que rebotaban esperanzados sobre sus hombros. Y, por último, Yolande, el querubín rubio. Éliane estuvo a punto de no poder dejar ir a Yolande, le costó muchísimo ver cómo su madre se la llevaba a rastra mientras Yolande lloraba por Éliane, y tuvo que hacer un esfuerzo tremendo para quedarse quieta con la sonrisa congelada en el rostro, para no echar a correr tras ellas y decirles que se quedaran.

Cuando ya no pudo ver a su familia, se sentó en el suelo de la estación y lloró.

Luc la esperaba en el apartamento.

—¿Qué vamos a hacer? —preguntó ella con desazón.

El apartamento estaba demasiado silencioso sin sus cuatro hermanas dando vueltas en él.

—Por ahora esperaremos. Pero pronto, si es necesario, lucharemos.

***

La única manera de saber la verdad era sintonizar Radio Stuttgart. Éliane se enteró así de que Pétain, viceprimer ministro de Francia y supuesto héroe de Verdún, había mentido: el Gobierno francés no se había mantenido firme. Las autoridades habían huido a la ciudad balneario de Vichy y declarado a París ciudad abierta, dejándola indefensa. Dejando a Éliane y a los demás que se habían quedado en la capital francesa a merced del ejército alemán.

¿Qué pasaría? Éliane intentó no pensar en lo que la mujer de la estación había gritado sobre los nazis. Buscó el cuchillo más afilado en la *brasserie* y Luc hizo lo mismo, aunque sabía que los cuchillos no harían ni un rasguño a un Panzer y no servirían de defensa contra una pistola.

Luego, Luc y ella permanecieron de pie junto a la ventana abierta del apartamento, observando. No había nadie fuera: más de la mitad de la población se había marchado, las estaciones de tren estaban cerradas, los hospitales habían sido evacuados, las tiendas tenían las rejas echadas, los quioscos estaban vacíos y las calles esperaban con desolación que apareciera más clientela, además de los perros abandonados.

—¿Cómo es posible? —murmuró Éliane a su hermano.

Era verano en París; debería estar sentada al sol en una cafetería, bebiendo café y respirando el humo de cigarrillos, mareada por el aroma de las rosas que florecían con extravagancia en el jardín del Palacio Real. En cambio, lo único que podía oler entre el olor a quemado de los incendios y la ceniza de los papeles que los ministros del Gobierno habían prendido fuego antes de escapar era subyugación. París yacía oculta bajo un manto de cielo chamuscado, la luz había desaparecido junto con los líderes.

—No lo sé —respondió Luc, con el mismo tono desconsolado de su hermana.

Éliane se secó la cara y su mano salió negra de hollín, como si ella también se hubiera transformado de acuarela brillante en carboncillo. A sus espaldas, la radio anunciaba que los alemanes no tardarían en llegar a París. No habría violencia, a menos que los franceses la provocaran. En ese caso, los alemanes tendrían que responder.

Éliane y Luc miraron los cuchillos en sus manos, que ahora parecían de juguete.

"¡Todos los parisinos deben permanecer en sus casas durante cuarenta y ocho horas!", ordenó el locutor de radio.

Poco después, motores de motocicletas resonaron en la quietud. En las ventanas de varios apartamentos al otro lado de la calle había gente de pie, como Luc y Éliane, rígida de miedo. Fragmentos de idioma alemán comenzaron a perforar el aire fuera y un manto gris se extendió sobre el lienzo multicolor que otrora había sido París. Los altavoces retumbaban.

"¡Vuestro Gobierno os ha traicionado! Cualquier acto agresivo contra el ejército alemán será castigado con la muerte".

Y así había terminado la guerra, no con una lucha tenaz y una voluntad implacable, sino con la huida de todos.

Éliane quería cerrar los ojos y hacer que todo se detuviera. Pero cuando sus párpados se cerraron a medias, vio a Xavier en la ventana con las cortinas blancas diciéndole que se marchaba. Por unos segundos, se alegró de que lo hubiera hecho. Xavier era anglo-francés. Los ingleses y los alemanes seguían en guerra. Su mitad de sangre británica podría haber tenido repercusiones para él y su padre si se hubieran quedado. Pero la forma en que le anunció que se marchaba y el momento inoportuno en que lo hizo eran traiciones que le dolían como nunca nada le había dolido.

—Xavier se ha ido —le contó a Luc, y trató de hacerlo con un tono tajante, sin inflexiones, como si no importara. Pero su voz estaba ronca por todas las lágrimas que se negaba a derramar.

Luc deslizó su mano en la de ella y la apretó. Éliane se aferró con fuerza; era la única persona que le quedaba.

Cuando hubieron pasado las cuarenta y ocho horas prescritas, Éliane le dijo a Luc que iba a salir.

—Es probable que monsieur Jaujard me esté esperando para trabajar. No sé, ¿crees que todo el mundo irá a trabajar hoy como si fuera un día normal?

—No lo sé. Yo no puedo salir porque, técnicamente, sigo siendo un desertor. A menos que la guerra haya terminado y la radio se haya olvidado de avisarnos.

—Hasta que no queden alemanes en París, la guerra no habrá terminado —aseveró Éliane con firmeza.

Cogió su bolso y bajó las escaleras, atravesó el pasaje y salió a la acera. Esvásticas rojas y negras colgaban de manera grotesca de todos los edificios. Los Panzers acechaban por la rue de Rivoli. Ya había carteles en alemán que indicaban a los conquistadores cómo llegar a los distintos cuarteles generales nuevos en todos los hoteles de lujo. El hecho de que los nazis estuvieran colocando letreros señalizadores delataba su intención de quedarse. Éliane había creído que no podía sentirse más desesperada. Se había equivocado.

—Mademoiselle —dijo un hombre en francés con acento alemán, y Éliane se encogió contra la pared ante un soldado con uniforme alemán—. Después de usted —añadió, indicándole que siguiera su camino.

Ella se apresuró a hacerlo.

En el Louvre, se dejó caer con lentitud en su silla y se sentó con la frente apoyada en la mano.

Un toque en el hombro la espabiló.

—¿Su familia? —preguntó monsieur.

—Se han ido.

—Bien.

—¿La *Mona Lisa* sigue a salvo?

—Sí. La han llevado a la abadía de Loc-Dieu. Antes se la llamaba Locus Diaboli, el lugar del diablo —comentó monsieur Jaujard en voz baja.

Éliane meneó la cabeza.

—Creo que ahora el lugar del diablo es París.

***

Poco después, se firmó el armisticio. Al parecer, la guerra había terminado. Éliane se negaba a creerlo. Pero no importaba; Francia estaba dividida en dos partes, una zona ocupada, donde vivía Éliane, y otra supuestamente libre, en manos del Gobierno de Vichy, donde esperaba que su madre y sus hermanas estuvieran a salvo. Aguardaba con ansiedad una carta de ellas. No llegó ninguna. Pero tenían suficiente dinero para un par de semanas. Ya escribirían cuando necesitaran más, pensó.

Junio se convirtió en julio. Los teatros y las tiendas volvieron a abrir. La ciudad estaba empapelada con carteles que exhortaban al pueblo abandonado de París a depositar su confianza en los alemanes. Las bicicletas y los carros tirados por caballos sustituyeron a los coches en las calles. Las radios y los periódicos franceses fueron clausurados y reemplazados por otros medios autorizados por los alemanes. Los alemanes parecían haberse instalado en la ciudad para siempre.

Y entonces, los parisinos comenzaron a regresar del sur.

Pero no Yolande. No Angélique ni Ginette ni Jacqueline. Ni su madre.

Éliane miraba el buzón todos los días. Siempre estaba vacío. "Escribe, Angélique", rezaba todas las noches. "Escríbeme y dime dónde estáis".

El restaurante permanecía cerrado. Éliane seguía trabajando en el Louvre. Ahora que solo estaban ella y Luc, tenían suficiente dinero para comer. Éliane lo habría dado todo por recibir noticias de sus hermanas. El hambre de querer saber era insaciable, le arañaba las tripas.

Día tras días, los sonidos fantasmales de las voces de sus hermanas resonaban en el apartamento: Angélique que trataba de convencer a Yolande de que se vistiera, Ginette que le leía un cuento a Yolande, Jacqueline que intentaba cantar *Au Clair de la Lune* para Yolande, y Yolande que decía: "Quiero estar con Éliane".

—Yo también quiero estar contigo, *chérie* —susurró al apartamento vacío.

Una noche llegó a casa del Louvre y se encontró a su hermano vestido de negro y con una bolsa en la mano.

Se detuvo en el umbral de la puerta y se quedó mirándolo.

Luc desvió los ojos hacia la ventana y maldijo.

"Me marcho", había dicho Xavier, con la misma expresión que Luc tenía ahora en el rostro: como si supiera que estaba a punto de romperle el corazón.

Pero quizá Luc se marchaba porque…

—¿Han vuelto? —preguntó y entró a toda prisa, llamando —: ¡Yolande!

Luc volvió a maldecir.

La familiar falta de sonido en el apartamento, la ausencia de risas, protestas y rabietas era ensordecedora.

—Han pasado cuatro meses desde que se fueron —comenzó Luc, con una delicadeza que ella nunca le había oído, ni siquiera con sus modelos—. No ha habido ni una carta. Ya deberían haberse quedado sin dinero. Deberían haber escrito para que lo enviaras. Pero no lo han hecho. —Hizo una pausa—. ¿Sabes lo que eso significa?

Éliane cerró los ojos. Pero no podía cerrar su mente, que colocó imágenes junto a las palabras que había leído en los periódicos o escuchado en la radio sobre cómo, en junio, las carreteras de salida de París se habían convertido en ríos de gente que escapaba hacia el sur. Una masa tupida y sofocante de desesperación. Meneó la cabeza. Pero Luc había abierto una brecha en su esperanza y había dejado que la duda se filtrara por ella.

Los alemanes habían ametrallado a las filas de civiles que huían de París, provocando estampidas. Los que no habían sido abatidos habían muerto pisoteados. Había habido demasiada gente y poca comida. Según los periódicos, los cadáveres se alineaban a los lados de las carreteras como tallos de trigo.

Se llevó una mano a la boca, pero, de todos modos, se le escapó un sollozo.

¿Cómo había podido hacer creer a Yolande que estaba yendo a una aventura? ¿Cómo había podido ella quedarse en la relativa seguridad de París y dejar marchar a su familia?

—Tendrían que haberse llevado a los niños —pronunció con la voz entrecortada. Sin duda, los ojos de Yolande eran más hermosos que cualquier obra de arte—. Deberían haber llevado a los niños a los castillos y las abadías para mantenerlos a salvo. No las obras de arte.

Se volvió hacia la ventana, apoyó las palmas y la frente contra ella y contempló la ciudad que alguna vez había albergado el arte, el afecto de sus hermanas y su primer amor. La capa de difuminado había sido eliminada, dejando al descubierto todo lo que había yacido debajo y que ella había ignorado por completo: la cobardía de Pétain, la ambición mortífera e imparable de los nazis, la muerte de sus hermanas.

¿Cómo llorar a cuatro niñas muertas antes de que llegaran a la edad adulta?

Sintió que Luc se le acercaba y vio cómo las lágrimas de su hermano se sumaban a las marcas húmedas que ella había dejado en el alféizar.

—Te vas —susurró.

Él asintió con la cabeza.

—Me uniré a las Fuerzas Francesas Libres de De Gaulle. Ya no soy un pintor. —La besó en la frente, la atrajo hacia así y la abrazó con fuerza, pero no el tiempo suficiente.

Luego se marchó para hacer lo que había dicho que debían hacer: luchar.

Antes, habían sido solo palabras. Pero ahora era algo que ella también debía hacer para que Angélique, Jacqueline y Ginette pudieran perdonarla. Para que Yolande pudiera perdonarla.

—*Brûle en enfer*, monsieur Adolf —dijo al apartamento vacío—. Por lo que le hiciste a mi familia, encontraré la forma de hacerte arder en el infierno.

CAPÍTULO 4

EL LOUVRE ERA UN SITIO DONDE EL RECUERDO DE LAS obras de arte perdidas persistía en los rectángulos blancos de pintura descolorida que adornaban las paredes. El apartamento de Éliane conservaba recuerdos igualmente dolorosos; el pelo rubio de Yolande enredado en un peine, las jardineras de Angélique en el alféizar de la ventana, marchitas a pesar de que Éliane las regaba con profusión. El perfume que le había regalado Xavier. Cada noche intentaba resistir la tentación de destapar el frasco y oler su fragancia, intentaba erradicar de su corazón las palabras de Xavier: "Siempre podré encontrarte. Pase lo que pase".

Pero Éliane no quería que la encontrara alguien de quien la separaba no solo una vasta masa de agua, sino la cobardía.

Para evadirse de los recuerdos, iba temprano al Louvre y se quedaba hasta entrada la noche, ocupada con llamadas telefónicas y papeleo sobre las colecciones de arte del museo, ahora alojadas en varios palacios. No sonreía a nadie, excepto a monsieur Jaujard y solo hablaba con los alemanes en la calle cuando era necesario, siempre en francés, a pesar de que sabía suficiente alemán para mantener una conversación: los idiomas y el arte iban de la mano. Había estudiado italiano y alemán en la escuela, y la abuela de Xavier era alemana y él le había enseñado más durante "la guerra de broma", alegando que podría ser importante.

Y así transcurría la vida, mientras Éliane observaba y esperaba algún tipo de insurrección por parte de los franceses que expulsara a los nazis y los obligara a huir de regreso a Alemania. Una oportunidad para poder cumplir su promesa de luchar también.

Pero nada ocurría. La resignación imperaba en todas partes y en el interior de todos, como si los parisinos pensaran que la vida sería así de ahora en adelante. Eso era casi lo peor de todo.

A finales de octubre, estaba sentada en su escritorio del Louvre cuando el ruido de botas que corrían sonó en los pisos de mármol. De repente, un alemán armado apareció de pie frente a Éliane y otros hombres armados les gritaron a ella y a monsieur Jaujard.

Éliane saltó de la silla y retrocedió hacia los archivadores.

—¿Qué quieren? —preguntó con voz trémula y los ojos clavados en las armas.

Nadie respondió; se limitaron a hacerla a un lado y a abrir los archivadores y extraer papeles. Éliane se dio cuenta con inquietud que estaban registrando e incautando todos los documentos relacionados con el inventario de las obras de arte del Louvre escondidas por toda Francia que monsieur Jaujard había recibido la orden de compilar; un inventario que le había pedido a Éliane que hiciera lo más despacio posible. Al menos, pensó, en un intento por encontrar algún consuelo, ni ella ni monsieur Jaujard habían anotado el código de la caja de la *Mona Lisa*. Al menos no existía ningún registro completo de las distintas ubicaciones de los cuadros, salvo en la cabeza de monsieur, que los alemanes pudieran robar, así que solo obtendrían piezas sueltas de un mosaico complejo. Por fortuna, todo terminó en menos de diez minutos. Las botas se retiraron.

Éliane se hundió en la silla, cerró los ojos y se preguntó si alguna vez podría acostumbrarse a la terrible proximidad de tantas armas. ¿Cómo era posible que el arte provocara incursiones a punta de pistola? ¿Acaso los nazis volverían cuando se dieran cuenta de que faltaba tanta información? Monsieur Jaujard le sugirió que se fuera a casa, pero volver a un apartamento vacío después de aquello sería peor que quedarse. Así que monsieur le preparó un café y, en vez de irse, conversaron sobre arte.

Al día siguiente, un representante de la Einsatzstab Reichsleiter Rosenberg —o ERR, una fuerza operativa de la que Éliane había oído hablar con temor a monsieur Jaujard y cuya misión era "salvaguardar" las obras de arte en los territorios ocupados por Alemania— visitó el Louvre. A monsieur le costaba comprender el concepto de "salvaguardar" de los nazis, tan distinto del suyo. A Éliane no le preocupaba: las obras de arte del Louvre ya estaban a salvo y no requerirían la protección de los nazis. Pero la incursión del día anterior le había hecho cuestionarse si no habría sido una ingenua al imaginar que los alemanes se privarían de los tesoros de los Museos Nacionales.

El oficial de la ERR entró en la oficina de monsieur Jaujard y cerró la puerta. Éliane inclinó la cabeza para leer el último comunicado de una de las muchas oficinas alemanas, pero sus ojos siguieron desviándose hacia la puerta cerrada detrás de la cual estaba sentado un nazi cuyo trabajo consistía en poner obras de arte bajo custodia.

La puerta se abrió por fin. Monsieur Jaujard señaló a Éliane.

—Mademoiselle Dufort estará encantada de ayudar. —A continuación, agregó en dirección a Éliane—: Algunas obras serán trasladadas al Musée Jeu de Paume. Nos han permitido hacer un inventario. Ayudarás a la encargada de la galería, madame Valland, con el inventario.

¿Encantada? No estaría nada encantada de ayudar a los alemanes a compilar otro catálogo de obras de arte. Pero monsieur intentaba decirle algo con su rostro inexpresivo.

Entonces, monsieur Jaujard se volvió al representante de la ERR y agregó:

—Mademoiselle Dufort no habla alemán.

Éliane deslizó la carta escrita en alemán que había estado leyendo debajo de una pila de papeles.

Siguió al nazi afuera y pasaron por delante del Arco del Triunfo del Carrusel, todavía majestuoso a pesar de que no había habido triunfo. Luego entraron en el jardín de las Tullerías y pasaron junto a *Diana Cazadora*, posicionada, lista, con la mano extendida hacia atrás para sacar una flecha. Ojalá Diana no estuviera congelada en una escultura. Éliane casi sintió que su boca esbozaba una sonrisa ante la ridiculez de buscar ayuda en una estatua. Pero mantuvo la sonrisa en su interior, en lugar de en su rostro, aferrándose a ese raro momento de humor en un mundo ahora despojado de toda luz.

Por fin, marcharon a lo largo de la Grande Allée, donde los olmos desnudos se reflejaban contra el cielo como delineados en carboncillo. Se detuvieron en el Jeu de Paume, que albergaba el Museo de Escuelas Extranjeras Contemporáneas. Fuera del museo había una fila de soldados armados que exigieron a su acompañante que mostrara sus papeles y explicara quién era Éliane.

Éliane ya no tenía ganas de sonreír. ¿Por qué un museo iba a estar vigilado por hombres armados?

Lo que encontró dentro la dejó boquiabierta. El Jeu de Paume había estado cerrado desde la llegada de los alemanes a París, pero ahora estaba más concurrido que Les Halles en un día de mercado. Baúles, cajas de madera de embalaje y cajas de cartón que contenían obras de arte formaban pilas exquisitas y precarias en el suelo. Los hombres corrían de aquí para allá, estudiando las pinturas, gritando. Un par de esculturas rococó curvilíneas del siglo XVIII se erguían sin consuelo y totalmente fuera de lugar en un museo que antaño había estado dedicado a obras de arte contemporáneo extranjero.

Cuando se volvió para asimilarlo todo, Éliane chocó con un hombre alto que vestía el uniforme más extraño que había visto nunca: una chaqueta con una esvástica junto a una insignia de la Cruz Roja. El hombre se puso rígido, con el rostro a medias oculto por una gorra y una expresión aún más difícil de leer debido al ojo de cristal que la miraba con indiferencia.

—¡Mademoiselle! —rugió.

—Coronel Von Behr. —El soldado que había traído a Éliane saludó y empezó a hablar en alemán, explicando que monsieur Jaujard había enviado a Éliane para ayudar con el inventario francés.

El coronel Von Behr era, Éliane lo sabía, el jefe de la ERR. Al oír la palabra "inventario", apartó la atención de Éliane y la dirigió hacia una mujer cuyas gafas de montura oscura le ensombrecían el rostro. Estaba revisando con discreción una caja de madera con obras de arte y escribiendo en un cuaderno.

Von Behr se acercó a la mujer y le cerró el cuaderno con un chasquido.

—No habrá ningún inventario. *Désolé* —añadió con una sonrisa sin atisbo alguno de disculpa. Llévela de regreso —ordenó el coronel al hombre que había acompañado a Éliane—. La única que puede quedarse es madame Valland. —Hizo un gesto hacia la mujer de gafas que, como Éliane sabía por su trabajo en el Louvre, había sido la prestigiosa curadora del Jeu de Paume antes de la ocupación—. Solo alguien que conozca el edificio puede hacer el trabajo.

Los ojos de Éliane recorrieron la sala. Qué cantidad de

cuadros. ¿De dónde habían salido? No de los sitios que servían de depósito del Louvre como Chambord, Loc-Dieu y Valençay; ninguno de estos cuadros pertenecía al Louvre.

Y entonces lo vio. Un óleo de un hombre con un globo celeste y el rostro iluminado tanto por el sol que entraba por la ventana como por la belleza de sus propios pensamientos. Era *El astrónomo* de Vermeer. Éliane sabía que era propiedad de Édouard de Rothschild. Pero allí estaba, apoyado contra la pared. Una bota alemana pasó junto él, lo golpeó y lo dejó en una posición precaria.

—Oh, no —exclamó y, haciendo caso omiso del temor a tantos nazis reunidos en una única habitación, extendió una mano para salvar el cuadro antes de que se estropeara—. Esto no debe estar en el suelo.

—¿Por qué no? —inquirió Von Behr con frialdad.

Un hombre más joven, con chaqueta y pantalones oscuros nazis y una corbata tan apretada que parecía a punto de estrangularlo por encima de unos botones bien pulidos, el pelo rubio como una triste imitación del sol y los ojos de un tono indeterminado entre azul y verde, levantó la vista de su papel y su bolígrafo.

—¿Sabe usted de pintura, mademoiselle? —inquirió con timidez en francés.

Éliane asintió.

El rubio se dirigió a Von Behr con nerviosismo y el rubor en sus mejillas escaló con cada frase.

—No tenemos una biblioteca para poder verificar las obras de arte. Y hay muchas para catalogar. Llevará demasiado tiempo… y él vendrá pronto. Cualquier persona que sepa de pintura será una gran ayuda. —Para cuando terminó de hablar, tenía las mejillas al rojo vivo y bajó la vista al suelo.

El dedo del coronel Von Behr levantó la barbilla de Éliane.

—¿Habla usted alemán? —inquirió en alemán.

Éliane lo miró como desconcertada.

—Si mi sobrino la necesita, puede quedarse —continuó en francés—. Puede asistir a madame Valland. Según ella, el museo es demasiado grande para dirigirlo sin ayuda. Y le será útil a mi sobrino. —Dijo esto último con una sonrisa. Y dijo todo con insolencia.

Éliane trató de no estremecerse porque sabía que él lo percibiría. Pero no lo consiguió.

La expresión en el ojo sano de Von Behr pasó de diversión aburrida a frialdad absoluta.

—Como ya le he dicho a madame Valland, no debe usted hablar nunca de su trabajo. Nadie del Louvre puede entrar aquí. Nadie puede entrar sin un *Ausweis*. Ya habrá visto los guardias apostados fuera.

El coronel retiró el dedo y Éliane bajó la barbilla de manera servil, encontrándose con los ojos de madame Valland en el proceso. Unos ojos vacíos.

—Gracias por proporcionarme una asistente —interpuso madame Valland, y sonrió a Von Behr—. Es usted muy amable.

Éliane miró con fijeza a madame Valland, que era francesa y nunca debería sonreír a un alemán.

Von Behr se alejó y madame Valland se dirigió al hombre al que Von Behr había llamado su sobrino.

—Veo que ha llegado una nueva entrega, monsieur König. Quizás...

König la interrumpió, no de forma grosera, como su tío, sino con firmeza.

—Su cuaderno, por favor. Ya ha oído usted a mi tío. No habrá inventario.

Madame Valland le entregó el cuaderno.

—Por favor, haga preparar un *Ausweis* para mademoiselle... —König se volvió hacia Éliane con expresión inquisitiva.

—Éliane Dufort.

—Para mademoiselle Dufort. Muéstrele el museo. Eso es todo.

Cuando König se hubo marchado, la sonrisa desapareció del rostro de madame Valland y Éliane aprovechó para preguntar:

—¿Por qué necesito un *Ausweis* para una galería de arte?

—Tendrás que mostrar tu permiso a los guardias todos los días al entrar y al salir. Pero las preguntas son peligrosas. No preguntes más y no tendrás problemas.

Madame Valland le hizo una seña para que la siguiera. A pesar de que era más alta que Éliane y unos veinte años mayor, la mujer se asemejaba a un ratón —algo pequeño e insignificante que pasaba desapercibido con facilidad—, con su traje negro anodino, las gafas redondas y el cabello castaño recogido en un moño.

—Todo lo que necesitas saber es que los alemanes no saben ni vaciar sus propias papeleras. Ni cambiar las bombillas de luz. Nosotras lo haremos por ellos. Por el momento, puedes ordenar las galerías de la planta baja. Retira todo el material de embalaje desechado. König, y otros como él, harán el resto.

"¿El resto de qué?".

Éliane no preguntó. Completó un formulario para el *Ausweis* y se dispuso a ordenar. En las cinco pequeñas galerías en la parte trasera del museo no había nadie, así que empezó por allí.

Dio un giro con lentitud, observando la cantidad de obras a su alrededor, y recordó una conversación que había tenido el día anterior con monsieur Jaujard. Estaba tan serio y triste que Éliane le había preguntado qué le pasaba y él le había respondido: "Se ha emitido una nueva orden que exige que se salvaguarden las obras de arte en manos de judíos, que han sido declaradas bienes sin dueño. La orden establece que los judíos han perdido todos sus derechos. Que son…". Había bajado tanto la voz que Éliane había tenido que acercarse para oírlo mientras monsieur se esforzaba por pronunciar las terribles palabras. "Como ganado. Están fuera de toda ley, incluida la Convención de La Haya. Por lo tanto, no son dueños de nada. Lo que significa que los alemanes pueden confiscarlo todo".

"Como ganado".

"Fuera de toda ley".

"Han perdido todos sus derechos".

¿Qué se sentiría, se había preguntado Éliane, cuando te dijeran esas cosas solo por el Dios al que habías elegido adorar?

Entonces, extendió una mano vacilante hacia *El astrónomo*, con el corazón a punto de estallarle en el pecho. Édouard de Rothschild era judío. Pero nadie le quitaría sus cuadros a Édouard de Rothschild, ¿no es cierto? Era un hombre rico e importante, con una colección de arte inigualable.

Tal vez este cuadro era falso.

Se agachó para estudiarlo, una obra que conocía bien de sus estudios, pero que nunca había tenido la suerte de tener tan cerca. Enseguida vio cómo los marrones y los negros habían sido utilizados con maestría para evocar el misticismo del buscador de conocimiento que ocupaba el centro de la pintura: un hombre que podría, por accidente, ver demasiado en su globo celeste y, por ello, ser decapitado.

¿Estaría ella viendo ahora demasiado? Se oyeron pasos a cierta distancia. El corazón se le aceleró todavía más.

Giró el cuadro. En el reverso, estampada sobre el escudo de la familia Rothschild, había una esvástica.

***

La irrupción de más botas, muchas botas. Volvió a

colocar *El astrónomo* con cuidado dentro de la caja de embalaje junto a una docena de otras obras de renombre mundial. Al parecer, toda la colección de arte de Édouard de Rothschild había sido trasladada al Jeu de Paume, una galería dirigida ahora por nazis armados. Cuando monsieur Jaujard le había hablado de "salvaguardar" los bienes judíos, no se había imaginado que se refería a cuadros como estos. ¿Por eso monsieur había querido que se hiciera un inventario? ¿Para que alguien pudiera saber qué otro tipo de violencia se estaba ejerciendo en esta nueva especie de Noche de los Cristales Rotos?

Éliane recogió un montón de papeles mientras las voces alemanas llenaban sus oídos. "¿Habla usted alemán?", le había preguntado Von Behr. Su mutismo había dado a entender que no. Y monsieur Jaujard les había dicho que no lo hablaba, aunque sabía que sí lo hacía. "Escucha", se dijo a sí misma.

—Fräulein. Por favor, coja esto. —El hombre llamado König le habló en francés, interrumpiendo sus pensamientos. Le colocó un cuadro cubierto con una sábana en los brazos—. Pertenece a la sala de arriba, justo al fondo.

Éliane subió las escaleras hasta la última galería. Depositó el cuadro que llevaba en los brazos junto a un Salvador Dalí en el suelo y luego quitó la sábana y vio que había estado acarreando un Picasso: una mujer en la playa, desnuda, de estilo neoclásico, con el rostro alegre y bañado por el sol. La mirada de Éliane recorrió la habitación y descubrió más cuadros modernistas: un Matisse, un Van Gogh, un Braque.

Volvió a oír pasos a sus espaldas. El cuerpo exterior de Éliane se congeló, pero todo en su interior se aceleró el doble: su corazón, su sangre, su respiración.

Por suerte, era madame Valland.

—Esta sala es para lo que llaman "arte degenerado" —explicó con tono sombrío—. Al Führer no le gusta nada que sea modernista o que no satisfaga una docena de criterios que no tienen nada que ver con el arte y todo que ver con los escrúpulos corruptos de un hombre. La he bautizado la Sala de los Mártires.

La Sala de los Mártires.

Madame Valland desapareció y fue como si las paredes de la galería hubieran hablado —o las mujeres en los cuadros, o los artistas detrás de los cuadros—, diciéndole a Éliane que nada era lo que parecía y que tendría que descubrir por sí misma cómo encontrar respuestas cuando las preguntas no estaban permitidas. Recordó su juramento y su deseo de que Hitler y los nazis ardieran en el infierno por lo que le habían hecho a su familia. Tal vez aquí, en este extraño museo, encontraría la forma de conseguirlo.

***

Al día siguiente, camino al trabajo, pasó junto a hileras de uniformes nazis en posición de firmes ante el Hôtel de Crillon y el Hôtel de la Marine. Sobre ella, el obelisco de Luxor, en el centro de la plaza de la Concordia, se hundía en el cielo como si quisiera perforar el manto gris plomizo y encontrar la promesa del azul, una promesa que ella también anhelaba. Pero lo único que había era lluvia, una llovizna fina y persistente que encharcaba los senderos de las Tullerías y empapaba el cuero de los zapatos de Éliane. Las largas botas negras de la guardia de la Luftwaffe frente al Jeu de Paume parecían gotas de alquitrán deslizándose sobre un cuadro de Monet.

Éliane intentó no mirar. Bajó la cabeza y se recordó a sí misma tres cosas: no entendía el alemán; estaba allí por sus hermanas; debía verlo todo y no decir nada y, en el proceso, averiguar por qué los nazis habían llevado tantas obras de arte de inmenso valor al Jeu de Paume. No sabía qué haría con esa información una vez que la tuviera, pero como conseguirla ya sería bastante difícil, era lo único en lo que podía pensar en este momento.

Los guardias se demoraron con su *Ausweis*, pero no se puso nerviosa como lo había hecho el día anterior: portaba su propósito como un escudo. König llegó justo después que ella y se dirigió al guardia con voz cortés.

—Puede entrar. Tenemos trabajo que hacer.

Éliane lo siguió al interior del museo.

—¿Ha dormido bien, mademoiselle? —inquirió König.

Ella asintió y vio que König se ruborizaba un poco. Hablar con ella lo hacía sonrojarse. Éliane tragó el gusto a bilis en su boca.

A pesar de su intención de no sorprenderse y mantener la calma, era difícil no sentirse impresionada por el contenido del museo. Alfombras suntuosas —propiedad de uno de los Rothschild— decoraban los suelos, y pares de elegantes sillas Luis XV tapizadas estaban colocadas frente a sillones de estilo directorio de líneas más sencillas —también de los Rothschild—. Jarrones de porcelana de Sèvres, figuras de encaje de Meissen y Dresde, jarras orientales de celadón, platería brillantemente pulida y relojes dorados que marcaban la hora con paciencia adornaban los chifonieres del siglo XVIII. Tapices de Aubusson colgaban de las paredes en tonos verdes bucólicos y ventanas con vidrieras estaban apoyadas de manera precaria y profana contra las columnas.

En cada galería que recorría, Éliane veía lo mismo: paredes invisibles debajo del exceso de obras de arte. Parecía como si todas las colecciones de las galerías Seligmann, Wildenstein y Bernheim-Jeune —galerías vecinas de la del padre de Xavier— estuvieran congregadas allí. Tantas obras maestras reunidas en una exhibición que ni siquiera un museo reconocido podría llevar a cabo. Pero la posibilidad de tocar esas maravillas no le generaba emoción alguna. Lo único que experimentaba era un pavor ardiente en el estómago y la misma pregunta recurrente que resonaba en su cabeza: ¿por qué estaban allí todos esos cuadros?

Sintió que alguien se detenía junto a ella.

—*Incroyable* —murmuró madame Valland, pero no como si estuviera impresionada.

Más bien, Éliane percibió una nota de desesperanza en su voz, casi oculta, como las calaveras que los pintores holandeses escondían en sus naturalezas muertas: la advertencia en medio de la majestuosidad. Y también detectó en su rostro algo más que mansedumbre y obsequiosidad: una marcada inquietud que acechaba detrás de sus gafas.

En ese mismo momento, Von Behr entró en la habitación y Éliane supo que no podía permitir que el coronel viera el estupor de madame Valland. Así que se volvió y fingió tropezar con la pata de una mesa cercana. Los jarrones de cristal sobre la mesa se sacudieron y el agudo tintineo de cristales generó una alarma. Madame Valland apartó los ojos de un Rembrandt.

—¡Idiota! —La mano de Von Behr se alzó para golpear la mejilla de Éliane, igual que la de su padre. Aceptó la bofetada sin inmutarse—. Búsquese otra persona menos torpe —bramó hacia madame.

—Ay, pero entonces perdería tiempo formándola —respondió madame Valland y obsequió su sonrisa servil a Von Behr—. Mejor le enseñaré a tener cuidado con sus pies.

Von Behr paseó su mirada por el rostro y el cuerpo de Éliane.

—Supongo que es poco probable que encontremos a alguien tan joven y decorativa. —Salió de la sala y Éliane dedujo que se había salvado, por ahora. Y que la sonrisa de madame Valland había ayudado.

—*Merci* —susurró.

—Y gracias a usted también —murmuró a su vez madame Valland. Y luego, en tono más alto —: Enderece los jarrones, mademoiselle Dufort.

Von Behr reapareció con un grupo de hombres con batas blancas que intercambiaron comentarios en voz baja y en alemán para expresar su asombro por los objetos allí reunidos.

—Quiero todo catalogado y organizado —gritó Von Behr—. Y rápido. Pronto llegarán invitados importantes que querrán ver una exposición, no un desorden. König —rugió, y el hombre más joven se adelantó—. ¡Estás al mando! ¡Ilse!

Una mujer alemana rubia de sonrisa tonta y con un bloc de notas en la mano dio un paso adelante.

—A mi oficina —le indicó Von Behr, ahora suavizando las vocales—. Tenemos trabajo que hacer.

—Pero, tío… —König extendió una mano para detener la partida de Von Behr—. Necesitamos una biblioteca de referencia. Muchas de las obras son francesas y ninguno de nosotros es experto en arte francés.

—¡No hay biblioteca de referencia! —exclamó Von Behr—. Usad el cerebro. Creía que todos erais historiadores del arte.

König tenía las mejillas rojas por la reprimenda de su tío y se apresuró a regresar a la fila. Al hacerlo, se dio cuenta de que Éliane lo estaba observando y, por fortuna, en vez de interpretar la curiosidad de ella como lo que era, el joven se sonrojó todavía más y bajó la cabeza hacia el suelo.

En cuanto Von Behr y su secretaria abandonaron la sala, Éliane, que seguía enderezando los jarrones, escuchó con atención la sarta de quejas vehementes. Von Behr sabía tanto de arte como un campesino. El único trabajo que realizaba en su oficina con su secretaria era físico. Había demasiadas obras para catalogarlas de forma adecuada. ¿Acaso Von Behr quería decirle al mariscal del Reich que un cuadro era de Boucher cuando en realidad era de Courbet?

"Solo un tonto confundiría un Boucher con un Courbet", pensó Éliane. Era tan probable que Courbet pintara a una Callisto yacente y desnuda a punto de ser avasallada por Júpiter como que pintara a una simple empleada ordenando un museo. ¿Era ella la única persona en la sala que sabía algo de arte francés? Eso podría ser una ventaja en su búsqueda de respuestas.

Pero ahora había otra pregunta que se sumaba a las miles que ya tenía. Los hombres habían mencionado al mariscal del Reich. Había un único mariscal del Reich: Hermann Göring, el segundo de Hitler. ¿Por qué un nazi de tan alto rango visitaría este museo de envergadura menor cuando debía de tener tantas cosas más importantes que hacer?

Las explicaciones fueron esquivas ese día y durante todo el invierno, ya que todos los días llegaban camiones cargados de obras de arte. Obras de Monet, Sisley, Degas, Fragonard, Velázquez, Tiziano, Rubens, Boucher, Van Gogh, Renoir, Gauguin. Tanto arte que resultaba casi vulgar, como si la mismísima Atenea, diosa de las artes, retozara por las galerías, entregada a una orgía estética. Los historiadores del arte de batas blancas, como cirujanos revisando cuerpos, se reunían en la sala de espera de almas perdidas e intentaban, a menudo en vano, organizar las obras según escuelas o años o alguna categoría por el estilo para decidir qué cuadros eran amorales y, por lo tanto, debían destinarse a la Sala de los Mártires. Éliane almacenaba todo en su mente, sin saber qué utilidad podría tener la información, pero incapaz de no hacer nada.

Sin embargo, el brutal invierno pronto frenó las ambiciones de Éliane de hacer algo más que sobrevivir. Se estableció el racionamiento de alimentos, pero para conseguir cupones de racionamiento había que hacer cola en la alcaldía. La primera vez que lo hizo, esperó cinco horas en una cola larga de gente, avanzó muy poco y acabó desistiendo.

A la vez siguiente, le pagó a uno de los hijos de su vecina para que hiciera la cola por ella, como tantos parisinos se veían obligados a hacer.

No solo había que hacer cola para conseguir los cupones de racionamiento, sino también para obtener los alimentos. Para cuando Éliane le volvió a pagar al mismo niño para que hiciera la cola y le comprara comida, casi todo su dinero se había esfumado y los precios de todo, incluso del pan, se habían disparado.

La sobreoferta de melocotones y uvas en el otoño le había quitado las ganas de volver a ver un melocotón en su vida. Pero, en invierno, calculaba los días según lo que el hijo de su vecina era capaz de conseguir. Siempre un panecillo y *café nationale*, una mezcla de garbanzos molidos y bellotas que hacía las veces de café.

Algunos días, el niño decía: "Una patata", y se la entregaba. Éliane sonreía. Había aprendido a llenarse con patatas, pan y café.

Pero al día siguiente, anunciaba "Un nabo sueco", y ella tenía que hacer un esfuerzo para no refunfuñar.

Esa noche hirvió el nabo, sin quitarle la vista de encima, deseando que se convirtiera en un huevo. Hacía casi quince días que no veía un huevo y solo de pensar en una tortilla se le hacía agua la boca. Pero el nabo sueco seguía teniendo el color de un moratón y su sabor aguado y débil la hacía acostarse temprano; habría aprendido por experiencia que a veces el sueño podía aplacar los dolores del hambre.

Como mucho una vez a la semana, el chico aparecía con un trozo de carne tan pequeño que le cabía en la palma de la mano; esos eran los mejores días de todos. Esas noches, hacía que la cena durara casi una hora: cortaba trocito tras trocito y los dejaba reposar en la lengua antes de masticar con lentitud. Pero luego la carne se acababa y se quedaba sentada sola en el apartamento. Sin la distracción de la comida, el frío del invierno se hacía sentir más a través de las contraventanas cerradas, haciéndola temblar. No había carbón en ningún lado.

Sacó uno de los antiguos libros de arte que había escondido de su padre en un hueco detrás del espejo en la pared de su dormitorio y deslizó la mano por la cubierta a modo de disculpa. No lo abrió ni miró en su interior: partió el libro por la mitad, lo puso en la chimenea y le prendió fuego. Luego se bañó deprisa y se preparó para ir a la cama. Para cuando se metió debajo de las sábanas con el abrigo, la bufanda, los guantes y un pasamontañas de punto en la cabeza, el fuego se había apagado.

Tenía las manos rojas y le picaban los sabañones. Su estómago rugía en señal de protesta. La lluvia golpeaba contra la ventana. Un nazi gritó en la calle *"Achtung!"*. Éliane trató de pensar en algo agradable, pero no pudo.

A la mañana siguiente, se levantó de la cama temblando, con las manos más doloridas que el día anterior. La sobreoferta era ahora de limones y cortó uno en octavos como si fuera una naranja, le quitó la cáscara, cerró los ojos y se metió un trozo en la boca, obligándose a masticar y tragar. Bebió un sorbo de agua, luego se comió el siguiente, y luego el siguiente hasta acabarlos todos.

Antes de irse a trabajar, regó los nabos, las zanahorias y las patatas que cultivaba en jardineras cerca de la ventana. No tenía espacio para cultivar todo lo que quería, pero pensaba que en unos días estarían listos para la cosecha y entonces quizás podría añadir media zanahoria a su dieta diaria. O tal vez usar una de cada hortaliza para hacer un caldo; tendría que durar toda la semana, eso sí, pero sería una gloria disfrutar de una entrada caliente de sopa antes de su plato principal de patatas y pan.

Se dio cuenta de que había cerrado los ojos, como si estuviera soñando con los placeres más grandiosos. Su risa resonó de manera extraña en el apartamento vacío. Acto seguido, se marchó: odiaba el silencio que le respondía. El hedor de los conejos que sus vecinos criaban y mataban para comer flotaba con intensidad en el hueco de la escalera.

Ya casi no le importaban las obras de arte.

CAPÍTULO 5

En el museo, donde nunca había esperado encontrar nada que aliviara su desolación, madame Valland sacó dos patatas de su bolso y se las dio a Éliane.

—Para usted.

—No puedo —protestó Éliane, aunque lo único que deseaba era comérselas crudas allí mismo.

—En los jardines del Louvre se están cultivando hortalizas —explicó madame Valland mientras depositaba la comida en el escritorio frente a Éliane—. Si se detiene por las noches en el Cour Carrée, habrá una cesta esperándola.

Iba a llorar encima de las patatas. Cuando otrora las lágrimas se habían reservado para la muerte y las penas de amor, ahora brotaban por comida y amistad.

—Gracias, madame —susurró.

Dos huevos aparecieron junto a las patatas.

—Tengo familia en el campo que me envía comida. No puedo comérmela toda.

Éliane estiró un dedo para tocar la cáscara del huevo, para asegurarse de que era real, y luego estuvo a punto de hacer lo mismo con madame Valland. ¿Era real?

En lugar de eso, se quitó la chaqueta, un viejo abrigo de piel de su madre que había comprado de segunda mano hacía veinte años en el mercadillo. La lluvia sucia que había caído del cielo aquella mañana lo había convertido en un peso muerto, y chorreaba agua.

—Creo que sería más útil usar directamente el animal —comentó, y la idea de pasearse por París con un oso a cuestas le provocó una carcajada.

Los ojos de madame Valland centellearon detrás de las gafas.

—Ese es el espíritu apropiado.

Y Éliane comprendió que madame era una aliada. En este mundo extraño en el que todo la sorprendía —el enervante ruido de las botas alemanas, el repentino rugido de un autobús turístico lleno de soldados alemanes que señalaban las vistas de una ciudad que ahora consideraban suya— y en este museo extraño en el que una vez había hecho un juramento que había quedado relegado por el hambre, una aliada era lo más valioso de todo.

Observó a madame Valland, que estaba guardando su bolso en un cajón con una sonrisa totalmente distinta a la que le mostraba a Von Behr. La luz en sus ojos era espiritual, como si tuviera no a Dios, sino algún otro propósito mayor. Como si se hubiera hecho una promesa a sí misma y la hubiera cumplido.

—Madame —aventuró, sin estar segura de lo que iba a preguntar.

—Llámame Rose —replicó madame.

Antes de que Éliane pudiera decir nada más, apareció König.

—Disculpen —empezó, con los ojos fijos en Éliane—. Mañana habrá una exposición. Es muy importante que todo salga bien. La necesitaremos —señaló hacia Éliane con una media sonrisa tímida— para servir champán a los invitados.

—Mademoiselle ayudará con mucho gusto. —La sonrisa deferente de Rose había regresado: la transformación de una mujer que momentos antes había inspirado algo en

Éliane a una criatura intrascendente y servil fue asombrosa. De hecho, König ni siquiera esperó a que Rose terminara de hablar para marcharse.

—No sé si puedo servirles champán —protestó Éliane cuándo él se hubo ido.

—Claro que puedes —replicó Rose—. Imagina las conversaciones que oirás. Tengo que ir a verificar la calefacción. —Se escabulló.

Éliane se tomó su tiempo para ponerse a trabajar ese día. La conversación con Rose le daba vueltas y vueltas en la cabeza. Rose le había dicho que habría una cesta de verduras esperándola en el Cour Carrée. Eso significaba que Rose había estado hablando con monsieur Jaujard. A Éliane le habían prohibido hablar con su antiguo jefe y suponía que a Rose también. Rose era muy hábil para comportarse de manera que la mayoría de la gente la pasara por alto; de hecho, la primera impresión que Éliane había tenido de ella había sido la de una tía solterona sumisa cuyo único propósito en la vida era ser complaciente con todo el mundo. Pero ¿por qué alguien que quería complacer a los alemanes insinuaría que escuchar con disimulo a esos mismos alemanes podría resultar útil el día de mañana y así mitigar su culpa por servirles champán?

Más preguntas. Pero ahora de otra naturaleza. ¿Habría llorado Rose también por los rehenes en las galerías, aprisionados no solo en óleos y acuarelas, sino también cautivos de las armas y la codicia de los nazis?

***

Al día siguiente, el día de la exposición, Éliane prestó especial atención a su rostro y su cabello: se pintó los labios de un rojo intenso y se aplicó una gruesa capa de rímel que iluminó sus ojos de un verde París, un color cuya belleza luminosa ocultaba su verdadera peligrosidad. Se colocó los rizos sueltos de cabello rubio alrededor de los hombros y eligió un vestido azul marino con canesú y un corpiño suavemente drapeado. La cintura era ceñida, lo que realzaba su figura, y la falda caía con ligereza.

En el museo, Von Behr se paseaba de un lado a otro por el vestíbulo con la gorra calada para ocultar su ojo postizo.

—Champán —gritó cuando la vio—. ¡Ahora!

Éliane forzó una sonrisa.

El coronel se detuvo.

—König —llamó.

Su sobrino llegó corriendo, vestido con su uniforme oficial azul grisáceo de la Luftwaffe y los pantalones abombados sobre unas botas negras muy brillantes. Se detuvo al ver a Éliane.

Von Behr se rio.

—Nuestra Fräulein se ha puesto muy guapa, ¿no crees?

König asintió con entusiasmo evidente, y luego se contuvo.

Von Behr volvió a reírse.

—Su trabajo hoy, mademoiselle, es asegurarse de que las copas de nuestros invitados estén siempre llenas.

—*Certainement*, monsieur —convino Éliane de manera cortés.

Comprendía que su sonrisa, su maquillaje, su vestido y su obediencia habían complacido a Von Behr y que pasar el día en las galerías en vez de en la oficina le facilitaría la tarea de encontrar respuestas a sus preguntas: ¿para quién era la misteriosa exposición?, ¿qué ocurriría con las obras de arte después?, ¿por qué se exponían? La sensación de hambre desapareció ante su determinación de aprovechar el día.

Von Behr y König se pusieron en posición de firmes al oír el ronroneo de un coche que se detuvo fuera. Éliane cogió una botella y esperó con ella al pie de la escalera. Las puertas del museo se abrieron.

El primero en entrar fue nada menos que Göring, el mariscal del Reich, segundo de Adolf Hitler y jefe de la Luftwaffe, cuyos aviones tal vez habían matado a su familia. Aquel día no llevaba el reluciente uniforme blanco con el que solía aparecer en las fotografías. De hecho, parecía un vagabundo, con un abrigo beis abotonado sobre la cintura y que le llegaba hasta los talones y un sombrero arrugado en la cabeza.

Éliane estaba tan distraída con el desaliño de quien era el segundo al mando de la nación que había derrotado a su país que tardó un poco en advertir a la persona que había entrado con Göring y estaba de pie junto a él en un lugar reservado para un asesor importante. Eso significó que el hombre tuvo cierta ventaja, pero ella no. Cuando por fin le vio la cara, casi todo el autocontrol con el que había mantenido un semblante impasible se desvaneció y estuvo a punto de dejar caer la botella de champán al suelo, un acto que sin duda le costaría el despido.

Y por un momento lo deseó. Quería que le ordenaran que se marchara para poder salir por la puerta y olvidar que Xavier, un hombre al que había amado, era el acompañante del mariscal del Reich de Alemania en un museo de París.

Sus manos aferraron la botella justo a tiempo.

—¿Va usted a servirlo o a estrangularlo? —preguntó Xavier con frialdad en alemán.

Göring se rio.

El estupor la salvó. Se quedó mirando con desconcierto, sin responder, y alcanzó a oír que Von Behr le comentaba de manera despectiva a Xavier:

—No habla alemán.

Y ahora estaba perdida. Xavier revelaría su artimaña y Von Behr la despediría. O…

"No debe usted hablar nunca de su trabajo. Ya habrá visto los guardias apostados fuera", le había advertido Von Behr hacía tres meses, cuando pensaba que ella no entendía el idioma en el que se llevaban a cabo la mayoría de las operaciones del museo. Observó el rostro brutal de Von Behr y supo que no haría nada tan amable como limitarse a despedirla.

Quería temblar. Quería retroceder. En vez de eso, miró a Xavier a los ojos y utilizó el recuerdo de Yolande para asegurarse de no apartar la vista.

Al cabo de un momento, él desvió la mirada.

—Tenemos sed —señaló hablando en francés, con tono despreocupado.

Nunca había sido tan difícil inclinar una botella, verter el líquido con cuidado en una copa, estimar el nivel que alcanzaría la espuma para que no se desbordara. Nunca había sido tan difícil respirar. "Solo un minuto más y podrás escaparte", se dijo a sí misma. Treinta segundos. Quince. Listo.

Pero entonces König, el tímido y torpe König, le tomó la mano.

—¿Se ha hecho daño, mademoiselle? —inquirió.

No había nada que Éliane deseara menos que aquellos hombres vieran los sabañones, las marcas de su sufrimiento. Lo primero que se le ocurrió fue esconder los dedos detrás de la botella de champán antes que contarle a un nazi que estaba quemando sus libros de arte para calentarse. Pero la misma firmeza que le había permitido mirar a Xavier a la cara y sostener su mirada la impulsó a contestarle ahora a König con inocencia.

—Espero que no sea contagioso.

El joven le soltó la mano de inmediato y Éliane sintió que otra de esas extrañas y sorprendentes sonrisas empezaba a dibujarse en su rostro ante el éxito de su travesura.

—Puedes cortejarla después —irrumpió Xavier con voz burlona, y borró todo el humor del momento, haciendo que las mejillas de Éliane ardieran con tanta intensidad como las de König y no solo de rabia, sino de mortificación.

Sabía que debía salir de la sala y tranquilizarse. Le indicó la botella vacía a Von Behr.

—Traeré más —dijo.

El coronel asintió antes de volverse hacia sus invitados y darle una palmada en la espalda a Xavier mientras hablaban.

Éliane fue directa al baño, se sentó en la tapa del retrete, se tapó la cara con las manos y trató de creer que el que estaba ahí fuera no era Xavier. ¿Cuándo había vuelto de Londres? Y —una pregunta que le hacía palpitar con fuerza la cabeza y también el corazón— ¿por qué se reía con los nazis?

La puerta del baño chirrió. Alguien entró y empujó las puertas de los otros dos cubículos. Éliane vio un par de zapatos negros de hombre que se detuvieron ante la puerta cerrada de su cubículo. Luego, la voz de Xavier.

—Éliane.

No Ellie.

—¿Qué estás haciendo? —preguntó.

Ella susurró, con la voz teñida por el miedo.

—Lo que cualquier persona hace en un baño. —No dijo "Llorando".

—Si descubren que hablas alemán, te matarán.

"Te matarán". Era peor de lo que había pensado. ¿Qué estaba haciendo? Pintarse los labios y sonreírle a un nazi y pensar que con eso obtendría respuestas. Pero en realidad, ¿qué tenía ella que ver con todo esto?

Tragó saliva.

—Entonces mi vida está en tus manos. —Desbloqueó la puerta del cubículo, la abrió de un empujón y pasó de largo sin mirarlo—. Veremos cuánto valor le das.

***

Xavier regresó a la galería principal poco después que Éliane, que solo había recuperado un mínimo de autocontrol.

—Vaya colección —oyó decir a Xavier—. ¿Empezamos?

Guio a Göring hasta un cuadro y le habló de su origen, del uso de la grisalla como base del cuadro, como si fuera el asesor artístico de Göring, un trabajo para el que sin duda estaba cualificado. Mientras lo escuchaba hablar, no pudo evitar estudiarlo, como si intentara asegurarse de que se trataba en verdad de Xavier y no de un hombre parecido y que sonaba como él.

Llevaba un traje oscuro impecable. A ella siempre le había parecido que el traje le sentaba de maravilla y aquel día no era una excepción. De hecho, durante los últimos nueve meses, se había vuelto más carismático que nunca, con una sonrisa despreocupada y una confianza relajada que atrapaba las miradas y las mantenía fijas en él.

Göring dio un paso adelante para observar más de cerca las técnicas de las que hablaba Xavier. En ese momento, el mariscal del Reich no era un hombre de mundo, sino un hombre boquiabierto, como un niño que visita una juguetería por primera vez. Sus ojos acariciaban las figuras sobre el lienzo, recorrían las curvas de los cuerpos desnudos sobre madera. Su paso era lento y cuidadoso. Prestó especial atención a las pinturas *fêtes galantes* —representaciones lascivas y desnudas del siglo XVIII ambientadas en jardines— y a la *Venus* de Boucher. Éliane vio a *Venus* estremecerse de una manera que una figura pintada al óleo no podría hacer y supo que se había equivocado. Göring no era como un niño en una juguetería, sino como un hombre en un burdel. ¿En qué convertía eso a Xavier?

Tuvo que cerrar los ojos. Era demasiado. Había hecho el amor con Xavier. Había amado a Xavier. Quería vomitar.

"Todo sufre cuando el poder y el dinero están al alcance de hombres codiciosos. Y estoy empezando a creer que hay más hombres codiciosos que decentes", le había dicho Xavier una vez. Quizá le pagaban muy bien por lo que estaba haciendo. Tal vez el hombre sin corazón que le había dicho que se marchaba justo después de que ella se hubiera acostado con él por primera vez era el verdadero Xavier.

Lo cierto era que muchos parisinos trabajaban para los nazis como si estos fueran seres humanos normales, algo en lo que el gobierno de Vichy insistía. Como si la ocupación fuera la forma de vida que debería ser, siempre. Como si el hecho de que el propietario de un restaurante no ofreciera un menú escrito en alemán o que un vendedor le diera la espalda a cualquiera que llevara un uniforme nazi fueran las verdaderas aberraciones y todo lo demás fuera normal. Como si lo que Éliane sentía por los alemanes fuera a la vez estúpido y atípico. Pero no lo era. Ella no lo era. Y Xavier no merecía que sufriera por él.

Abrió los ojos y concentró su atención en el acto indoloro y sencillo de servir la bebida. No llegaron más invitados. El alboroto y la solemnidad eran solo para Göring. Pero ella seguía sin saber por qué.

Göring estaba ahora cerca de *El astrónomo* de Vermeer. En cuanto Xavier pronunció la palabra "Vermeer", un deseo vivo se reflejó en el rostro de Göring.

—Siempre he querido un Vermeer —admitió a Xavier—. Estuve cerca de conseguir uno en Austria.

—Creo que ese ahora le pertenece al Führer —respondió Xavier.

A modo de respuesta, Göring hizo un movimiento de cabeza brusco. Separó las piernas con una mano apoyada en el bastón y examinó el cuadro. Mientras lo hacía, se llevó la otra mano al bolsillo y algo tintineó dentro, como monedas. Sacó la mano y los objetos, y los hizo moverse alrededor de su palma como si lo tranquilizaran. Éliane se adelantó con la botella de champán y vio que las notas musicales procedían de una docena de esmeraldas que rodaban por los dedos de Göring como las más extravagantes cuentas para la ansiedad, y que las joyas y el Vermeer, lejos de tranquilizarlo, lo excitaban.

La curiosidad de Éliane la había hecho acercarse tanto que supo que debía reprimir el grito ahogado que, en ese mismo instante, se le estaba escapando. Por suerte, al mismo tiempo, Xavier empezó a señalar los objetos en el cuadro: el extraño diagrama de círculos en la pared, el astrolabio de mundos desconocidos, el libro abierto sobre la mesa.

Cuando terminó de hablar, ella se quedó esperando, segura de que habría más. Pero parecía que Xavier no solo había perdido los escrúpulos, sino también su mente brillante y su sensibilidad artística, pues no había mencionado ni una sola vez las manos del astrónomo. Eran la parte más importante del cuadro. El Xavier de antaño nunca habría pasado por alto el "impulso vital" de la obra.

Éliane no reconocía al hombre que tenía delante.

—Lo quiero —declaró Göring a Xavier.

"Lo quiero". El cuadro era de Édouard de Rothschild. Era imposible que Göring pudiera comprarlo. ¿Qué estaba ocurriendo?

Los ojos de Éliane se apartaron de la pintura y pasaron por encima de madame Valland. La expresión en el rostro de la mujer mayor reflejaba la propia confusión de Éliane. Pero eso solo sería posible si madame también entendiera alemán, cosa que se suponía que no hacía.

Xavier y el mariscal del Reich avanzaron por la galería hasta otro cuadro, uno que Éliane no conocía. Era una obra magnífica y su corazón reaccionó de inmediato; tuvo que aquietar los pies para no caminar hacia allí.

Era una pintura de una pareja abrazándose y, de alguna manera, englobaba la historia de todos los besos artísticos famosos: el de Klimt, el de Rodin, el de Hayez. Pero este cuadro era muy superior, pues tomaba el esplendor de todos ellos para crear una verdadera obra maestra. La pareja estaba encuadrada por el marco de una ventana, con el cielo nocturno de un azul oceánico y el círculo blanco indiscreto de la luna sobre ellos. La mano de la mujer descansaba en la mejilla del hombre. Su rostro era el éxtasis plasmado en óleo. El rostro de la figura masculina quedaba casi oculto por la mujer que se inclinaba hacia él, salvo por la única y exquisita lágrima que se vislumbraba en el rabillo de su ojo.

Éliane deseó perderse dentro de ese cuadro. Y entonces vio, en la esquina, el nombre del artista: Luc Dufort. Se quedó boquiabierta.

Debía de ser la pieza que le había vendido a Édouard de Rothschild. ¿Por qué había dudado del talento de su hermano? Luc había hecho algo extraordinario. Deseó saber dónde se escondía, deseó poder decirle que lo sentía.

—¿Este es importante? —preguntó Göring a Xavier.

Xavier sacudió la cabeza con vehemencia.

—Es una obra menor de un artista menor. Modernista. Arte degenerado.

¿Cómo había podido alguna vez amar a un hombre así?

—Llévelo a la sala de arriba —ordenó el coronel a Éliane.

Pero la estupefacción había ralentizado las reacciones de Éliane y no se movió.

—Allez-y! —le espetó Von Behr—. ¿A menos que quiera otro?

Levantó la mano. Éliane se llevó un brazo protector a la mejilla, odiándose por su debilidad. Xavier se dirigió a Von Behr con una sonrisa:

—Guarde su energía para Chez Marguerite.

Chez Marguerite era un burdel. Estos hombres pasarían de una galería en la que habían estado salivando frente a cuadros que no tenían derecho a poseer a un burdel donde harían lo mismo con las mujeres. Éliane descolgó el cuadro de la pared; sabía que tenía que salir de la sala antes de echarse a llorar.

De camino a casa desde el museo, se detuvo en el patio del Louvre y encontró la cesta que Rose le había dicho que la estaría esperando. Rebuscó en ella y encontró no solo más patatas, sino también puerros y un nabo. Y, en el fondo, había un tarro de crema de manos. Éliane lo sacó con lentitud.

Sabía que casi todos los parisinos utilizaban el turbio mercado gris que se apartaba de la forma legítima pero imposible de hacer las cosas con los cupones de racionamiento, y también de los sobornos y la corrupción del mercado negro, un lugar del que solo se beneficiaban los alemanes y los colaboracionistas, y que ella jamás apoyaría. El mercado gris era un parisino que iba a la campiña todos los fines de semana a comprar verduras y carne, que eran más abundantes allí, las traía a la ciudad y las distribuía entre los que no tenían parientes en el campo que pudieran facilitarles alimentos. El mercado gris era monsieur Jaujard —pues quién si no podría haberlo hecho— deslizando un tarro de crema de manos imposible de conseguir debajo de unas patatas.

Pero ¿cómo había hecho Rose para hacerle saber a monsieur Jaujard que a Éliane le dolían las manos y necesitaba crema de manos? ¿Y de dónde la había sacado él? No importaba. Era un final hermoso para un día terrible.

Era tal el dolor que sentía que abrió el tarro allí mismo y se untó las manos con la crema. Luego se dirigió a su apartamento, con un esfuerzo por recuperar el ánimo, por intentar que la amabilidad compensara todo lo demás.

No lo había logrado del todo cuando entró en la *galerie*, subió los tres pisos y se encontró con una sorpresa que casi la hizo caer de espaldas por la escalera. Una muchacha de cabello rubio cubierto por un pañuelo y ojos azules ya no tan abiertos estaba sentada en el último escalón.

—¿Angélique? —susurró, aterrorizada ante la posibilidad de que la visitaran fantasmas.

—¡Éliane! —gritó la mujer fantasma, y se abalanzó sobre su hermana.

Los brazos de Éliane la rodearon. El cuerpo de Angélique era tibio y real, aunque demasiado delgado.

—Creí que estabais todas… —No pudo decirlo—. ¿Las demás están dentro?

Éliane empezó a alejarse, a abrir la puerta para que su corazón se deleitara con Yolande y Ginette y Jacqueline y su madre, pero Angélique no la dejó avanzar. En vez de eso, la joven rompió a llorar como lo había hecho Éliane cuando había pensado que estaba sola en París.

—Ellas no… —Angélique dejó escapar un hipo—. No…

La alegría de Éliane se hizo añicos. Pero no dejó que su hermana se diera cuenta. La llevó al apartamento, la sentó, le preparó una taza de café y se sentó a su lado.

—Los Stukas nos sobrevolaban —comenzó a explicar Angélique con amargura— y perdí a Ginette en medio del pánico. Y las demás… —Hundió el rostro en el hombro de Éliane—. Después, tuve que cerrarle los ojos a Yolande.

Era demasiado. Demasiado difícil contener su propio dolor y concentrarse en darle a Angélique el consuelo que necesitaba. Éliane clavó la vista en el techo, ignoró el dolor en su garganta y abrazó a su hermana.

—Me llevó tanto tiempo regresar —continuó Angélique por fin—. Tomé… tomé todo el dinero que *Maman* llevaba encima, pero había perdido una parte y no quedaba mucho. Tuve que trabajar todo lo que pude para comer y ganar lo suficiente para el tren.

Se miró las manos llenas de ampollas y Éliane dio gracias a Dios por esas ampollas, que tal vez habían sido producto de trabajar en el campo y no del tipo de trabajo sobre el que Xavier y Göring habían bromeado aquel día.

—Traté de enviar una carta —añadió—. Pero decían que gran parte de la correspondencia de la zona libre no llegaba a la zona ocupada.

Éliane le tomó el rostro entre las manos y le habló con suavidad.

—Eres muy valiente. Y ya estás en casa. Yo cuidaré de ti.

La cara de Angélique se arrugó y evocó en Éliane el recuerdo agridulce de Yolande.

Más tarde, Éliane le contó a su hermana que la habían trasladado al Jeu de Paume. No mencionó los cuadros abarrotados en el interior ni a Xavier. Von Behr le había advertido que no dijera nada a nadie y no quería poner en peligro a Angélique. Y tampoco tuvo el valor de contarle que el hombre que una vez había traído comida y solaz a este apartamento era ahora amigo de los alemanes.

—Estás trabajando para los nazis. —La voz de Angélique sonó sombría y acusadora.

Éliane se estremeció.

Se puso de pie y se acercó a la ventana, sin querer enfadarse con su hermana, que no entendía esta nueva vida en París. Abajo, en la calle, vio el café de enfrente, que ahora ofrecía un menú en alemán. Un fuego cálido ardía en el interior y los clientes alemanes de uniforme gris comían platos abundantes, calientes y humeantes. El dueño del café y su hija lucían sanos y robustos. Sus manos no padecían el frío. El patrocinio de los nazis les garantizaba que no pasaran privaciones. Estaban haciendo lo que el gobierno de Vichy les había dicho que hicieran.

Del mismo modo en que Éliane se había dicho a sí misma que debía seguir haciendo su trabajo para poder comer. Para poder hacer algo por las obras de arte secuestradas. ¿Pero qué había hecho? Escuchar a escondidas algunas conversaciones. ¿De qué servía eso? ¿Acaso era ella tan mala como Xavier?

El astrónomo debería seguir colgado en la mansión Rothschild. Un mariscal del Reich no debería pasear su mirada ávida por un cuadro que, durante décadas, había permanecido, seguro y orgulloso, en manos francesas.

Cosa extraña, la voz de Yolande sonó como un fantasma en su oído: "Éliane tiene que venir con nosotras". Pero Éliane se había quedado. Y si eso acababa siendo en vano, entonces volvería a fallarles a sus hermanas, como había hecho en junio.

Recordó lo que había sentido esa tarde al ver el cuadro de Luc de la pareja: plenitud. En una ciudad donde la gente pasaba frío y hambre, no era poca cosa. El mundo y el pueblo de París necesitaban del arte.

—¿Por qué trabajas para los nazis? —insistió Angélique—. ¿Por qué?

"Por qué". Eso era lo que había estado incentivado a Éliane hasta ahora. El tratar de entender por qué los nazis estaban recopilando todos esos cuadros, con qué propósito. Pero ¿y si en lugar de eso pensaba en lo mucho que ya sabía? Sabía a quién pertenecían los cuadros. Sabía qué cuadros estaban en el Jeu de Paume. ¿Y si lo ponía por escrito? El nombre de cada cuadro robado, de cada escultura robada, para que, en el futuro, el mundo supiera lo que había hecho la Alemania de Hitler.

"Te matarán", había dicho Xavier.

A principios de esa semana, siete antropólogos del Museo del Hombre que habían impreso y distribuido un periódico clandestino que instaba a la resistencia contra los nazis habían sido fusilados. ¿Qué le harían los nazis a Éliane si escribía lo que sabía?

"Te matarán". Las palabras se repitieron en su cabeza, pero esta vez, no tembló. Ya casi no estaba viva.

—No, Angélique —respondió con determinación—. Estoy trabajando contra los nazis.

CAPÍTULO 6

A LA MAÑANA SIGUIENTE, LA EXPOSICIÓN CONTINUABA Y Éliane esperaba la oportunidad para dar su primer paso. Se le había pedido que volviera a servir champán y lo hizo mientras Von Behr gesticulaba hacia al menos veinte cofres que se encontraban alineados a lo largo de una pared. Cuando los vio, Éliane no pudo evitar soltar una exclamación. Contenían joyas aún más especulares que las de la corona francesa. Diamantes, rubíes, esmeraldas, oro y perlas.

—Fueron adquiridas a los Rothschild —explicó König—. Ya sabemos cuánto aprecia usted las joyas, mariscal.

De hecho, Göring estaba profusamente engalanado ese día: numerosas piedras preciosas adornaban sus dedos y un bastón enjoyado se balanceaba con descuido en su mano. Llevaba un uniforme blanco y brillante, y un águila bordada, con las alas desplegadas y lista para atacar, sobrevolaba por encima del bolsillo del pecho.

—Tal vez pueda dejar eso para lo último —sugirió Xavier a Göring—. No es un área de mi especialidad. Tengo una reunión al mediodía con un marchante y no puedo faltar.

Éliane esperó que Göring reprendiera a Xavier por poner a un marchante por delante del mariscal del Reich y por hablar con tanta arrogancia. Advirtió que Von Behr se había irritado, pero el mariscal asintió.

—Empezaremos por los cuadros —accedió, y le hizo una seña a Xavier para que avanzaran.

Éliane se dio cuenta de que Xavier había cambiado por completo. Tenía el mismo cabello oscuro, los mismos ojos castaños salpicados de oro. Pero, a lo largo de casi un año, había logrado aprender muy bien cómo manejar al segundo hombre más poderoso de la nación: su falta de deferencia, su autoimportancia y sus evidentes conocimientos de arte generaban el respeto del mariscal del Reich.

A mediodía, los hombres se marcharon de la galería para ir a almorzar. Por la risa de Von Behr, los bramidos lujuriosos de Göring y la sonrisa satisfecha de Xavier, Éliane supuso que tardarían un buen rato en volver. Así que se obligó a dar el primer paso para hacer algo. Se escabulló en la oficina de Von Behr con el pretexto de recoger las copas sucias.

Era imposible no tener miedo, no oír cómo su propio corazón trataba de alertar al personal del museo sobre lo que estaba haciendo. Entró de puntillas y casi soltó un chillido cuando vio a otra figura en el escritorio de Von Behr.

Rose. Tenía los ojos húmedos.

Éliane se acercó al escritorio, con los ojos fijos en el papel que Rose estaba mirando. Olvidó los latidos de su corazón, olvidó que Von Behr podría regresar, olvidó todo excepto la necesidad de ver qué decía el papel. Lo leyó una vez. Luego lo leyó de nuevo. Cuando miró a Rose, sus ojos también estaban húmedos.

Había encontrado sus respuestas.

Escritas a máquina en negro sobre blanco había una serie de órdenes relativas a los denominados "bienes sin dueño" ahora confinados en la galería, bienes que pertenecían a familias judías: los Rothschild, los Seligmann, los Wildenstein y muchos más. Las órdenes estaban firmadas por el mariscal del Reich.

Las obras de arte no serían devueltas a sus legítimos

propietarios. En su lugar, se dividirían en cinco categorías. Categoría uno: obras de arte para el Führer, quien sería el primero en elegir de entre el botín. Categoría dos: obras de arte para Göring, quien podría tomar lo que quedara después de que el Führer se hubiera dado por satisfecho.

La mente de Éliane lidiaba con el hecho de que Göring hubiera tomado de un plumazo el control total del Jeu de Paume. Ya bastante malo había sido creer que las pinturas habían sido puestas en el museo bajo "protección" alemana, pero ahora comprendía que las obras no habían sido llevadas al museo para ser protegidas. Habían sido llevadas para ser expuestas ante Göring y para que la élite nazi se quedara con ellas.

Los *Ausweis*, los guardias armados, el secretismo, todo tenía sentido ahora. El Jeu de Paume no era un depósito, sino un lugar de tránsito. Los nazis eran ladrones y estaban saqueando arte a una escala tan inmensa que quitaba el aliento.

Éliane apoyó una mano en el hombro de Rose.

¿Qué pasaría si alguien las encontraba en la oficina de Von Behr con esa bomba incendiaria en las manos?

El reloj marcó la media hora.

—Tenemos que irnos —la urgió Éliane cuando el mundo exterior regresó con un estallido repentino de color y ruido.

—Gira a la derecha cuando llegues al pasillo —le indicó Rose con firmeza—. Yo lo haré hacia la izquierda. Así no nos verán juntas cerca de esta oficina.

Éliane siguió las instrucciones de Rose, que había dado las indicaciones con premura, como si ya hubiera anticipado lo que estaba sucediendo, como si, de hecho, hubiera estado llevando a cabo una especie de… ¿qué?, ¿espionaje? Era ridículo imaginar a Rose espiando a los nazis.

O tal vez nada ridículo.

***

Poco después de que Göring y los demás regresaran de almorzar, se oyeron gritos fuera, las puertas del museo se abrieron de par en par y apareció monsieur Jaujard, acompañado del conde Wolff-Metternich. Ambos hombres avanzaron con decisión. Éliane recordó que monsieur había creído que el conde, director de la *Kunstschutz* —la unidad alemana de protección del arte—, estaba del lado del pueblo francés a pesar de que trabajaba para los alemanes. El conde había decretado que las obras de arte que eran propiedad de los Museos Nacionales, lo que incluía a todas las obras del Louvre, podían permanecer a salvo en los depósitos a los que habían sido trasladadas. "Menos mal", pensó ella. "Este hombre detendrá la exposición. Detendrá a Göring".

—Me gustaría acompañarlo a visitar el museo —ofreció Metternich a Göring—. La *Kunstschutz* es responsable de la seguridad de las obras bajo custodia.

De pie a su lado, monsieur Jaujard estaba serio, y sus ojos se desviaron una única vez hacia Éliane, con una súplica desesperada en ellos.

Göring sonrió a Xavier.

—Otra agencia gubernamental más con la que lidiar. —Se volvió hacia Metternich—. Yo estoy a cargo aquí. Y tengo toda la gente que necesito. Mis guardias lo escoltarán a la salida.

El énfasis en la palabra "escoltar" dejó muy claro que, de ser necesario, se utilizaría la fuerza.

Un silencio, espeso como el impasto, se cernió sobre la galería.

Todos los males habían escapado de la caja de Pandora y se habían congregado en este museo, lo que ponía fin a toda esperanza.

Éliane tomó conciencia de que ella y Rose estaban solas en el Jeu de Paume, rodeadas de criminales que silenciarían a cualquiera que se atreviera a protestar, criminales que estaban robando obras de arte a ciudadanos franceses porque era más fácil hacer eso que robar obras del Estado francés: ese nivel de robo sería mucho más difícil de ocultar. Lo más inteligente sería convencerse a sí misma de que nada de esto era asunto suyo. Pero la mirada de monsieur Jaujard le había dicho que sí era asunto suyo.

Paseó en círculos por la galería mientras los historiadores del arte empezaban a retirar los cuadros de las paredes y a embalarlos en cajas. En una misma caja colocaron un Goya, un Rembrandt y *El astrónomo* de Vermeer. "Veinte cuadros", se dijo a sí misma. Incluso aunque solo pudiera recordar veinte obras, quizá más tarde esos veinte cuadros podrían recuperarse. Pero si se llevaban los cuadros, ¿adónde los llevaban?

Los cubos de basura estaban junto al patio de carga. Cogió una caja de champán vacía y salió del museo.

En el patio, vio cajas numeradas: H1, H2, H3 y así sucesivamente. Y G1, G2... Después de haber leído la nota en el escritorio de Von Behr, sabía lo que esas letras significaban: *H* de Hitler y *G* de Göring. ¿Pero adónde enviarían Hitler y Göring las obras de arte? Esa era otra información que necesitaba descubrir.

El primer camión cargado de cajas se marchó. Solo había un *El astrónomo* en el mundo. Y había desaparecido.

De pronto se dio cuenta de que Rose también estaba en el patio de carga, esbozando su sonrisa de *Mona Lisa*: una sonrisa que no ocultaba nada porque no tenía nada que ocultar; o una sonrisa que ocultaba mucho más de lo que nadie sospechaba. Éliane sabía que no sería bueno que las dos estuvieran ahí fuera. Hizo un gesto a Rose y le pareció que ella respondía con un movimiento breve de la cabeza, así que volvió al interior del museo y permaneció de pie, con la mano apoyada en una escultura del siglo XVIII.

—¡Mademoiselle Dufort!

Su sorpresa inicial se transformó en una sonrisa entusiasta para Von Behr.

—Sí, monsieur —respondió con cortesía.

—Nuestro asesor de arte —dijo el coronel, y señaló a Xavier, que se estaba riendo con Göring al otro lado de la galería— me ha dicho que eso pertenece a las obras degeneradas. Llévelas arriba. —Le indicó una pila de cuadros modernistas que habían sido separados como si tuvieran lepra.

—Por supuesto —convino ella, feliz de hacer cualquier tarea que la pusiera en contacto estrecho con los cuadros.

Subió y bajó las escaleras ocho veces con un cuadro en la mano, memorizando su título y el nombre del artista. En la novena vez, mientras intentaba retener los detalles de un Monet, oyó la voz de madame Valland en un tono elevado.

—¿Dónde se ha metido esa chica?

Rose apareció y susurró:

—Quieren que ordenemos la galería. Von Behr se estaba preguntando por qué tardabas tanto. —Luego movió la cabeza hacia un cuadro que colgaba en una de las paredes—. Se parece a ti —agregó.

Éliane levantó la vista y vio que Rose había señalado el cuadro de Luc de la pareja abrazada contra una luna resplandeciente y un cielo que le hacía creer que el azul era el verdadero color del amor y la pasión, como la parte más caliente de una llama, y que el mundo se había equivocado al creer durante siglos que el rojo era el tono de los corazones y la fogosidad.

Una pisada fuerte resonó en el suelo de madera. Éliane, ensimismada, supuso que era Rose que estaba saliendo de la sala.

—El cabello no se parece mucho al mío —comentó.

Se quedó boquiabierta cuando una voz de hombre le contestó con sorna:

—Es imposible pintar tu cabello. —Como si alguien

fuera a querer plasmar en un lienzo el cabello de una simple empleada de museo como Éliane.

Xavier le clavó una mirada impasible.

—Ten cuidado, mademoiselle. Llevas mucho tiempo aquí arriba.

Ella palideció. Xavier ya le había hecho dos advertencias. Entendió en mensaje implícito: no habría una tercera.

Aun así, el dolor de haber sido tan utilizada la hizo levantar la barbilla y mirarlo a los ojos.

—Baja y díselo —aventuró con firmeza, aunque le temblaba el corazón por el miedo que se negaba a demostrar—. Diles que hablo alemán. Ya nada puede hacerme más daño.

No había querido decir esa última frase; no había querido admitir que la partida de él a Inglaterra la misma noche en que habían hecho el amor y el sorprendente descubrimiento de su relación traidora con los nazis significaban algo para ella.

Xavier sonrió, una mueca fría y despectiva que bien podría haber hecho Von Behr.

—Retener ese conocimiento será más útil que revelarlo —aseveró—. Garantizará tu obediencia, al menos hasta que Göring consiga lo que quiera y ya no te necesitemos ni a ti ni tu obediencia.

Y se marchó, por lo que Éliane se ahorró el arrojarle el cuadro más cercano del mismo modo que le había arrojado el anillo de compromiso que él le había regalado.

Se quedó muy quieta durante un largo rato, repitiendo una palabra en su mente: "no". No te enfades con Xavier. No pienses en él. No malgastes tu rabia, tu furia y tu pasión en él. Deja que se convierta en algo útil: la resolución de no rendirte. No hasta que cada uno de los miles de cuadros que ahora están en este museo, robados por Hitler y Göring, sean restituidos a sus legítimos dueños.

Lo único que necesitaba era ayuda. Y estaba casi segura de que conocía a alguien que estaba de su lado.

***

Éliane merodeó por las Tullerías hasta que vio a Rose salir del museo. Luego la siguió por la Grande Allée, a través del jardín y hasta el Louvre, donde Rose se apresuró por el patio y entró en el apartamento privado de monsieur Jaujard.

Éliane esperó solo un momento antes de llamar a la puerta de monsieur Jaujard.

Se abrió.

Rose le sonrió.

—Esperaba que vinieras.

Detrás de ella, en una mesa, estaba sentado monsieur Jaujard. Y Luc. Su hermano también estaba involucrado. Luc levantó su copa hacia ella y ella sintió que todo su ser se iluminaba.

Éliane supo, entonces, que, fuera lo que fuera, no había vuelta atrás de este momento; que en cuanto pusiera un pie dentro, se vería envuelta en algo más grande que ella, algo muy importante, algo que le heriría el corazón y a la vez se lo curaría, algo con *joie de vivre* y con gracia. Algo como el arte.

O, pensó mientras la puerta se cerraba y Luc bajaba su copa y la sonrisa de Éliane se esfumaba al recordar que Rose y ella eran guardianas de un secreto que los nazis matarían por haber guardado, algo que podría ser el fin de todos ellos.

Segunda parte

Saint-Jean-Cap-Ferrat, Francia, 2015

CAPÍTULO 7

UN SOL EUFÓRICO BRILLABA SOBRE REMY DESDE UN CIELO igualmente rapsódico, como si los elementos le exigieran que se alineara y demostrara una alegría similar: la tristeza y la Costa Azul eran, sin duda, incompatibles. Remy frunció el ceño. Esta era la razón por la que no debía madrugar, y ya casi no lo hacía, salvo que la noche anterior había sido tan desastrosa que, a diferencia de otras veces, ni siquiera había conseguido dormirse al amanecer.

Salió de la cama con la intención de correr las cortinas para protegerse del resplandor implacable. Cuando llegó a la ventana, vio a un hombre tendido en una tumbona en su terraza, leyendo un libro. El intruso debió de percibir el movimiento en la ventana porque levantó la vista y el sobresalto borró toda la distensión que parecía arropar su cuerpo como un Levi's *vintage*. Se incorporó de un salto, cruzó la terraza y desapareció por los escalones que bajaban al mar.

Remy corrió las cortinas. Había dado por sentado que, en una casa como esta, a la que solo se accedía por un camino que llevaba a dos residencias, estaría verdaderamente sola. "No vuelvas, quienquiera que seas", pensó.

Se acostó de nuevo y rogó para que llegara el sueño, pero este continuó esquivándola, así que se levantó otra vez, se puso una bata color crema sobre su camisón de satén de seda de los años treinta y bajó las escaleras. Preparó café y buscó la llave de las puertas de la terraza, que no había abierto desde que había llegado el día anterior a Saint-Jean-Cap-Ferrat.

Una vez en la terraza, su cuerpo se estiró bajo el sol como por instinto y sus miembros se aflojaron. Giró la cabeza de un lado a otro para relajarse y sus ojos recorrieron un parterre compuesto de estanques rodeados de plantas con formas artísticas, ornamentado con jarrones y delimitado por senderos de grava. Varias cascadas de agua descendían del Templo del Amor en lo alto de la colina, una copia —según le había contado uno de los jardineros la primera vez que lo había visitado, hacía casi dos años— del Petit Trianon de Versalles. Frente a ella, el Mediterráneo jugueteaba reluciente y las olas se elevaban para besar el cielo con una despreocupación que ella ya no podía sentir.

Le dio la espalda y se dejó caer en la tumbona. Había una pequeña caja de libros a su lado, como si el hombre que había visto antes hubiera planeado pasar mucho tiempo allí tendido, leyendo. Hojeó los libros con desgana, muchos de ellos con las inconfundibles cubiertas naranjas y blancas de Penguin Classics. Las páginas dañadas y los precios escritos con lápiz en el interior indicaban que habían sido comprados de segunda mano, quizá en el mercado de libros de la cercana Niza. Era una mezcla ecléctica: *Una espía en la casa del amor*, de Anaïs Nin; *A sangre fría*, de Truman Capote; y *La cámara sangrienta*, de Angela Carter. Remy cogió el último y empezó a leer hasta que sintió que le ardía el rostro. Se puso de pie y se quedó mirando el agua de nuevo. Iría a nadar. Se purificaría. Para eso había venido, ¿no?

En el patio interior de la casa, un espacio de dos pisos revestido de mosaicos y bordeado de columnas de mármol de Verona de color caramelo, maletas y cajas desbordaban de manera discordante. De una de ellas, extrajo un bañador Catalina de los años cincuenta, sin tirantes y de color azul claro. Un ribete blanco atravesaba el busto y un lazo blanco ostentoso adornaba una cadera. Se ocultó debajo de un sombrero mexicano, también de los años cincuenta, y de unas gafas de sol de ojos de gato, más retro que *vintage*. Pantalla solar, una toalla, una botella de agua, *La cámara sangrienta* y ya estaba lista.

Bajó los escalones y, a mitad de camino, advirtió la presencia de un grupo de gente en el extremo alejado de la cala. Tal vez sus vecinos, aunque era un término poco adecuado si se tenía en cuenta que los separaba un jardín de doscientos metros. La cala y el camino eran lo único que compartían.

No miró al otro lado, así que no hubo necesidad de saludar ni de entablar conversación; sacó una tumbona del pequeño cobertizo, dejó caer sus cosas en ella y se zambulló en el agua. El frío repentino y la sensación olvidada del océano sobre su cuerpo —algo a lo que en otro tiempo había estado muy acostumbrada— le quitaron el aliento. Avanzó hacia delante, ajena a los pensamientos que siempre la invadían —las razones por las que había dejado de nadar en el mar en Australia— y nadó hasta que se cansó. Luego volvió a la orilla y se dejó caer en la tumbona, sin moverse, con los ojos cerrados, sin leer ni pensar, mientras su cuerpo se recuperaba del ejercicio.

Cuando por fin abrió los ojos, volvió a quedarse sin aliento, pero del susto. Una niña de unos cinco años estaba de pie a su lado. La pequeña sonrió y lo único que Remy atinó a hacer fue quedarse mirándola hasta que se le saltaron las lágrimas, demasiado rápido para ocultarlas.

Un hombre se acercó.

—¿Qué estás haciendo, Molly? —gritó. Luego se dirigió a Remy—. Disculpe, espero que no la esté molestando.

El hombre se acercó lo suficiente para ver la expresión de Remy y se quedó atónito. En ese mismo momento, la niña se dio cuenta de que la reacción de Remy no era normal y empezó a llorar, como era lógico, como la propia Remy deseaba poder hacer. Remy se levantó de un salto, tomó su bolso y se apresuró de regreso a la casa. ¿En qué se había convertido? En una mujer que no podía sonreírle a un niño, pero sí hacerlo llorar.

∗∗∗

Una vez a salvo en la terraza de la casa, se hundió en la tumbona para recuperar el aliento. El objetivo de su estancia de tres meses en Francia era olvidar, recuperarse, rearmarse como ser humano. Hasta ahora, había fracasado estrepitosamente. Sacó el móvil y envió un mensaje a su mejor amiga, Antoinette, quien respondió de inmediato y, como era habitual en ella, sin pelos en la lengua.

> **¿Qué esperas? Llevas menos de una semana en Francia. Superar lo que has vivido lleva años. Perdónate por lo de hoy y olvídalo. Ve a la playa mañana. Concéntrate en pequeños pasos. xx.**

Remy dejó el teléfono, sabía que solo Antoinette tendría la consideración de decir "pequeños pasos" en vez de "pasos de hormiga". Lo que significaba que lo menos que podía hacer por su amiga era regresar a la playa al día siguiente. No podía ser peor que ese día, al menos eso era un consuelo.

Sacó el libro de Angela Carter del bolso y, al hacerlo, se dio cuenta de que la caja de libros había desaparecido. Sintió una punzada de decepción. La mezcla ecléctica le había gustado. Quizá el hombre, quienquiera que fuese, se daría cuenta de que faltaba un libro y regresaría a buscarlo. A cambio, ella tendría la gentileza de dejarle usar su tumbona por las mañanas, siempre que se marchara antes de las diez y dejara la caja.

Cosa sorprendente, se encontró sonriendo de manera repentina. Algunos reflejos del cuerpo no desaparecían nunca. Pero era ridículo que no pudiera ni siquiera darse un baño en el mar sin llorar y ahora estuviera aquí, imaginándose a sí misma regateando libros con un desconocido.

El día transcurrió entre historias macabras de lobos y esposos asesinos, y una con un final tan triste que tuvo que hacer a un lado el libro y secarse los ojos por el destino del Niño de Nieve. La humedad de las lágrimas era algo muy familiar, pero por una vez, no se odió por eso. Se dejó llevar por aquel reflejo del cuerpo, igual que lo había hecho con su sonrisa, y lloró hasta quedarse vacía, lo que le hizo darse cuenta de que, aunque antes creía haber estado vacía, no lo había estado. Tanta pena, y también esa rabia horrible, seguían dentro de ella.

Era difícil moverse después de semejante drenaje emocional, pero sonó el timbre. Remy se dirigió con cautela hacia la puerta y, al abrirla, encontró a un hombre de pie allí.

—Soy tu vecino —explicó el hombre con acento norteamericano, e hizo un gesto hacia la casa que se erguía más adelante en el camino privado.

Remy se sonrojó. Era el hombre que la había visto llorar en la playa esa mañana.

—Quería disculparme por Molly, mi hija. Es una niña curiosa y a veces puede ser un poco molesta.

—No, no me molestó para nada —aseguró ella.

Casi podía oír la voz de Antoinette en su oído, diciéndole que lo explicara de una vez, que soltar las palabras al universo podía ayudarla a creer que había sucedido de verdad. Que la gente se avergonzaría menos de saberlo que de descubrirlo accidentalmente más tarde, después de haber metido la pata. Las palabras brotaron, casi como si Antoinette hubiera introducido las manos en la garganta de Remy y las hubiera arrastrado hacia afuera.

—Estoy un poco sensible. Mi marido y mi hija murieron hace casi dos años y su hija tiene casi la misma edad que la mía. Verla me puso… triste —concluyó.

—Por Dios —exclamó el hombre, con expresión afligida—. Mi esposa murió hace un año. Así que sé cómo se siente.

"No, no lo sabe", quiso gritar Remy. Yo perdí un marido y una hija.

De pronto, se sintió avergonzada. No se trataba de una maldita competición. ¿Desde cuándo se había vuelto tan insensible?

Pero, por supuesto, sabía exactamente desde cuándo. Desde las cuatro y media del primero de noviembre de 2013 en Sidney, cuando había contestado el teléfono, esperando que fuera una llamada del trabajo, pero en vez eso, había sido una llamada que solo le ocurría a la gente de mentira en la televisión. Un accidente de coche. Catastrófico. El relato del oficial de policía, más tarde: "Su marido conducía demasiado deprisa, al igual que el otro coche, y aunque no fue culpa suya, quizá si ambos hubieran respetado el límite de velocidad…". Luego, una pausa: lo peor de todo.

Su marido había recogido a su hija porque la reunión de Remy se había retrasado más de la cuenta; ella le había llamado a último momento y le había pedido que fuera a la escuela. Él había dicho que lo haría, pero que tenía una reunión inmediatamente después, así que iría mal de tiempo. Por eso iba tan rápido: porque Remy estaba atascada en una reunión.

Remy no había estado allí cuando su hija había muerto.

No había forma alguna de que pudiera perdonarse por eso.

—¡Papá!

Remy parpadeó. Los coches a toda velocidad se esfumaron. El rostro de su hija permaneció omnipresente.

Molly, la niña de la playa, apareció de pronto y Remy se armó de valor.

—Te dije que te quedaras en casa —le advirtió el hombre.

—Pero te echaba de menos —se lamentó la niña con ternura.

Pasó junto a su padre y entró en el patio interior, después de ver detrás de Remy lo que solo podía describirse como una tienda de golosinas para cualquier niña criada entre cuentos de princesas.

—¡Mira, papá! —gritó—. ¡Disfraces!

—En realidad no son disfraces —la corrigió Remy—. Vendo ropa *vintage* —precisó en dirección al hombre.

—¡Mira! —volvió a chillar Molly, y Remy hizo una mueca de dolor al ver que la niña de cinco años se ponía por la cabeza un vestido Givenchy de los años sesenta de tres mil dólares.

El hombre sonrió a su hija.

—Por cierto, soy Matt. Matt Henry-Jones.

—Remy. Remy Lang. Creo que…

Empezó a explicar la naturaleza especial de la ropa mientras Molly tiraba el Givenchy al suelo y tomaba un vestido muy delicado de los años veinte recubierto de tul. Sus dedos curiosos atravesaron el tul y dejaron un agujero que Remy sabía que no sería fácil de arreglar.

—Uy —dijo Matt—. Niñas y vestidos, ya sabes. —Se encogió de hombros como si esperara camaradería.

—Creo que sería mejor —intervino Remy, en un esfuerzo por no parecer una bruja, pero con la necesidad de proteger ropa que había durado décadas y que ahora estaba siendo masacrada— que no toques nada más. —Dirigió una sonrisa suplicante a la niña, que hizo un mohín.

—Quizá solo uno más —aventuró Matt, y Remy se estremeció cuando la niña, que parecía tener un sentido infalible para lo más valioso, se fijó en un precioso Vionnet que era casi de museo.

—Ese vale unos diez mil dólares —protestó Remy con firmeza y, por fin, Matt reaccionó como un padre.

—Mejor déjalo, cariño —sugirió mientras Remy acompañaba a Molly a la puerta. Con una agilidad digna de un jugador de futbol americano profesional, la niña intentó agacharse y evadirse para regresar con la ropa.

Matt extendió un brazo hacia su hija.

—He venido porque mis padres son los dueños de la casa de al lado. Esta noche haremos una fiesta. Les encantaría que vinieras.

—No puedo —replicó ella de un modo automático.

—¿Quizá no quieres? —la tanteó Matt con amabilidad, como si supiera qué tipo de excusas utilizaba uno para asegurarse de que la vida permaneciera bajo control—. No tendrás que caminar mucho si decides que quieres volver a casa.

La niña estaba haciendo otro intento de llegar a la ropa.

—De acuerdo —convino Remy, para sacar a Molly de la casa con un único vestido irrecuperable tras su paso—. ¿A qué hora?

—A partir de las ocho. Vamos, granuja. —Matt tomó al fin a su hija por la cintura—. Volvamos a la playa.

***

"Una cosa pequeña a la vez", se dijo Remy a sí misma a las ocho de la noche. Por ahora, lo único que tenía que hacer era encontrar algo que ponerse.

Había por lo menos una docena de ropa playera en una de las cajas en el patio y rebuscó hasta que encontró un conjunto ligero de seda color crema de los años veinte con flores bordadas en los bajos de los pantalones y en el cuello. Estaba en bastante buenas condiciones, a pesar de sus años, y se lo puso, preguntándose, como siempre hacía, sobre su dueña original. Lo había comprado en una venta en una casa privada en Nueva York a una mujer que había tenido un pasado escandaloso como cabaretera y luego como una de las primeras obstetras de Manhattan, y que después se había casado con un banquero y había creado una clínica dedicada a la salud de la mujer. Sus hijas y nietas dirigían ahora la clínica y Remy se preguntó cómo sería dejar semejante legado. Pero también se preguntó cómo era posible que una persona naciera, como su hija Ebony, para luego desaparecer con tan poco alboroto y dejar como único legado un espacio vacío en el corazón de su madre.

Sintió que la culpa la asfixiaba. ¿Cómo se atrevía a pensar en ir a una fiesta y divertirse cuando Ebony no podía hacerlo? En ese mismo instante, su móvil vibró con un mensaje de Antoinette.

Espero que este mensaje sea oportuno. No te sientas culpable. Ebony no volverá porque te niegues a divertirte. No volverá porque te niegues a sonreír, hablar con la gente o escuchar música. Pero si no haces nada de todo eso, entonces te perdemos a ti también. Y no quiero perderte a ti también. xx

Solo Antoinette podía escribir un mensaje así.

"Te quiero", respondió Remy. "Gracias".

Bajó los escalones a la playa y caminó sobre los guijarros hasta donde la gente se había dispersado, como sombrillas de colores, hacia el agua. Guirnaldas de luces adornaban el acantilado, y en la orilla se habían dispuesto diferentes tumbonas y sofás antiguos, mesas bajas y jarrones con flores. Los presentes parecían emanar una alegría y cordialidad tangibles que se extendían como una mano hacia Remy, y se preguntó cómo sería tomarla.

—¿Remy? —Se giró y vio a Mat, sonriéndole—. Mi hija está dormida, así que no tienes de qué preocuparte.

Remy se sonrojó y deseó que él no la hubiera mencionado.

—Siento mucho haberla hecho llorar. Qué fiesta tan fantástica —añadió, con la esperanza de cambiar de tema—. ¿Tus padres son los dueños de la casa? —Señaló el acantilado sobre el que se alzaba una villa de estilo mediterráneo, más moderna que la encantadora casa antigua de Remy.

—La compraron hace poco y planean pasar todos los veranos aquí. Esto es una especie de inauguración y reunión familiar. Todos bajo el mismo techo por primera vez en años. Todos vivimos en Nueva York, mi hermano y mi hermana también, pero tenemos que venir a Francia para pasar tiempo juntos. Ahí está mi madre. Y mi padre. Ven a saludarlos.

Matt condujo a Remy hasta una pareja que estaba de pie, cogida de la mano: la mujer llevaba un mono negro elegante y el hombre pantalones cortos de lino y camisa blanca, con el mismo aire distinguido.

—Son Judy y Alistair —Matt presentó a sus padres—. Y mi hermana Lauren. —Hizo señas a una mujer para que se acercara—. Su marido, Tom, está allí. —Señaló a un hombre que agitaba los brazos con intensidad en medio de un relato extravagante—. Ella es Remy. De quien ya os he hablado.

Otro hombre se unió al grupo y Remy lo reconoció de su tumbona.

—Él es mi hermano Adam —agregó Matt.

Judy y Alistair saludaron a Remy con entusiasmo y besos en la mejilla, al igual que Lauren. Adam se limitó a mover un poco la cabeza y, de repente, ella reconoció esa actitud distante y despreocupada. Lo había conocido antes, en su vida en Sidney, cuando era directora de moda de IMG y organizaba semanas de la moda en Australia y en toda la región de Asia-Pacífico. También lo había visto en la Semana de la Moda de Nueva York; era fotógrafo y, en su opinión, había sido bueno en su momento, pero en los últimos años se había vuelto perezoso o descuidado y a Remy su trabajo ya no le resultaba interesante. Lo había vuelto a ver a principios de año, cuando, en su nueva faceta de conservadora de moda *vintage*, había provisto la ropa para una sesión fotográfica de *Vogue* en Nueva York, donde se había alojado en casa de Antoinette. Adam había sido el fotógrafo.

—Eres todo un personaje romántico —comentó Judy con una sonrisa—. Al principio me pregunté si tu parte de la playa no sería de una época distinta de la nuestra; esta mañana parecías una estrella de cine de los años cuarenta o cincuenta. Lauren y yo inventamos una historia sobre ti, ¿verdad? —Asintió en dirección a su hija, que se rio—. Según Alistair, siempre esperamos que la gente sea más interesante de lo que es. Espero que no te importe que habláramos de ti.

Remy estaba a punto de explicar, entre rubores, por qué llevaba ropa de hacía décadas, cuando Matt se adelantó a hablar.

—Quería decir algo antes de que llegara Remy para que no metieras la pata, mamá. El marido y la hija de Remy murieron hace un par de años. No es romántica, está alterada.

Y ahí estaba. La verdad esparcida a su alrededor como cristales rotos.

Remy no podía respirar. "¿Por qué vine, Antoinette? ¿Por qué?".

El silencio fue catastrófico.

—Ay, querida… —intentó disculparse Judy. Lauren también.

Pero el mundo había dejado de girar y Remy se había quedado congelada y expuesta.

Entonces, sus ojos se encontraron con los de Adam. Cosa sorprendente, él no apartó la vista ni se apresuró a añadir más disculpas a las que ya tenía delante. Se limitó a mirarla y a ofrecerle el aquí y ahora de una persona. Un momento en el tiempo separado de todos los demás momentos de heridas pasadas y futuras que habían ocurrido o estaban por ocurrir. De algún modo, eso la tranquilizó.

Pudo respirar de nuevo. Se obligó a hablar y no le tembló la voz cuando declaró con tono irónico:

—Sí, soy la viuda. Pero no ando por ahí con un cartel, así que no espero que nadie lo sepa de antemano.

Vio que la cara de Judy se relajaba un poco. Y ella misma se relajó cuando la lógica de sus palabras le impidió odiarse a sí misma. No andaba por ahí con un cartel. Esto ocurriría, a menudo. Tenía que acostumbrarse.

En ese momento, se acercó la niña, Molly, que no parecía haber estado durmiendo en absoluto. Llevaba un relicario, o la mitad de un relicario, alrededor del cuello. Remy lo reconoció como uno que había estado esa tarde en su casa; se trataba de un antiguo medallón de plata que, cuando estaba entero, ella había planeado incluir en su próximo catálogo.

—Creí que estabas durmiendo, cariño —dijo Judy a su nieta. El medallón destelló bajo las guirnaldas de luces y Judy se inclinó para examinarlo—. ¿Qué es eso que tienes ahí?

La niña sonrió.

—Mi tesoro —anunció.

—No creo que sea tuyo —la reprendió Judy—. ¿Te lo has encontrado en la playa?

Matt bajó la vista hacia la joya robada que llevaba su hija. De pronto comprendió y se volvió hacia Remy.

—¿Es tuyo? Mierda.

—Papá —lo regañó la niña, y Matt se rio.

Judy no lo hizo. Se agachó a la altura de su nieta.

—Molly, jamás debemos coger cosas ajenas sin preguntar. Ahora está roto. Remy se enfadará mucho. Por favor, pídele perdón.

—Lo siento —murmuró la niña, que parecía más molesta que arrepentida.

—Parece caro —terció Adam.

Judy desabrochó el medallón del cuello de su nieta.

—Es una antigüedad. Por favor, dime que no ha estropeado una reliquia familiar.

—Para nada —respondió Remy, y entonces se dio cuenta de que iba a tener que dar explicaciones, ya que Judy estaba compungida de verdad y parecía temer que Remy le estuviera diciendo una mentira piadosa para ser educada—. Tengo un negocio llamado *El armario de Remy* donde vendo ropa y joyas *vintage*. Las compro, las vendo, las guardo y las presto a las revistas para sesiones de moda. Ese relicario lo compré en una venta en una casa privada. —Se encogió de hombros por Judy—. Las cosas viejas se rompen.

—Pero ¿cuánto costó? —preguntó Judy, mientras Lauren sacaba su móvil y empezaba a navegar—. Debió de ser caro.

—¿Eres tú? —exclamó Lauren entusiasmada, y pasó el móvil que estaba abierto en Instagram: "*El armario de Remy*"—. Eres tú. Por Dios, tienes ciento cincuenta mil seguidores. Eres como una celebridad.

—Nos conocemos de antes—reveló Adam con tono tajante, como si fuera una mala noticia.

—Sí —convino Remy.

—¿Sois amigos? —preguntó Judy.

Remy meneó la cabeza con vehemencia.

—No. Como os conté, a veces las revistas utilizan piezas de mi colección para sus sesiones fotográficas. Los famosos las usan para los Oscar y fiestas. De vez en cuando, me cruzo con los fotógrafos.

—Pero ¿cómo vendes la ropa? —preguntó Lauren—. ¿Y

qué famosas las han usado en los Oscar? Tenemos que sentarnos con un vino y que nos cuentes todo.

Remy ya casi había olvidado el medallón y no pudo evitar reírse mientras Lauren, que estaba claro que era una experta en organización, pedía unos cócteles, colocaba tres sillas acogedoras y guiaba a su madre y a Remy hacia ellas mientras la acosaban a preguntas. Remy les contó cómo había empezado y que compraba en ventas en casas privadas, mercados, vestuarios de revistas y a todos los contactos que había hecho durante muchos años de trabajo en la moda, y que tenía una extensa lista de suscriptores a quienes enviaba un boletín cada tres meses con las piezas a la venta, complementado con fotos en Instagram donde vendía las piezas menos importantes.

—Estoy aquí para hacer mi próximo catálogo —precisó—, pero resulta que a mi fotógrafa la han tenido que operar de apendicitis y ha cancelado la sesión. Voy a tener que hacer las fotos yo misma, tengo el equipo para hacerlo, pero es mucho más difícil, o tendré que buscar a otra persona.

—¡Adam puede hacerlo! —exclamó Lauren.

—Sí —coincidió Judy.

—Oh, no —objetó Remy—. No puedo permitirme a Adam Henry-Jones.

—Estamos en deuda contigo —insistió Judy—. Por el medallón que rompió Molly. Será nuestra forma de pagarte.

—Por favor, eso no es necesario —aseguró Remy. Adam Henry-Jones no tenía el estilo adecuado para su catálogo y, además, sospechaba que a él le sentaría bastante mal que sus habilidades se ofrecieran con tanta generosidad.

—Entonces tienes que venir a comer el sábado —se obstinó Judy, y Remy se dio cuenta de que Judy era la clase de persona que quería librar a todo el mundo de su sufrimiento, atosigándolos con pasta casera, mantas y gatitos hasta que se sintieran mejor.

—El sábado es día de *palazzos*, así que pensaba ir a Niza. —Remy meneó la cabeza y corrigió sus palabras—. Quiero decir, es día de mercado.

—¿Día de *palazzos*? —repitió Lauren.

Remy logró reírse de sí misma.

—Lo llamo así porque, en verano, el mercado de Niza está lleno de pijamas *palazzo vintage*. De los setenta, de Pucci, una cornucopia psicodélica de colores.

—¿Podemos ir nosotras también? —preguntó Lauren con impaciencia, casi saltando de su asiento.

—No querríamos estorbar, pero parece que tú conoces los mercados y Niza mejor que nosotras —aclaró Judy—. Quiero aprender cómo es la vida aquí y no limitarme a conocer solo la playa. Iremos todos. Alistair —llamó a su esposo—, Adam y Matt, venid un momento.

Los hombres se acercaron y Judy les contó el plan.

—La idea es pasar un verano en familia —le explicó a Remy—. Tratar de hacer todo lo posible juntos. Espero que no sea una molestia que vayamos todos.

Los modales y la sonrisa de Judy eran capaces de modificar las opiniones más firmes y los planes de Remy de estar mayormente sola durante el verano se estaban derritiendo como un helado al sol. Solo era una mañana. Suponía que unos cuantos mensajes estimulantes de Antoinette la ayudarían a juntar el valor.

—Pero ¿y Molly? —dijo Matt a Remy—. ¿No te resultaría… incómodo?

Ella fingió no entender.

—No me importa lo del medallón.

—Pero… —empezó él.

—¿No hay un mercado de libros? —interrumpió Adam.

—Sí —respondió Remy.

—Bien. Necesito material de lectura. —Le sonrió de forma inesperada y ella se sorprendió devolviendo la sonrisa.

—Yo también —coincidió—. Acabo de terminar *La cámara sangrienta* y necesito seguir con algo menos truculento.

—La casa —terció Matt, e indicó el palacio rosa pálido en lo alto del acantilado—. ¿Es tuya o la alquilas?

—Es de un pariente —contestó Remy, sin ganas de dar explicaciones.

Permaneció sentada durante una hora más o menos después de eso, contenta de escuchar a Judy y a Lauren y a las demás personas que se acercaban para sumarse a ellas. Respondió a las preguntas de Judy y de Lauren sobre su lugar de origen; les contó que había nacido en Londres, crecido en Sidney y que había pasado el último año en Nueva York, en casa de su amiga Antoinette.

—No podía quedarme en Sidney con tantas cosas familiares después de... —"De que ellos murieran". Era la parte que nunca podía pronunciar.

—Eres una mujer muy cosmopolita —comentó Judy, dejando que la frase de Remy se desvaneciera.

—Con el mejor armario —añadió Lauren.

—Podéis pasar a echar un vistazo cuando queráis —las invitó Remy, y se sorprendió consigo misma.

Demasiadas sorpresas en una noche. Y se dio cuenta de que Nueva York había terminado también por volverse familiar, y de una forma que no había resultado necesariamente útil: se había convertido en el lugar al que se había escapado para hacer su duelo, así que eso era lo que había hecho. Había venido a este rincón de Francia para seguir llorando, y para trabajar, y no había previsto el efecto de lo extraño: gente extraña, océano extraño, cielo extraño. Y así, de repente, había disfrutado durante un par de horas de la belleza de una noche de verano junto al mar en uno de los lugares más hermosos del mundo. Pero era agotador, y las breves siestas al amanecer no la habían fortalecido lo suficiente para tanta conversación. Se excusó y echó a andar por los guijarros hacia los escalones que conducían a su casa cuando se topó con una figura solitaria jugueteando con las piedras.

—Siento haber usado tu terraza —se disculpó la figura, Adam, cuando ella se acercó—. Creí que la casa estaba vacía.

—Te estabas escapando —aventuró ella, suponiendo que tal vez un verano en familia, en el que la consigna era hacer todo juntos, podría ser agotador para quienes daban la familia por sentada y nunca la habían perdido.

—Buscaba soledad —la corrigió.

Que era algo que Remy comprendía.

—Puedes usar la terraza por la mañana —le ofreció—. Me levanto bastante tarde, así que podrás disfrutar de mucha soledad.

Siguió subiendo las escaleras sin esperar a que él objetara o aceptara, porque en realidad no le importaba su respuesta. Se sentía contenta de haber descubierto que debajo de su coraza de dolor y su tristeza acuciante y constante todavía persistía algo parecido a la amabilidad.

CAPÍTULO 8

Al día siguiente, Remy se despertó y constató con asombro que eran las siete de la mañana: había estado durmiendo desde la medianoche. Se quedó acostada un momento para dejar que esa extraña sensación de un sueño reparador, un despertar sin agotamiento, la envolviera. ¿Esto era lo que significaba seguir adelante? Cambios de marea que ocurrían todos los días y que pasaban inadvertidos para la mayoría, pero resultaban arrolladores para aquellos encaramados sobre la orilla de cada alteración.

Se estiró, se levantó e hizo lo que solía hacer en su casa en Sidney en cuanto se despertaba: se acercó a la ventana para ver qué tiempo hacía. Otro día de verano mediterráneo perfecto. Abajo, vio a un hombre con bañador negro y un tatuaje en el brazo leyendo en la tumbona. O sea que Adam había venido. Debía de estar desesperado por encontrar soledad. Remy entró en el baño, se duchó, se puso el bañador y, para cuando bajó a preparar café, Adam ya se había ido. Salió a la terraza y se dejó impregnar por el día como si fuera un regalo, un motivo de alegría. El estómago se le contrajo a modo de protesta, o tal vez solo fuera el espasmo habitual que acompañaba a lo desconocido, un cierto nerviosismo de cara a un día en el que cosas nuevas e inesperadas podían seguir pillándola desprevenida.

Sorbió el café. Su estómago se relajó. Un libro la esperaba en la tumbona. *Frankenstein*. Se sentó y empezó a leer.

Al cabo de un rato, el calor abrasador del sol sobre su piel la desconcentró y se dio cuenta de que había pasado una hora. Se puso de pie y subió los escalones blancos y agrietados, flanqueados a ambos lados por jarrones pintados y descoloridos por el sol, hasta el mirador al borde del acantilado. La balaustrada se curvaba majestuosamente frente a ella y delineaba la vista sobre el agua ilimitada y la costa que se extendía hasta Mónaco. El resplandor del sol se derramaba sobre sus hombros y sobre los setos verdes y exuberantes entre las balaustradas. Una profusión de rosas se elevaba en adoración hacia el cielo.

Abajo, Adam, Molly y un perro jugaban en el agua a cierta distancia de la orilla. Adam levantó a la niña y la arrojó al aire. Molly cayó con estrépito en el agua, a no más de un brazo de distancia de él. Luego la volvió a levantar y la lanzó de nuevo. Las carcajadas de Molly eran el único sonido en el silencio caluroso y quieto.

Un movimiento llamó la atención de Remy: Matt bajaba a toda velocidad los escalones tallados en la pared del acantilado, llamando a su hermano. Adam le dio la espalda durante un milisegundo, como para recuperar el aliento. Luego se echó a Molly a los hombros y regresó a través del agua hasta la orilla, donde depositó a la niña junto a su padre.

A juzgar por el dedo acusador de Matt y los brazos cruzados de Adam, se produjo un intercambio tenso entre los hermanos. Por fin, Matt cogió a su hija de la mano y la arrastró por los escalones. Molly intentaba liberarse y gesticulaba hacia el agua, así que Matt terminó por cogerla en brazos. Adam indicó al perro que siguiera a Molly, luego se metió de nuevo en el agua y nadó alrededor del cabo y más allá.

Remy sacudió la cabeza. Hasta las familias felices eran infelices. Y ella no tenía por qué estar espiando.

Regresó a su magnífica villa rosada. El jardinero le había contado que había sido construida en estilo renacentista italiano; el blanco de las molduras de los balcones y de los huecos de las ventanas arqueadas, y las columnas de mármol que sostenían la terraza del primer piso contrastaban con el color rosado de las paredes. Era magnífica, concedió al pasar al espacio de dos plantas que conformaba el patio interior, un cuadrilátero que había que atravesar para llegar a cualquiera de las habitaciones, que daban a los lados del rectángulo. Sería el lugar perfecto para fotografiar sus tesoros *vintage*, el tipo de telón de fondo con el que uno podría maravillarse en *Vogue*.

Remy empezó a organizar el desorden que Molly había creado el día anterior trasladando cajas al salón principal. Utilizarla como almacén era quizás una manera terrible de usar la impresionante habitación con paredes revestidas de madera antigua ornamentada. Querubines regordetes jugueteaban en una carroza que surcaba los techos pintados de celeste y dos chimeneas con mujeres delicadamente vestidas que sostenían las repisas de mármol adornaban ambos lados del recinto. En el fondo, la luz se colaba por las ventanas curvas que permitían divisar el mar infinito.

Se sentó y, una vez que tuvo una lista de piezas para su catálogo, envió correos electrónicos a un par de fotógrafos que conocía, ninguno de los cuales estaba disponible con tan poca antelación. Tendría que tomar las fotos ella misma. Era lo que había hecho para sus dos primeros catálogos —con trípode y mando a distancia— en los inicios de este negocio que nadie entendía y que consideraban un pasatiempo peculiar. Pero el número de suscriptores había crecido a un ritmo increíble y a sus clientes les encantaban las cosas bonitas, así que en las dos últimas temporadas se había arriesgado a contratar fotógrafos profesionales. A partir de entonces, el número de suscriptores se había triplicado y sus existencias se habían agotado. Y había estado tan atareada que había podido mantener la mente ocupada en otras cosas además de las interminables repeticiones mentales de la vida con su hija y su marido.

Salió a investigar los jardines para ver qué podría utilizar para las fotos. Saludó con la cabeza a los dos jardineros que venían una vez a la semana para mantener el orden, cruzó los parterres y dejó atrás el mirador. Altísimas palmeras, aguacateros y naranjos se alzaron sobre ella hasta que atravesó un pórtico de estilo español y encontró un refugio sombreado de flores de ave del paraíso de color naranja brillante y la fragancia evocadora del jazmín. El aire era más fresco allí y sintió que le enjugaba el sudor de la piel. Levantó la mano para acariciar la cáscara rosada de una granada a punto de madurar, respiró el dulce aroma estival de la madreselva y oyó el suave zumbido somnoliento de una libélula curiosa. Necesitaba algo impactante que encajara con las afiladas agujas de la *Strelitzia*: tal vez el mono azul amanecer sin hombros de Tina Leser. Y tenía la pieza perfecta de Hanae Mori para fotografiar contra el pabellón de madera del jardín contiguo con su marcado aire japonés. Algo romántico en el Templo del Amor, pensó. Y entonces la acometió. La escandalosa y familiar oleada de vergüenza, una vergüenza que pronto se transformó en furia contra sí misma. Había pasado casi un día entero sin pensar en Ebony. Ni en Toby.

Se volvió y se encaminó de regreso a la casa, donde, entre las rosas de los parterres, una mala hierba llamó su atención. Se agachó para arrancarla, con furia. Qué fácil era arrancar cosas de un jardín, ¿verdad? Un tirón y la planta desaparecía. Una mañana al aire libre y su hija y su esposo desaparecían del santuario que había erigido en su mente.

Arrancó otra mala hierba, luego otra. Todavía estaba de rodillas en la tierra, en bañador, cuando oyó una voz de mujer que gritaba su nombre.

Lauren se acercó, con Adam a remolque, agitando la mano en un gesto alegre.

—¡Hola!

Remy se incorporó y se quitó la tierra de las piernas, dándose cuenta de que debía parecer una niña con las rodillas sucias, el cabello rubio y largo recogido en una coleta desordenada y sin el menor sentido común a la hora de vestirse para trabajar en el jardín. Lauren empezó a elogiar su bañador, un traje de baño amarillo dorado de dos piezas de Cole of California, de satén de acetato, diseñado durante la Segunda Guerra Mundial.

—Tengo otro dentro, por si quieres verlo —se oyó decir Remy, y se enfadó consigo misma por haberse dejado seducir por el entusiasmo de Lauren—. No tiene los cordones a los lados, pero es un estilo muy parecido.

—¡Me encantaría! —exclamó Lauren con una enorme sonrisa y la siguió de regreso a la terraza—. Pero no me distraigas del motivo por el que estoy aquí. Mamá y yo y Adam —continuó y, en ese punto, miró de reojo a su hermano— insistimos en que uses a Adam como tu fotógrafo. Estuvimos mirando tu cuenta en Instagram y vimos que habías vendido un medallón como el que rompió Molly por dos mil dólares; casi nos morimos. Y antes de que digas nada educado, quiero que sepas que nos harías un favor enorme. —Lauren hizo un gesto hacia Adam—. Está tan aburrido que se va a comer hasta los dedos si no hace algo. Es incapaz de relajarse. Hemos decidido romper la regla de mamá de que nadie trabaje durante el mes para poder pagarte.

Ahora estaban dentro, en el salón principal.

—¡Santo cielo! —soltó Lauren y se acercó al montón de trajes de baño *vintage*.

—Tengo la impresión de que un par de días de tu tiempo costarían más que mi medallón —explicó Remy a Adam—. Lo puedo hacer yo.

Adam se encogió de hombros.

—Pues sería un retroceso. Cuando Lauren me dijo que

tenía que hacerlo, se aseguró de pasarme tus fotos antiguas por la cara. Hiciste un trabajo bastante bueno en tu primer par de sesiones, que me doy cuenta de que las hiciste tú, pero las últimas, en las que es obvio que utilizaste fotógrafos, eran mucho mejores. ¿Por qué retroceder cuando yo estoy aquí, ofreciendo mis servicios con tanta generosidad? —Miró con fijeza a su hermana, que le hizo una mueca, y algo en la sonrisa de él a modo de respuesta hizo que Remy intuyera que más que protestar, Adam se estaba burlando de Lauren.

—Yo vengo a ser la hermana mandona del medio que se entromete en todo —señaló Lauren mientras toqueteaba los volantes, los lazos y los lunares—. Adam es el hermano mayor distante que odia que se metan con él y Matt es el hermano pequeño, mimado como el que más, y cuyos líos Adam y yo nos la pasamos solucionando. ¿Es este el traje? —Levantó un bañador blanco con estampado de flores; los ojos parecían a punto de salírsele de la órbita y Remy supo que se había enamorado. Era una de las cosas que más le gustaban de su trabajo: encontrar un tesoro *vintage* para un dueño nuevo que lo apreciara tanto como lo había hecho el primero o el segundo y le diera una nueva vida.

—Pruébatelo —la alentó Remy—. Pasa ahí.

Lauren desapareció en la habitación contigua con el bañador y Remy se volvió hacia Adam:

—Le diré a tu hermana que ya tengo a otra persona para hacer las fotos. En serio.

—¿A cuánto podrías haber vendido el medallón? —preguntó él, de brazos cruzados; el extremo negro de un tatuaje asomaba por debajo de la camisa a juego con el bañador. Al igual que Lauren y Remy, estaba descalzo.

—No importa —respondió ella.

—Entonces parece que un par de días de mi tiempo costarán tanto como el medallón.

Antes de que Remy pudiera protestar de nuevo, Lauren apareció en bañador.

—No me lo voy a quitar nunca —declaró, girando sobre sí misma.

—Te pareces a Rita Hayworth —dijo Remy. Y era cierto. Enfundada en ese bañador de los años cuarenta y con ese cabello castaño rojizo, su figura curvilínea y su piel suave, Lauren parecía una estrella de la edad de oro del cine.

—Espera a que me vea Tom. —Lauren sonrió.

Adam gimió en forma burlona.

—Si seguís tirándoos flores así tendré que romper todas mis promesas y marcharme. Verás —añadió en dirección a Remy—, dejar que me escape un par de días para una sesión de ropa es hacerme un favor.

Remy se rio.

—De acuerdo. Pero no me vas a pagar el bañador —le advirtió a Lauren.

Lauren volvió a salir ganando. Abandonó la casa triunfante, habiéndose salido con la suya y con un bañador nuevo de regalo. Adam se quedó para que Remy le diera más detalles sobre la sesión fotográfica.

Remy lo guio a través de algunas de las habitaciones de la casa: la sala de tapices, un dormitorio demasiado imponente que Remy no utilizaba y el *petit salon* con sus sofás curvos. Adam lo observó todo a su alrededor con ojo crítico.

—Me gusta que cada imagen cuente su propia historia —comenzó a la vez que le mostraba algunas fotos en su teléfono mientras hablaba—. Muchos vendedores de moda *vintage* utilizan fondos blancos o modelos, pero yo quiero que cuando la gente vea un vestido en mi catálogo, lo perciba como algo posible. La casa será un telón de fondo fabuloso, sobre todo para los vestidos de noche, y se me ocurrió que podría hacer las fotos de los bañadores y la ropa de día en el exterior. No uso modelos, yo soy la

modelo. No porque piense que soy bonita ni nada de eso...
—aclaró. Había desfilado en una época, hacía muchos años.
Ese había sido su comienzo en el mundo de la moda, pero
en cuanto se lo contabas a la gente, te criticaban y buscaban
todos los defectos e imperfecciones que una modelo no
debería tener—, pero las veces que he utilizado modelos o
las he contratado, no he vendido tan bien. Es *El armario
de Remy*, así que la gente quiere verme a mí con la ropa.
Es muy común que los vendedores de ropa *vintage* hagan
de modelos con su propia ropa —agregó, como si estuviera
presentando un caso, y se regañó a sí misma por sentir que
tenía que justificarse ante Adam Henry-Jones, que había
trabajado con las mujeres más bellas del mundo.

—Entiendo —respondió él—. Como te dije, he investi-
gado un poco. Las páginas de Instagram de algunos de tus
competidores son un espanto; no sé cómo venden nada. Y
la mayoría de las modelos profesionales no darían la imagen adecuada para esto. Necesitas algo más atemporal, y tú
—resaltó y la observó de modo crítico—... tienes esa imagen imprecisa que funciona para esto. ¿Quieres empezar el
sábado después de que volvamos de Niza?

—De acuerdo —aceptó ella, y luego agregó, porque tenía
que estar segura—: Quiero que la ropa y el fondo cuenten
una historia juntos. No se trata solo de tomar fotos sofisti-
cadas y vanguardistas.

—No te preocupes, no te impondré mi estilo —replicó
él, y se dio la vuelta para marcharse.

No había querido ser tan grosera.

—Lo siento —se disculpó—. No quise decir eso. Algunos de tus trabajos más antiguos eran muy... —Dudó—.
Poéticos. Me gusta esa cualidad.

—Louise Dahl-Wolfe. Steichen. Hoyningen-Heune. Eso
es lo que buscas.

—Exactamente eso —respondió ella, sorprendida.

—Como ves, todavía me queda algo de alma. —Cruzó la terraza y bajó los escalones hacia la playa.

Era todo un enigma. Sin lugar a dudas, un hombre distante, como había dicho su hermana. Aunque era evidente que se adoraban. Adam era consciente de sus defectos, pero también lo bastante astuto como para mencionar a Dahl-Wolfe primero, cosa que Remy dudaba que muchos otros fotógrafos masculinos hubieran hecho. Incapaz de relajarse, había dicho Lauren. Pero Remy lo había visto muy relajado esa mañana en su tumbona.

Se volvió hacia el salón principal y empezó a hurgar en más cajas. Tenía mucho trabajo que hacer antes del sábado por la tarde, que era justo lo que le gustaba.

***

Dos noches más tarde, el inesperado ruido de un coche la arrancó del ensimismamiento en el terciopelo de seda y el algodón peinado. Abrió la puerta con cautela y un par de brazos la envolvieron.

—¡Antoinette! —exclamó—. ¿Qué haces aquí?

—Bueno —contestó Antoinette mientras entraba con una maleta enorme—, cuando me dijiste que ibas a hacer una sesión con Adam Henry-Jones, no me pude resistir a autoinvitarme. No voy a permitir que te maquilles ni te peines tú sola, aunque sé que eres más que capaz de hacerlo. Quiero que luzcas como la verdadera profesional que eres, así que necesitas un séquito. Esa soy yo.

Remy se rio.

Antoinette la abrazó con más fuerza.

—No te oía reírte desde hacía un siglo —mencionó—. Estar aquí te hace bien.

—Pero ¿tú no deberías estar en Byron Bay?

Antoinette solía hacer una peregrinación anual a Byron

Bay para desintoxicarse y mantenía el ritual incluso después de haberse mudado de Sidney a Nueva York hacía dos años.

—Así es. Pero en lugar de eso, tomé el avión a Francia.

—No tengo batidos verdes —le advirtió Remy, y guio a su amiga hacia el salón principal—. Y sí demasiado café.

—El mejor tipo de retiro de desintoxicación. —Antoinette sonrió.

—Me alegro mucho de verte. —Remy era muy consciente de que tenía los ojos húmedos.

—Yo también.

Remy y Antoinette se habían conocido de adolescentes, cuando ambas trabajaban ocasionalmente como modelos. Los padres italianos de Antoinette tenían una peluquería, y como todas las modelos debían saber maquillarse y peinarse por encima de la media, Antoinette le había enseñado a Remy. Habían estudiado juntas en la universidad y ambas se habían abierto paso en IMG: Antoinette como directora de marketing y luego directora de moda en Nueva York, y Remy como directora de moda para Asia-Pacífico. Antoinette había sido dama de honor de Remy y madrina de Ebony. Lo que significaba, se dio cuenta Remy de repente, que Antoinette también había llorado las muertes de Ebony y Toby.

—Lo siento —dijo, avergonzada—. Nunca te pregunté cómo estabas.

Los ojos de Antoinette se llenaron de lágrimas.

—Eso habría sido un acto de empatía que ni un santo habría tenido —respondió. Echó un brazo alrededor de los hombros de su amiga—. Echo de menos las tarjetas de Ebony —confesó, y Remy recordó que a Ebony le gustaba darle sorpresas a Antoinette: pequeñas tarjetas que le pedía a Remy que llevara al trabajo y las escondiera en algún lugar donde Antoinette se topara con ellas durante el día. A cambio, cada vez que la visitaba, Antoinette escondía algo para Ebony: una varita mágica, una concha rara, un libro.

—Bueno —terció Remy, después de que ambas hubieran permanecido en silencio e intentado mantener la compostura durante demasiado tiempo—. Estoy segura de que podría escribirte una tarjeta. Así, por una vez, podrías leer lo que dice.

Antoinette soltó una media carcajada, medio sollozo.

—Mírate, intentando hacerme sentir mejor. Quizá una semana en Francia te haya hecho mejor de lo que crees.

—Lo que sin duda me ha hecho ver —admitió Remy mientras abría una botella de vino y servía dos copas— es que en los últimos años he pensado mucho en mí misma y casi nada en los demás. Es agradable pensar en otra persona, para variar. De la misma manera que antes pensaba primero en Ebony: elegía un restaurante que tuviera un menú infantil y programaba mis reuniones en Nueva York para poder llamarla antes de que se fuera a la cama. Todavía no puedo entrar en un restaurante, y hace siglos que no voy a ninguno, sin preguntarme primero por el menú infantil. Y al instante me doy cuenta de que no tendré que volver a pensar en eso nunca más y recuerdo todas las veces que protesté por tener que ir a un sitio que servía pizza y pasta cuando lo único que yo quería comer era curri tailandés. Me odio por haberle negado una pizza alguna vez. Me odio mucho —concluyó.

—Ira y negociación —dedujo Antoinette—. La tercera fase del duelo. Todavía tienes por delante la depresión, la soledad y la reflexión.

—Está claro que el duelo es el mejor regalo que te pueden hacer. Te dura toda la vida —comentó Remy mientras bebía un trago de vino, y ambas rieron.

La noche continuó de forma similar en la terraza con vistas al mar, con la cascada de agua plateada que bajaba del Templo del Amor y cuyo sonido delicado era como música en la noche, el perfume de las rosas que se elevaba en la brisa y la casa iluminada de los Henry-Jones en el terreno de al lado. Remy y Antoinette rememoraron, lloraron y rieron y, por fin, se fueron a la cama, donde Remy se tendió, aguardando el insomnio. Pero se sentía más ligera, como si la ira hubiera menguado un poco. Esperaba que la depresión no la despertara por la mañana.

***

En vez, Antoinette fue quien la despertó por la mañana, con café y quejas.

—No hay comida —la regañó—. Iremos a la ciudad a comprar algo.

Remy se frotó los ojos.

—Oh, Dios, es sábado. Tenemos que ir a Niza con los Henry-Jones. Podemos comprar comida en los mercados.

—Aaaah, veo que ahora son tus mejores amigos.

Remy se levantó, se acercó a la ventana y contempló el espléndido día, aunque volvía a sentirse pesada, como si el cambio de la noche anterior hubiera sido solo temporal. La tumbona estaba vacía y supuso que la costumbre de Antoinette de levantarse temprano y contorsionar su cuerpo en posturas de yoga habría espantado a Adam.

—¿Adam es tan guapo como dicen? No lo conozco. ¿Está soltero? En lugar de tanta desintoxicación podría caer en la tentación de ensuciarme un poco con él. —Antoinette sonrió y Remy tuvo que hacer un esfuerzo para devolver la sonrisa—. Así está mejor —dijo Antoinette—. ¿A qué hora vamos a Niza?

—Les dije que saldríamos a las nueve.

Sonó el timbre.

—Remy, sabes que ya es la hora, son las nueve, ¿verdad? —informó Antoinette.

—¡Mierda! —Remy se apartó de la ventana—. Esto es

exactamente por lo que la gente que atraviesa las fases de la ira y la negociación no debería hacer planes.

—Dúchate —le ordenó Antoinette—. Los entretendré durante quince minutos.

Remy obedeció y se duchó. Se puso un vestido de verano de los años cincuenta, de algodón azul marino, entallado y acampanado, y con una faja de cuadros alrededor de la cintura, que alguien había confeccionado con mucho amor a partir de un patrón McCall's. Se recogió el cabello en una coleta apresurada, cogió unas gafas de sol grandes para ocultar los efectos del vino de la noche anterior y, dieciséis minutos más tarde, bajó las escaleras deprisa.

—Lo siento —se disculpó y, al instante siguiente, estaba en brazos de Judy.

—No te preocupes —respondió Judy, y la besó en las mejillas—. Lo estábamos pasando muy bien conversando aquí con Antoinette.

A espaldas de todos, Antoinette señaló a Adam con la cabeza y fingió abanicarse por el calor.

Remy apretó los labios para contener la sonrisa y vio un ramo de flores ostentoso.

—De parte de Molly y mía —explicó Matt, señalando las flores—. Para disculparnos por la joya. Si mi hermano puede donar sus servicios fotográficos, lo menos que yo puedo hacer es comprar unas flores.

Remy fingió apreciar las flores, un azaroso surtido de suculentas y calas y unas flores grises extrañas, puntiagudas y modernas y tan fuera de lugar en la casa como los vaqueros desgastados falsos.

—¿Cuántos coches necesitaremos? —Lauren empezó a organizar a todo el mundo y se decidió que el coche de Remy y uno de los de los Henry-Jones serían suficientes, aunque luego se sumó el de Antoinette, ya que nueve personas en dos coches franceses pequeños viajarían muy apretadas.

—Pensé que te gustaría viajar apretada al lado de Adam —susurró Remy a su amiga, y Antoinette sonrió.

—No pienso compartir mi coche con nadie más que con él.

Judy, Alistair, Molly y Tom se apretaron en un coche; Lauren se las arregló para escabullirse y entrar en el coche de Antoinette, lo que dejó a Remy con Matt.

Tomaron por la carretera hacia el centro de la ciudad, serpenteando a lo largo de la orilla del agua y luego por la autopista hacia Niza. Remy, a falta de algo que decir, le preguntó a Matt si él y su familia habían ido a Saint-Jean-Cap-Ferrat para una ocasión especial. Matt se puso serio de pronto.

—Es complicado —empezó, con la voz cargada de un peso emocional demasiado grande—. Pero siento que te lo puedo contar. Que tú lo entenderías.

Remy mantuvo los ojos fijos en el camino, enfadada con Matt por pensar que la muerte —a la que imaginaba que se refería— podía ser un mecanismo de vinculación.

—No tienes que explicarme nada —se apresuró a contestar—. Podemos hablar de cualquier otra cosa.

Él negó con la cabeza.

—Me gustaría hablar de eso. Se trata de Molly. Ella es…

—En serio, no tienes que decírmelo —insistió Remy—. Tal vez podríamos…

—Tengo que empezar a contárselo a la gente —se empecinó Matt—, sobre todo ahora que Molly es un poco mayor y puede entender cómo son las cosas. Molly no es… —Su suspiro fue dramático pero genuino—. Mi esposa y yo intentamos tener un hijo durante años —soltó por fin sin rodeos—. Resultó que yo era el problema, así que los médicos sugirieron que recurriéramos a un donante de esperma. Pero Sally, mi esposa, no quería que un desconocido engendrara a su hijo.

"No". Remy sintió que se le retorcían las entrañas. Creyó saber lo que Matt iba a decir y que él no era necesariamente el único con derecho a hacerlo.

—Adam aceptó ser nuestro donante —continuó Matt—. Aceptó sabiendo que no significaba nada, que solo era una transferencia de ADN que, para ser honestos, no tenía planeado usar como debía.

Remy se estremeció. Que un bebé pudiera considerarse un trozo de ADN. Que Matt pudiera hablar así de su hermano.

—No necesito... —intentó de nuevo. Pero Matt prosiguió:

—Como siempre, Adam no cumplió su parte del trato. Debía ser un tío distante. Pero empezó a visitarnos todas las semanas, a jugar con Molly, a llamar para preguntar por ella, a ofrecerse a cuidarla si queríamos salir. Al final, Sally le dijo que se mantuviera lejos o pediría una orden de alejamiento. Adam dirá que Sally estaba loca; hay que sufrir mucho para ganarse la compasión de Adam. Pero Sally no estaba loca, el loco era Adam. Él era el que intentaba quedarse con el amor de Molly. Así que, después de eso, dejamos de verlo durante un par de años.

Era imposible no interrumpir. La historia de Matt hacía parecer a Adam como un buen tipo que trataba de conocer a su hija. Y haber sido amenazado con una orden de alejamiento... Dios, cómo debió de doler eso.

—Sabes que el amor no es finito, ¿verdad? —explicó con toda la delicadeza que pudo—. No porque Molly quiera a Adam, te querrá menos a ti.

—Bueno, supongo que lo averiguaremos pronto. —La voz de Matt estaba teñida de sarcasmo—. Mamá y papá dijeron que teníamos que volver a ser una familia. Así que nos obligaron a venir aquí durante un mes. Lo cual va totalmente en contra de los deseos de Sally, pero parece que mis padres han olvidado que deben respetar a los muertos.

Remy volvió a intentarlo.

—Los niños son capaces de amar tanto... —Se interrumpió, a punto de llorar.

Ebony había estado llena de amor hacia todos. Nunca había sido reservada ni tímida, no paraba de hacer preguntas y siempre trataba de encontrar la esencia hermosa que había en cada persona y que hacía fácil quererla.

—Suenas como él. ¿Ya te ha contado...?

—Dios, no. —Remy fue tajante—. Hemos intercambiado unas pocas palabras.

—No estoy de acuerdo contigo. El amor es finito. El mío se agotó con Sally. ¿No lo sientes así también? ¿Que nunca volverás a amar a nadie?

—No lo sé —susurró Remy, porque así era como se sentía todo el tiempo.

Pero no quería reforzar la teoría horrible de Matt. Y tampoco quería admitir que sus sentimientos hacia su marido no eran tan puros como los de Matt hacia su mujer. La ira, el resentimiento y el reproche —por el amor de Dios, iba a toda velocidad con su hija en el coche— lo habían convertido en alguien a quien no podía amar. Entonces, ¿cómo podía haber agotado todo su amor en alguien a quien no podía amar? No tenía sentido. Nada lo tenía.

CAPÍTULO 9

REMY SALTÓ FUERA DEL COCHE EN CUANTO LLEGARON A Niza, desesperada por alejarse de los pensamientos a los que Matt la había enfrentado.

—Pareces una gran nube de desdicha en este hermoso día —le comentó Antoinette a modo de saludo.

Remy esbozó una sonrisa débil.

—Gracias por tu honestidad brutal. Pero necesito un respiro de una hora más o menos, ¿de acuerdo?

—Solo una hora.

—Id a tomar un café si queréis. —Adam, que se había bajado del coche de Antoinette, habló de improviso—. Sé dónde están los mercados. Y mamá nos retrasará porque querrá admirar todo lo que encuentre en el camino.

—Gracias —respondió Remy, agradecida. Un café expreso y diez minutos con Antoinette era justo lo que necesitaba.

—Es un bombón —declaró Antoinette mientras pedían el café—. Pero tiene cero interés en mí y nos volveríamos locos mutuamente: yo hablo demasiado y él demasiado poco. Pero es tan guapo que estoy dispuesta a perdonarle su falta de interés en mí.

—¿Hablas en serio? —preguntó Remy cuando llegaron los cafés—. Pero si a los hombres se les caen los pantalones contigo.

—Pues te aseguro que a este no se le caerán. Excepto en mis sueños. —Remy se echó a reír.

—Es la segunda vez en dos días —destacó Antoinette, asombrada.

—Debería entrar en la fase de la depresión en unos diez minutos. ¿Qué me espera después?

—El testeo.

—¿Qué demonios es eso?

Antoinette se encogió de hombros.

—No tengo ni idea. Lo averiguaré cuando salgamos de la depresión. De momento, vamos de compras.

Alcanzaron a los Henry-Jones enseguida. Remy los guio hacia la vía peatonal Cours Saleya, donde toldos a rayas rojas y blancas cubrían los puestos del mercado. Los vendedores de flores se alineaban detrás de una exuberancia de flores y los vendedores de ropa, un poco más adelante, ofrecían sus prendas, también floridas.

Todos disminuyeron el paso a medida que se sumaban al entusiasmo general del día de mercado. Los cafés que bordeaban la Cours Saleya bullían de conversaciones y el delicioso olor a café y pastelería flotaba en el aire.

—Debería haber comprado las flores aquí —se lamentó Matt, con el ceño fruncido—. Creí que habías dicho que solo vendían ropa.

—Venden de todo —explicó Remy, con un repentino arrebato de felicidad por la inminente "búsqueda del tesoro", como a ella le gustaba llamarla: hurgar entre montañas de trastos para encontrar una o dos piezas que hicieran que todo mereciera la pena.

Judy estaba completamente abstraída en las flores y Alistair en ayudar a su esposa a acarrear la enorme cantidad de flores que había comprado; Tom, el marido de Lauren, contemplaba las filas de vendedores con expresión afligida; Antoinette intentaba impedir que Molly rompiera las cabezas de un arreglo de rosas; Matt trataba de decirle al florista en un inglés fuerte y pausado que una flor rota no era para tanto; Lauren hacía muecas y Adam había desaparecido.

—Es un paseo familiar fabuloso —declaró Lauren—. Ahora muéstrame dónde encontrar un *palazzo* para que todo esto valga la pena, por favor.

—Por aquí —le indicó Remy, y señaló un montón de ropa.

Empezaron a revisarla y Remy vigilaba la clasificación de Lauren para que no se perdiera nada que valiera la pena. Ambas lo vieron al mismo tiempo. Un arcoíris de colores brillantes arremolinados en una tela de una forma que solo Emilio Pucci podía hacer.

Remy lo sostuvo en alto. No era exactamente el tipo de *palazzo* del que había hablado, pues era de una sola pieza, pero supo que a Lauren le quedaría increíble.

Lauren chilló como si tuviera la edad de Molly.

—¡Oh, Dios mío! ¿Me quedará bien?

Remy examinó el mono.

—Es una talla diez *vintage*, que es más o menos tu talla. Y tiene la etiqueta y la firma originales de Pucci. Aquí está un poco desteñido —añadió y señaló el lugar en el que el morado brillante había perdido un poco de color—, pero toda la ropa *vintage* tiene algunas imperfecciones. Las axilas están bien, que es otra cosa en la que hay que fijarse. Y no es demasiado caro.

—¿Me lo compro? ¿Pero tú no lo quieres? —La cara de Lauren era como la de un niño al que le hubieran pedido que le diera su último caramelo a alguien menos afortunado.

—Las piezas para mi próximo catálogo son más de los años veinte que de los cuarenta. Esto no encajaría. Pero apuesto a que a ti te quedará perfecto.

Con el mono de Pucci comprado, Lauren se dedicó a rebuscar por su cuenta, mostrando a Judy sus nuevas dotes para comprar ropa *vintage*. Remy atravesó la plaza Pierre

Gautier y estaba en camino a la plaza donde se encontraba el mercado de libros antiguos, preguntándose si podría encontrar algunos Penguin Classics para regalárselos a Adam como agradecimiento por hacer las fotos, cuando se topó con él. Adam llevaba una caja con libros.

—Pensé en ir a ver si encontraba algún Penguin Classics menos horripilante —comentó ella—. Pero parece que te me has adelantado.

Adam sacó un libro de la caja y lo sostuvo en alto. *Drácula*, de Bram Stoker.

Ella se rio.

—No sé qué más hay aquí dentro —dijo él. Se lo veía relajado, igual que aquella primera mañana en la tumbona, como si haber estado curioseando solo por el mercado de libros hubiera sido el café exprés renovador que había necesitado—. Pero vi *Drácula* y supuse que el resto estaría bien. —Se pasó la caja al otro brazo—. ¿Quieres irte y que empecemos? ¿O Lauren te mantendrá atrapada aquí todo el día?

—No, se está arreglando muy bien sola. Voy a buscar a Antoinette; ella se ocupará de peinarme y maquillarme. Sé que suena como algo de aficionado, pero es buena de verdad.

Adam se encogió de hombros.

—Supongo que no hay ninguna posibilidad de una…

—¿Escapada rápida? —terminó ella—. Creo que he llegado a mi límite de sociabilidad por hoy, así que sí. —Hizo una pausa—. Eso ha sonado fatal. Tu familia es encantadora. No es por ellos.

—Sé a qué te refieres. Nos vemos en el coche.

***

De regreso en Cap-Ferrat, mientras Antoinette preparaba su arsenal de herramientas en el probador, Adam le pidió a Remy que se acercara para mostrarle algo.

—Las imprimí anoche —le explicó mientras buscaba algún lugar donde extender las imágenes entre la abundancia de sillas rococó con marcos de madera con frutas talladas, los elegantes tapizados de terciopelo y las mesas de juego que parecían tan endebles que una simple hoja de papel podría derrumbarlas.

Se decidió por la repisa de una de las chimeneas.

—Pensé que podríamos reproducir algunas de estas fotos icónicas. Podría ser divertido y es algo que nunca podría hacer para *Vogue* o *Vanity Fair*. Me gusta la idea de utilizar algo del pasado para mostrar el pasado. Como esta. —Señaló una fotografía de Louise Dahl-Wolfe de una modelo frente a una chimenea, de espaldas a la cámara, con un espléndido camisón de seda y encaje—. Y esta. *La perfección en negro* de Steichen.

—Me encanta —exclamó Remy. Estudió la impresionante imagen de una mujer con un vestido de noche negro largo, de pie junto a la tapa abierta de un piano de cola; la curva de la tapa coincidía a la perfección con la línea de la cadera de la mujer.

—Sé que son un poco sombrías, pero…

—No, hagamos algunas en blanco y negro. Siempre puedo acompañar las imágenes principales con una foto estándar en color de la ropa en un maniquí para que la gente pueda ver los detalles. Creo que hacerlas en color las estropearía.

Adam le sonrió. Y por primera vez en casi dos años, Remy experimentó una sensación de camaradería con alguien a quien no conocía desde siempre como Antoinette.

—Esperaba que dijeras eso —admitió él—. Sé que lo más importante es la ropa, pero a veces… —Se interrumpió y su voz evidenció una antigua frustración.

—Debes estar cansado de tener que hacer lo que quieren los demás —sugirió Remy.

Adam se encogió de hombros.

—Lo que importa es el estilo del cliente, no mi estilo. Lo supe cuando me metí en la fotografía de moda. Elegí el dinero y la seguridad por encima de los placeres artísticos y las privaciones.

—Pero ¿qué eliges ahora? —preguntó Remy—. No siempre queremos lo mismo quince años después.

—¡Estoy lista! —anunció Antoinette, interrumpiéndolos. Probablemente fuera lo mejor, ya que Remy estaba preguntando en exceso. Y ya sabía demasiado sobre Adam, después de lo que Matt le había contado. Ahora, de pie en una habitación con él, viendo el esfuerzo que había puesto en algo que por poco lo habían obligado a hacer, no pudo evitar recordar a Molly riéndose cuando él la arrojaba al agua. La culpa le revolvió el estómago casi al instante, como solía ocurrirle. Pero esta vez, no era culpa por Ebony.

Era porque Adam no tenía ni idea de que ella lo sabía. Y Remy lo conocía lo suficiente —no era distante sino más bien callado y reservado— como para saber que odiaría que ella lo supiera. Y que odiaría aún más que ella fingiera no saberlo.

—Danos un segundo —le pidió a su amiga, y Antoinette, bendita sea, salió de la habitación—. Adam —prosiguió, usando su nombre por primera vez. Se daba cuenta de que su tono había perdido la ligereza curiosa previa y que había bajado la cabeza y ya no lo miraba a los ojos, sino que tenía la vista clavada en la mesa—. Siento que sé algo de ti que no debería saber, algo que tú no querrías que yo supiera. Matt me contó lo de Molly esta mañana —soltó de golpe, cuando tal vez debería haberse detenido a pensar mejor en cómo decirlo—. Me dijo que eres su padre biológico. No sé por qué lo hizo y no sé por qué piensa que el amor de un niño es limitado… —Se interrumpió.

Había notado que Adam se había puesto rígido cuando ella había empezado a hablar. Y ahora podía sentir la furia repentina que lo envolvía como un manto de invierno grueso, desterrando cualquier otra emoción de la habitación.

Adam empezó a maldecir, pero se detuvo.

—Siento que te lo haya contado —replicó con brusquedad.

Remy se atrevió a mirarlo y deseó no haberlo hecho. Vio algo que reconocía demasiado bien: el sufrimiento desgarrador de una persona que sabe que ese dolor en particular no cesará nunca y que no puede creer que tendrá que soportarlo por el resto de su vida. Por mucho que quisiera, Remy no apartó la mirada, tal como él no la había apartado de ella aquella primera noche en la playa después de que Matt hubiera anunciado a todo el mundo que era una viuda sin hijos.

—Yo también lo siento —murmuró—. Pero solo porque me conoces desde hace cinco minutos y debe de ser doloroso que revelen algo personal tuyo con tanta libertad. —Le tocó el brazo, el único gesto de compasión que podía ofrecerle—. Entendería que prefirieras no seguir adelante con esto.

De pronto, la expresión de Adam fue la de una revelación amarga.

—Por eso te lo dijo —musitó despacio.

—¿Qué?

Adam meneó la cabeza.

—Nada. Hagámoslo. Cualquier cosa que me mantenga alejado de mi hermano en este momento estará bien.

De modo que Remy lo dejó solo y fue a que Antoinette la maquillara mientras Adam preparaba las cámaras, las cajas de luz, los paneles reflectores y todo lo necesario para asegurarse de que la luz, las sombras y los reflejos fueran los correctos.

Empezaron con la fotografía de Louise Dahl-Wolfe junto a la chimenea: Remy con un camisón de seda y encaje rojizo de los años cuarenta, de espaldas a la cámara. Esa fotografía no requirió mucho de ella, pero la siguiente toma, la del piano, sí. Se cambió y se puso un vestido de noche de satén líquido negro de los años treinta que se ceñía a cada curva de su cuerpo y se acampanaba a la altura de los tobillos. El brillo del vestido combinaba a la perfección con el lustre del piano. La postura de Remy debía amoldarse también a la línea de la tapa del piano: una mano sobre el instrumento, la cadera ligeramente curvada hacia un lado y la cabeza girada hacia su brazo doblado. Por fortuna, las habilidades de modelaje que no había aprovechado en el pasado fluían ahora con toda naturalidad.

Adam ajustó los reflectores, quería menos luz, no más, masculló con irritación y verificó la imagen.

—Ya has hecho esto antes.

—Sí, pero eso fue hace años—aclaró Remy—. Así nos conocimos Antoinette y yo. Sé que no me veo como hace veinte años, pero, como dije, los compradores prefieren verme a mí con la ropa.

Adam levantó la cámara y empezó a disparar.

—Creo que las mujeres son más bellas a partir de los treinta. Saben más, han sentido más, y se les nota en la cara. Los rostros jóvenes suelen ser muy inexpresivos.

—¿Sabes? —intervino Antoinette mientras se acercaba a Remy para colocarle un rizo suelto—. No eres tan imbécil como me habían dicho.

—¡Antoinette! —exclamó Remy, horrorizada.

Pero Adam se rio por primera vez.

—Puedo ser un imbécil si quieres. Tengo mucha práctica. Por lo general, cuando tengo al editor y al estilista y al director de moda y al equipo de mercado y al productor todos inclinados sobre mi hombro, diciéndome cómo hacer mi trabajo. Y como hoy no tengo asistente, te voy a pedir que acerques el reflector. Pero te lo pediré por favor, así seré un poco menos imbécil.

Antoinette se rio y Remy sonrió. Esto era muy divertido y se alegraba de haber accedido a que Adam hiciera la sesión. Había sido respetuoso y en lugar de ordenarle que se moviera para un lado y para el otro como solían hacer los fotógrafos, se limitaba a pedirle que hiciera lo que le resultara más cómodo y solo le daba algunas indicaciones cuando la luz o algún otro aspecto técnico requería algún ajuste.

La última toma del día fue de Remy enfundada en un impactante vestido drapeado de Vionnet, cuya espalda caía como una capa y dejaba al descubierto la piel desde el cuello hasta la parte superior del sacro. Adam quiso hacer la sesión fuera, en lo alto de los escalones que conducían al acantilado, con el cielo azul oscuro detrás de ella, de modo que solo se viera la balaustrada blanca, los jarrones azules y blancos, el vestido blanco y el cielo azul. Hizo unas cuantas fotos de prueba, frunció el ceño y le indicó a Antoinette que se acercara. Antoinette miró por la cámara.

—Sí, probablemente querrá verla —dijo.

—¿Qué pasa? —preguntó Remy, y Adam le hizo un gesto para que echara un vistazo.

En cualquier sesión fotográfica de moda, pero sobre todo en una de ropa *vintage*, era normal que la modelo no llevara ropa interior. Estropeaba las líneas de los vestidos, aparecían tirantes indeseados, proyectaba sombra; generaba todo tipo de cosas que nadie quería ver en una publicación editorial ni en una foto de ensueño en lo alto de Cap-Ferrat. Remy no llevaba nada debajo del vestido y, cuando se acercó a la cámara de Adam, advirtió que la luz había hecho que la tela se transparentara un poco, exponiendo el contorno de su cuerpo desnudo, de espaldas a la cámara.

—Es una toma preciosa —señaló Antoinette.

Y lo era. Adam había captado a una Remy que ella no sabía que existía, con su cuerpo delineado bajo el vestido, de pie en el borde del mundo, lista para dar un salto y aventurarse en el azul y el sol y la promesa de todo lo que ese entorno teatral y hechizante le ofrecía. Su rostro perfilado, ligeramente inclinado hacia arriba, parecía anhelante, como si hubiera algo fuera de cámara por lo que mereciera la pena saltar desde el borde del acantilado.

Era la Remy de otra época, no la de esta época impregnada de dolor; la promesa de una Remy que no estaba segura de poder plasmar, porque ¿cómo podría hacerlo? ¿Cómo iba a dar un salto a ninguna parte si lo único que quería era estar bajo tierra, encima del ataúd de su hija, para rodearlo con los brazos y susurrar: "No pasa nada, mamá está aquí. Mamá por fin está aquí"?

—Maldita sea —murmuró mientras las lágrimas se derramaban demasiado rápido para que pudiera detenerlas y estropeaban su cara, estropeaban el día, lo estropeaban todo. Esa era la única promesa de la que estaba segura: que la ruina la acechaba por todas partes, no un futuro venturoso y abierto—. No tiene nada que ver con la foto —se apresuró a aclarar; no quería que Adam pensara que, después de haber trabajado gratis todo el día, ella odiaba su trabajo—. Bueno, sí tiene que ver con la foto, pero no como vosotros creéis. Es que es tan... —su voz se entrecortó, y luego concluyó con tristeza— duro.

Listo, lo había dicho, en voz alta. Remy no estaba bien y, a pesar de que todo el mundo le aseguraba lo contrario, no sabía si alguna vez lo estaría. Y ahora, además de todo, comprendía que del caos surgiría una Remy diferente. Una Remy sin Ebony, sin Toby.

—Será mejor que terminemos por hoy —sugirió Antoinette con decisión.

—Claro —convino Adam.

Antoinette guio a Remy dentro de la casa y le sirvió una copa de vino.

Remy dio un sorbo, pero no sabía a nada y lo apartó.

—Creo que un vino después de cada crisis no es la mejor idea.

—Prepararé algo de comer —propuso Antoinette; su herencia italiana la hacía recurrir a la única cosa que su familia le había hecho creer que siempre traería consuelo.

—No —objetó Remy—. Esta noche te vas a Ventimiglia. No hace falta que cocines para mí.

Se suponía que Antoinette iba a reunirse con algunos de sus primos en una ciudad cercana a la frontera italiana.

—No voy a ir —aseveró Antoinette.

—Sí irás —replicó Remy, y pudo oír el fuego en su propia voz—. No soy un bebé y no necesito una niñera. Solo necesitaba llorar.

El sonido de un carraspeo hizo que ambas se volvieran.

—Ya lo he recogido todo —anunció Adam, con las cámaras y el equipo colgados del hombro—. ¿A qué hora quieres empezar mañana?

A Remy le gustó que no supusiera que una crisis significaba que sería incapaz de trabajar al día siguiente.

—No creo que... —empezó a decir Antoinette, pero Remy la interrumpió.

—A la hora que mejor te parezca, por la luz.

—¿Qué tal si empezamos alrededor de las ocho? Más tarde, la luz es demasiado fuerte.

—A las ocho está perfecto para mí —aceptó Remy—. Hasta mañana.

Adam se marchó. Antoinette meneó la cabeza y abrazó a Remy.

—Entiendo la indirecta. Te estoy asfixiando. Iré a Ventimiglia. Es solo que me gustaría borrar todas tus heridas, ¿sabes? Pero supongo que vivir sin heridas es imposible.

***

Remy se paseó en el silencio de la casa y luego picoteó un poco de ensalada. Sabía que Antoinette la regañaría por no comer, pero no tenía hambre. Seguía viéndose a sí misma en la foto, viendo a una Remy futura cuyo primer pensamiento al despertar no sería Ebony. Era como mirar dentro de un caleidoscopio que, con el giro de una mano, la rompía en pedazos y luego la volvía a armar de forma diferente.

Era como mirarse el dedo anular izquierdo y ver que ahora estaba todo bronceado, que ya no tenía una marca blanca tatuada en la piel donde antes había estado su anillo de boda porque lo había guardado en un cajón para no estar siempre pensando en Toby tratando de sujetar el mantel, la comida y las copas de vino aquel día de mucho viento en el que había intentado organizar una cena y una proposición de matrimonio junto al mar. No tendría que recordar la forma en que, al final, mientras todo salía volando, él había acabado riéndose y comentado: "Bueno, si lo que voy a decir no hace que este día sea memorable, sin duda esto lo hará". No tendría que recordar lo mucho que lo había amado por no haber dejado que vientos huracanados se interpusieran en su objetivo de pedirle que se casara con él.

Pero incluso sin el anillo, no podía dejar de recordar.

Salió y permaneció de pie en lo alto del acantilado. Abajo, vio una figura en el agua, luego una cabeza que emergía, unas manos que se quitaban el agua de la cara: Adam. Se apartó el pelo de la frente, recogió una toalla y se secó con desgana antes de que apareciera otra figura. Matt.

Remy esperó, preparada para que Adam le gritara a su hermano, para que lo insultara por permitir que Remy, una total desconocida, supiera su secreto. Pero Adam no habló: Matt lo hizo y Adam se limitó a asentir con la cabeza. La conversación desigual continuó durante un par de minutos: Matt era el que más hablaba y Adam pronunciaba una o dos palabras de vez en cuando. Estaba claro que Adam no iba a enfrentarse a su hermano; iba a guardarse todo eso en silencio, y Remy vio en esa actitud una fortaleza noble, una hidalguía que su hermano no poseía y que tal vez ella tampoco.

A continuación, Matt volvió a subir las escaleras hacia la casa de los Henry-Jones y Remy vio que los hombros de Adam caían unos centímetros, que la tensión se había ido con su hermano. Echó la cabeza hacia atrás como aliviado y la vio de pie en lo alto del acantilado. En vez de fingir que no había visto lo que había pasado, Remy hizo un gesto rápido con la mano.

Adam cruzó la cala y subió los escalones en dirección a ella.

CAPÍTULO 10

—Me olvidé la caja de libros —explicó, y Remy recordó la caja de cartón del mercado.

—Pasa. —Lo condujo al interior de la casa, donde la quietud los envolvió.

—¿Y Antoinette?

—Se fue a pasar la noche con sus primos. ¿Quieres un café? —preguntó Remy, y se sorprendió de sí misma por la invitación—. No puedo dormir, así que el café parece el remedio lógico.

Adam se rio.

—¿Por qué no? No tengo mucho sueño después de nadar durante una hora.

—No le dijiste nada a tu hermano —supuso ella, de espaldas a él, mientras molía los granos de café.

—Mi madre no se merece que tengamos otra pelea.

La frase que Adam le había dicho esa mañana: "Por eso te lo dijo", se reprodujo en su mente junto con la de Matt: "Si mi hermano puede donar sus servicios fotográficos, lo menos que yo puedo hacer es comprar unas flores", como si hubiera algún tipo de competición. No por ella, Remy lo sabía, sino por cualquier momento de superioridad, y también sabía que, lejos de la impresión que daba Matt, Adam no era el agresor en esa relación. Lo que Adam no había querido decirle era que Matt había estado intentando sabotear la sesión fotográfica con el objetivo de que Remy la cancelara por vergüenza o que le confesara a Adam que conocía toda la historia y entonces fuera él quien cancelara su participación.

—¿Qué sentiste —preguntó cuando el molinillo dejó de zumbar— cuando te amenazaron con una orden de alejamiento?

Se hizo un silencio absoluto y ella contempló la posibilidad de que Adam se diera la vuelta y se marchara.

—Intento entender cómo sería saber que tu hija estaba allí, viva, pero que no podías verla. Creo que sería imposible.

Ebony no estaba allí, así que Remy no podía verla. Pero ¿qué pasaría si Ebony estuviera viva y Remy no pudiera verla? Se giró y le pasó el café. Adam rodeó la taza con las manos.

—Es como si te dieran una patada en las pelotas —respondió con brusquedad—. Y luego en el estómago. Y luego en la cabeza. Y después empezara todo de nuevo, cada puto minuto de cada puto día, pero cada vez más fuerte, no sea que empieces a dejar de sentirlo. Cosa que nunca sucede.

—Es una descripción muy acertada —susurró ella—. Salvo por lo de las pelotas, que obviamente no tengo.

Adam esbozó una media sonrisa.

—Tal vez las tengas, pero de una clase diferente. Empezar un negocio después de lo que te pasó debe requerir agallas.

—Mis amigos lo llamaban estupidez. —Vaciló, sin intención de decir nada más, pero la confesión de él había aflojado algo en ella.

Salieron y Remy se dejó caer en una silla.

—Puedes usar la tumbona —ofreció. Y a continuación, su propia confesión—. Renuncié a IMG después de que ocurriese. Me dijeron que no aceptarían mi dimisión, que necesitaba tiempo para pensar. Antoinette me decía lo mismo. Pero yo sabía que nunca podría volver.

Se interrumpió, se movió un poco en la silla y se volvió hacia el mar seguro e inexorable. Sentía que estaba esperando que ella continuara, y le gustaba que no la hubiera presionado preguntándole por qué y que se limitara a ofrecerle un espacio que ella podía llenar con palabras si así lo deseaba.

Así que lo hizo, y retrocedió en el tiempo hasta antes, un lugar que deseaba poder habitar todos los días.

—Después de tener a Ebony, volví al trabajo cuando cumplió seis meses —comenzó, hablándole al océano—. Siempre me enfureció ver cómo tantas mujeres destinaban seis años de su vida a estudiar Derecho, por ejemplo, y luego trabajaban como abogadas durante otros seis años, y después se quedaban embarazadas y renunciaban a todo: toda esa inteligencia y todo ese tiempo para terminar dedicándose a una vida de juegos infantiles y cochecitos. Toby era abogado y yo tenía el trabajo de mis sueños; ninguno de los dos iba a renunciar a eso. En el funeral, la hermana de Toby me dijo: "Me imagino que estarás arrepentida de todos los años que dejaste que otra persona cuidara de Ebony".

Oyó cómo Adam contenía el aliento ante la brutal crueldad del comentario.

La voz de Remy era baja y ronca, cargada de todas las lágrimas que intentaba con desesperación no derramar.

—Mi mente sumó todas las horas que Ebony había pasado con la niñera y... —Hizo una pausa. No había otra forma de decirlo—. Enloquecí, allí mismo, en la iglesia, frente a todo el mundo. Me senté en el suelo y no podía levantarme; ni siquiera sé cómo salí de la iglesia. Creo que alguien me cogió y me llevó a casa. Me tumbé en la cama y lloré durante todo el velatorio. Pensaba: "Tantas horas.

Tantas horas más que podría haber pasado con ella". Deseaba tanto recuperar esas horas, aún lo deseo. Quería poder deshacerlo todo. Mi vida, a mí misma. Creo que ese fue el día en el que empezaron las patadas...

Su voz se perdió en la noche; una confidencia extraña y triste como la luz decadente de una estrella muerta hace mucho tiempo que por fin llegaba a la tierra. Era demasiada verdad, demasiada Remy. Sin ninguna duda, Adam se levantaría y se marcharía.

Pero en lugar de eso, señaló:

—La familia puede ser lo mejor, pero también lo peor.

Por la forma en que habló, Remy dedujo que Adam tenía su propia confidencia extraña y triste que esperaba ser escuchada. Así que le ofreció el mismo espacio para que llenara con sus palabras.

—Desde el principio —comenzó Adam por fin—, mi madre pensó que todo el asunto con Matt acabaría en lágrimas. Pero ¿cómo le dices que no a tu hermano cuando te pide que le des un hijo?

Cerró los ojos un momento. Rastros de sombra oscurecían la piel debajo de ellos, la única señal del costo personal de su coraje, el coraje que le permitía sobrevivir cada día en una casa con su hija al alcance de la mano y un hermano que quería apartarla de él.

—Matt se casó joven —continuó, y abrió los ojos—. Conoció a Sally en su primer año de universidad y se casaron al día siguiente de graduarse. Ella había tenido un tumor cerebral en la adolescencia, así que, aunque todos pensábamos que eran demasiado jóvenes para casarse, ¿qué podíamos decir? A Matt le encanta adoptar a los débiles y oprimidos y salvarlos. Él y Sally intentaron durante años tener hijos; creían que ella no podía debido a los tratamientos que había recibido por el tumor, pero resultó que era Matt quien era estéril. Me dijo que yo era el único que podía ayudarlos; que un hijo era lo único que él y Sally querían. Así que acepté. Más tarde me enteré de que sospechaban que el cáncer de Sally había vuelto. Sabían que existía la posibilidad de traer al mundo a un niño que perdería a su madre. Me puse furioso con ellos, pero ¿cómo puedes enfadarte con una mujer que se está muriendo? Era una situación de mierda.

Adam se frotó el surco profundo que la conversación había grabado en su frente. Remy podía detectar en su voz el tipo de estrago que solía encontrar en el interior de los vestidos *vintage* más perfectos; el destrozo de los años que solo se evidenciaba cuando les dabas la vuelta.

—Luego nació Molly. Y era tan hermosa. —Se produjo otro silencio, el tipo de silencio en el que ella podía percibir la humedad fantasmal de las lágrimas retenidas—. Unos dieciocho meses después, Sally y Matt me advirtieron que me alejara o pedirían una orden de alejamiento. Fue el peor día de mi vida.

El grito de un ave marina resonó en lo alto. Cuando el ave se calló, Remy habló.

—¿Te...? —Dudó, no estaba segura de si debía decirlo, pero la luna estaba temporalmente oculta y parecía como si las cosas pudieran decirse en esta clase de oscuridad, como si las palabras fueran a derramarse por el borde del acantilado y ser arrastradas por el agua en vez de limitarse a dar vueltas en los confines de la mente—. ¿Te pasa que lo reproduces una y otra vez en tu cabeza, sin cambiarlo, porque sabes que no puedes, pero odiándote a ti mismo por cada minuto de ese día que de alguna manera causaste?

—Sí.

No hubo nada más que decir después de eso, ninguna confidencia más importante que las que habían compartido. Remy comprendió ahora que, en los últimos años, Adam había trabajado sin descanso contra todo lo que fuera bello de verdad, fotografiando imágenes técnicamente perfectas, pero sin vida, porque en todo lo que era bello de verdad acechaba la sombra de Molly... y del tipo de amor que no se le permitía tener. Y también comprendió que era un regalo que otra persona le abriera su corazón como Adam lo había hecho con ella: ver que estaba roto y sangrante, pero que aun así, seguía siendo exquisito.

Una brisa fresca recorrió la terraza.

—¿Y tu familia? —preguntó él. Se puso de pie y echaron a andar, sin dirigirse a ninguna parte en particular, no hacia el mar, sino entre los parterres y entre las rosas—. ¿No están preocupados por ti, que estés aquí sola?

—Sí —contestó ella. Hizo una pausa—. Soy adoptada —añadió—. Lo cual no significa que mis padres me quieran menos. Solo significa... —Consideró lo que intentaba decir—. Creo que, en el fondo, a mi madre siempre la ha inquietado tener el hijo de otra persona. Quizá podrían quitárselo, porque en realidad no es suyo. No soy ninguna experta en psicoanálisis —se apresuró a agregar—. Sé que mi madre me quiere. Pero se toma muy a pecho la frase: "Si amas algo, déjalo libre". Me dijo que viniera aquí. Y que no volviera hasta que...

"Hasta que puedas afrontar la vida", le había dicho su madre por teléfono aquella noche desde Sidney, mientras Remy, acurrucada en la cama, sollozaba después de despertarse de una pesadilla de Ebony sola en la parte trasera de la ambulancia. Remy le había gritado a su madre que la vida no era algo a lo que uno se enfrentaba en un cuadrilátero de boxeo. Era el día a día implacable, una garrapata oculta en tu interior que había que soportar. Aquella conversación telefónica no había sido uno de sus mejores momentos.

—¿Hasta que...? —la apremió Adam con gentileza.

Remy se detuvo frente a un magnífico rosal cuyos pétalos caían en el estanque.

—Hasta que pudiera afrontar la vida. —Las palabras brotaron con brusquedad.

—¿Quién es verdaderamente capaz de hacer eso? —musitó él con tono reflexivo.

Era una pregunta terrible para una noche tan hermosa.

—Menos mal que Antoinette no está aquí —interpuso ella, en un esfuerzo por animar el ambiente—. Ya nos habría arrojado por el acantilado.

Adam sonrió.

—Parece el tipo de persona que dice las cosas como son.

—Lo cual suele ser bueno. Pero en ocasiones es molesto.

—Apuesto a que sí.

A la luz de la luna, ella vio su reloj y se dio cuenta de que era medianoche.

—Deberíamos ir a buscar tus libros. Estoy segura de que serán mejor compañía que yo.

—Quizá menos curiosos —bromeó él.

Lo condujo de regreso a la casa y al *petit salon*, donde hermosas antigüedades se mezclaban con el abandono y sus tesoros *vintage* estaban diseminados de forma lasciva sobre las delicadas sillas Luis XIV. La caja se encontraba sobre el sofá tapizado en dorado que ocupaba el nicho curvo junto a la chimenea. La pared detrás ostentaba una pintura *fête galante*, en la que jóvenes curvilíneas retozaban con hombres jóvenes. Enfrente, varios desnudos de Picasso adornaban la pared. Todo alrededor era vida, lujuria y felicidad.

—¿Cómo conseguiste esta casa? —preguntó Adam mientras recogía la caja.

—La verdad es que fue una especie de herencia que traje conmigo cuando me adoptaron. Más o menos un mes después del funeral de Ebony y Toby, cuando aún no había conseguido salir de la cama, mi madre me contó que, al adoptarme, había recibido la escritura de esta casa y también la indicación de que solo me fuera entregada en mi momento de mayor necesidad. Según ella, se había olvidado por completo; de hecho, ni siquiera lo había entendido treinta y seis años atrás cuando me había llevado a casa. Pero que ahora sí lo entendía. Me envió aquí después del funeral.

Adam silbó.

—Vaya herencia.

Remy apartó un montón de vestidos de un sofá y se sentó.

—Aquí es donde nació *El armario de Remy*. Por ese entonces, yo estaba en la peor fase, la más autocompasiva, y estaba sentada en uno de los dormitorios, llorando, por supuesto, cuando vi uno de mis vestidos de verano de los cincuenta, de un rojo brillante, en el armario. Era tan alegre que lo odié. Le tomé una foto y la compartí en mi cuenta privada de Instagram, rogando para que alguna de mis amigas me lo quitara de las manos. Alguien lo compró en menos de cinco minutos y me pasé toda esa tarde deshaciéndome de todas las cosas bonitas de mi vida en Instagram. —Sonrió—. No puedo creer que te esté contando mi autocompasión descontrolada y mi descontrol en Instagram mientras me autocompadecía.

Adam se rio.

—Oye, soy fotógrafo; jamás criticaría a nadie por usar Instagram.

Ella también se rio.

—Y después tuve que enviarlo todo por correo. Y por alguna razón, retrocedí a mis días en IMG, cuando todo lo que hacía debía ser perfecto: compré unas tarjetas *vintage* bellísimas en los mercados y un papel de envolver divino y decidí que cada paquete debía ser algo que todos querrían desenvolver. Y entonces me di cuenta de que no había pensado en Toby ni en Ebony durante un par de horas. Era la primera vez que me pasaba. También me di cuenta de que a veces necesitaba no pensar en ellos o me volvería loca. De modo que así empezó *El armario de Remy*. Ha sido... una salvación, supongo.

Las palabras que habían brotado con soltura, ahora se enredaron. Remy se puso de pie y fingió inspeccionar uno de los hermosos jarrones de la repisa de la chimenea.

—En esa etapa, ni siquiera había pensado en lo que haría. Tenía... Tenía el dinero del seguro de vida de Toby. ¿Pero cómo se hace para gastar el dinero que has recibido a cambio de una vida? —Cerró un puño sobre la repisa, con los nudillos pálidos.

Lo había vuelto a hacer. Había vuelto a introducir el sufrimiento en la conversación. Se alegró de que él no respondiera. Se alegró de que le diera un momento para encontrar algo más que decir.

—En fin —añadió, y regresó al punto donde se había iniciado la conversación—, averiguar más sobre la casa forma parte de una lista larguísima de cosas que pienso hacer algún día cuando sea capaz de afrontar la vida de nuevo—. Le dirigió una sonrisa irónica para hacerle saber que estaba todo bien—. ¿Qué más hay dentro de la caja?

Adam depositó la caja sobre una mesa de juego de madera y sacó varios libros de cubierta naranja y blanca.

—Aquí hay uno para esos tipos. —Levantó *Lolita* y señaló los dibujos que mostraban a hombres arrancando la ropa a las doncellas—. Y aquí hay otro que se llama *Muerto por la mañana*. Este encaja bien con nuestra selección actual.

Remy se rio.

—¿Acaso pediste la caja más rara de la tienda?

—Debo tener cara de eso.

Remy sacó un par de libros sobre arte y uno titulado *Maestros modernos de la fotografía*.

—No será esta tu cara.

—Ajá, ese soy yo.

—Qué modesto —se burló ella mientras sacaba otro libro—. Guau. Mira esto —añadió al ver el título.

Le Catalogue Goering, rezaba, seguido del subtítulo: *L'histoire insensée de la plus grande collection d'art jamais volée*. La increíble historia de la mayor colección de arte jamás robada.

—He oído hablar de esto —dijo Adam. Abrió el libro y lo hojeó—. Göring, uno de los compinches de Hitler, robó una tonelada de cuadros de Francia durante la guerra y los catalogó todos. Esto se publicó hace poco. Fíjate. —Señaló un cuadro—. Un Vermeer. Monet. Renoir.

Remy se inclinó sobre su hombro, pero no podía ver bien, porque él era más alto que ella. Adam se acercó al sofá, se sentó, y ella se quedó de pie a su lado mientras él pasaba más páginas.

—"Un trofeo de caza aborrecible, fruto del infame saqueo de las joyas del arte europeo" —leyó, traduciendo la introducción escrita en francés.

—Es evidente que has aprendido algo de francés mientras trabajabas en Europa.

El libro se abrió de repente, como si hubiera soplado un viento maligno que hubiera hecho pasar las páginas y creado un portal hacia un futuro que Remy nunca habría imaginado que pudiera existir. Sus ojos se posaron en la página nueva y se quedó paralizada. Le quitó el libro a Adam.

—¿Por qué estaría esto en el *Catálogo Göring*?

CAPÍTULO 11

—¿Qué pasa? —preguntó Adam—. Estás un poco...

Remy se puso de pie y encendió todas las luces de la habitación. Empujó a un lado la caja de libros sobre la mesa de juego y dejó el catálogo sobre ella. Luego apoyó ambas manos en la mesa y se inclinó, con la vista fija en uno de los cuadros. Imposible. Su mente, de por sí sobrecargada, no podía lidiar con más imposibilidades. Cerró el libro de un golpe y con un ruido tan fuerte que los dos se sobresaltaron y el libro cayó con estrépito al suelo.

—Demasiados asesinatos y caos para esta hora de la noche —pronunció Adam con ironía mientras se inclinaba para recoger el libro.

—¿Qué tal un licor de casis? —ofreció Remy—. Tengo una botella escondida en la cocina de la última vez que estuve aquí. Estoy segura de que —continuó, y consultó su reloj— la una de la mañana es una buena hora para tomar un licor de casis.

—De acuerdo. Si es que estás bien.

—Estoy bien —aseguró ella, con un tono que pretendió ser animado, pero sonó frágil.

Se dirigió a la cocina, encontró la botella, sirvió dos copas y pronto se encontraron de nuevo fuera, licor en mano, hablando de sesiones fotográficas de moda y de modelos y de cosas sin sentido y graciosas, riendo de la forma en la que solo se ríe después de medianoche y del licor.

Es muy probable que ocurriese por eso.

Remy dejó la copa y Adam dejó la suya. Ella había querido empezar otra historia sobre la sesión de fotos en la que había conocido a Adam, pero estaban demasiado cerca uno de otro y las palabras se le atascaron en la garganta en tanto la luna asomaba y esparcía luz en torno a ellos y Adam se inclinó y la besó.

Remy tardó unos dos segundos en recuperarse. Le apoyó las manos en el pecho y lo apartó.

—¿Qué estás haciendo? —exclamó—. ¿Me puedes decir qué estás haciendo?

La luna desapareció. La oscuridad descendió. Remy no podía ver la cara de Adam, solo podía sentir la rigidez intensa de su cuerpo y el destello de…, no de ira, sino de dolor, tal vez. Lo cual era bastante gracioso, porque si alguien estaba padeciendo dolor era Remy.

—Buenas noches —sentenció.

Entró, cerró la puerta y apagó las luces. Luego se dejó caer sobre su cama y se quedó mirando al techo durante cada minuto de cada hora hasta el amanecer.

***

Cerrar los ojos no había servido de nada. Su mente seguía reproduciendo la noche entera con detalles microscópicos y horribles: el inesperado vistazo a la psique de Adam; sus propias confesiones. El catálogo. El cuadro que había visto en una de sus páginas.

Todo había empezado ahí.

Luego el licor de casis. El tipo de conversación que un hombre y una mujer podrían mantener después de medianoche con sendas copas en la mano. El humor, el placer de hablar de cosas que no importaban y de sentir que las mentes conectaban. El movimiento imperceptible de dos cuerpos que se acercan. Remy apretó los ojos con más fuerza para borrar la imagen. Ni siquiera se había dado cuenta de lo que estaba ocurriendo. Era como si su boca hubiera besado a Adam mientras Remy no prestaba atención.

Comprendía por qué Adam la había besado. Era el siguiente paso lógico. También entendía, en parte, por qué había reaccionado como lo había hecho. Pero había algo más que no podía afrontar, todavía.

Aún estaba oscuro cuando se puso el bañador, bajó a la orilla e hizo lo que Adam había hecho la noche anterior: meterse en el agua y nadar hasta quedar exhausta. Luego regresó a la casa con la idea de acostarse y por fin dormir, pero la botella de casis, las copas y las tazas de café de la noche anterior estaban dispersas por todas partes y no tenía ganas de tener que explicárselo a Antoinette.

Se puso un traje playero rosa pálido que se anudaba detrás del cuello, con cintura muy alta, piernas acampanadas y espalda escotada. Estaba hecho a mano, con mucho esmero, como si una novia se lo hubiera regalado a sí misma para una luna de miel junto al mar décadas atrás. Luego, aunque solo eran las siete de la mañana, se puso manos a la obra para limpiar, fregar y poner en orden el *petit salon*. Frunció el ceño al ver la caja de libros de Adam que seguía sobre la mesa de juego.

Casi había terminado cuando el sonido de que llamaban a la puerta principal la sobresaltó. La abrió. Era Adam, sin afeitar y con claros signos de no haber dormido tampoco.

—Lo siento —se disculpó—. Lo siento mucho. Fue una tontería. No sé por qué lo hice. Salvo por que, como alguien dijo una vez, soy un imbécil y hago estupideces con demasiada frecuencia.

Remy esbozó una pequeña sonrisa. Adam frunció el

entrecejo; era obvio que había esperado que ella lo alejara de nuevo, o le gritara.

—No fue tu culpa —respondió ella—. No tienes por qué disculparte. Pero gracias por hacerlo. Anoche éramos dos personas compartiendo confidencias, vino, la madrugada. Es lo más normal que una persona bese a otra en esas circunstancias. Ahora lo entiendo. Pero me hizo darme cuenta… —Apoyó la mano en el marco de la puerta; sabía que estaba a punto de compartir otra confidencia y no entendía por qué seguía revelando estas partes de sí misma al hombre que tenía delante. De algún modo, encontró la voz y continuó—: Me hizo ver que no soy normal. Me engañé a mí misma durante esa hora mientras conversábamos fuera, pensando que lo era. Que podía beber y reírme y comportarme como un ser humano funcional. Cuando me besaste, me di cuenta de que la idea de besar a alguien me repugnaba. Lo que claramente no es normal y además… —Vaciló—. Fue cruel de mi parte hacerte sentir que lo que habías hecho era repulsivo. Estoy segura de que la mayoría de las mujeres no pensarían así. Podrías ser, no sé… —añadió, buscando una comparación lo más impresionante posible—, Chris Hemsworth y a mí me seguiría repugnando la idea de besarte.

Adam la escuchaba con atención y ella sabía que la entendía. Pero había algo más que necesitaba decir, y si no le contaba el resto, no estaría siendo honesta como él lo había sido con ella. "Luego nació Molly", había dicho Adam la noche anterior. "Y era tan hermosa".

Fue la más reveladora de todas las pequeñas intimidades que compartieron. Le había revelado que era un hombre capaz del amor más profundo e intenso y que, a través de una voluntad férrea, había ocultado ese amor para que nadie, excepto ahora ella y tal vez su madre, lo supiera. Pero no podía mirarlo a los ojos mientras le contaba el resto.

Bajó la vista a sus pies descalzos, a las uñas, que hacían juego con el rosa de sus pantalones.

—Una parte de mí disfrutó del beso —admitió, y sintió la atención de él clavada en ella, percibió su sorpresa y también su alivio por no haber malinterpretado la situación y haberse aprovechado de una viuda desconsolada, que era lo que él debía haber deducido—. Esa fue la parte que más odié —prosiguió en voz baja—. Por eso me enfadé contigo. Me odié por buscar consuelo cuando nada puede consolar a mi hija, encerrada en una caja bajo tierra. Me enfadé conmigo misma —concluyó y, por fin, levantó la vista hacia él—, no contigo.

—Remy —pronunció él. Y luego—: Ni siquiera sé qué decir. Gracias. Podrías haberme dejado pensar que era un imbécil. —Se interrumpió y un atisbo de sonrisa apareció en su rostro. Remy se dio cuenta de cuánto le gustaba cuando sonreía, lo claros que se volvían sus ojos, lo indefenso que se mostraba de repente—. Aunque tal vez no un imbécil del todo, si lo disfrutaste aunque fuera un poco.

Remy sintió que su boca sonreía como respuesta.

—Ahora sí estás siendo un imbécil —precisó.

—Pero al menos te he hecho sonreír.

—Entra y coge tus libros —lo invitó, riendo—. Y, esta vez, llévatelos. No soy tu biblioteca.

—Apuesto a que hay una biblioteca en alguna parte aquí dentro —replicó él mientras la seguía a través del patio italiano con columnas, el magnífico salón principal y hasta el *petit salon*.

—Sí que la hay. Está llena de polvo. Necesito mudarme aquí un año para poder poner todo en orden. Pero eso sería planificar con demasiada antelación y en este momento no estoy en condiciones para eso.

Le Catalogue Goering yacía sobre la mesa junto a la caja. Adam lo cogió.

—¿Qué viste aquí? —preguntó—. Eso fue el comienzo de todo.

—Sí —coincidió ella—. Pero primero necesito comida. Solo he tomado café y licor de casis y mi estómago me pide algo más. Entonces te lo podré explicar.

—Huevos —dijo Adam—. Necesitamos huevos. ¿Antoinette no trajo ayer algunos del mercado?

Remy lo siguió a la cocina, donde él abrió la nevera, sacó los huevos y varias otras cosas, los rompió, los batió, buscó una sartén y se puso a cocinar.

—¿Qué? —preguntó cuando se dio cuenta de que ella lo estaba mirando.

—Nada —balbuceó Remy—. Voy a buscar unas naranjas para hacer zumo.

Cruzó la terraza hacia los naranjos y se quedó parada un minuto, sin ver las naranjas, sino a Toby, el hecho de que siempre pedía comida a domicilio cuando ella se retrasaba en una reunión y no llegaba a tiempo para cocinar, el hecho de que no tenía ni idea de dónde estaba la sartén ni de cómo cascar un huevo. Remy nunca le había dado importancia. Toby era un inútil en la cocina, era la broma que todos compartían, aunque ella lo había hecho a menudo con los dientes apretados, sobre todo durante la Semana de la Moda, cuando ni siquiera tenía tiempo de echar los cereales en un tazón.

Regresó a la casa, exprimió las naranjas y luego ambos salieron al exterior, platos en mano, y fruncieron el ceño por el sol, que era tan fuerte que la terraza ya resultaba opresiva.

—¿Y si vamos allá arriba? —preguntó Adam mientras señalaba la estructura blanca en lo alto de la cascada.

—¿Al Templo del Amor? —contestó ella—. ¿Se podrá confiar en ti en un Templo del Amor?

Él se rio.

—¿De verdad se llama así?

—Ajá. Pero tienes razón, hay más sombra ahí. Será el mejor sitio. Siempre que te portes bien.

—Lo prometo —afirmó él, con una seriedad repentina.

—Estoy bromeando —aclaró ella.

—Lo sé, pero…

—¿Demasiado pronto?

—Quizá. Comamos.

De modo que subieron al templo con el desayuno, que ya se estaba convirtiendo en un almuerzo temprano. Mientras caminaban, conversaron sobre los fotógrafos cuyas obras los habían inspirado el día anterior —Dahl-Wolfe, Steichen, Hoyningen-Heune— y Remy supo que Adam, alguien a quien conocía desde hacía pocos días, era ahora un compañero, como Antoinette, aunque también diferente. No la presionaba de manera tan despiadada como Antoinette, pero la hacía cambiar. Ambos la hacían reír, pero Adam también la hacía pensar. Un nuevo amigo, una nueva afinidad, algo inesperado que no había sabido que necesitaba.

Dejaron los platos sobre la mesa en el pabellón. El océano brillaba ciento ochenta grados a su alrededor. Podían oír el ronroneo del agua, contemplar la belleza de los distintos jardines que parecían pintados por Monet, sentir la deliciosa tibieza de la sombra y la ausencia del sol inclemente.

—Esto es increíble —comentó Adam—. No sé cómo no haces las maletas y te mudas aquí. —Entonces advirtió la otra cosa que ella había llevado consigo—. Trajiste el libro.

—Sí. —Remy abrió el *Catálogo Göring* en la página que estaba grabada en su cabeza—. Este cuadro. —Señaló una de las imágenes en blanco y negro del libro. En ella aparecía una pareja, nada más que una pareja —sin decorado, sin telón de fondo—, fundida en un abrazo, con las miradas de ambos entrelazadas e inseparables, miradas que contenían todo aquello por lo que merecía la pena vivir y, también, de algún modo, todo lo que dolía: el amor y la pérdida—. Está en la pared de mi dormitorio en Sidney. Siempre ha estado ahí. Vino conmigo, como esta casa, cuando me dieron en adopción. Pero ¿cómo puedo tener en mi poder un cuadro que Hermann Göring robó hace setenta años a alguien en Francia?

Tercera parte

París, 1941-1943

CAPÍTULO 12

—EMPEZAREMOS MAÑANA —ANUNCIÓ ROSE, CON TANTA calma como si estuviera hablando de empezar a tejer.

Luc, siempre más propenso a la excitación, levantó su copa y brindó, con voz demasiado fuerte para una reunión clandestina.

—¡Por mañana!

Pero monsieur Jaujard no lo regañó. Sonrió, y Éliane también, y fue una sonrisa auténtica e incontenible que se extendió por todo su rostro y brilló también en sus ojos. Como respuesta, vio que la boca de Rose se movía hacia arriba y que los ojos ocultos tras las gafas también brillaban. Porque, después de seis meses de reuniones en las que habían discutido todas las ideas, planes y sugerencias, cada amenaza, problema y peligro, por fin iban a empezar a hacer todo lo posible para que los nazis rindieran cuentas.

Durante esos seis meses, habían sido testigos angustiados de cómo cada vez más colecciones de arte, propiedad de familias judías, eran trasladadas al Jeu de Paume: miles de cuadros y tapices y vidrieras y estatuas. Rose y Éliane habían contemplado aterrorizadas los montones de obras de Rembrandt, Van Dyck, Velázquez y Van Gogh. Y aunque no podían detener lo que ya se había hecho, sí podían, habían decidido, documentarlo todo para que, en un momento futuro glorioso, cuando ya no hubiera nazis, las obras de arte pudieran ser recuperadas y devueltas a sus dueños.

—Cada uno sabe cuál es su prioridad —precisó monsieur Jaujard, devolviendo la solemnidad a la reunión.

Éliane asintió. Tenía que convencer a König de que le permitiera ayudarlo a catalogar las obras: ella sabía de arte y la mayoría de los historiadores de arte alemanes del Jeu de Paume no, a menos que se tratara de una obra germánica o de uno de los maestros holandeses. Si lograba su objetivo, podría anotar, en un cuaderno que Rose y ella esconderían detrás de un cuadro del Führer en la oficina, los nombres de las obras que llegaban al Jeu de Paume y de los dueños a quienes se las habían robado.

Rose también asintió. Ella debía averiguar dónde estaban enviando las obras. Habían visto códigos escritos en las cajas y entendían que representaban los lugares donde Göring y Hitler estaban guardando las obras, pero aún no sabían qué significaban. Luc no asintió, pero bebió vino e inclinó su copa hacia monsieur Jaujard, que sería el diplomático y el organizador, quien debía mantener las manos de los nazis alejadas de los tesoros de los Museos Nacionales y actuar como puente entre las mujeres y Luc. Luc, por su parte, se movería entre París y la campiña para llevar mensajes de monsieur Jaujard a los incipientes grupos de la Resistencia. O sea, que ambos hombres trabajarían para informar a los Aliados del paradero de todos los cuadros, de manera tal que si los Aliados alguna vez se movilizaban para ayudar a Francia, el patrimonio cultural del país no fuera destruido.

Cuatro personas haciendo lo que podían por el arte.

Era casi la hora del toque de queda cuando abandonaron el apartamento de monsieur. Rose le dio un abrazo rápido a Éliane antes de marcharse a toda prisa. Luc y Éliane emprendieron el camino hacia la *Galerie* Véro-Dodat. Éliane esperaba que Angélique no estuviera despierta; eso era lo más difícil de todo: mentirle a su hermana. Fingir que trabajaba de camarera una vez a la semana para ganar un poco de dinero extra y así justificar sus llegadas tarde por las noches. Fingir que Luc solo encontraba trabajos esporádicos en la campiña, lo que significaba que iba mucho de un lado a otro y no solía estar en París.

Un autobús vacío pasó junto a ellos y luego otro, en dirección al Marais. Otros dos le siguieron treinta segundos después. Éliane frunció el ceño. Vio que Luc también se había quedado mirando los autobuses.

—¿No es un poco extraño? —preguntó ella.

—Sí —respondió él—. Vámonos a casa.

Se dieron prisa. Los sonidos que Éliane oyó —el rugido de otro autobús, gritos en alemán, el ruido de un contenedor de basura al ser volcado— disiparon su optimismo anterior como una espátula al rascar a través del amarillo y dejar al descubierto una gruesa capa de negro. La decadencia del *passage,* cuando por fin entraron en él, fue casi tranquilizadora, como un seguro de que todo seguía igual.

—Quizá estamos nerviosos porque sabemos que mañana empieza todo —aventuró cuando llegaron a lo alto de la escalera.

Luc asintió, pero en cuanto estuvieron dentro, abrió una botella de vino que había cogido de la bodega de la *brasserie* y empezó a beber con rapidez. Por un momento terrible, pareció una versión más joven de su padre, un hombre decidido a destruirse a sí mismo mientras el mundo se destruía a su alrededor.

—He visto tu cuadro —soltó ella. Quería darle algo más que el presente, un recuerdo del Luc que había sido y que podría volver a ser cuando todo esto terminara—. El que le vendiste a Rothschild. Está en el Jeu de Paume. Es magnífico.

Había tenido intenciones de comentárselo cuando había visto el cuadro por primera vez, pero Luc estaba muy poco tiempo en París y ella había estado tan absorta en lo que él, Rose y monsieur Jaujard estaban haciendo que se había olvidado de mencionarlo. Pero no le hizo sonreír, como ella había esperado.

—La pareja abrazada contra ese cielo increíble, y la luna; está todo tan bien hecho. Pero lo que más me gusta son las figuras —agregó.

Luc volvió a llenar su copa, indiferente, concentrado en el vino. Tal vez, más que animarlo, las palabras de ella le habían recordado todo lo que había perdido.

—Lo siento —concluyó.

—Nos vemos dentro de una semana —respondió él, como despidiéndola, y ella supo que se quedaría sentado en la mesa hasta el amanecer antes de regresar a la campiña.

Pero fue Luc quien la despertó a la mañana siguiente, con las mejillas enrojecidas y la respiración entrecortada, como si hubiera estado corriendo. Se llevó un dedo a los labios, con un gesto hacia Angélique. Éliane salió de la cama, cerró la puerta de la habitación y lo siguió hasta la ventana.

—Se trata de los autobuses —se apresuró a explicar—. He vuelto para decírtelo porque un amigo mío me ha contado...

—¿Qué pasa? —preguntó ella, sin saber cómo aquellos autobuses, por muy extraños que hubieran sido, podían hacer que su hermano tuviera un aspecto tan sombrío.

—Anoche los nazis se llevaron a cientos de judíos del Marais, Éliane. Los subieron a los autobuses y se los llevaron.

—¿Adónde?

—Nadie lo sabe.

Los nazis robaban cuadros y se los llevaban. Los nazis robaban gente y también se la llevaban. Pero Éliane sabía que no llevaban a la gente a Alemania para adornar los salones. ¿Qué pasaría con ellos?

—¿Todavía quieres hacerlo? —inquirió Luc, con una luz curiosa en los ojos, como si aquel paso inesperado de los nazis hubiera avivado algo en su interior, la chispa que antes encontraba en las modelos artísticas y el ajenjo.

¿Qué pasaría con ellos? La pregunta resonó de nuevo en la cabeza de Éliane, pero, esta vez, "ellos" no era un grupo de desconocidos; eran ella, Luc, Rose y monsieur Jaujard. Si König le permitía que lo ayudara y luego se daba cuenta de que ella estaba registrando la información sobre los cuadros en un cuaderno secreto, ¿la subiría también a un autobús con destino secreto?

Descartó la idea. Primero debía convencer a König de que la dejara ayudarlo. Ya pensaría en el resto más tarde.

—Sí, quiero hacerlo —aseveró.

—Ten cuidado. —Fue lo único que le dijo Luc antes de marcharse.

***

Éliane se vistió con esmero; eligió el vestido de algodón que había llevado la noche en que Xavier había ido por primera vez a la *brasserie* a verla. Apartó el recuerdo y se abrochó los botones, contenta de que el vestido todavía le quedara bien a pesar de haber adelgazado un poco durante los meses de racionamiento, contenta de que la hiciera parecer joven e ingenua, como si jamás pudiera ser lo bastante lista ni lo bastante valiente ni lo bastante astuta para espiar a un nazi.

—Estás muy guapa —la elogió Angélique cuando Éliane salió del baño—. Siempre me ha gustado cómo te queda ese vestido.

Éliane besó la mejilla de su hermana y compartió con ella una taza de *café nationale* sin que ninguna de las dos hiciera muecas por el sabor aguado al que ya estaban demasiado acostumbradas.

—Me parece que hoy va a ser un día de carne —anticipó

Angélique mientras recogía su bolsa de la compra para hacer su trabajo del día.

Angélique, a pesar de tener solo diecisiete años, había resultado una experta en ponerse al frente de las colas de comida y obtener algo más que pan duro y nabos, lo que hacía sospechar a Éliane que sus vecinos se habían estado quedando con parte de la comida que ella les había pagado para que le compraran. Otro ejemplo sutil de colaboración con el enemigo; era algo muy extendido, como un perro callejero en cada calle.

—Pero ¿qué tipo de carne? —preguntó Éliane bromeando—. ¿De zorro? ¿De lobo? ¿De elefante?

Angélique se rio, uno de los mejores sonidos del mundo después de los largos meses de su ausencia, un sonido que Éliane intentaba provocar todo lo posible.

—Creo que hasta sería más fácil conseguir ternera en París que elefante —contestó Angélique—. Y eso es mucho decir. ¿Qué tal si traigo un jabalí entero?

Ahora fue Éliane la que se rio; una vez, de pequeña, se había descompuesto en la cocina de la *brasserie* al ver un jabalí colgado para desangrarse.

—Angélique, si logras encontrar un jabalí, lo mataré encantada. —Sonrió a su hermana mientras tomaban caminos distintos: Éliane iba a ganar dinero; Angélique a gastarlo como pudiera para que tuvieran suficiente para comer.

El sol parecía compartir el ánimo de Éliane y su hermana. Brillaba como en pleno verano, calentando el aire de modo que Éliane inclinó la cabeza hacia atrás dejándose bañar por él, y ese pequeño y maravilloso gesto encendió la esperanza que llevaba dentro desde la noche anterior: que ella y los demás marcarían la diferencia. Que ella y los demás harían daño a los nazis, igual que los nazis les habían hecho daño a ellos. La esperanza no tenía precio. Éliane había aprendido en los últimos meses que, junto con el amor, la esperanza era inestimable y debía preservarla siempre que pudiera.

Bajó la cabeza con pesar, borró su sonrisa y se convirtió en una joven ingenua e inocente; una joven impresionada por sus conquistadores, de camino al trabajo para servirlos.

Estaba atravesando el jardín de las Tullerías cuando Rose se apareció frente a ella.

Éliane se volvió de inmediato y se dirigió a uno de los bancos más resguardados junto al sendero. Ella y Rose nunca se encontraban para ir juntas al trabajo. Habían acordado no mostrarse amigables, ser jefa y empleada, no hacer nada que pudiera hacer pensar a los nazis que tenían una relación cercana. Si Rose estaba en las Tullerías era porque necesitaba hablar con Éliane en ese momento y Éliane sabía que lo mejor sería hacerlo fuera de la vista de todos.

Las mujeres se sentaron. Rose le pasó un periódico.

"Prisioneros franceses fusilados en represalia por la muerte de un soldado alemán leal", rezaba el titular.

Éliane sabía que un parisino había matado a un soldado alemán en el metro hacía varios días en un acto de resistencia menor pero muy público. Lo que el periódico decía ahora era que los nazis habían decidido matar a docenas de franceses más para enderezar la balanza y disuadir a otros de cualquier acto similar de resistencia. ¿Quién se iba a resistir si sabía que sus actos le costarían la vida a tantos otros?

Éliane se estremeció a pesar de que el sol calentaba mucho.

—Lo que no dice el periódico es que los hombres fueron guillotinados —susurró Rose—. Y que sus cabezas se pudrieron al sol.

Éliane no pudo hacer otra cosa que cerrar los ojos.

—¿Todavía quieres hacerlo? —Las palabras de Rose fueron las mismas que las de su hermano la noche anterior.

"¿Quería?", pensó Éliane. ¿Y si se le escapaba algo, si

decía algo en el Jeu de Paume que la delatara y Von Behr la arrestaba no solo a ella sino también a Rose?

Cortó de cuajo el pensamiento.

Cuando abrió los ojos, no solo vio los jardines frente a ella, sino las cosas que habían desaparecido. Las estatuas fundidas para hacer municiones. La ausencia de arte en una ciudad que había sido sinónimo de arte. Se acordó del pequeño rectángulo blanco en la pared del Louvre, todo lo que quedaba de *La Gioconda* en la capital de Francia. La sensación que la invadió fue un poco como el hambre, pero no de comida. Era el hambre de su alma.

Y entonces supo que sería imposible vivir años y años sin la *Victoria alada* sobrevolando la gran escalinata del Louvre. Sería imposible vivir en un mundo vacío de todo menos de asesinos. La civilización era algo más que una masa de personas; también era todas las cosas bellas que surgían de las mentes y las manos y tocaban los corazones. Su corazón y el de todos los demás necesitaban ser tocados a menudo, si querían sobrevivir. Y solo había una forma de lograrlo.

"Salvando el arte".

—Yo tengo que hacerlo —respondió a Rose, quien se quitó las gafas y parpadeó. Por primera vez, Éliane vio la desdicha que aquella mujer mantenía oculta mientras le regalaba huevos y hacía lo posible por protegerla. Rose también era arte.

Ahora, fue Éliane quien parpadeó.

***

El plan de Éliane y Rose consistía en actuar con cierta malicia en un lugar donde la perversidad estaba a la orden del día. Liderado por Von Behr, el libertinaje se había convertido en una práctica habitual en el Jeu de Paume y las peleas internas, los rumores y las insinuaciones circulaban como el oxígeno por el museo.

Rose se dirigió a la galería principal; planeaba enviar a una de las secretarias, que tenía una aventura con un historiador del arte —a pesar de que la esposa del historiador también trabajaba en el museo— a una de las galerías poco utilizadas, a tiempo para sorprender a su amante en un comportamiento digno de un cuadro de Boucher con otra secretaria. Éliane esperó a oír gritos y protestas fuertes y, con la esperanza de que eso significara que Rose había tenido éxito, se dirigió a la galería principal, que todos habían abandonado para investigar el disturbio. Aprovechó el alboroto para abordar a König, quien, ajeno al ruido, fruncía el ceño ante un cuadro.

Éliane se pasó las manos por la falda como si estuviera nerviosa, le dedicó una sonrisa vacilante y señaló el cuadro.

—Es de Berthe Morisot.

El alivio en el rostro de König fue inmediato. Miró a su alrededor, se dio cuenta de que había muy poca gente en la galería con ellos y que su tío no estaba a la vista y le tendió un cuaderno, ahora él con una sonrisa tímida.

—Por favor —le pidió—. Complete todos los datos que pueda.

No podía ser tan fácil, pensó Éliane mientras escudriñaba la página con rapidez. "Recuerda los nombres de los cuadros y de sus dueños" se dijo, porque allí estaba todo escrito. Sería imposible recordar tantos, pero si se dejaba abrumar, no recordaría ninguno.

—¡Llega mañana! ¡Guárdatelo en los pantalones! —La voz atronadora de Von Behr, que volvía del altercado, hizo saltar a König y a Éliane, quien no tuvo tiempo de devolverle el cuaderno a König sin que su tío lo viera.

No era tan fácil. Claro que no.

Éliane tragó saliva, al igual que König a su lado. Se volvió con temor hacia él, sin tener que actuar esta vez, pero sin saber si König tendría el valor de enfrentarse a su tío o si, por el contrario, sacrificaría a Éliane.

—¿Qué está haciendo? —inquirió Von Behr a Éliane, con un encanto que rezumaba mendacidad en cada palabra.

Éliane mantuvo sus ojos suplicantes fijos en König, cuya cabeza se movió entre ella y su tío. Cuando por fin la detuvo, lo hizo en dirección a su tío, no a Éliane.

—Me está ayudando.

Nunca le había costado tanto lanzar un suspiro de alivio por toda la galería.

—¿No eres lo bastante listo para hacerlo solo? —preguntó Von Behr a su sobrino, con un tono aún más encantador y también más aterrador. Éliane estaba segura de que König se echaría atrás y que su único intento de espionaje había terminado.

Intentó no pensar en autobuses ni en guillotinas.

Pero König se acercó más a ella y se alejó más de su tío.

—Es físicamente imposible hacerlo sin una biblioteca de arte de referencia —replicó König en voz baja, pero con una determinación que reflejaba su profundo deseo de desempeñar sus funciones de forma ejemplar.

Sí, podría haber defendido a Éliane, pero él todavía creía que catalogar arte robado era un trabajo imperativo e importante, no un acto de maldad. Éliane no dejó que ese pensamiento se reflejara en su rostro.

—Mademoiselle Dufort me estaba ayudando —repitió König—. Me está ayudando a actualizar el catálogo del mariscal del Reich a tiempo para su visita de mañana.

König era más listo de lo que ella había pensado. Traer a Göring, el jefe de Von Behr, a la conversación podría convencer a su tío. Su mente acelerada también le dio vueltas a lo que König había dicho. "El catálogo del mariscal del Reich". ¿Significaba eso que había una lista maestra en alguna parte que detallaba todo lo que Göring estaba robando? Ojalá pudiera encontrarla.

Von Behr le quitó el cuaderno.

—Ningún empleado francés debe anotar nada. —Se volvió hacia su sobrino y añadió—: Puede quedarse, por ti. Pero mejor sedúcela con champán en un dormitorio.

Los ojos de Éliane pasaron de König a Von Behr. No estaba del todo segura, pero parecía que Von Behr no la había echado porque pensaba que su sobrino estaba interesado en ella y el coronel quería fomentar ese interés en un hombre como König, que por cierto no era un macho de sangre caliente y fanfarrón como su tío. Cuando todo lo que ella había planeado era utilizar el rubor de König para convencerlo de que le enseñara su cuaderno, Von Behr estaba sugiriendo algo más, algo que ella nunca haría, algo que ni siquiera se había planteado como consecuencia.

Von Behr se marchó y todos a su alrededor volvieron al trabajo.

—Mademoiselle. ¿Puedo llamarla Éliane? —inquirió König.

Otra de esas sonrisas inseguras se dibujó en su rostro pálido. Sus ojos eran de un azul demasiado claro para contener una emoción profunda y no esperó a que ella accediera para volver a hablar.

—Mademoiselle... Éliane... Me gustaría invitarla a cenar esta noche.

La palabra "jamás" estuvo a punto de caérsele de la boca, casi no pudo contenerla. El momento de esa pregunta no era una coincidencia. O bien enfrentarse a su tío le había dado el coraje suficiente para avanzar más con ella o bien pensaba que ella estaba en deuda con él por sus acciones. Ninguna joven francesa común y corriente, como se suponía que era ella, se negaría a cenar con un oficial alemán a menos que quisiera que la etiquetaran de antinazi.

Además, sus compatriotas estaban siendo guillotinados. Sus hermanas habían muerto. Todo lo que Éliane tenía que hacer era comer un plato de comida, algo que muchos parisinos hambrientos harían con placer. Si no podía dejar de lado su desprecio por el bien de miles de cuadros robados por los alemanes, entonces no merecía la recompensa de que su país fuera liberado en algún momento en el futuro.

Esbozó una sonrisa.

—Tal vez una copa —convino. Sabía que la única manera de manejar esto era confiar en el hecho de que König tenía modales de caballero y que hasta ahora ella había jugado a la inocente.

—Un trago sería mucho más de lo que jamás habría soñado —contestó König muy serio, con la mano apretada contra el corazón, como la caricatura de un hombre enamorado.

Al menos König aportaría mucho humor involuntario y así podría hacerlo, se dijo Éliane, y lo mismo le dijo a Rose más tarde ese mismo día en el baño.

—Con una copa en la mano tengo más posibilidades de convencerlo de que me deje ayudarlo a catalogar los cuadros —afirmó.

—Es posible que tengas razón —admitió Rose de mala gana—. Ojalá pudiera ir contigo.

—Te verías tan fuera de lugar en el tipo de sitio al que es probable que König me lleve como Von Behr en un convento de monjas —bromeó Éliane con gentileza.

Eso hizo reír a Rose y que relajara el ceño.

—Ten... —empezó. Éliane la interrumpió.

—No puedes decirme que tenga cuidado todos los días. No si no vas a dejarme que te diga lo mismo. Sé que estuviste en la oficina de Von Behr mientras él les gritaba a todos en la galería. ¿Encontraste algo?

Rose sacudió la cabeza, encendió un cigarrillo y se apoyó

en la pared, con aspecto casi juvenil, como si el espionaje y las conversaciones furtivas en el baño fueran más de su estilo que recogerse el cabello y fingir ser una secretaria callada y tímida.

—Los libros de registro de todos los envíos de obras de arte de la galería se guardan a la vista en el patio de carga. Pero si no logramos descifrar las palabras en código que utilizan para los destinos finales, los registros no nos sirven de nada. Hasta que averigüe qué significan los códigos...

—Solo tenemos la mitad de la información que necesitamos —concluyó Éliane.

—Si tú puedes digerir a König y el champán, yo puedo encontrar un libro de códigos —sentenció Rose y apagó su cigarrillo—. Los alemanes lo anotan todo. Tienen que haber escrito los códigos en algún lugar. Me quedaré hasta tarde esta noche después de que te hayas ido con König. No quiero decir que su interés en ti sea útil, pero sin embargo... —Esbozó una sonrisa irónica—. Acabo de hacerlo. —Le pasó el paquete de Gauloises—. Toma. Los necesitarás más que yo esta noche.

Y con eso, salió del baño. Éliane sonrió, tanto por el regalo como por las palabras. Si hubiera mil personas como Rose en París ahora, los König y los Von Behr no tendrían ninguna oportunidad.

CAPÍTULO 13

Esa noche, König se encontró con Éliane a la salida del museo. Deslizó su brazo por el de ella en un gesto tan atrevido que lo dejó momentáneamente sin habla, lo que a ella le vino bien.

Atravesaron los jardines y se adentraron en una ciudad en la que los ojos escrutadores de Éliane vieron destellos de espíritu: las palabras "Vive De Gaulle" estaban escritas en el polvo de un taxi; en un café, un parisino estiró las piernas hacia la acera y König se vio obligado a esquivarlo.

—El asesor artístico de Göring me recomendó este lugar para tomar unas copas. Dice que es excelente —explicó König al entrar en La Grenouille, un bullicioso bar donde, por suerte, el ruido desalentaba todo tipo de conversaciones íntimas.

—¿El asesor artístico de Göring? —repitió Éliane. Había visto a Xavier un puñado de veces en el museo durante los últimos seis meses y todavía no sabía con exactitud qué hacía allí, pero esta descripción parecía ajustarse.

—Sí. Monsieur Laurent. El hombre que acompaña al mariscal del Reich al Jeu de Paume. Se reunió con Von Behr esta tarde para asegurarse de que todo estuviera listo para la exposición de mañana y yo... —König se sonrojó como de costumbre e intentó disimularlo encendiendo un cigarrillo—. Le pregunté si podía recomendarme algún sitio adónde pudiera llevarla. El hombre conoce bien París y además... —añadió con una sonrisa, un poco cohibido— tiene más mundo que yo. ¿Un cigarrillo?

Aquellas dos frases encerraban muchas crueldades. Xavier había sugerido a König que la llevara allí. Bien podría estar prostituyéndola. Deseó que le doliera menos y la enfadara más.

König chasqueó los dedos para llamar al camarero, que se apresuró a acercarse con deferencia.

—Champán —ordenó.

Éliane se inclinó con torpeza hacia él, como si estuviera interesada de verdad. Tenía que ganarse su confianza, y rápido. Nunca antes había tenido que esforzarse para que alguien creyera en ella: Yolande y sus hermanas lo habían hecho sin titubear y con Xavier se había dado con naturalidad desde un principio. Cosa que ahora no ocurría.

Levantó su copa de champán y ahogó el recuerdo.

—¿De dónde es usted, monsieur? —preguntó.

—Me crie en Berlín —respondió él—. Era pianista en el Conservatorio antes de...

Antes de que Alemania invadiera Europa. Se preguntó qué eufemismo utilizaría, pero él dejó la frase sin terminar.

—¿Todavía toca?

König asintió.

—Herr Von Behr tiene un piano en su apartamento. Lo uso algunas tardes cuando nos reunimos allí. Es...

Otra frase incompleta.

—¿Es? —lo urgió ella.

—Mi consuelo. ¿Un cigarrillo? —volvió a preguntar y, esta vez, ella asintió despacio. Era imposible pensar que un hombre como König necesitara consuelo.

Él se inclinó para darle fuego y observó su boca. Éliane dejó caer la mano hacia el cenicero.

—Hay mucho trabajo por realizar en el museo —comentó con indiferencia.

—Doscientas colecciones importantes para catalogar y clasificar, además de innumerables otras obras de colecciones menos importantes. —König suspiró—. La riqueza de las obras es extraordinaria. Los franceses tienen suerte de que los alemanes las estén protegiendo.

—Sí, tenemos mucha suerte. ¿Cree usted que los Rothschild aprecian su buena suerte? —Mantenía los ojos muy abiertos y la voz amable; el sarcasmo bullía en su interior.

Él se rio con ganas.

—Los judíos no aprecian nada. Firmamos un armisticio con el Gobierno francés, no con el pueblo judío, por lo tanto, sus obras de arte no están protegidas por la Convención de La Haya. Así que nos corresponde a nosotros redistribuirlas entre quienes son más dignos.

Antes de que Éliane pudiera digerir ese razonamiento, una voz interrumpió.

—Veo que se están divirtiendo.

La voz era más fría de lo que ella recordaba y, sin duda, sarcástica: se burlaba tanto de ella como de König. Era Xavier, y el contraste entre él y König era notable y exasperante.

Xavier era alto y seguro de sí mismo, y se movía muy a gusto entre los nazis en el París ocupado.

König era pequeño, tartamudeaba y miraba hacia arriba con ansiedad, como un niño que buscara la aprobación de su padre.

—Se… seguimos su consejo.

—Pero no con el champán. —Xavier alzó una ceja despectiva hacia la botella en la hielera—. Estoy seguro de que ella se merece algo mejor, ¿verdad? —Su tono sugería a las claras que ella no merecía nada de eso.

Si no hubiera sido porque estaban en juego doscientas colecciones de obras de arte, Éliane habría tomado la botella y hubiera volcado el contenido sobre la cabeza de Xavier. Tal como estaban las cosas, replicó con toda la rotundez que pudo:

—Teniendo en cuenta que hace más de un año que no pruebo champán, es bastante satisfactorio.

—No para mí —replicó él.

Se volvió hacia la barra antes de que ella pudiera decirle que ni su consejo ni su presencia eran deseados. Tenía tal vez tres o cuatro minutos para conseguir lo que necesitaba de König antes de que Xavier regresara. Se concentró en eso.

—Espero haberlo ayudado esta mañana con sus notas.

—¡Ha sido usted de gran ayuda! —exclamó König—. No tenemos suficientes personas capaces de identificar obras de arte pintadas después de mediados del siglo XIX.

—Recuerde, monsieur, que conozco muy bien el arte francés. Hoy vi un Degas, un Toulouse-Lautrec y una escultura de Rodin. —Se detuvo ahí, sin querer preguntar. König tenía que creer que todo era idea de él.

—Quizá pueda volver a hablar con mi tío.

—Él lo escucha.

König sonrió ante el halago, y seguía sonriendo cuando Xavier se sentó entre ellos y sirvió champán en tres copas nuevas, a pesar de que ni Éliane ni König habían terminado la primera.

—Brindemos por la exposición de mañana —sugirió hacia König y levantó su copa—. Espero que esté todo listo para el mariscal del Reich.

La copa en la mano alzada de König tembló un poco, como si Xavier le inspirara un cierto temor. Éliane quiso cerrar los ojos. ¿Qué podía haber hecho Xavier para que la gente le temiera? ¿Algo peor de lo que hacían los nazis?

No podría tragar el champán. Sacó los cigarrillos que le había dado Rose. König le acercó un mechero. Cuando se dio cuenta de que Xavier había hecho lo mismo, König desistió.

Lo que significaba aceptar que Xavier le encendiera el cigarrillo, un cigarrillo que ahora dudaba que pudiera fumar.

Tuvo que mirarlo y fue impactante que sus ojos mantuvieran el mismo color exacto de siempre, un color café lustroso e indescriptible. Éliane escondió la mano temblorosa en el regazo.

—Está todo listo para el mariscal del Reich —aseguró König a Xavier—. Espero que le agrade lo que hemos reunido para él. —Y añadió, con cierta nostalgia—: Herr Göring está ansioso por un Vermeer. El Führer se quedó con *El astrónomo*, por supuesto. Es la segunda vez que Herr Göring pierde un Vermeer a manos del Führer. Ojalá pudiera conseguirle uno.

"Creo que ese le pertenece ahora al Führer", recordó Éliane que Xavier le había dicho a Göring seis meses atrás, y también recordó la manera brusca en que Göring había asentido. El mariscal del Reich había perdido algo que deseaba a manos del único hombre en el mundo con más poder que él.

Se obligó a asentir de manera complaciente, con la atención fija en König, ignorando a Xavier.

Mientras König bebía champán, las palabras empezaron a fluir de su boca con más facilidad que en el museo, con su tío siempre cerca. Éliane percibía que su presencia y la de Xavier lo volvían presumido, como si necesitara demostrar su importancia y poder a ambos.

—Herr Göring espera reunir la colección de arte más espléndida de todo el mundo para colgarla en su mansión de Carinhall —reveló con soltura—. Será su legado. Pero el Führer también está reuniendo una gran colección para su Museo del Führer. Creo que Herr Göring tiene mejor gusto, pero no el dinero...

Se interrumpió y Éliane supo que había recuperado la compostura. Pero ya le había dicho bastante. Que Göring y

Hitler estaban en medio de una disputa por obras de arte. ¿Podrían ella y Rose alimentar de algún modo el resentimiento de Göring por el hecho de que su colección estuviera siempre limitada por las necesidades de Hitler?

Se oyó un fuerte estallido de vasos, seguido de una carcajada. Xavier dijo algo imposible de oír. Frunció el ceño.

—Ojalá hubiera un lugar más tranquilo para hablar de negocios.

König asintió.

—Herr Göring dijo lo mismo anoche. A mi tío le gusta disfrutar de las noches de París, igual que al mariscal del Reich, pero a veces tanto alboroto interfiere con las conversaciones que hay que tener.

"El restaurante más tranquilo de París". La idea surgió en la mente de Éliane como el salto repentino de un gato. Era posible que Luc la matara. Pero también era posible que eso fuera lo mejor que ella podía hacer por Francia. Si König y Von Behr y el mariscal del Reich podían relajarse con vino y discutir sus asuntos aborrecibles en un lugar donde ella y Luc pudieran oírlos, la posibilidad de progreso sería enorme.

—Conozco un lugar muy tranquilo, monsieur —aventuró. Sacó otro cigarrillo y se inclinó hacia König para que le diera fuego. Esta vez, cuando él la observó inhalar, ella no dejó caer la mano hacia el cenicero—. Mi hermano ha estado esperando reabrir la *brasserie* de nuestra familia. Yo solía ser camarera allí y estaría encantada de volver a hacerlo para clientes como usted y el mariscal del Reich. Creo que al mariscal del Reich le complacería mucho que le encontrara el restaurante tranquilo que él desea.

—¡Es una idea maravillosa! —exclamó König—. Y luego añadió en dirección a Xavier—: ¿No le parece? —Todavía era incapaz de tomar una decisión por sí mismo.

Éliane se maldijo por no haber esperado a que Xavier se hubiera marchado para hacer la sugerencia. Xavier aplastaría su idea como a un insecto. Sabía que ella no quería a los nazis.

—El mariscal del Reich es muy exigente —advirtió Xavier hacia ella y se sirvió otra copa de champán.

—Creo que mi propio nivel de exigencia será suficiente para los que decidan venir —replicó ella con frialdad.

—Entonces se lo comunicaré directamente al mariscal del Reich —concluyó Xavier con tono seco—. Un mes debería ser suficiente para poner las cosas en orden.

***

Cuando Luc regresó a París la siguiente vez, Éliane le contó el plan que había concebido de manera tan impulsiva.

—Tenemos que convencer a Angélique de que nos ayude con las mesas, pero sin decirle por qué —precisó—. No puede enterarse de lo que estamos haciendo. —Recordó a los hombres guillotinados por los nazis y se estremeció.

—Sé lo que hay que hacer —contestó Luc, justo antes de que Angélique abriera la puerta con una cesta a medio llenar en los brazos.

Se acercó a su hermano con una sonrisa.

—Has vuelto. ¿Por cuánto tiempo esta vez?

—Más de lo habitual. De hecho —agregó Luc—, ahora trabajaré en París, no en la campiña.

Angélique lo besó en las mejillas.

—Qué bien. Espero que eso signifique que tienes un trabajo que te paga lo suficiente para poder comprar algo de comida, ¿verdad? —lo dijo medio en broma y medio en serio, pues nunca había entendido por qué siempre tenían que enviarle algo del preciado dinero de Éliane. "¿Por qué no se come unas pocas de las uvas que está cosechando?", solía quejarse a Éliane. "Está rodeado de comida, no como nosotras".

Pero, por supuesto, Éliane no podía contarle que, en realidad, Luc estaba yendo y viniendo entre los grupos de la Resistencia y monsieur Jaujard. Y lo único que podía hacer ahora era prepararse para anunciarle a Angélique que tenían que reabrir la *brasserie*.

Angélique se rio.

—¿Por qué? ¿No hay suficientes restaurantes en París para que los alemanes llenen sus enormes estómagos?

—Me lo han pedido —respondió Éliane. Sabía que pronto tendría que mencionar a Xavier.

Angélique recogió un montón de ropa que había lavado ese mismo día y empezó a doblarla.

—¿Quién? ¿Quién sabe siquiera que somos los dueños de la *brasserie*?

Los ojos de Éliane se cruzaron con los de Luc.

—Lo ha pedido Xavier —señaló Éliane.

—¿Xavier? —Los pañuelos en las manos de Angélique cayeron al suelo.

—Sí, Xavier —confirmó Luc con impaciencia, quitándole la carga a Éliane y sacándola mucho más bruscamente de lo que ella lo habría hecho—. Está trabajando con los alemanes. Quieren un lugar tranquilo para hablar de sus canalladas. Xavier quiere ofrecerles la *brasserie* para mejorar aún más la opinión que tienen de él. A cambio, no le dirá al coronel Von Behr que Éliane habla alemán. Xavier la ha visto en la galería, Angélique.

Angélique miró a su hermano y luego a su hermana.

—No es posible…

—Sí, lo es —aseguró Éliane y rodeó a su hermana con los brazos. Angélique se aferró a ella como solía hacerlo Yolande cada vez que Éliane intentaba irse del apartamento por las mañanas.

—Nunca me lo dijiste —susurró.

—No podía. —Éliane sabía que se le estaba escapando

una lágrima. Levantó una mano para acariciar el pelo de Angélique y se la llevó un instante a la mejilla para borrar la evidencia de su propia angustia.

—No sabía que seguías trabajando en el museo por eso —dijo Angélique. Dio un paso atrás y estudió el rostro de Éliane—. No sabía que Xavier... —Su voz se entrecortó al pronunciar el nombre y meneó la cabeza, intentando comprender—. Que Xavier te había amenazado. ¿No podemos negarnos? No sé si puedo trabajar allí sin... —Frunció el ceño y la furia reemplazó a la incredulidad—. Sin volcarle una olla de *boeuf bourguignon* en la cabeza.

—Angélique. —Luc sonaba tan despiadado como su padre—. No podemos negarnos. ¿Qué crees que nos harán si nos negamos? Xavier no es quien pensabas que era. ¿Quién lo es hoy en día? Todos hacemos lo que tenemos que hacer para sobrevivir. Y tenemos que abrir la *brasserie*.

Luc era tan implacable y tan bueno para crear una historia que encubriera sus verdaderas intenciones y las de Éliane que, por un momento, Éliane tuvo miedo. Así debía de ser Luc cuando se iba del apartamento, tomaba un tren a la campiña y se sentaba alrededor de hogueras con otros jóvenes furiosos, todos jurando derrocar a los alemanes.

—Luc cocinará —interpuso en un susurro, deseando poder borrar el dolor y la rabia en los ojos de su hermana—. De vez en cuando ayudaba a papá, así que sabe lo suficiente. Tú y yo atenderemos las mesas. No tenemos otra opción.

Luc se marchó con un portazo. Éliane deseó poder seguirlo y darle las gracias por hacer lo que había que hacer, pero Angélique todavía era muy joven y Éliane era la única madre que tenía. Recogió la ropa limpia y señaló un remiendo en una de sus enaguas con el propósito de desviar la atención de Angélique hacia algo ordinario.

—Está muy desgastada. Cada vez que me la pongo tengo miedo de que se rompa.

Angélique tomó la prenda en sus manos, la examinó y parpadeó para espantar las lágrimas.

—Deberías comprarte otra. Pero ¿dónde encontraríamos una ahora? Y además es algo que no podemos permitirnos.

—Hay tantas cosas que no podemos permitirnos ahora, Angélique.

Angélique pasó el dedo por el remiendo de la enagua.

—Incluido decirle que no a un hombre como Xavier.

—Claro.

***

Durante los dos fines de semana siguientes, Éliane raspó la grasa de los hornos de la *brasserie* y lavó y planchó manteles mientras Luc empleaba a un ayudante de cocina y estudiaba los viejos libros de recetas de su padre para marcar los platos que sabía que podía llegar a preparar. Angélique utilizó pintura que Luc había encontrado para retocar las paredes, sacó brillo a las copas y los cubiertos y se ofreció a encargarse de hornear el pan y las tartas. Así, casi a medianoche del domingo, los hermanos estaban de pie en medio de la *brasserie* rodeados de mesas decoradas con manteles blancos, velas y floreros.

—Iré a los mercados al amanecer para reponer las provisiones —explicó Luc—. Puedo conseguir un permiso de restaurante que nos permita un extra, así por fin tendremos comida para todos. Hay suficiente vino en la bodega. Necesito una semana para hacer los caldos y las salsas y preparar el menú. Abriremos dentro de dos martes a las seis.

—Eso me dará exactamente media hora para volver a casa del museo, cambiarme y bajar antes de que llegue el primero de los monstruos —interpuso Éliane.

—Podéis abrir media hora más tarde. —La voz de Xavier llegó desde la puerta.

Éliane se giró, al igual que Luc; sus miradas se cruzaron y Éliane pudo ver que él también estaba asustado. Si hubiera tenido diez años menos, habría buscado la mano de su hermano, pero en vez de eso, aceptó la mirada fría de Xavier como castigo merecido por no haber cuidado su lengua.

—No llegarán hasta las siete —continuó Xavier con tono seco—. Así que no hará falta que abráis antes de las seis y media. Eso os dará tiempo suficiente para arreglarlo todo.

Echó una mirada fulminante al rostro de Éliane, enrojecido por el esfuerzo, húmedo de sudor y sucio. Éliane olía a mugre y a grasa. Xavier, en cambio, estaba impecable, con el traje planchado y el olor a la colonia que siempre había usado.

Y, de pronto, ella tomó conciencia de que él estaría en la *brasserie* la mayoría de las noches, con sus amigos alemanes, sentado a la mesa donde una vez se habían besado. Y ella tendría que servirle el vino, retirarle el plato sucio y sonreír todo el tiempo.

—No creo que haya tiempo suficiente en todo el mundo para arreglar nada —susurró.

Luc se puso delante de ella para que no dijera nada más.

Éliane se había olvidado de Angélique, que ahora habló.

—No lo puedo creer —le recriminó a Xavier.

Xavier había estado a punto de marcharse, pero se volvió y se acercó mucho más a todos.

—Nunca digas algo así. Sería mejor para todos que nadie supiera…

Estaba tan cerca que, si Éliane extendiera la mano, podría acariciar la mandíbula que alguna vez no había podido dejar de tocar. Estaba tan cerca que cuando sus ojos, ennegrecidos por la penumbra, se encontraron con los de ella, y las lámparas lanzaron un destello dorado sobre su rostro, Éliane vio, por un instante, al Xavier de 1939: un hombre que había hecho que sus entrañas ardieran con la llama más intensa y perfecta.

Después de una leve vacilación, Xavier concluyó:

—Sería mejor para todos que nadie supiera que Éliane y yo creímos amarnos alguna vez.

Sus ojos eran ahora de un tono diabólico que ella no podía identificar y que convirtió sus entrañas en cenizas.

—Ninguno de nosotros te conoce —sentenció—. Ya no. Así que no te preocupes.

Imperturbable, Xavier se alejó por el *passage*, muy a gusto en el mundo del París ocupado por los nazis.

CAPÍTULO 14

Antes de la reapertura de la *brasserie*, Angélique se quedó en la cocina preparando los postres y Luc y Éliane se escabulleron al apartamento de monsieur Jaujard para el primer encuentro después de un mes.

Éliane tenía buenas noticias para compartir.

—König se atrevió a pedirle a su tío que me permitiera ayudarlo a catalogar las obras y Von Behr accedió. Pero solo antes de las exposiciones, cuando están más atareados. Es mejor que nada. Anotaré todo en nuestro cuaderno oculto en cuanto pueda y luego Rose y yo nos alternaremos para llevarnos el cuaderno a casa y registrar la información como es debido.

El cambio en el ánimo de todos los que estaban sentados a la mesa fue tangible, como si un baño de oro se hubiera extendido de repente sobre la penumbra.

—¿Será seguro hacerlo? —inquirió monsieur Jaujard, con la preocupación grabada en la frente, mientras servía vino tinto para todos.

—Los guardias no nos registran los bolsos —precisó Rose.

—Y en este momento, "seguro" es un término relativo —comentó Luc—. El mero hecho de que Éliane esté en el museo no es seguro. Si vamos a estar todo el tiempo preocupándonos por lo que es seguro...

—Cuando yo esté escribiendo en el cuaderno, Rose vigilará. Y al revés. —Éliane interrumpió a su hermano, que se había bebido toda la copa de un trago—. Más importante es algo que me dijo König cuando salí con él. Me contó que Hitler le había arrebatado dos veces a Göring un cuadro de Vermeer. ¿Podemos aprovechar eso de alguna forma…? —Su voz se fue apagando. Desde su posición tan insignificante en el museo, no podía hacer nada para reavivar los celos de Göring. Pero tampoco podía darse por vencida—. ¿Qué pasaría si pusiéramos algunos de los cuadros destinados a Hitler en las cajas de Göring y el Führer descubriera que Göring tiene sus cuadros? —sugirió a continuación.

Rose fue la primera en asentir.

—Podríamos hacerlo. Es algo menor, pero…

—La suma de muchas cosas menores puede llegar a ser exasperante —terminó Luc—. Si Göring pierde su influencia con Hitler, todo esto podría parar. El Jeu de Paume sigue existiendo por Göring. Si perdiera poder, tal vez lo cerrarían.

—Y así podríamos preservar las colecciones que aún no han encontrado —añadió monsieur Jaujard—. Como la colección Schloss.

La colección Schloss, creada por otra familia judía, era conocida en todo el mundo. Se componía del tipo de pinturas que los alemanes más buscaban: maestros holandeses y flamencos de siglos de antigüedad. Cincuenta millones de francos en arte.

Los nazis la habían estado buscando, pero nadie, ni siquiera monsieur Jaujard, sabía dónde estaba escondida. La familia Schloss había actuado con inteligencia y eso había enfurecido tanto a Von Behr como a Göring.

—Imaginaos si pudiéramos mantenerla a salvo y detener a Göring —aventuró Rose y, de pronto, pareció posible lograrlo. Ahora todos sonreían—. En noches como esta

—prosiguió Rose y apretó la mano de Éliane—, cuando aún no ha llegado el invierno y no estamos helados hasta los huesos y todos a mi alrededor son amigos y no enemigos, siento que los sueños no están tan lejos de hacerse realidad.

De hecho, Éliane casi podía ver, como un fresco en la pared del fondo, casi alcanzable, un tiempo en el que el arte volvería a ser para todos y no solo para los que tenían poder. Y de nuevo era Rose quien le daba fuerzas, a pesar de que Rose vivía sola y no tenía hermanos que la consolaran. Rose había sido curadora del Jeu de Paume y ahora era la encargada. Había perdido mucho y, sin embargo, allí estaba, intentando que los demás se sintieran mejor.

—Ninguno de nuestros sueños se hará realidad si nos quedamos aquí sentados hablando de ellos —terció Luc, devolviendo a todos a la realidad—. Tenemos que salir de aquí esta noche con algo más que el mero hecho de que Éliane escriba los nombres de los cuadros en un cuaderno. Aún no tenemos los códigos de los lugares a los que los están llevando. Y no sé cómo voy a manejar el enlace con la Resistencia ahora que Éliane me ha convertido en un chef.

—Valdrá la pena —aseguró ella a su hermano. Se negaba a reconocer que su aparente genialidad podría resultar otra pérdida de tiempo.

—Esperemos que así sea —refunfuñó Luc antes de que monsieur Jaujard interviniera.

—Tenemos otra idea planeada —dijo con firmeza—. Inglaterra tiene gente en Francia que trabaja contra los nazis. Uno de ellos opera, entre otras cosas, como enlace con los Aliados en lo que respecta al arte. Dejadme hablar con él. Podría ser clave para asegurar que Hitler se entere de que Göring se ha quedado con una pintura destinada a él, si es que creéis que podría organizarse.

Rose y Éliane asintieron con vehemencia y al unísono.

***

A las seis y media de la tarde del día siguiente, Éliane llegó a la *brasserie* con la cara recién maquillada, el pelo con ondas y recogido, un rizo rubio que se curvaba sobre su frente, el viejo uniforme puesto y las manos por fortuna recuperadas durante el verano. El espejo le dijo que estaba acicalada y presentable, y esperaba que fuera suficiente para que König le dijera algo útil ahora que estaban fuera del frenesí del museo y en un lugar donde la comida y el champán podrían soltarle la lengua.

En la cocina, el olor a ternera a la brasa, ajo y cebolla, y a patatas asadas en grasa de pato le llenó las fosas nasales y casi se descompuso de hambre, ya que no había comido nada más que un melocotón en todo el día.

—Rápido —indicó Luc, y le señaló un plato lleno de todo lo que ella olía—. Come antes de que abramos. Pareces a punto de desmayarte.

Éliane ni siquiera se molestó en sentarse. Buscó un tenedor y empezó a comer con el esmero de un restaurador de arte en el proceso de salvar una obra maestra. No había comido tan bien desde junio de 1940, hacía más de un año. Al cabo de cinco minutos, no quedaba nada en el plato.

Angélique se rio de ella.

—Yo hice lo mismo hace media hora. ¿Cómo pude haber pensado que abrir la *brasserie* era una mala idea?

La campanilla de la puerta principal tintineó, anunciando la llegada de los primeros clientes. Éliane forzó una sonrisa y besó la mejilla de su hermana.

—Esa es la actitud.

El grupo que entró estaba formado por Xavier, el mariscal del Reich, König, uno o dos marchantes de arte, Von Behr y su amante, la cantante Arletty, los Chambrun y otros parisinos amantes de Alemania. Éliane los guio a la mejor mesa, junto a la ventana.

—Tomaremos un tinto de Burdeos. Que tenga por lo menos diez años —ordenó Xavier mientras se sentaban.

Éliane se retiró para rebuscar entre lo que su padre no se había bebido de la bodega y encontró una botella que cumplía los requisitos.

—König —dijo Von Behr cuando ella se puso a su lado para llenar su copa—, mira a tu mademoiselle. Deberías invitarla a salir una noche de estas.

Éliane repartió los menús, deseando que se concentraran en la comida, pero Von Behr parecía estar envalentonado por el vino o la malevolencia.

—Enséñale París —continuó y sonrió, indiferente al hecho de que su sobrino estuviera tan escarlata que su cabello había adquirido un brillo rosáceo—, realzada con el *éclat* alemán.

—Ya me ha invitado —interpuso Éliane. Esperaba que Von Behr se sorprendiera y eso lo hiciera callar—. Pero ahora estaré aquí todas las noches para servirlos, así que no podré seguir experimentando su *éclat*. —Por suerte, los hombres que la rodeaban eran tan ignorantes de los tonos de la voz como del arte, y su sarcasmo pasó inadvertido.

—¡Lo hiciste! —Von Behr le dio una palmada en la espalda a su sobrino—. No creía que fueras capaz. Ahora entiendo por qué quieres que mademoiselle Dufort trabaje tan estrechamente contigo. Pero no podemos dejar que su trabajo de camarera te enfríe la sangre. —Levantó su copa en el aire como si le hubiera caído un rayo de inspiración—. ¡Haremos una fiesta! Eso le dará una noche libre a nuestra Fräulein: si no estamos aquí, no necesitaremos que nos sirvan.

—Esta noche tenemos un especial de pecho de ternera a la brasa —informó Éliane—. ¿Desean que lo ordene?

Vio que su hermana fulminaba a Xavier con la mirada

cuando pasó junto a la mesa para recibir a más comensales, más alemanes que tal vez habían visto por la ventana el impecable uniforme blanco de Göring, como un aviso publicitario.

Von Behr no se dejó amilanar por el pecho de ternera.

—Un lugar especial —continuó—. Una forma de celebrar a Alemania y a nuestro Führer y nuestras muchas victorias. Una *maison*. No en París; haremos una fiesta de fin de semana. ¿Qué sitio nos recomienda? —Se volvió hacia Xavier.

—Ternera para todos, por favor —dijo Xavier a Éliane.

Mientras ella recogía los menús, Göring le comentó algo a Xavier que la obligó a apoyar una mano en la mesa para no perder el equilibrio.

—Cuando hablamos de Carinhall —precisó el mariscal del Reich con su voz gruesa y poco clara—, mencionó usted que tenía una casa en la Costa Azul. ¿Dónde?

—En Cap-Ferrat. —Xavier no se explayó, pero no fue necesario, al menos para Éliane.

De repente, volvía a ser 1940 y Éliane y Xavier estaban juntos en la cama aquella única noche que habían compartido y él estaba describiendo la casa: el suave color rosado de las paredes; el jardín de recreo con fuentes que bailaban al compás de la música; la sala de dibujo llena de luz y con vistas al mar; el *petite salon*, que él prefería al salón principal, con sus sofás dorados dentro de nichos curvos especiales para los amantes, donde se sentarían juntos. La casa donde pasarían la luna de miel, había dicho, para que Éliane pudiera ver el mar por primera vez, y harían el amor en todas las habitaciones.

—Será perfecta para una fiesta de fin de semana —declaró Göring.

En la cocina, Éliane se sirvió un buen trago de la botella más cercana, muy probablemente oporto para cocinar, pero no le importó.

—¿Qué pasa? —preguntó Luc.

—Nada —respondió—. Todos quieren ternera.

Apiló varias rebanadas de pan blanco, grueso y blando en una cesta y la llevó a la mesa de los nazis. Von Behr le dio un golpecito en la mano.

—Está decidido. Una fiesta junto al Mediterráneo. Acompañará usted a König.

—Habrá suficientes mujeres en la fiesta sin necesidad de esta. —Xavier tomó las riendas de la conversación y se dirigió a Éliane con el desprecio habitual—. Además, estoy renovando la casa a fondo y no estará disponible hasta dentro de un tiempo. Así que podemos pasar a asuntos más importantes. Mañana en el museo —especificó en dirección a Göring—, ultimaremos el intercambio. Nuestro amigo Rochlitz —añadió, y señaló con la cabeza al marchante al otro lado de la mesa— se llevará una docena de obras modernistas de la sala de arriba. A cambio, usted recibirá el Tiziano que desea.

El mariscal del Reich se llevó un trozo de ternera a la boca.

—Haremos más intercambios. Es una buena manera de librarnos de los *impressionnistes sauvages* y de paso ampliar mi colección.

La mente de Éliane trabajaba a toda velocidad mientras rellenaba las copas y la cesta del pan e interpretaba el alemán, fingiendo no entender nada. Si había traducido bien, Xavier planeaba darle una docena de obras impresionistas de la Sala de los Mártires al marchante a cambio de un Tiziano para Göring.

Deseó haber escupido en la comida. Si aquel intercambio ocurría, y si seguía ocurriendo, significaría la pérdida de muchos cuadros para el mercado general del arte. Encontrar un libro de códigos solo revelaría el paradero de las obras que habían sido enviadas a los depósitos de Göring y

Hitler. No serviría de nada para rastrear los cuadros que se llevara un marchante y que luego revendiera.

Ella, Rose, Luc y monsieur Jaujard habían creído que estaban avanzando. La frágil visión de la noche anterior de un futuro con obras de arte recuperadas se desvaneció.

—¡Mademoiselle! —La voz afilada de Von Behr atravesó sus pensamientos.

—Mis disculpas, monsieur —murmuró Éliane, esperando que su rostro no delatara sus verdaderos sentimientos.

—Quizá está pensando en König —interpuso Xavier hacia Von Behr, y el coronel dejó de mirarla el tiempo suficiente para reírse de la broma.

—Necesitamos más pan —ordenó Von Behr—. Y una sonrisa para König. —Se rio y le dio un codazo a Xavier, que también se rio.

Éliane transformó toda la furiosa emoción que llevaba dentro en una sonrisa repentina y radiante. Produjo el efecto de que toda la mesa se callara, que König se sonrojara tanto que podría haber iluminado todo el Barrio Rojo y que Von Behr añadiera:

—Quizá no debería dársela a König, después de todo.

Necesitó más disciplina de la que tenía para no estremecerse. No Von Behr. No.

***

Al día siguiente, Éliane estaba quitando el polvo detrás de König y Von Behr, que se encontraban de pie juntos en la galería más grande del piso de arriba del Jeu de Paume. Unos pasos lentos y pesados sonaron en las escaleras, acompañados de otros más ligeros y rápidos. Göring, el marchante de la noche anterior y Xavier entraron en la galería. Göring ocupaba todo el espacio de la sala mientras sus ojos acariciaban los cuadros.

—¿Está todo listo? —preguntó Xavier a Von Behr con una voz que indicaba que solo esperaba un "sí" como respuesta.

König subió y bajó la cabeza como un caballo nervioso y Von Behr y él invitaron al mariscal del Reich a pasar a sus oficinas mientras Xavier llevaba al marchante a la Sala de los Mártires.

Poco después, Éliane vio al marchante bajar y volver a subir las escaleras doce veces, cada vez con un cuadro en la mano. Mientras quitaba el polvo de las barandillas con toda la lentitud que podía, le resultó casi imposible distinguir todos los cuadros. Estaba segura de haber visto pasar un Picasso —su estilo era fácil de reconocer— y sin duda un Degas, pero los demás se habían perdido, quizá para siempre.

Fue difícil no desanimarse después de eso. Pero se consoló sabiendo que, de no haber sido por la conversación que había oído en la *brasserie*, no habría tenido ni idea de lo que estaba pasando. Reabrir el restaurante ya había probado ser una decisión inteligente.

Cuando el marchante se hubo ido del museo, en un intento por levantar su ánimo, Éliane entró en la Sala de los Mártires con la idea de sentarse en el suelo y dedicar cinco minutos a contemplar algo hermoso: el cuadro de Luc. Sin embargo, con el movimiento de las obras para el marchante, lo habían cambiado de lugar y tardó varios minutos en encontrarlo, encajado al fondo de la sala. Lo sacó y lo apoyó contra la pared, para lo cual corrió otro cuadro hacia un lado, un cuadro que la detuvo en seco y la dejó boquiabierta. ¿Cómo podía ser?

Allí estaba el cuadro de Luc, el que había estado buscando, apoyado contra la pared donde acababa de colocarlo. Pero en sus manos había otro casi igual. En este había una pareja, nada más que una pareja, solo el abrazo y las miradas enlazadas e inseparables, una mirada que contenía todo aquello por lo que valía la pena vivir y, también, de alguna manera, todo lo que dolía.

Era sin duda la misma pareja del cuadro de su hermano, *Los amantes*, pero sin escenario: sin luna, sin cielo, sin el marco de una ventana que los encuadrara. No necesitaban la luna, pensó Éliane, ni cielo. Tenían todo eso dentro de ellos y más: amor, y también pérdida.

Luc debía haber pintado este cuadro también, aunque no estaba firmado: la pareja de ambas pinturas era demasiado parecida para haber surgido de la paleta de un artista diferente. Y si el primer cuadro de su hermano que había visto meses atrás la había conmovido, este que tenía ahora a su lado la había dejado sin aliento. Mientras que el primero podría llamarse *Los amantes*, este era *Amor*. Las lágrimas humedecieron sus ojos sin piedad.

Se dejó caer al suelo, colocó ambas obras una al lado de la otra y estudió los rostros de los dos amantes en cada una; sus ojos volvían una y otra vez a la obra que mostraba solo las dos figuras abrazadas. El cuadro con la luna y el cielo de fondo era en verdad excelente, pero el que no los tenía era sublime. Lo que veía en los óleos que se arremolinaban en el lienzo no eran dos personas, sino un amor que existía fuera del tiempo y del espacio: interminable, sin fin. Para siempre.

Era difícil creer que su corazón aún pudiera sufrir por Xavier, teniendo en cuenta todas las demás penas que había padecido, pero ahora le dolía. Le dolía por el hombre que ella había pensado que era y que nunca había sido. Le dolía saber que lo que ella había creído que era amor había sido algo por completo distinto. Y también le dolía el corazón porque ya no lo tenía entero: le había dado mucho de él a Xavier y ahora esos pedazos estaban perdidos o, peor aún, guardados en una caja cerrada y expuestos de vez en cuando como objeto de burla.

Encontró a König en una de las galerías tirándose del cuello, con el cabello menos peinado que de costumbre, como si se lo hubiera estado toqueteando. Éliane se deslizó a su lado.

—A mí también me aterroriza el mariscal del Reich —susurró.

König se soltó el cuello de la camisa y se alisó el pelo.

—Está contento con el asunto de hoy, lo cual es bueno para todos nosotros. —Le dedicó una sonrisa—. ¿Tiene tiempo para ayudarme a catalogar? Sería bueno hacer una parte juntos.

Por un instante, se preguntó si König solía utilizar los cuadros para enamorar a las mujeres y la imagen de König sirviéndole a una mujer una pintura de un maestro holandés en vez de la cena le arrancó una sonrisa, lo que a su vez hizo sonreír aún más a König. Éliane casi soltó una carcajada por esa comedia en la que ella pensaba una cosa y él otra.

—¿Por dónde empezamos? —aventuró con recato.

—Mire, por aquí. —Le señaló una hoja en la que había empezado a anotar datos—. Los encabezados están marcados. Es importante que los uses porque corresponden a los del *Catálogo Göring*.

—¿Qué es eso? —preguntó ella con ojos inocentes clavados en el rostro de König.

König miró por encima de su hombro, pero eran los únicos en la sala. De todos modos, bajó la voz y le susurró al oído.

—Es un libro que es casi una obra de arte en sí mismo. Me lo han confiado. Contiene los datos de todas las obras de arte que se colgarán en Carinhall después de la rendición de los Aliados. Fotografías de la obra, nombre del artista, el medio y las dimensiones. Ojalá pudiera verlo, ver lo bien que lucen estos cuadros lejos de las manos de los judíos y en posesión de alguien que los merece.

Cómo deseaba no haber oído la última parte de aquella frase. Y cómo deseaba ver también el catálogo.

—Supongo que es secreto.

El golpe seco de unas botas resonó no muy lejos. Éliane se apartó de König y se acercó a uno de los cuadros.

—No quiero que su tío piense que no estoy trabajando —explicó mientras empezaba a anotar con cuidado los datos de cuadros robados.

—Yo cuidaré de usted, mademoiselle —le aseguró König muy serio, inclinándose demasiado hacia ella.

Éliane deseó con desesperación, con náuseas, alejarse de lo que fuera que él estuviera a punto de hacer. Nunca se había sentido tan agradecida con Von Behr, que pasó por la galería justo a tiempo para impedir que König llevara a cabo sus intenciones.

—¡Qué bonita escena! —bramó el coronel en francés—. Si este pequeño enamoramiento te hace tener las pelotas para seducir a mujeres mientras trabajas y te convierte al fin en el tipo de hombre que elegiría a una mujer y un whisky antes que un concierto de piano, entonces, después de todo, quizás te la deje para ti.

Éliane hizo lo que König y Von Behr esperaban que hiciera, o sea, nada. Bajó la mirada al suelo y dejó que la ira tiñera sus mejillas de rojo como si fuera vergüenza, mientras König balbuceaba hacia su tío.

—Yo…, estábamos…

Von Behr se rio.

—La estabas seduciendo. No te culpo. Ahora tengo trabajo similar que hacer con Ilse. —Se marchó, todavía riendo, y König se concentró con furia en su papel mientras Éliane fingía hacer lo mismo.

Pero ella no estaba pensando en obras de arte. Estaba

pensando en lo que acababa de ocurrir. Anoche, Von Behr la había asustado de verdad. Ahora se preguntaba si König no sería la mejor manera de protegerla de su tío. Lo que significaría acercarse a König por dos razones: para averiguar más sobre el *Catálogo Göring* y también porque podría necesitar un escudo. Ya era bastante malo haber querido una sola cosa de él, pero necesitarlo por dos razones resultaba aterrador: ¿cómo podría rechazar sus avances y al mismo tiempo beneficiarse de él?

Por suerte, Rose no tardó en venir en su rescate.

—Necesito que mademoiselle Dufort vuelva a sus tareas habituales —le solicitó a König—. Mañana lo volverá a ayudar con mucho gusto.

Éliane hizo un gesto hacia los papeles que tenía en los brazos.

—¿Dónde quiere que deje esto, monsieur? —Le sonrió, una sonrisa tímida pero alentadora, y él vaciló solo un instante antes de responder.

—En mi despacho hay un chifonier con tapa de mármol. Deje todo ahí, por favor.

—Por supuesto.

Éliane sabía muy bien a qué chifonier se refería, ya que ella y Rose habían peinado su oficina y la de Von Behr en busca del libro de códigos; todos los alemanes se retiraban del museo entre las doce y las dos de la tarde para almorzar, lo que había dado a las mujeres tiempo de sobra para examinar todos los cajones, armarios y vitrinas. El chifonier era meramente decorativo y no tenía espacio para guardar, o eso habían creído ella y Rose. Pero Éliane sabía, por la cantidad de escritorios, mesas y aparadores que habían pasado por el Jeu de Paume a lo largo de los meses, que muchos de ellos tenían compartimentos o cajones secretos e ingeniosos que maravillaban a los historiadores.

¿Y si el chifonier también lo tenía?

Dejó los papeles. El silencio reinaba en la oficina. Estaba segura de que todos los historiadores estaban en las galerías. Göring y Xavier se habían marchado. Von Behr había dicho que estaba trabajando con su secretaria, lo que significaba "No Molestar". Deslizó las manos por el chifonier.

Un portazo, lo más probable que en el área de entrega, resonó en el museo. Éliane se paralizó, escuchó, esperó. Silencio de nuevo. En la parte superior, a lo largo de la moldura decorativa, sintió que algo se movía. La moldura no era un simple adorno, sino un cajón. Lo abrió con cuidado, anticipando un chirrido traicionero de madera contra madera, pero se deslizó bien, como si se usara bastante.

Solo tuvo que abrirlo hasta la mitad cuando lo vio. Un libro encuadernado en cuero de color granate. El grabado dorado en la parte delantera rezaba: *Le Catalogue Goering*.

Sintió que su cuerpo se sobresaltaba, como si el mero hecho de ver las palabras pudiera evocar la presencia de Göring en la habitación, detrás de ella, sorprendiéndola en ese acto criminal. Junto a él, había un cuaderno más pequeño, sin nombre. ¿Se atrevería a abrir la tapa y ver qué era? ¿Cuánto tiempo le quedaba antes de que König volviera a su oficina?

Estiró la mano para tocarlo. Una voz gritó en alemán:

—¡Entrega!

Se oyeron pasos por todas partes.

La cubierta se abrió. En la primera página, una mano cuidadosa había escrito:

"Palacio de Neuschwanstein, Baviera: HANS".

Era el libro de códigos. HANS figuraba en los registros como destino de la mayoría de los envíos seleccionados para Adolf Hitler. Muchas de las cosas que ella y Rose necesitaban estaban allí mismo, ante ella, cosas que eran a la vez espada y miel: traición o triunfo, según de qué lado se estuviera. Hacía casi un año que los nazis habían fusilado al primer francés acusado de traición. A medida que avanzaba 1941, habían prometido matar entre cincuenta y cien rehenes franceses en represalia por cualquier acto de rebelión contra los alemanes, además de matar al responsable. Si alguien encontraba a Éliane en ese momento, ella moriría, al igual que casi otro centenar de parisinos. Una carcajada. El libro casi se le cae de las manos, pero lo sostuvo antes de que se estrellara contra el suelo y la delatara. Era la risita profunda y germánica de Ilse y provenía del pasillo. Von Behr había terminado su "trabajo" y sería también el fin de Éliane si la atrapaba.

Deslizó el cajón hacia adentro con mucho menos cuidado del que había tenido para abrirlo. El chirrido traicionero le impidió oír nada más allá del sonido de los latidos de su corazón que palpitaban en sus oídos y le apretaban el pecho. Otro chirrido. Por fin, el cajón estaba cerrado.

Ahora tenía que llegar a la puerta y salir al pasillo sin que nadie la viera.

Unos pasos sonaron al otro lado de la puerta. Sus ojos recorrieron la oficina con desesperación, pero solo había muebles antiguos y endebles que no ofrecían ningún tipo de protección. Ni siquiera había cortinas en las ventanas para ocultarse. Se quedó de pie, helada y con expresión culposa.

Los pasos siguieron de largo, más allá de la oficina.

Éliane casi no pudo evitar suspirar de alivio, un sonido que la delataría. Se acercó con cuidado a la puerta y la entreabrió. ¡Gracias a Dios! No había nadie en el pasillo. Y no tenía tiempo de preguntarse quién podría estar a punto de aparecer en cualquier momento. La oportunidad era ahora y debía aprovecharla, y confiar en su ángel de la guarda.

Cruzó la puerta. El baño quedaba solo unas puertas más adelante y llegó al refugio de silencio y baldosas frías justo antes de que le estallara el corazón.

***

Éliane y Rose esperaron unos días después de que Éliane hubiera visto el libro de códigos en el chifonier, por si se trataba de una trampa. Entonces Rose se escurrió dentro de la oficina de König mientras este almorzaba y copió los destinos y sus códigos correspondientes. Esa noche, llegó al apartamento de Éliane antes del toque de queda, cuando los alemanes ya se habían marchado de la *brasserie* y Éliane había terminado de atender las mesas, y con Angélique ya dormida.

Éliane abrió la puerta con la sonrisa más grande que había esbozado desde 1939. Hizo girar a Rose en una danza improvisada, la introdujo en el apartamento y la oyó reír por primera vez.

—Vais a despertar a los vecinos —se quejó Luc desde la mesa donde estaba sentado ante una botella de vino medio vacía.

Éliane adoptó una expresión seria exagerada, lo que casi hizo reír de nuevo a Rose, y ambas se sentaron a la mesa, con la sonrisa aún en la boca.

—Empecemos a trabajar —dijo Rose. Le pasó un cuaderno a Luc, se guardó uno para ella y le entregó otro a Éliane—. Tenemos que anotar el destino exacto al que se ha desterrado cada cuadro. No quiero que nuestros registros dependan de palabras en clave por si nos...

"Por si nos pasa algo". Todos esquivaron el final tácito de la frase de Rose.

En lugar de eso, los tres trabajaron hasta casi las cuatro de la madrugada, actualizando sus cuadernos con los nombres de los depósitos de arte nazis: el palacio Neuschwanstein; Herrenchiemsee, un complejo de palacios en Baviera; el monasterio de Buxheim. Cuando terminaron, permanecieron sentados con los ojos rojos y Éliane dijo:

—Estamos ganando. Nosotros, no los alemanes. Por primera vez, siento que es verdad.

Hasta Luc sonrió mientras levantaba su copa y terminaba lo que quedaba del vino.

—Estamos ganando —repitió, y Éliane pudo ver que todos se lo creían.

CAPÍTULO 15

Nada desanimó a Éliane durante el mes siguiente mientras ella y Rose ganaban más batallas. Monsieur Jaujard les dijo que su contacto inglés se aseguraría de que Hitler supiera que Göring se había llevado uno de sus cuadros si ella y Rose conseguían deslizar una obra prometida a Hitler dentro de una de las cajas que se enviaban a Göring.

Éliane y Rose se miraron y exclamaron a la vez:

—¡El Fragonard!

Estaba decidido. Si podían, intercambiarían *Niña con escultura china*, de Fragonard. Göring lo había admirado de una manera especial en una de las exposiciones y tenía lógica que intentara quedarse con él.

Esperaron hasta la hora de almorzar, cuando los alemanes se hubieron retirado del edificio.

—Yo moveré el cuadro; tú vigila —indicó Rose a Éliane.

—Pero...

—Soy vieja y paso inadvertida con facilidad —explicó Rose con decisión—. Aunque alguien vuelva de almorzar de improviso, seguirá de largo sin verme. Pero en ti se fijarán. Si usamos tus ventajas físicas con König, usaremos mis desventajas físicas para todo lo demás. —Esbozó una sonrisa pícara y Éliane no tuvo más remedio que sacudir la cabeza con fingida exasperación.

—De acuerdo —accedió—. Pero...

—Tendré cuidado.

La sonrisa había desaparecido y, ante los ojos de Éliane, Rose se volvió más pequeña, más encorvada, y su rostro perdió toda expresión. Se apresuró a salir al patio de carga, donde las cajas ya estaban embaladas y marcadas con la H de Hitler y la G de Göring, junto a sus destinos codificados, listas para ser transportadas al día siguiente.

Éliane tomó la fregona y el cubo y, de pie junto a la puerta, restregó una marca que se había cuidado de dejar con los zapatos anteriormente. Sus ojos no estaban dirigidos al suelo, sino a la entrada lejana, atenta a cualquier nazi que pudiera volver antes de tiempo y atraparlas haciendo algo de lo que ni todas las sonrisas del mundo las salvarían.

Clic-clic-clic. El marco de un cuadro golpeaba contra el marco del cuadro detrás mientras Rose buscaba. Por mucho que lo deseaba, Éliane no podía girarse para ver lo que Rose estaba haciendo, tenía que limitarse a usar los oídos para intentar comprender lo cerca que estaba Rose de lograr su objetivo.

Pasaron veinte largos minutos.

Entonces Éliane oyó una ligera exclamación de triunfo. Oyó que Rose se acercaba con sigilo a las cajas de Göring, oyó el sonido de una tapa al ser levantada y restituida a su lugar de inmediato, casi pudo sentir la exasperación de Rose cuando se dio cuenta de que la caja que había abierto ya estaba llena. Un ruido sordo. Otra tapa. Luego otra. El reloj avanzaba con una rapidez implacable.

Silencio en el patio ahora. ¿Qué estaba ocurriendo? Luego, el leve sonido de madera deslizándose contra madera mientras se introducía un cuadro en una caja.

La respiración de Éliane se aquietó. Lo conseguirían.

Pero entonces oyó —gracias a Dios por las botas de los nazis— el nocivo golpeteo de unas pisadas. Su pie salió disparado y pateó el cubo de la fregona, haciendo que el agua corriera por el suelo de la galería.

—¡*Mon Dieu!* —gritó, como horrorizada por su torpeza.

König dobló la esquina y Éliane no tuvo que intentar parecer asustada.

—No se lo dirá a su tío, ¿verdad? —le pidió, suplicante—. Estaba mirando las obras y me olvidé del cubo... —Inclinó la cabeza—. Lo siento, monsieur.

—No se lo diré, pero séquelo rápido. —König miró por encima del hombro hacia la entrada del museo del mismo modo que Éliane deseó poder mirar por encima del suyo para ver si Rose se había escondido.

Necesitaba desconcertar a König y dejarlo mudo para que no se le ocurriera salir al patio de carga. Así que se le acercó y le plantó un beso rápido en la mejilla.

—Gracias.

—Mademoiselle —susurró él, acercándose más.

El ruido de gente que entraba en el museo los interrumpió. König se despabiló y sus botas resonaron sobre el suelo en dirección opuesta a Éliane y al patio de carga.

Rose apareció casi de inmediato.

—Limpie ese desastre —reprochó a Éliane.

Luego le dirigió una breve sonrisa. ¡Debía haberlo logrado! Eso le dio fuerzas para secar mil suelos.

Al día siguiente, el contacto británico de monsieur Jaujard hizo los arreglos necesarios para que Hitler recibiera una carta anónima con respecto al cuadro intercambiado. Esperaron a ver qué ocurriría.

***

Pero no ocurrió nada durante meses.

A pesar de ello, ya entrado 1942, la confianza creció. La valiosa colección Schloss, la más importante de las pocas colecciones judías que aún quedaban, seguía sin aparecer a pesar de que Von Behr no paraba de despotricar y pagaba a informantes para que la buscaran. Y el éxito del intercambio del Fragonard envalentonó a Rose y a Éliane a intentar otras cosas más atrevidas. La mayoría de las noches se escabullían en la oficina de König y se llevaban a casa las hojas sueltas que König debía transcribir en el *Catálogo Göring*. De modo que ya no tenían que apresurarse a anotar todo mientras estaban en el museo. Podían copiar los datos por la noche en sus apartamentos. Sus cuadernos se estaban convirtiendo en registros exhaustivos de la codicia de los nazis y la magnitud de su saqueo, e incluían gran parte de la información necesaria para encontrar y devolver los cuadros a sus dueños, en caso de que la ocupación llegara a su fin.

También hubo pérdidas: los intercambios de pinturas de la Sala de los Mártires continuaron y el destino de esas obras seguía siendo desconocido. Otras pérdidas, de otro tipo: en junio de 1942, se obligó a todos los judíos en la Francia ocupada a llevar una estrella amarilla.

—No le harán al pueblo judío lo que le están haciendo a sus obras de arte, ¿verdad? —le preguntó Éliane a Rose ese día en el baño del museo—. No se los llevarán, ¿cierto?

—No lo sé —respondió Rose con desaliento. Pronto lo averiguaron.

Tal vez en represalia por las constantes incursiones nocturnas de la RAF, tal vez sin otra razón que asegurarse que todo el mundo supiera que los alemanes eran los amos, la opresión se convirtió en una forma de vida. Muy pronto, se prohibió la presencia de judíos en lugares públicos. Las detenciones se volvieron tan masivas que todos sospechaban de todos. Los nazis se llevaban el arte y a la gente.

¿Qué se llevarían a continuación?, se preguntaba Éliane.

Al final del verano, König se acercó a Éliane en cuanto ella llegó al museo.

—Suba al cuarto de limpieza —le indicó.

—¿Por qué? —preguntó ella mientras oía que Von Behr gritaba al pie de la escalera.

—Ha recibido una llamada desagradable del mariscal del Reich. Vaya, ya —insistió König, casi con suavidad.

Éliane no fue al cuarto de limpieza. Esperó en lo alto de la escalera, donde alcanzaba a oír los gritos de Von Behr.

—¿Quién es el idiota analfabeto que no sabe distinguir una G de una H?

Y supo que el Fragonard de Hitler había sido descubierto en las cajas de Göring. Le costaba respirar. Estaban jugando con un fuego voraz. ¿Quién sabía lo que Von Behr sería capaz de hacer después de ser reprendido por el mariscal del Reich? ¿Quién sabía lo que Göring sería capaz de hacer si había sido reprendido por el Führer?

—¡Usted! —gritó Von Behr—. ¡Fuera! ¡Ahora!

Éliane se aferró a la balaustrada y vio cómo escoltaban a Rose Valland fuera del Jeu de Paume.

¿Habría visto Von Behr hacer algo a Rose? ¿O era solo mala suerte y la estaba utilizando como un desahogo conveniente para su furia?

Dejar marchar a Rose sin protestar fue una de las cosas más difíciles que Éliane había hecho nunca. Pero sabía que tenía que hacerlo. El plan había fracasado. Y había perdido a Rose en el proceso. Rose tampoco querría ver que escoltaran a Éliane fuera del museo.

No había nada más que hacer que recurrir a König. Se sentó en el suelo del cuarto de limpieza y lloró.

König la encontró allí.

—Mademoiselle —dijo, y le tendió un pañuelo.

—No puedo trabajar sin madame Valland —se lamentó Éliane. El miedo agrandaba sus ojos y hacía temblar sus labios—. No sé cómo funcionan los sistemas contra incendios. Su tío se pondrá furioso si fallan.

König se puso en cuclillas a su lado y levantó una mano para apartarle el cabello de la frente.

—Esta mañana pasó de todo. Mi tío creía haber encontrado unas obras de arte que Herr Göring deseaba especialmente, pero la información era errónea. Tuvo que comunicárselo al mariscal del Reich y, para colmo, Herr Göring ya estaba furioso por un cuadro que le habían entregado por error, lo que había disgustado al Führer. Cuando las cosas se tranquilicen, estoy seguro de que mi tío permitirá que madame Valland vuelva.

—Lo siento por su tío —mintió Éliane—. Y por usted.

—Gracias. —Le sonrió y, de repente, llenó más espacio en el cuarto, como si las palabras de ella hubiesen expandido no solo su ánimo, sino todo su ser. Se incorporó y le tendió una mano.

Éliane dejó que la levantara del suelo.

—Veré qué puedo hacer con respecto a madame Valland. —Se inclinó hacia ella y le besó los labios.

Éliane se quedó paralizada.

***

De regreso a casa, Éliane trató de convencerse de que tenía estómago para soportar más besos de König, si eso era lo que hacía falta para que Rose volviera al museo. Intentó sacar fuerzas del hecho de que aún hacía calor, que pronto cenaría en la *brasserie*, que Angélique y ella se consolarían susurrando bromas sobre los nazis cada vez que se cruzaran en la cocina.

Casi había recuperado una media sonrisa cuando un chico chocó contra ella, dejó un bote de cola en el suelo y empezó a pegar un póster en la pared de la rue de Rivoli. Las palabras del cartel le llamaron la atención y se detuvo, inmóvil, lo que hizo que los peatones tuvieran que esquivarla entre maldiciones. Pero no podía moverse; solo podía leer el texto —el motivo de sus pesadillas— una y otra vez.

El póster anunciaba que se había aprobado una ley nueva. Los familiares de cualquier persona involucrada en actividades contra los alemanes serían encarcelados y castigados también, sin importar si eran inocentes.

Hasta hoy, se había consolado con la idea de que si la atrapaban sacando las páginas del *Catálogo Göring* del museo, Luc podría continuar con su parte del trabajo sin impedimentos. Y que Angélique, que no había hecho nada, estaría a salvo. Pero ahora comprendía que si la sorprendían en cualquier tipo de acto de resistencia, Luc y Angélique también serían arrestados. Lo que significaba que tendría que esforzarse más que nunca para evitar que recayera cualquier sospecha sobre ella.

***

Aquella noche, Éliane dedicó más tiempo de lo habitual a peinarse y maquillarse y se puso el que entonces era su mejor vestido —el de satén de seda azul marino con canesú, cintura ceñida y falda acampanada—, ya que los demás estaban deshilachados y descoloridos por el uso. Las mangas largas ocultaban la delgadez de sus brazos y el corpiño drapeado resaltaba las curvas que aún conservaba, aunque la faja iba ceñida al menos dos centímetros más que antes.

—Estás preciosa —comentó Angélique al verla salir del baño. Luego frunció el ceño—. Me imagino que no te habrás vestido para los nazis. Ni para Xavier...

—Nunca pienso en Xavier —replicó Éliane.

El rostro de Angélique se desencajó. Miró hacia otro lado.

—Se nos acabó el jabón —dijo después—. Y no había dinero para comprar más. Tendré que lavar la ropa solo con agua. Corté una de las faldas viejas de Ginette para remendar la tuya; tenía rota la costura. También podríamos quemar algunos de los cupones de racionamiento para calentarnos, ya que nunca entendí para qué sirven. Y Luc dijo que se había gastado todo el dinero de la *brasserie* con la compra del vino, del que él se bebe la mitad. Así que solo tenemos tu dinero para aguantar hasta el lunes.

Éliane tiró de la mano de su hermana. ¿Cuántas otras chicas de dieciocho años en toda la ciudad lavaban, hacían las compras, cocinaban, remendaban, hacían cola y se preocupaban para que el resto de la familia pudiera trabajar?

—No debí contestarte así. Hoy ha sido... —Se encogió de hombros. Los días eran duros para todos. El suyo no era más duro que el de su hermana—. Rose fue despedida —agregó, para tratar de explicar—. Tengo que hacer que König convenza a su tío de que deje volver a Rose.

Angélique se hundió en sus brazos.

—Gracias a Dios. Pensé que te caían bien de verdad.

—Los odio. —Éliane se echó hacia atrás para que su hermana pudiera ver la verdad que brillaba en sus ojos—. Pero a veces tengo que hacer lo que sea para ayudar a los demás. ¿Puedes hacerlo tú también? ¿Por Rose?

Angélique asintió.

—Yo también ayudaré —declaró con decisión, y no fue hasta más tarde cuando Éliane se dio cuenta de que debería haberle preguntado a su hermana qué había querido decir. Lo único que advirtió esa noche fue que su hermana también había pasado más tiempo maquillándose y que estaba tan bonita como cualquier otra joven de París.

La *brasserie* se había vuelto popular: después de la primera visita de Göring, se había corrido la voz entre los nazis y ahora solía estar llena casi todas las noches. Por lo cual, pensó Éliane mientras Angélique y ella llegaban al *passage*, debería al menos quedar algo de dinero para comprar jabón en el mercado gris o un pequeño trozo de tela para hacer una falda nueva. No podía ser que Luc estuviera bebiendo tanto vino.

Uno de sus vecinos pasó junto a ellas de camino a las escaleras.

—¡*Putain!* —le escupió a Éliane.

"Puta". Éliane no dijo nada. Pero el recuerdo de König besándola colgaba como un tapiz grotesco en su mente y su corazón susurró con timidez: "¿Acaso no lo eres?".

En ese instante, Von Behr, Xavier, König y Göring entraron en el *passage*. Éliane y Angélique llegaban tarde.

Éliane esperó en la puerta, lista para acompañarlos a su mesa habitual. Llegaron más clientes y Éliane tuvo que ir y volver deprisa entre la puerta y las mesas. Von Behr, que estaba más borracho de lo habitual, probablemente todavía furioso por lo de esa tarde y por lo tanto más letal, empezó a pedir vino tinto a gritos.

—¿Puedes llevárselo? —le pidió a Angélique en voz baja.

Éliane estaba explicando el menú a una pareja de alemanes cuando advirtió el alboroto en la mesa de Von Behr. Levantó la vista y vio que el coronel tenía un brazo alrededor de la cintura de Angélique. Éliane nunca se había movido tan rápido.

—Angélique, te necesito en la cocina —dijo. Se colocó al otro lado de Von Behr y se forzó tanto por sonreír que creyó que se le partiría la cara.

—Pero yo necesito diversión —replicó Von Behr, y apretó la mano en la cadera de Angélique—. No me había dado cuenta de que esta es tan encantadora como su hermana.

Los ojos de Éliane se encontraron con los de Angélique. Angélique sacudió la cabeza como si pudiera leer los pensamientos furibundos de su hermana, pero si Von Behr no le quitaba la mano de encima con rapidez, nada impediría que Éliane explotara.

—Si quiere diversión, no pierda el tiempo con novatas —interpuso Xavier, y miró a Éliane de manera acusadora—. Novatas tan incompetentes que ni siquiera son capaces de traer el champán que hemos pedido.

Esto último lo dijo en un tono por demás despreciativo —aunque en realidad Xavier no había pedido champán—, como si Éliane fuera lo más inútil del mundo.

—No debería hablarle así. —Todas las cabezas en la mesa se giraron hacia König, quien había hablado. Su voz era firme y no se ruborizó—. No debería —repitió, y miró a su tío y luego a Xavier.

Von Behr tardó tres o cuatro parpadeos en recuperarse antes de soltar a Angélique y darle una palmada en la espalda a su sobrino.

—¡Bien hecho, muchacho! A las chicas les encanta que un caballero las rescate.

Éliane indicó con la cabeza a Angélique que trajera el champán. Cuando su hermana se hubo alejado de la mesa, se oyó a sí misma soltar un suspiro.

Von Behr se volvió hacia ella y Éliane esperó que no se hubiera dado cuenta de su suspiro de alivio.

—Me he enterado de que desea que yo autorice el regreso de su compañera francesa al museo. ¿De verdad es tan estúpida que no sabe cómo funciona un sistema contra incendios?

"No dejes de sonreír", se dijo Éliane. Curvó los labios hacia arriba y clavó los ojos en Von Behr; necesitaba que el coronel no volviera a mirar a su hermana ni a tocar ninguna parte de su cuerpo. Esta vez, la mano de Von Behr encontró la cadera de Éliane.

Un estallido.

—¡*Mon Dieu!* —gritó Angélique. Había vuelto con el champán y había dejado caer la botella al suelo. Corrió a buscar un paño.

—Bueno, esa sí que es incompetente —señaló Von Behr a Xavier—. Y en cuanto a usted... —Volvió a centrar su atención en Éliane, sin apartar la mano de su cadera—. Tal vez permita que madame Valland regrese. Pero quiero que sepa esto. —Su voz era como una hoja gris y afilada que perforaba el silencio—. Si comete otro error, no volverá jamás. Si llego a descubrir que alguno de los trabajadores franceses del museo ha tenido algo que ver con el error de hoy, experimentará usted la pericia de los guardias del museo. No les importará lo estúpida que sea, ni lo bonita que se vea cuando sonríe. Y durante el resto de esta semana —concluyó, se acomodó en la silla y encendió un cigarro—, hará todos los recados de Ilse. Ella preferiría quedarse conmigo y a mí me gusta proteger a todas mis mademoiselles.

La estaba amenazando con tantas cosas que Éliane tuvo que bajar la vista al suelo y ceder.

—Cómo usted diga, monsieur —musitó.

Von Behr se volvió hacia König y la conversación se reanudó. Éliane tomó a ciegas una botella de champán que le pasó Xavier y que él debía de haber cogido de la hielera sobre el aparador. Sirvió las copas, pero la mano le temblaba y no podía detenerla, y supo que Von Behr se daría cuenta de que el champán estaba goteando sobre la mesa.

Pero entonces el codo de Xavier la golpeó y Éliane derramó todavía más.

—Ahora usted también tendrá que ir a buscar un paño —la regañó con exasperación, a pesar de que había sido culpa suya.

Éliane se escapó a la cocina, donde encontró a Angélique llorando y a Luc borracho, diciéndole que se fuera a lavar la cara. Estaba claro que Luc no se encontraba en condiciones de trabajar y los dos viejos que había contratado para que lo ayudaran sudaban con el esfuerzo de cumplir con los pedidos.

Éliane tuvo ganas de arrojar algo, de ser posible, una botella de champán. En vez de eso, se volvió hacia Angélique.

—Tú ocúpate de fregar y de recoger las mesas. Yo me ocuparé de atender. Pero necesitamos comida, Luc. Están todos muy borrachos y esperan la comida. ¡Deja el vino y cocina algo!

Luc se echó a reír.

—¿Cómo supones que voy a aguantar toda la noche sin una pequeña ayudita?

Necesitaba un paño. Necesitaba aire. Necesitaba no pensar en König defendiéndola, no pensar en las manos de Von Behr sobre ella y su hermana.

Éliane empujó la puerta lateral, que daba a la esquina de la rue du Bouloi con la Croix-des-Petits-Champs. Se deslizó por la pared y se quedó allí inclinada, como una vagabunda, con los codos en las rodillas y las manos sobre la cara.

No oyó el ruido de la puerta de la cocina al abrirse, ni la pisada, solo oyó una voz.

—Tienes que reemplazar a Angélique. A Von Behr no le gustan las camareras torpes. Me dijiste que tu nivel de exigencia era alto. Hasta ahora no lo parece.

Éliane se apartó las manos del rostro; sabía que Xavier podía ver sus lágrimas y su vergüenza y su dolor, pero no tenía fuerzas para ocultarlo.

—Envíala a casa, Éliane —sentenció él, con voz tan fría y dura como los añicos a los que había quedado reducido su amor, destruido para siempre.

CAPÍTULO 16

LOS ALEMANES ABANDONARON LA BRASSERIE MEDIA HORA antes del toque de queda. Éliane le pidió a Angélique que limpiara por ella y casi corrió al apartamento de monsieur Jaujard, sin decirle a nadie lo que estaba haciendo. Introdujo con torpeza la llave que monsieur había escondido en el patio.

Entró en el apartamento y esperó a que se cerrara la puerta antes de murmurar lo más bajo que pudo, dada su agitación:

—Tengo que sacar a Angélique de París. —Le contó a monsieur lo sucedido y agregó—: Aunque Angélique no trabaje en la *brasserie*, Von Behr puede acercarse a ella. Quizá no lo haga, quizá esté demasiado ocupado con Ilse Putz, pero no puedo arriesgarme. Ver sus manos encima de ella…

Se sentó a la mesa y trató de contener las lágrimas, pero sintió que rodaban por su rostro.

Monsieur Jaujard se sentó a su lado, apoyó los codos en la mesa, juntó las manos y frunció el ceño. Le pasó un pañuelo.

—Podría encontrarle trabajo en uno de los depósitos. En Montauban, con la *Mona Lisa*.

Éliane le dirigió una pequeña sonrisa y, por primera vez aquella noche, sintió algo más que pavor retorciéndose en su estómago. Monsieur Jaujard, con su bigote, el cabello peinado hacia atrás, vestido con pulcritud como un francés cualquiera, un hombre que había pasado la mayor parte de su vida recorriendo las grandes salas del Louvre, era cualquier cosa menos cualquiera; era un hombre que cuidaría de la hermana de Éliane tanto como cuidaba del patrimonio cultural de Francia.

Pero su alivio se desvaneció al instante siguiente, cuando él añadió:

—El único problema será conseguirle un *Ausweis*.

Un *Ausweis*. Un pase especial que permitía desplazarse de la zona ocupada a la zona libre. Un *Ausweis* tenía que llevar la firma de un oficial nazi y estar aprobado por el alto mando alemán. Éliane sabía lo difícil que sería para monsieur Jaujard conseguir uno. Y si Von Behr se enteraba... Se estremeció.

—Veré qué puedo hacer —agregó monsieur con voz suave—. No pierda la esperanza.

Éliane intentó enjugarse las lágrimas, pero no paraban de brotar.

—Esperanza —repitió con desaliento—. A veces es una carga, ¿sabe? Y otras veces es la esencia de nuestra alma.

Aquella noche, su alma carecía por completo de esperanza mientras caminaba de regreso a casa justo antes del toque de queda. Luc estaba saliendo del apartamento.

—¿Adónde vas? —le preguntó.

—Tengo que entregar unos mensajes de monsieur Jaujard —respondió, listo para bajar las escaleras a toda prisa.

—Acabo de estar con monsieur Jaujard.

Luc se encogió de hombros.

—Sabe que tienes mucho que hacer. No te va a molestar con mensajes que ya me ha transmitido a mí. —Su pie estaba en el primer escalón cuando se detuvo—. ¿Por qué estabas en casa de Jaujard?

—Le va a dar trabajo a Angélique en uno de los depósitos del Louvre. Pero necesita un *Ausweis*.

Luc soltó una media carcajada.

—No sé cómo vas a hacer para conseguir eso.

La despreocupación ebria de Luc fue lo que colmó el vaso. Toda la rabia reprimida de Éliane se desbordó.

—Es nuestra hermana, Luc —dijo entre dientes—. ¿Cómo puedes soportar la idea de que Von Behr la manosee otra vez? ¿O de algo peor? —Estaba hablando demasiado fuerte y se interrumpió.

Él levantó una mano tranquilizadora y esbozó su sonrisa de disculpa.

—Tienes razón. Sácala de París. Tengo la cabeza en otras cosas. Lo siento. Tengo que entregar estos mensajes y ya hay toque de queda…

El enfado de Éliane mermó un poco. Luc estaba haciendo todo lo posible para asegurarse de que Von Behr abandonara París para siempre manteniendo informada a la Resistencia, la Resistencia que algún día podría alzarse contra los nazis. Lo besó en la mejilla.

—Vete. Nos vemos mañana.

Luc se perdió entre las sombras. Éliane empujó la puerta del apartamento y se sobresaltó al ver a su hermana sentada en una de las sillas.

—¿Adónde va Luc? —preguntó Angélique—. Y tú…, sé que a veces sales por las noches.

Éliane mantuvo la compostura y se sentó en una silla frente a Angélique, dispuesta a contarle parte de la verdad de una vez.

—Fui a ver a monsieur Jaujard para pedirle que te dé un trabajo en la zona libre, en uno de los depósitos. No puedes quedarte aquí.

Angélique se echó a llorar y Éliane supo que lloraba por todo: por su madre, sus hermanas, la falta de comida, la falta de calor, las colas interminables para conseguir tan poco, el recuerdo de las manos de Von Behr en sus caderas. Abrazó a su hermana y la dejó llorar, dándole lo que le quedaba de fuerzas. Luego la metió en la cama.

—¿Puedes cantarme por favor *Au Clair de la Lune*? —susurró Angélique.

Éliane asintió y cantó en voz baja sobre una pareja que buscaba una luz y, en vez de eso, encontraba el amor. Ojalá el mundo fuera tan sencillo como una canción de cuna infantil.

Justo antes de dormirse, Angélique murmuró:

—Xavier hizo que se me cayese la botella al suelo. Lo hizo a propósito.

La risa de Éliane fue corta y aguda al recordar la forma hostil, casi amenazante, en que Xavier le había dicho que enviara a Angélique a casa.

—Trató de hacer lo mismo conmigo. Sin duda esperaba que cayera sobre Von Behr para que nos mandara a encerrar en alguna prisión.

—No sé… —comenzó Angélique, y Éliane sintió mucha pena por su hermana, que seguía sin comprender que sus vidas estaban ahora pobladas de criaturas monstruosas que habían salido directamente de *El infierno* del Bosco para tomar forma humana en París.

Le dio un beso de buenas noches y le dijo que la quería.

De madrugada, oyó regresar a Luc, que llamó a la puerta de su habitación. Tenía el rostro ceniciento.

—Están arrestando a los judíos otra vez. Los meten en autobuses y se los llevan. Es peor que antes. Las calles están… —Se detuvo y Éliane se dio cuenta con sorpresa de que estaba sobrio—. Vi a una mujer tirar a su hijo por la ventana para que no se lo lleven. Y luego saltó detrás de él.

—No —musitó Éliane, y cerró los ojos con fuerza. Pero enseguida los abrió de golpe. ¿Cómo se atrevía a tratar de apartar de su mente los horrores que vivían los demás?

Abrazó fuerte a Angélique. Sabía que si monsieur Jaujard no lograba conseguirle un *Ausweis*, ella lo haría como fuera.

***

La noche siguiente en la *brasserie*, las primeras palabras de Von Behr a Éliane, incluso antes de pedir una copa, fueron:

—¿Dónde está su *petite soeur*?

—Ha tenido que cuidar a una parienta mayor que no se encuentra bien —respondió ella.

Una vez que consiguiera el *Ausweis*, le diría a Von Behr que la anciana vivía en la campiña y que necesitaría cuidados por tiempo indefinido. Y que se llamaba Lisa. Casi sonrió al preguntarse qué pensaría la *Mona Lisa* si supiera que se referían a ella como a una pariente anciana. Aquellos destellos de humor le salvaban la vida y este la ayudó a sonreír ahora, cuando König extendió hacia ella un pequeño ramo de *edelweiss* bien envuelto.

—Las favoritas del Führer —precisó—. Espero que las flores le demuestren que la respeto. Que si me permite que la conquiste, creo que podría complacerla.

Éliane se quedó mirando las estrellas blancas en su mano, que le recordaron el cuadro de la pareja en la Sala de los Mártires, la pareja sin cielo, sin estrellas. "Conquistarla".

Sin darse cuenta, sus ojos se volvieron hacia Xavier, que una vez también había intentado conquistarla, y que lo había hecho tan bien que después de que hubieran hecho el amor en aquella habitación de hotel con cortinas blancas, ella había pensado que "hasta el fin de los tiempos, el suyo sería el único cuerpo que conocería, el único cuerpo que querría conocer".

Parpadeó con enfado y Xavier lo detectó.

—¿Qué, ahora que tiene flores por las que maravillarse

229

se olvidará de atender las mesas? —comentó con sorna—. Nuestras copas están vacías.

Desde luego, no iba a llorar ahora.

—Sí, debe estar muerto de sed —replicó ella.

Como Éliane era la única para servir las mesas, la noche transcurrió en una nebulosa de comida, vino, risas estridentes e insinuaciones. Cuando todos se hubieron marchado y ella estaba ocupada limpiando el suelo, se dio cuenta de que había una tarjeta en el ramo de König. La extrajo, con la idea de tirarla, pero era más gruesa de lo que esperaba, así que abrió el sobre.

Lo que había dentro la hizo deslizarse en una silla. Era un *Ausweis* para Angélique.

Se quedó mirándolo unos segundos antes de que el instinto le hiciera volver a poner el pase a su sitio seguro entre las flores de *edelweiss*. Estaba casi segura de que no había ninguna tarjeta cuando König le había dado las flores. ¿Quién la había puesto allí? ¿Cómo se las habría arreglado monsieur Jaujard para esconderla en un ramo que König había comprado para ella?

No limpió ni ordenó con el cuidado habitual. Lo único en lo que pensaba era en llevar el *Ausweis* arriba y depositarlo en las manos de Angélique.

Cuando Angélique vio lo que Éliane tenía en las manos esbozó una sonrisa tan luminosa que pareció prevalecer sobre la falta de luz. Pero se desvaneció al instante.

—¿Pero... y tú? —preguntó a su hermana.

—No te preocupes por mí.

—Pues alguien debería —respondió Angélique, ahora con seriedad—. Estoy preocupada por Luc. Bebe demasiado. Y no es tan fuerte como tú.

—No soy fuerte —objetó Éliane mientras abrazaba a su hermana. La presencia de Angélique la había hecho fuerte. Pero ahora se marcharía.

La puerta se abrió y apareció Luc.

—Voy a llevar a Angélique a la estación en cuanto termine el toque de queda —le avisó Éliane—. Tengo el *Ausweis*.

—Tienes el *Ausweis* —repitió Luc, y la miró de un modo que ella no comprendió. La expresión en el rostro de su hermano pasó del escrutinio a una aparente comprensión. Y entonces se rio—. Por supuesto.

"Por supuesto".

—Sabes quién lo consiguió —aventuró Éliane con lentitud—. ¿Quién fue?

—No tengo ni idea, hermanita —contestó él. Tomó una botella de vino, desapareció dentro de su habitación y cerró la puerta a sus espaldas.

***

Cuando regresó de la estación después de haber dejado a Angélique en un tren con destino al depósito del Louvre en Montauban, Luc se estaba preparando para ir a los mercados. Quedaba un poco de vino en la botella que había abierto la noche anterior y Éliane se lo sirvió y lo bebió.

—¿No has pensado nunca —preguntó a su hermano— que en vez de salvar cuadros deberíamos salvar personas?

Luc la envolvió en un abrazo reconciliador.

—Un país es mucho más que un conjunto de personas, Éliane. Estamos salvando la parte que podemos. Tienes que creer que otros también están salvando lo que pueden.

—Pero ¿y si...? —Éliane se sentó y brotaron sus miedos más oscuros—. ¿Y si todo es en vano? ¿Y si los alemanes se quedan para siempre? Nadie necesitará los registros que Rose y yo estamos llevando porque esto no se acabará nunca. ¿Y si el día de mañana la gente nos mira y nos dice que nos esforzamos por las cosas equivocadas? ¿Que *El astrónomo* no vale tanto como una vida?

Pensó que Luc protestaría, alegando que tenía que ir a los mercados. Pensó que se tendría que consolar a sí misma por la ausencia de Angélique y las terribles dudas que ahora la atravesaban como una lluvia negra. Pero Luc se acercó a la ventana; el sol de la mañana se reflejó en su cabello rubio y sus ojos azules no estaban ofuscados por el vino, y Éliane se dio cuenta de que, aunque vivía y trabajaba con él, sabía muy poco de él ahora. En otro tiempo, siempre habían encontrado momentos para conversar: en los cafés de Montparnasse, en el último escalón, en el hueco debajo de la escalera. Él le contaba de quién estaba enamorado —una mujer distinta cada semana—, de un cuadro que había terminado y que esperaba que se vendiera, o de un cuadro que no se vendía. Solo entonces, en un lapso de solo treinta segundos, ella veía a otro Luc: un Luc decepcionado. No el hermano mimado y querido que dependía de la admiración de sus hermanas y de los romances con sus modelos artísticas y de la fe inquebrantable de Éliane, que siempre lo alentaba: "La próxima vez. Tu cuadro se venderá en la próxima muestra". "No es tan fuerte como tú", había dicho Angélique y Éliane no había pensado que fuera cierto. Luc era el hermano mayor, el que siempre se las ingeniaba para no hacer lo que no quería y para hacer todo lo que quería. Luc era la fuerza risueña, imbatible y enérgica, mientras que Éliane era la criatura aburrida, concienzuda y maternal, la que solía preocuparse más por que sus hermanas tuvieran suficiente para comer que por si alguna vez volvería a sentarse con un lienzo y un pincel.

¿Cuándo había oído reír a Luc por última vez? ¿Cuál había sido su último idilio apasionado con una mujer? ¿Qué había sido del pequeño estudio de Montparnasse que una vez había compartido con una docena de otros jóvenes artistas? Nunca le había preguntado.

Su mirada se desvió hacia la botella que Luc casi se había

terminado la noche anterior, además de lo que había bebido en la *brasserie*. Éliane no pudo creer que hubiera sido capaz de depositar en él el peso de sus miedos.

Antes de que pudiera disculparse, Luc interpuso con suavidad.

—El valor de los cuadros y las personas son muy diferentes. Cada ser humano tiene un valor distinto según para quién. Tú me salvarías de cualquier cosa, quizás hasta salvarías a König, porque tienes demasiado buen corazón, pero no salvarías a Von Behr. Yo no salvaría a ninguno de ellos, tal vez ni siquiera a mí mismo. No importa. Sin arte, no estamos realmente vivos. Dejar a la gente sin instrumentos musicales, sin canciones, sin esculturas, sin libros, sin bocetos y sin pinturas es como dejarla sin comida. Nadie sobreviviría. Así que sí, vale la pena.

Éliane recordó el vacío cavernoso del Louvre, despojado de sus tesoros, y la forma en la que el cuadro de Luc de la pareja enlazada en la Sala de los Mártires había hecho que su cuerpo entero y su corazón ansiaran el fin de este tiempo y el comienzo de un futuro que pudiera mitigar el dolor y los anhelos.

Logró esbozar una sonrisa.

—Gracias —respondió—. Y lo siento. Ya tienes bastante para encima tener que levantarme el ánimo.

—Tú tienes el trabajo más difícil de todos —dijo él, y se volvió hacia ella. Era la primera vez que Éliane lo oía hablarle con admiración—. Te pasas el día y la noche en compañía de alemanes a los que intentas engañar. No tienes ninguna pausa, excepto cuando duermes, y si tus sueños son como los míos, entonces no descansas nunca. Puede que yo sea un borracho que desperdició su oportunidad de ser artista, pero reconozco el valor cuando lo veo. —Se acercó, la besó en la frente y le quitó la copa de vino—. Un verdadero artista lo siente todo, Éliane. Un verdadero artista no huye del dolor y se refugia en una copa de vino. Por eso sé que nunca habría sido un verdadero artista. Tal vez no sea el legado que imaginabas dejar, pero ¿y si un día *El astrónomo* vuelve a Francia y una mujer se detiene ante él y el cuadro despierta algo en su corazón que había olvidado que estaba ahí? Ese es un legado más grande y de mucho mayor alcance de lo que la mayoría de nosotros podríamos jamás soñar.

Se apresuró a salir antes de que ella pudiera decir "Te quiero, Luc", palabras que quizá él no querría oír de todos modos porque ¿de qué consuelo servían ante los cuestionamientos que la guerra les imponía: la pérdida de los sueños, la lucha por encontrar un propósito en las cenizas de la opresión nazi, el presente sombrío y terrible que transitaban, sostenidos por la única ilusión de "un día futuro"?

✳✳✳

Aquel presente sombrío y terrible no cedió durante el invierno de 1942. Un día, próximo a fin de año, los guardias del Jeu de Paume revisaron una y otra vez la documentación de Éliane y, por primera vez, también su bolso. En su bolso no había nada más que un pintalabios, un poco de dinero y la cartilla de racionamiento, pero en el de Rose…

Su cuerpo entero se quedó tan inmóvil como el mármol sin esculpir, aunque mantuvo una mirada despreocupada hacia delante, a la espera de que el guardia terminara. En el bolso de Rose estaban las páginas que habían tomado la noche anterior del *Catálogo Göring*. ¿Habría llegado Rose ya? ¿Por eso estaban registrando el bolso de Éliane? No, no tenía sentido. Para encontrar los papeles, habrían tenido que registrar primero el bolso de Rose, y no había motivo para que registraran los bolsos, nunca lo habían hecho. ¿Por qué lo hacían ahora?

Su mente era un remolino feroz, un cuadro de Kandinsky desbocado. Por el rabillo del ojo, vio que se acercaba Rose. Rose se daría cuenta de la meticulosidad de los guardias, se daría la vuelta y escondería los papeles en alguna parte —pero ¿dónde, en un día tan húmedo y deprimente?— y luego volvería con su expresión anodina y su traje deslucido.

Pero no lo hizo. Siguió caminando hacia delante. Ahora estaba junto a Éliane y entregó su bolso. Éliane esperó a que los guardias les apuntaran con sus armas.

—¡Muévanse! —gritaron en vez de eso a las dos mujeres, que se apresuraron a entrar en el museo.

Éliane no se atrevió a mirar a Rose. A la primera oportunidad, se escabulló hacia el baño, verificó todos los cubículos y esperó a que llegara Rose.

Pasó demasiado tiempo, tanto que Éliane empezó a pensar que debía haber soñado la llegada de Rose y que los nazis la habían atrapado y que todo quedaría al descubierto y que ella, Luc, Angélique y monsieur serían llevados a alguna parte y...

La puerta se abrió. ¡Rose! Éliane voló hacia ella y la abrazó tan fuerte que la dejó sin aliento.

—Me matarás antes de que lo hagan los alemanes —bromeó Rose en forma macabra.

—¿Qué está pasando? —preguntó Éliane.

—Los Aliados han invadido el norte de África.

"Los Aliados han invadido el norte de África".

Éliane abrió la puerta de un cubículo y se sentó en la tapa del retrete. El norte de África no estaba lejos. Una invasión de verdad. Quizá Francia fuera la siguiente. Levantó la cabeza y miró a Rose a los ojos, pero Rose meneó la cabeza.

—Francia todavía no —murmuró.

Éliane cerró los ojos. Se estremeció. Valía la pena albergar cualquier cosa positiva en el corazón.

Tenían que mantener encendida la llama de la esperanza. Los alemanes llevaban dos años y medio en París. 1943 no comenzaría sin que los Aliados vinieran a expulsar a los nazis, por fin y para siempre.

—Tendremos que devolver las páginas del catálogo al museo escondidas en el cuerpo —explicó Rose, y las devolvió a la realidad de un museo vigilado en el que ella y Éliane estaban espiando y robando e intentando asegurar la supervivencia de un futuro artístico hasta la victoria.

Éliane asintió. Era la única manera. Pero...

—¿Cómo sabías que hoy nos iban a registrar los bolsos?

—Me avisaron. Será mejor que volvamos al trabajo.

Rose se apresuró a salir del baño porque habían estado allí demasiado tiempo, en especial en un día en que los alemanes ya estaban nerviosos. Pero ¿quién le había avisado a Rose? ¿Monsieur Jaujard? Debía de tener más acceso a los Aliados de lo que Éliane sabía.

La esperanza de Éliane volvió a reducirse a cenizas bastante pronto, ya que, en represalia por el desembarco en el norte de África, los alemanes se hicieron con el control de la Francia de Vichy y aplastaron con más fuerza a todo el país. Todo cambió.

Al principio fueron las cosas pequeñas. Ese diciembre, no hubo vendedores de castañas en las calles. Para Éliane, París en diciembre siempre había olido a braseros de carbón, mantequilla caliente y castañas asadas, que se vendían en un cucurucho de papel para calentar las manos frías. Pero las castañas habían desaparecido, junto con la libertad, ya que, una y otra vez, los alemanes ponían la ciudad bajo toque de queda, con la prohibición de salir a la calle después de las seis, excepto los nazis con pistolas y palos que querían alguien a quien golpear, alguien a quien disparar.

Sin Angélique, las tareas domésticas recayeron en Éliane. Los sabañones reaparecieron con más fuerza que nunca, provocados no solo por el frío, sino también por los interminables platos lavados en la *brasserie* y por lavar su ropa y la de Luc en agua helada. Empezó a usar guantes incluso dentro de casa. Poco después, otro bote de crema para manos apareció para ella en el apartamento de monsieur Jaujard.

—*Merci, monsieur* —le agradeció con vehemencia.

Monsieur arrastró los pies con nerviosismo, miró a Rose y empezó a hablar del último crimen de los alemanes: el robo de un valioso retablo que los belgas le habían encomendado que protegiera.

—¡No! —exclamó Éliane con desconsuelo, un sentimiento que compartían todos.

Habían contado con que, aunque monsieur Jaujard había tenido que informar a los nazis de los palacios y otros depósitos donde estaban almacenados los tesoros del Louvre, los alemanes no tocarían las obras en manos del Estado francés. Que optarían por evitar el escándalo internacional que podría provocar el robo por parte de los nazis de *Las bodas de Caná*, por ejemplo. Pero si habían robado un retablo propiedad de los belgas, ¿acaso *la Gioconda* no estaba también en peligro?

Esa noche, mientras Éliane volvía a casa, pasó junto a carteles que advertían del peligro para la salud de comer gatos, algo que muchos parisinos estaban haciendo. El aire húmedo de invierno había empapado su abrigo y lo palpó con consternación; a pesar de que se le había caído la mitad del pelo, nunca se secaría a tiempo para que pudiera usarlo en la cama esa noche. Se debatió entre forrar la ropa con papel de periódico para aislarla o quemar el papel para obtener un momento de calor breve y trepidante. El verano, con su clima cálido y la posibilidad de que los Aliados invadieran Francia y salvaran a toda la gente y todos los cuadros, parecía cada vez más lejos.

CAPÍTULO 17

EL VERANO LLEGÓ POR FIN, JUNTO CON LA CAPITULACIÓN del ejército alemán en Túnez y el rumor generalizado de que los Aliados invadirían Europa en agosto. A partir de entonces, los alemanes ya no gritaban antes de disparar, y el asesinato de *résistants*, de sus familias y rehenes se convirtió en algo cotidiano. Sin embargo, Rose y Éliane seguían llegando cada mañana al Jeu de Paume con los papeles del *Catálogo Göring* metidos en el sujetador o escondidos en la faja. En todo caso, la crueldad de los nazis las volvió más decididas.

A primera hora de una mañana, Éliane se dirigía al baño con esos mismos papeles, que pensaba quitarse de encima para devolverlos a la oficina de König, cuando vio a Göring, König, Xavier y Von Behr enzarzados en una discusión acalorada. Los dedos enjoyados de Göring centelleaban furiosos, Von Behr parecía tan amedrentado como solía hacer sentir a los demás, König tartamudeaba y Xavier, como siempre, se mostraba imperturbable. Tenía que darse prisa. No quería que la llamaran para servir champán mientras tenía sus secretos escondidos en la ropa interior.

Se escabulló dentro del baño. Un instante después, la puerta se volvió a abrir. Rose habló con un tono seco y súbito que dejó en claro que algo importante había ocurrido.

—¡Date prisa! Tenemos que hacer un inventario de los artículos de limpieza.

Después de comprobar que Göring seguía fustigando a König, Éliane corrió a la oficina de este último, colocó los papeles rápida pero cuidadosamente dentro del chifonier y luego se apresuró hacia el cuarto de limpieza, donde Rose le susurró:

—He oído a Von Behr hablando por teléfono. Han detenido a la familia Schloss.

La familia Schloss, dueña de la única colección privada judía que aún no había sido descubierta.

—Oh, no —se lamentó Éliane con voz más alta de lo debido y se tapó la boca con la mano.

—Pero no la detuvieron los alemanes —prosiguió Rose—. Fue el Gobierno francés. Los Schloss fueron delatados por un informante francés.

A Éliane se le revolvió el estómago mientras fingía ordenar las botellas de aguarrás. Siempre había muchas cosas que no sabían. Como que algunos franceses eran tan malos como los alemanes. Los nazis se ocupaban de hacer saber que ofrecerían dinero y prestigio y protección a los informantes y, a veces, daba la sensación de que cada vez más franceses se volvían hacia los ocupantes en lugar de alejarse de ellos. ¿Qué podía ofrecer la Resistencia frente al aquí y ahora del dinero alemán? Solo esperanza y futuro, cosas intangibles y lejanas que no darían de comer a las familias ni servirían para comprar ropa a medida ni para adquirir poder.

Y otra colección de arte irremplazable estaba a punto de ser encontrada y robada.

—¿Por qué el Gobierno francés detendría a los Schloss? —inquirió Éliane.

—No lo sé. Todo lo que sé es que la familia Schloss ha estado viviendo en una villa en el Chemin des Moulins en Saint-Jean-Cap-Ferrat, donde pensaban que estarían a salvo. Nadie conoce aún el paradero de la colección. Pero Von Behr está muy seguro de que la cárcel hará hablar a los Schloss y que luego él encontrará la manera de arrebatarle la colección al Gobierno de Vichy, que ha programado una exposición de las obras para dentro de quince días.

La mano de Éliane se cerró con desesperación alrededor del mango de la fregona.

—Le sacaré más información a König esta noche en la *brasserie*.

¿Cuántas veces tendría que dejar que König la besara para averiguar lo que necesitaban saber? Estaba muy agradecida de que el trabajo en la *brasserie* por las noches no le dejara tiempo para salir con él, que sus citas se limitaran a las horas en las que catalogaban las obras en el museo y que lo único que hubiera tenido que soportar fueran besos muy breves y ocasionales en los raros momentos en los que se encontraban a solas, ya fuera en el patio de carga o en algún otro lugar apartado, que, por supuesto, ella evitaba. Pero la colección Schloss se había mantenido a salvo de alguna manera y en algún lugar durante tres años. No podía ser descubierta por los nazis, no ahora.

—Me temo que Von Behr no cederá en esto —señaló Rose, con los ojos fijos en el rostro de Éliane.

Éliane no pensó en el significado de las palabras de Rose porque estaba demasiado ocupada preparándose para volver a rozar sus labios con los de un nazi. No fue hasta más tarde, en la *brasserie*, cuando comprendió lo que Rose había querido decir. Esa noche, Von Behr estaba eufórico y se lo pasó pidiendo más y más champán. En cuanto Éliane les hubo tomado nota, el coronel se volvió hacia Xavier.

—La reforma de su casa ya debe de estar terminada. Algunos de nosotros tenemos asuntos que atender en Saint-Jean-Cap-Ferrat. Ordénele —agregó, ahora en dirección a

Göring— que organice una fiesta para nosotros. —Xavier sonrió de una manera que sugería que Von Behr estaba siendo grosero.

—No necesito que me lo ordenen. Este fin de semana. Mi casa es suya.

Von Behr se volvió hacia Éliane y le clavó su único ojo cruel.

—Acompañará a mi sobrino a la fiesta. Durante todo el fin de semana.

König se atragantó con el vino. Pero no se opuso.

No había forma de decir que no. No si quería mantener el engaño de ser una parisina dispuesta a servir a sus amos alemanes.

—Monsieur König no me lo ha pedido —respondió, con los ojos bajos, ocultándolo todo, como una mujer en un cuadro renacentista.

—Se lo he pedido yo su nombre.

Todos en la mesa guardaron silencio, esperando a que ella hablara.

—Será un placer.

Se retiró a la cocina y vomitó en el fregadero. Faltaban dos días para el fin de semana.

Pasó las horas que faltaban hasta el momento del cierre inventando y descartando excusas. Si no iba, estaba segura de que perdería su trabajo en el museo. Y, más importante todavía, levantaría las sospechas de Von Behr no solo sobre ella, sino sobre todas las personas relacionadas con ella. Pero no podía acostarse con König, ni siquiera por una colección de arte.

No se le ocurrió ningún plan, ni esa noche ni al día siguiente. Rose la observaba con ojos solemnes.

La noche previa a la partida, Luc le habló con frialdad, con el mismo tono que había empleado con Angélique cuando le había comunicado que reabrirían la *brasserie*. Y

Éliane se sintió como Angélique debió de sentirse entonces: como si no tuviera más remedio que hacer lo que su hermano quería.

—Si no vas —le advirtió—, te arriesgarás a que te descubran, pero no solo a ti, sino a todos. Querrán saber por qué de repente estás tan poco dispuesta a complacerlos. Créeme, si quieres olvidar con rapidez un acto desagradable, tienes que pensar en el bien mayor que este implica. Piensa en Angélique, no en König.

Luc tenía razón. Tendría que pasar el fin de semana con Göring. Y con Von Behr y Xavier. En la cama de König. ¿Cuánto más tendría que soportar por la promesa de un futuro en el que sobrevivieran el asombro y la fascinación?

***

Por lo general, Éliane se desplomaba en la cama y se quedaba profundamente dormida en cuestión de segundos; el cansancio de las más de quince horas que pasaba en compañía de alemanes, fingiendo ser otra Éliane, la hundía en sueños pictóricos en los que retumbaban las voces de figuras de acuarela, que, de vez en cuando, hablaban tan alto y agudo que sentía que tenía que abrir los ojos y salir de la cama para asegurarse de que no había alguien en el apartamento hablando con Luc. Sueños en los que los labios de König formaban espirales grotescas, pintadas no con óleos, sino con sangre. Sueños en los que el ojo de Von Behr se caía y se alejaba rodando y, de repente, el coronel se daba cuenta de que podía verlo todo y Éliane era la víctima de esa terrible comprensión.

Pero, esa noche, Éliane se sentó a la mesa mucho después de que Luc se hubiera desmayado en medio de un sopor etílico, cosa que ella sabía que hacía todas las noches, aunque casi nunca estaba despierta para presenciarlo. Todavía se levantaba al amanecer para ir a los mercados a comprar comida y, entre medio, tomaba la información de Éliane y Rose y monsieur Jaujard y se la pasaba a la Resistencia y a quienquiera que le interesara en Gran Bretaña. Por eso le había hablado de ese modo. Era un artista que había renunciado a su arte por esto y no quería que ella desperdiciara su sacrificio.

¿Pero acaso no habían renunciado todos a su arte? Su arte era ahora la supervivencia y eso significaba hacer cosas que le partían el corazón de la misma manera en que se le había partido la primera vez que se había detenido ante *La balsa de la Medusa*, hombres que se volcaban al canibalismo en su desesperación por vivir.

El tiempo pasó y permaneció sentada con una botella de vino y demasiados pensamientos. A las dos de la madrugada, se sobresaltó al descubrir que había terminado el vino y que la puerta se estaba abriendo. Sus reflejos, embotados por el alcohol, tardaron en reaccionar y ni siquiera tenía el sacacorchos en la mano cuando Xavier, de todas las personas posibles, entró en el apartamento.

—Éliane —dijo, con una expresión perpleja en el rostro—. ¿Dónde está Luc?

—Durmiendo. —El desconcierto la hizo responder sin la hostilidad habitual, pero luego recordó que Xavier era el enemigo y que estaba en su apartamento y estaba buscando a Luc.

Xavier maldijo.

—¿Puedes despertarlo?

—¿Que si puedo despertarlo? —Pretendió que su voz sonara fuerte, incrédula y desafiante, dando a entender que de algún modo le impediría el paso a la habitación de su hermano, que defendería a Luc con su propia copa de vino vacía, pero las palabras brotaron calladas, asustadas y desconcertadas.

Entonces, mientras observaba estupefacta a Xavier, lo vio recomponerse: su postura cambió, su rostro se endureció y volvió a adoptar esa expresión distante con tanta rapidez como si se hubiera puesto un abrigo.

—Lo despertaré yo —afirmó con tono severo.

El cambio de actitud repentino e intencional la dejó pensando: Xavier había abierto la puerta y preguntado por Luc de un modo que sugería que estaba familiarizado con las visitas nocturnas al apartamento de Éliane. Su desconcierto inmediato había resultado de verla a ella sentada a la mesa, como si hubiera esperado ver a otra persona. Éliane también entendió que el Xavier que había entrado en el apartamento era un hombre que ella reconocía de los tiempos previos a la ocupación y que, de algún modo, se había transformado, como una persona acostumbrada a esas metamorfosis, en el hombre que Éliane había aprendido a despreciar.

Cuando pasó junto a ella, la ausencia total de olor a alcohol tras él la hizo olfatear el aire. A diferencia de Von Behr y Göring, en quienes se podía oler el alcohol y ver sus efectos con los ojos tapados, y de Luc también, no olió nada en Xavier, a pesar de que había estado bebiendo con los nazis desde las siete de la tarde. Sin embargo, en este instante, se veía absolutamente sobrio.

Éliane se imaginó la *brasserie*, donde noche tras noche se repetía la misma escena: Xavier pedía champán y vino tinto de Burdeos. ¿Pero cuántas veces había ella rellenado su copa? Una vez, quizá, dos como mucho.

Se puso de pie.

En la habitación de Luc, Xavier estaba de pie junto a la cama y repetía el nombre de su hermano una y otra vez, pero sin ningún efecto en la figura inconsciente. Volvió a maldecir, de manera sentida.

—Tengo que darle algo, pero necesito que sepa qué es.

—Si le dices algo ahora —precisó Éliane mientras

reconsideraba cosas que había creído presenciar en los últimos dos años—, mañana se le habrá olvidado.

Xavier se quedó mirando a Luc, que seguía durmiendo, inmóvil.

—Tienes razón. —Señaló la mesa de la cocina—. Siéntate.

Éliane obedeció, sin darse casi ni cuenta del tono ni la falta de modales de él, pues estaba absorta en el hecho de que se había quitado su propio ojo de cristal y lo había reemplazado por uno que le permitía ver con más claridad. Pero no fue hasta las siguientes palabras de Xavier cuando todo cobró sentido.

Xavier sacó un paquete del bolsillo.

—Aquí dentro —comenzó— hay un frasco pequeño. En el frasco hay algo que puedes poner mañana en la bebida de König. Parecerá muy borracho durante unos minutos y después se quedará dormido. No se despertará hasta la mañana siguiente. A partir de ese momento, tendrás que cuidar de ti misma.

"Inglaterra tiene gente en Francia que trabaja contra los nazis. Uno de ellos opera, entre otras cosas, como enlace con los Aliados en lo que respecta al arte", había dicho monsieur Jaujard. Un verdadero amante de los nazis no le traería un frasco para dejar inconsciente a König y así evitar tener que acostarse con él.

Xavier fue rápido, pero Éliane, despierta de la ignorancia, fue más rápida. Estaba de pie y ante la puerta antes que él.

—No estás trabajando para los alemanes.

**

—Éliane —masculló él con voz áspera—. Muévete.

—No.

—Solo te estoy ayudando a salir de una situación que es obvio que no quieres.

Xavier no les había dicho a los alemanes que Éliane hablaba su idioma. Y le había golpeado a propósito el brazo con el que ella sostenía la botella de champán para que Von Behr no viera cómo le temblaban las manos; y esa misma noche, había hecho que Angélique dejara caer otra botella para que pudiera salir de la habitación y alejarse de Von Behr. Xavier había conseguido que los alemanes, hombres de los que Luc y Éliane necesitaban información, adoptaran la *brasserie*. Había distraído a Von Behr con el tema de los burdeles cuando el coronel había estado a punto de abofetear a Éliane por segunda vez. Se había asegurado de no llevar a los alemanes a la *brasserie* antes de las siete para que ella tuviera más tiempo para descansar. Había retrasado la renovación de su casa de Cap-Ferrat durante un tiempo muy largo para que Éliane no tuviera que ir a una fiesta allí. Y ahora, de pronto, cuando los Schloss —que habían estado viviendo muy cerca de allí, en Saint-Jean-Cap-Ferrat— habían sido detenidos y una colección de cuadros se encontraba en peligro, la casa de Xavier estaba disponible para una fiesta.

Xavier había hecho muchas cosas que ella no había visto y ahora las veía todas y era como contemplar la obra de arte más conmovedora y sublime. Se quedó sin aliento.

—Tú conseguiste el *Ausweis* para Angélique —logró pronunciar.

—No digas eso. —Ahora la miró, con sus ojos castaños llenos de ira. Nunca lo había visto enfadado y podía sentir la rabia que irradiaba a pesar de que estaba a varios pasos de distancia—. No tienes la menor idea de lo que te ocurrirá si alguien descubre que estás involucrada...

Xavier se interrumpió y Éliane se apoyó contra la puerta.

Esto no era rabia porque ella se había atrevido a estudiar su vida y sacar una conclusión fantástica; esto era miedo. Miedo por ella.

Había odiado a Xavier y él la había estado ayudando todo el tiempo.

—Necesito sentarme —dijo—. Por favor, no te vayas.

Se dejó caer en una silla y, por un momento, pensó que él la ignoraría y se marcharía enfadado, pero la lucha también se había disipado en él, y se sentó frente a ella.

—Nunca menciones el *Ausweis* —murmuró.

Levantó una mano para frotarse la frente y ella vio cómo la fachada que Xavier había llevado con tanto esmero durante casi tres largos años se desvanecía para ser sustituida por un rostro que ella conocía, pero que se había endurecido —una consecuencia evidente del trabajo que realizaba—, y que se veía abrumado de cansancio. Qué agotador debía ser fingir todo el tiempo, pretender ser todo lo contrario de lo que en verdad era. Qué agotador salir cada noche y beber vino con hombres a los que sin duda odiaba. Qué agotador ver el constante desprecio en los ojos de Éliane mientras él intentaba hacer mucho más que ella por su pueblo.

—Lo siento —se disculpó ella. No era suficiente. Pero no existía nada en el mundo que pudiera expresar lo que quería decir.

Xavier se encogió de hombros.

—Tú eres el enlace con quien trabajan Luc y monsieur Jaujard.

Una leve inclinación de cabeza. Acto seguido, un largo suspiro.

—Madame Valland y monsieur Jaujard querían decírtelo después de la primera reunión a la que asististe. Luc y yo no. Y aún preferiría que no lo supieras. Si los nazis descubren lo que estoy haciendo, todos los que me conocen serán arrestados. No puedo ni empezar a explicarte lo que les hacen a las personas que arrestan, Éliane. Es indescriptible.

Éliane trató de imaginar a un ser humano haciendo cosas indescriptibles a otro. Se le encogió el estómago.

Se puso de pie y buscó otra botella de vino de las que guardaba Luc, la abrió, llenó dos vasos y los llevó a la mesa. Le pasó uno a Xavier. Ambos bebieron un largo trago.

Éliane alargó la mano para tomar el frasco.

—Gracias por esto. No sé… —titubeó. Bebió un sorbo y volvió a empezar—. No sé si habría sido capaz de hacerlo. Si en el último momento no habría alejado a König de una patada y lo habría arruinado todo. Pero tú tienes que hacer cosas mucho peores. La cobarde soy yo.

Xavier no respondió. Cerró los ojos como si le doliera la cabeza y estuviera intentado que no se notara, como si tuviera los ojos tan cansados que, si parpadeaba demasiado, podría quedarse dormido allí mismo, en la mesa. Se hizo un silencio imposible de llenar, porque ¿qué se podía decir?

—Aquí no hay cobardes, Ellie —susurró con suavidad y abrió los ojos. El corazón de ella dio un vuelco.

Éliane apretó la mano alrededor del vaso; sabía que no podía mirarlo. Porque, ¿qué pasaría si veía no solo al hombre al que había amado, sino a un hombre al que aún amaba, un hombre al que amaba de un modo que de pronto era tan agónico que no estaba segura de poder soportarlo? En ese mismo instante, sentía que podría estallarle el corazón con la fuerza de ese sentimiento y que brotaría un líquido rojo teñido de negro por los despojos.

¿Qué había desechado Éliane? Algo imposible de recuperar ahora. Había maltratado y odiado a Xavier, y él era un caballero de corazón de león. Había entregado su corazón a Francia, el destinatario más digno de ese regalo.

—Trabajo para el Ministerio de Guerra británico —aclaró por fin—. En vista de mis antecedentes y mis conexiones, decidieron que podíamos utilizar las aspiraciones artísticas de los nazis para infiltrarme en su núcleo de poder y recabar información. —Su voz era prosaica mientras relataba hechos a esta mujer que se había convertido en su responsabilidad por todo lo que sabía y por el grado en que se había involucrado con todos ellos.

—Entonces, ¿no estás aquí solo para proteger el arte? —preguntó ella, intentando comprender.

Xavier meneó la cabeza.

—No. Eso se ha convertido en otro objetivo. Un objetivo menor. Pero las cosas se han complicado. La gente de la que obtengo la información está implicada en robos de arte a una escala casi inimaginable. Trato de manejar ambos grupos de intereses. Y les dedico a madame Valland y a monsieur Jaujard todo el tiempo que puedo.

Se puso de pie deprisa y ella supo que no llegaría a la puerta antes que él y que él le había dicho todo lo que podía decirle. Sin embargo, Xavier se detuvo en el umbral.

—Me voy a Saint-Jean-Cap-Ferrat. Te veré allí mañana por la noche. Si averiguas algo, intenta decírmelo. Lo mejor para todos es transmitir la información lo más pronto posible, porque nadie sabe cuánto tiempo… —Hizo una pausa y concluyó con rapidez, como si las palabras le dolieran en la lengua—: Cuánto tiempo podríamos tener antes de que nos descubran. Podría ser mañana por la noche, dentro de tres meses o el año que viene. Ten cuidado.

Ya se lo había dicho una vez y ella lo había tomado como una advertencia, y volvía a ser una advertencia, pero de otro tipo.

—Y no te olvides del frasco —agregó.

—¿Ya lo sabías…? —Casi no podía preguntarlo, lo que la convertiría en una auténtica cobarde. Lo intentó de nuevo—. Cuándo me dijiste en 1940 que te marcharías de Francia, ¿fue porque te habían pedido que hicieras esto?

De nuevo ese silencio vasto y vacío, que era una respuesta en sí mismo.

—Sí —admitió por fin—. En ese entonces, no sabía lo que implicaría. Nadie lo sabía.

La puerta se cerró y Xavier desapareció. El vaso de vino vacío era la única evidencia de su paso por allí, eso y su perfume que flotaba aún en el aire, un ámbar ahumado y amaderado como el olor persistente de un fuego extinguido. Y también la certeza —que había echado por tierra todas las falacias que ella había creado y aflorado a la superficie como la verdad— de que Xavier nunca había sido un cobarde.

Le había arrojado el anillo y ahora se odiaba a sí misma.

Cuarta parte

Saint-Jean-Cap-Ferrat, Francia, 2015

CAPÍTULO 18

"¿CÓMO PUEDO TENER EN MI PODER UN CUADRO QUE HER-
mann Göring robó hace setenta años a alguien en Francia?".

—Eso no es lo que esperaba que dijeras —reconoció
Adam después de digerir la pregunta de Remy.

—¿Por qué? —repitió la palabra que la noche anterior le
había provocado una migraña—. ¿Por qué un cuadro que
me pertenece, un cuadro que siempre he tenido en mi habitación, estaría en este catálogo?

Adam estudió la imagen.

—Es bastante pequeño, quizá solo se parece al tuyo.

Remy sacudió la cabeza con vehemencia.

—He visto este cuadro casi todos los días de mi vida. Es
el mismo.

Adam acercó el libro.

—*Le Traître* —leyó—. Creo que significa *El traidor*. Es
un nombre raro para un cuadro que parece…

—Es una pareja abrazándose, como si estuvieran enamorados —interpuso Remy—. Son ellos dos solos y no hay
nada más en el cuadro, ni decorado ni fondo. Es muy hermoso. ¿Estás seguro de que eso es lo que significa?

En vez de responder la pregunta, Adam exclamó:

—¿Me estoy volviendo loco? —Señaló el título de la siguiente entrada en el catálogo: era solo texto, sin fotografía.

Remy se inclinó y estudió la palabra.

—Parecería que dice *bébé* —aventuró—. Entiendo suficiente francés para saber que significa "bebé". Menos mal que soy demasiado joven para ser la hija ilegítima de Göring, porque si no, ahora mismo estaría aterrada. ¿Göring comerciaba con bebés además de arte?

—Lo dudo. —Adam frunció el ceño—. ¿Qué vas a hacer?

Remy respondió al instante.

—Nada. —Ya tenía suficientes cosas con las que lidiar—. Todo eso fue hace mucho tiempo. Quién sabe por qué mi cuadro está ahí. —Tomó un bocado de huevo y, aunque estaba delicioso, apartó el plato—. Necesito salir a caminar.

—¿Es una indirecta para que me termine tus huevos además de los míos y te deje en paz?

Remy sonrió.

—¿Sabes?, deberías hacer algo con esa reputación falsa que te acompaña a todas partes. Si tú eres un imbécil, Antoinette es una monja. Mi amiga cree que eres muy guapo. Deberías besarla.

Adam se rio.

—Bueno, voy a echar por tierra lo que queda de mi falsa reputación diciéndote que tienes que comerte los huevos. Te sentirás peor si no comes. Y mi chef interior sufrirá una crisis de confianza enorme.

Ahora fue el turno de Remy de reírse.

—¿Crisis de confianza? ¿Adam Henry-Jones? —Se llevó un poco de huevo a la boca, y bebió zumo—. ¿Contento?

—No. Mi chef interior se sentirá insultado a menos que te lo comas todo.

—Tu chef interior es el imbécil.

Ambos se estaban riendo con una facilidad y naturalidad con las que Remy no recordaba haberse reído desde hacía mucho tiempo cuando oyó pasos y se volvió para ver aparecer la cabeza de Lauren en la entrada del templo.

—Sabía que estabas aquí porque podía oler tu plato insignia —declaró, y se acercó para besar a su hermano.

—¿Tu chef interior tiene un solo plato? —se burló Remy.

—Ajá. Pero es un plato bastante bueno. ¿Has venido a arrestarme? —preguntó a su hermana—. Supongo que he roto las reglas de las vacaciones.

—Así es —convino Lauren—. Pero yo también. Molly ha estado insoportable… La quiero mucho, pero a veces… —Hizo una mueca de exasperación—. Matt usa el dolor por el duelo como excusa para justificar su horrible conducta y mamá está tratando de ser paciente, pero me doy cuenta de que está a punto de explotar. ¿Y a ti por qué se te ve tan, me atrevería a decir, relajado? Esta mañana pensé que me ibas a tirar el café encima.

Remy no pudo evitar dirigir una mirada rápida a Adam y él a ella; ambos sabían por qué él había estado tan poco relajado esa mañana antes de venir a disculparse con Remy.

Lauren advirtió el intercambio de miradas, pero, por suerte, continuó hablando.

—Sorprendí a Matt husmeando en tu cuarto oscuro. Las fotos estaban listas, así que me las llevé antes de que él las viera. Sabía que eso te haría explotar y deduje que con mamá a punto de explotar y tú también, sería un caos. —Le entregó un sobre a Adam.

—Gracias —respondió él, sin abrirlo.

—Las he traído aquí solo para poder verlas —agregó Lauren.

Adam meneó la cabeza con exasperación, en parte fingida y en parte real.

—A veces te portas como una niña malcriada.

—¿Qué son? —preguntó Remy.

—Fotos de ayer —contestó—. Anoche no podía dormir, así que revelé algunas. A veces es bueno verlas en papel en vez de en una pantalla.

Le tendió el sobre.

Remy se quedó mirándolo; por un lado, vacilaba ante la idea de ver las fotos que había dentro, pero, a la vez, estaba ansiosa por descubrir si Adam Henry-Jones había hecho magia con su ropa.

—¡Por el amor de Dios! —exclamó Lauren. Extendió su mano para tomar el sobre, lo abrió y sacó las copias.

—¡Lauren! —la regañó Adam.

—Alguien tenía que tomar el control —replicó, sin poder evitar sonreír a su hermano—. Guau. A veces eres un genio, hermano mayor.

A Remy le temblaba la mano de ganas de tomar las copias, pero Lauren estaba absorta en ellas.

—Creo que la que va a explotar en un minuto soy yo. ¿Puedo verlas?

—Lo siento. Claro que puedes. —Lauren le pasó las fotos.

La primera era de Remy, o de la espalda de Remy. Estaba ligeramente inclinada hacia el fuego, vestida con un camisón de los años cuarenta con falda de seda rosa y corpiño de encaje, las manos sobre las rodillas, los brazos flexionados y la vista fija en las llamas, como si estuviera esperando algo que anhelaba, como si la puerta detrás de ella pudiera abrirse en cualquier momento y ella pudiera incorporarse de un salto y correr hacia quienquiera que entrara. La pose, o la forma en la que Adam había encuadrado la foto, parecía sugerir que tenía miedo de girarse y mirar hacia la puerta, porque no ver nada —o algo distinto de lo que esperaba— le rompería el corazón.

Hasta tal punto parecía Remy formar parte de la historia que Adam había creado que se estremeció. Era como si el tiempo se hubiera abierto y ella hubiera aterrizado en el momento exacto en el que él había tomado la foto, en 1943, una época en la que oír abrirse una puerta de improviso, después de una larga espera, debía de haber sido maravilloso.

Adam se aclaró la garganta y Remy se dio cuenta de que había estado mirando la foto, paralizada, durante un buen rato.

—Toma. —Se la entregó.

La siguiente foto era la última que habían hecho. Debajo de un vestido blanco, el cuerpo de Remy se delineaba con sensualidad y cierta reverencia, como si la cámara le rindiera homenaje. A sus espaldas, el cielo era de un azul brillante y el vestido, una cinta de satén. La sensación de movimiento inminente, de huida, era tan fuerte, que el espectador casi no podía contener las ganas de pasar a la siguiente foto, en la que esta mujer y este vestido podrían levantar vuelo hacia alguna parte.

Se la pasó a Adam, pero él meneó la cabeza.

—Esa es tuya. Para que te recuerde quién eres. —Se puso de pie—. Te he monopolizado toda la mañana y parece que a mi madre le vendría bien algo de ayuda para diluir el efecto Molly. Vamos —agregó hacia su hermana, cuyos ojos se movían despacio de un lado a otro entre Remy y su hermano.

***

Al día siguiente, como había prometido, Adam volvió a terminar la sesión de fotos. Bromeó con Antoinette, les preparó su especialidad de huevos para el *brunch* y se mostró a la vez pragmático y colaborativo; propuso ideas, escuchó las sugerencias de Remy y se preocupó de comprobar que ella estuviera contenta.

—Parece otra persona —comentó Antoinette mientras retocaba el maquillaje de Remy—. Debe de haber tenido sexo.

Remy tuvo que contenerse mucho para no echarse a reír. Todavía estaba intentando ocultar su sonrisa cuando Adam la llamó para ver si había decidido qué quería hacer para la siguiente foto.

—¿Qué? —preguntó él, al ver el infructuoso intento de ella por ocultar su sonrisa.

—Antoinette cree que has tenido sexo —explicó—. No quise estropear sus sueños contándole que te grité y te aparté después de que nos besamos.

—¡Oye! Bien podría haberme encontrado con alguien en Niza anoche, ¿no?

Remy sintió que la sonrisa se borraba de su cara.

—Tienes razón —balbuceó.

Ahora era Adam el que se estaba riendo.

—¡Por supuesto que no lo hice! Es una broma. Pensé que habías decidido que no era demasiado pronto para reírse de eso.

—Ja, ja —se mofó ella con tono débil.

—Gracias, de todos modos —dijo él.

—¿Por qué?

—Por decir después de que "nos" besamos y no de que "me" besaste.

Remy sacudió la cabeza.

—Lo dije así porque fue así. Bien —añadió. Necesitaba apartar su mente de todas las discusiones sobre el beso de Adam—. ¿Qué sigue ahora?

—Las últimas fotos —indicó él—. No estabas segura de cuál elegir.

Remy estudió las imágenes que él había sacado de internet. Una era otra fotografía de Dahl-Wolfe, *Desnudo en la playa*. La modelo llevaba un traje de baño Claire McCardell y un pañuelo sobre la cara. No estaba desnuda, pero el traje de baño se mimetizaba tan bien con su piel y la arena —incluso las ligeras arrugas del bañador imitaban las ondas de la orilla— que un espectador descuidado podría creer que lo estaba. O *California Desert*, en la que la cámara estaba inclinada de modo tal que, aunque la modelo estaba acostada sobre la arena, de espaldas a la cámara, parecía estar tendida en posición semivertical, solo con una toalla alrededor de las caderas.

Antoinette insistió en que Remy sustituyera la toalla por la braga de un biquini, con la espalda brillante y desnuda, un espejismo en medio de un paisaje majestuoso.

—No estoy segura —dudó Remy. Por alguna razón, la hacía sentirse vulnerable. No le importaba la desnudez, y lo único que estaría a la vista sería la espalda, pero...

—Es una foto tan bella —exhortó Antoinette.

—Si quieres lo preparo todo —sugirió Adam—, y si en el último momento decides que no quieres hacerla, no pasa nada. Aunque la luz dura de hoy es perfecta.

El hecho de que a Adam no le importara la hora de trabajo que suponía preparar una toma que ella podría decidir no hacer, fue lo que hizo que Remy confiara en él para trabajar con la vulnerabilidad que sentía.

—Probemos.

Ella y Antoinette esperaron dentro para que no se le derritiera el maquillaje mientras él preparaba todo en la playa. Después de que les hubo enviado un mensaje para avisarles que estaba listo, ambas bajaron los escalones a la playa, donde Adam estaba atareado y con el torso desnudo, pues se había quitado la camiseta. Antoinette se quedó sin habla y Remy tuvo que reprimir otra sonrisa ante la reacción de su amiga, porque Adam se veía espléndido: pecho bronceado y musculoso, pantalones cortos negros lo bastante bajos como para ver la extensión tonificada de su estómago. Remy giró la cabeza, con temor a que alguna parte de su mente hubiera imaginado que su dedo se deslizaba por la cadera de Adam y trazaba su curva.

Antoinette extendió una toalla y Remy se tumbó sobre ella en biquini mientras Adam miraba por el visor. Le pidió que se moviera un poco para aprovechar al máximo lo que era, en efecto, la luz dura perfecta: la luz directa del sol daría a la toma los bordes nítidos y las texturas contrastantes que necesitaba. Cuando Adam anunció que estaba listo, Remy se quitó la camiseta, de espaldas a él, y Antoinette le puso una crema con brillo sobre la piel.

—Voy a hacer una foto de prueba —avisó Adam. Un momento después, gritó—: ¿Quieres venir a ver, Remy?

—No hace falta —contestó ella.

Sabía que, veinte años atrás, en una sesión como esta, se habría puesto de pie sin que le importara estar semidesnuda, pero ahora le daba vergüenza hacerlo delante de Adam.

Podía oírlo a sus espaldas, moviéndose por la playa, tomando una fotografía tras otra, podía percibir el aire enrarecido entre ellos o quizás solo era que no terminaba de relajarse, que se sentía como un vestido de seda arrugado que necesitaba que lo plancharan.

—Imagínate que estás en la tumbona en la terraza —sugirió Adam, y Remy se sobresaltó; no se había dado cuenta de que estaba tan cerca—. Leyendo. Déjate llevar a cualquier parte. No estés en la playa, en este momento.

Ella cerró los ojos. Si pudiera ir a cualquier parte, ¿adónde iría?

Subiría al cielo y traería de vuelta a su hija.

Era un deseo tan imposible que Remy sabía que nunca sería capaz de renunciar a él. Renunciar a lo imposible era la cosa más difícil.

Ya no oía a Adam moviéndose detrás de ella; eso significaba que estaba quieto tomando la fotografía que encerraría todo lo que ella acababa de pensar. Adam tomaría el dolor de Remy y lo congelaría en blanco y negro. Pero también encontraría algo más que ella no había sabido que estaba allí: la posibilidad junto a la pena.

Ninguno de los dos habló. No tenían por qué hacerlo.

Después de varios minutos de silencio punzante, unas voces y las protestas de una niña agitaron el aire. Los Henry-Jones habían bajado a la playa.

Se oyó un silbido y luego la voz de Lauren.

—¡Estás fantástica, Remy!

Remy no pudo evitar reírse.

Oyó el clic de la cámara.

—Parece que Adam ha vuelto a las andadas. —Era la voz de Matt.

—Ya basta, Matt —replicó Judy, con una mínima pizca de paciencia en su voz.

—Ya he terminado. —En esas dos palabras, Remy oyó que el Adam reservado había vuelto, que ya no era el Adam que hacía huevos para el almuerzo.

Se sentó, de espaldas a todos, y se puso la camiseta. Adam recogió sus cosas y Antoinette recogió las suyas y subió los escalones con las cremas y los cosméticos. Mientras Remy observaba a Adam desmontar el último foco, sintió que sus pies se acercaban a él y su boca decía:

—¿Puedo verlo?

—Claro. —Él debió de detectar la incertidumbre en su voz porque añadió—: Es una Remy muy diferente de la otra. —Le pasó la cámara.

Tenía razón. La foto tenía un aire sensual, ¿cómo hacía para lograrlo siempre? La curva descendente de la cadera hacia la cintura y la curva ascendente que partía de la cintura imitaban el contorno de la orilla. La cabeza apoyada en una mano lánguida, como si estuviera soñando. Adam había captado la pregunta que transmitía la imagen: "¿Es esto lo que quiero?". Esta extensión de vida se desplegaba ante ella, inagotable, lista para que ella la reconociera con sus manos cuando por fin decidiera ponerse de pie, darse la vuelta y mostrarse.

Deslizó el dedo hasta la última fotografía, en la que ella

reía, con la cabeza inclinada hacia atrás, como si alguien acabara de susurrarle algo al oído y el sonido fuera puro éxtasis.

—Creo que estas son algunas de las mejores fotos que he hecho en mucho tiempo —señaló Adam.

—Entonces, ¿por qué no nos las enseñas? —Era Matt, que había aparecido detrás de ellos.

Remy sintió que Adam y ella se ponían rígidos al mismo tiempo.

—Hola, Matt —saludó ella.

Vio, pero Matt no, que Adam dejaba correr el pulgar por la pantalla de la cámara hasta llegar a las fotos previas, las que habían hecho en la casa.

Adam le entregó la cámara a Matt.

—No sé si te parecerán interesantes.

—Se ve que a ti te interesan mucho.

—Es mi trabajo.

—¿Y las que acabas de tomar? —preguntó Matt.

—No salieron bien. Demasiada luz.

Remy tuvo la extraña sensación de querer rodear a Adam con los brazos y abrazarlo por su perspicacia. Eso significaría sentir su piel contra su cuerpo. Se estremeció y, esta vez, no estaba segura de que fuera una reacción de rechazo.

Adam empezó a llevar sus cosas a casa y Remy entró en el agua para refrescarse. Se dejó llevar con indolencia durante un rato, luego se dio la vuelta bajo el calor del sol que se fundía con el agua y entre el sonido oscilante de las olas ociosas, el murmullo de las voces procedentes del lado de la cala de los Henry-Jones y el chillido agudo de Molly, que estaba jugando en el agua con Adam.

Era bonito oír a una niña feliz.

El pensamiento la sobresaltó; dejó de flotar de espaldas y se puso de pie a tiempo para ver cómo Adam perseguía a Molly por el agua. La niña tropezó, se cayó, tragó una bocanada de agua y emergió tosiendo.

—No pasa nada —la tranquilizó Adam. La levantó en brazos, la llevó un poco más lejos y la arrojó al agua, a un brazo de distancia, como Remy lo había visto hacer antes.

El susto y las lágrimas en la cara de Molly se convirtieron enseguida en una sonrisa y una risa, y luego de nuevo en lágrimas cuando Matt se acercó corriendo.

—No sabe nadar.

—Ya sé que no sabe —respondió Adam con paciencia—. No pasa nada. Tragó un poco de agua. Nos ha pasado a todos.

—No si la vigilas bien.

En vez de contestar, Adam llevó a Molly hasta la orilla, la depositó sobre los guijarros y siguió caminando, alejándose de su hermano en dirección a la cala junto a la casa de Remy. Estaba claro que no tenía ganas de entrar en ningún tipo de discusión.

Matt lo siguió.

—Tienes que tener cuidado con ella.

—No se va a romper, Matt.

—¿Y tú cómo podrías saberlo? —le replicó Matt, y Remy pudo oír lo que Matt no había dicho: "Mi esposa sí lo sabía".

De pronto, sintió pena por él, por todos ellos, que intentaban seguir adelante con la vida cuando la vida no siempre se presentaba fácil.

—Tienes razón, no lo sé —concedió Adam, tal vez porque había detectado el dolor debajo de la rabia en la voz de su hermano—. Voy a dar un paseo.

—Siempre tienes que ser tú el que hace las cosas salvajes, las cosas locas, las cosas disparatadas, ¿no? Es fácil hacerlo cuando no eres padre. Pero cuando eres padre, lo único que ves es que tu hija se escapa de los brazos de alguien, se hunde en el agua y se está ahogando. Te he dicho que no... —Matt levantó la voz y el sonido llegó hasta donde Molly estaba sentada, con la cara fruncida y al borde del llanto mientras observaba.

—Me voy a dar un paseo —repitió Adam, de espaldas a su hermano, y Remy pudo ver la rigidez de sus hombros, la postura de "vete a la mierda" que había adoptado en cuanto Matt había pronunciado la frase "cuando no eres padre".

—Anda, vete. Evítalo, como lo haces siempre —exclamó Matt ahora.

Judy dio un paso, con preocupación, en dirección a sus hijos, pero su marido la detuvo con una mano.

Aunque el altercado entre los dos hermanos tenía que terminar, que alguien interviniera para hacerlo solo serviría para empeorarlo. Y Remy estaba segura de que, aunque en ese preciso momento Adam quisiera darle un puñetazo a su hermano, no lo haría. Solo con que Matt lo dejara marcharse, podrían hablar del asunto más tarde, cuando los ánimos se hubieran calmado y Molly no estuviera presente.

Pero ella reconocía demasiado bien la etapa de la "ira" del duelo, una cosa abrumadora, incontrolable y egoísta, y podía entender por qué Matt no era capaz de ceder. Le daba escalofríos verlo, comprender que tal vez ella había hecho algo parecido durante el último año y medio.

—No voy a hacerlo delante de Molly —replicó Adam, sin dejar de caminar con determinación hacia delante, como si estuviera dispuesto a caminar hasta el fin del mundo para evitar esta escena.

—Y así tú eres el bueno —perseveró Matt—. El que puede mantener la compostura delante de la niña mientras que yo soy el imbécil que no sabe fingir que no pasa nada. Créeme, ahora mismo y por una vez, eres el bueno.

—Sí, Matt. —Adam se volvió por fin hacia su hermano. Su rostro estaba furioso, la voz baja y muy fría—. Ahora mismo y por una vez, y solo por esta vez, soy el bueno. Ahora vete a la mierda.

El efecto en Matt de las cuatro últimas palabras fue como una bofetada.

—¿Ves? Ya he vuelto a ser el idiota —concluyó Adam.

En esta ocasión, cuando Adam se alejó, Matt lo dejó marcharse.

Remy sabía, por haber sido alguien que había querido mandar a todo el mundo al infierno durante los dos últimos años, que dejar a Adam solo en este momento no era lo mejor.

—Tengo que hacer algo —le indicó a Antoinette—. ¿Puedes distraer a Matt un rato?

—Vas a ayudar a Adam, ¿verdad? —contestó Antoinette. Remy asintió—. Mírate, pensando en otra persona que no seas tú. A lo mejor ya estás en la quinta fase.

—Lleva dos días haciéndome fotos. Estoy en deuda con él.

—Lo estás —convino Antoinette—. De acuerdo, desfilaré delante de Matt con mi biquini atrevido. —Típico de Antoinette, llevaba un biquini brasileño—. Puedes irte ya.

Remy se apresuró a alcanzar a Adam.

—Si sigues por la orilla, llegarás a otro tramo de escalones que suben a mi casa —le explicó cuando lo alcanzó—. Te llevarán hasta el fondo de los jardines. La caminata hasta la casa es un poco larga, así que te veré allí en unos veinte minutos.

—Yo no... —empezó él, con voz apagada y rostro adusto, pero Remy conocía demasiado bien esa expresión para escucharle.

—Puedes pasearte por Cap-Ferrat ventilando tu furia contra tu hermano y el mundo, lo cual no suena muy divertido, o puedes dar un paseo conmigo. No espero conversación. Solo creo que mi opción es mejor.

—¿Te pidió Lauren que hicieras esto? Es el tipo de cosa que ella haría...

Remy lo interrumpió.

—No he hablado con Lauren. Estoy aquí porque... —¿Cómo terminar la frase? ¿Porque estaba en deuda con él por las fotos? Sabía que no era por eso—. No lo sé, ¿de acuerdo? Estoy aquí porque estoy aquí.

La expresión de Adam se suavizó un poco.

—De acuerdo —cedió, y prosiguió la marcha.

Él bien podría ignorarlo Remy no estaba del todo segura de que fuera a su casa. Pero actuaría como si lo fuera a hacer.

Regresó con los Henry-Jones. Antoinette estaba escuchando con atención las quejas de Matt Judy y Alistair jugaban con Molly, que parecía por completo recuperada, y Lauren estaba conversando con su marido, que sacudía la cabeza como si pensara que todos los adultos deberían ponerse las pilas y comportarse de una vez.

Remy no tenía muchas ganas de hacerle la pregunta a Lauren delante de su marido. Por suerte, Lauren la vio y, con una intuición asombrosa, le pidió a Tom que subiera a la casa y trajera algo de beber. Tom la besó mientras se levantaba y le pellizcó el trasero, y Remy vio en aquel gesto típico del amor relajado que no podía imaginar volver a tener.

—¿Puedes traerme la ropa de Adam? —soltó con brusquedad—. ¿Y calzado? ¿Por favor?

—Por supuesto —contestó Lauren. Sin preguntar nada, corrió escaleras arriba.

Volvió al cabo de unos minutos con una bolsa.

—Calzado, pantalones cortos, camisa —enumeró de manera concisa—. Si se queja de que no combinan, dile que no soy su asesora de moda. —Luego agregó con voz más suave—: Adam es el bueno muchas más veces, ¿sabes?

—Lo sé.

Remy subió la bolsa a su casa y esperó en la terraza unos minutos antes de que Adam apareciera.

—Ropa —precisó y la extendió hacia él—. Allí hay una ducha. —Señaló un lateral de la casa—. Te espero en frente cuando termines.

CAPÍTULO 19

Dentro, Remy se duchó con rapidez y se puso un mono de Tina Leser de un solo hombro y de un bonito tono verde azulado, se ciñó un cinturón color bronce alrededor de la cintura y se colocó un par de brazaletes dorados en los brazos. Cuando se miró en el espejo para peinarse, advirtió que se veía diferente de la Remy de dos semanas antes: la piel bronceada, el cabello más rubio que nunca, los ojos que reflejaban el azul del mono, el rostro menos tirante.

Todo había cambiado. Excepto Ebony y Toby. Su hija y su marido habían quedado congelados para siempre en ese fatídico día dos años atrás, sonriendo, tal vez, mientras Ebony contaba lo que había hecho en la escuela y Toby le preguntaba, como siempre; "¿Qué fue lo que más te gustó de todo?". Cuya respuesta debía ser: "Verte".

Otro momento ordinario cuyo valor solo era evidente ahora que la posibilidad de que volviera a suceder se había desvanecido.

"No lo hagas", se dijo a sí misma. "No recuerdes nada".

Se apartó del espejo y salió al encuentro de Adam antes de que los recuerdos la arrastraran de nuevo a la cama.

—¿A dónde vamos? —preguntó él.

—A Èze.

En el coche, subió el volumen de la radio y las canciones

francesas los envolvieron mientras atravesaban el caos que era Saint-Jean-Cap-Ferrat en verano. Luego se dirigieron al interior, alejándose de la costa, antes de conducir hacia el este, en dirección a Mónaco. Por fin, el coche empezó a ascender hasta que pudieron ver el pueblo a lo lejos, encaramado en lo alto de una colina.

Adam habló por fin, con una nota de interés en la voz.

—¿Ahí es donde vamos?

—Ajá.

Por algún milagro, llegaron al aparcamiento en el momento en que un coche se marchaba y aprovecharon el lugar.

—Arriba es solo para peatones —explicó Remy—. Y debe de estar lleno de gente. Pero es impresionante. Vale la pena.

Subieron la colina. Lo único que se veía en lo alto de la roca escarpada era la iglesia que se alzaba sobre ellos. La cara del acantilado estaba salpicada de persianas que ocultaban ventanas que vivían como trogloditas en las paredes. Entonces llegaron al *poterne*, el arco que atravesaba las fortificaciones medievales, y lo cruzaron.

De repente, se encontraron en la Francia de los cuentos de hadas, rodeados de persianas azules, muros cubiertos de hiedra, puertas que se escondían como secretos en lugares inesperados, jazmines y buganvillas que se extendían con exuberancia por todas partes, calles empedradas y angostas: todo era pequeño y secreto y atraía a los exploradores hacia callejuelas sin salida y callejones que podrían llevarte a algún lugar mágico.

Adam observaba con asombro los pasadizos laberínticos, las persianas con trampantojos y los dinteles que intentaban sorprender a los ingeniosos, y ella supo que se había olvidado de todo lo que había ocurrido en la playa esa mañana.

—Cuando vine a Francia después del funeral —relató

ella—, solía salir en coche todos los días, sin rumbo fijo. Seguía las señales a cualquier lado. Un día, vine aquí, me detuve en este mismo lugar y decidí al azar si iría hacia la derecha, hacia la izquierda o continuaría de frente, y luego, cada vez que llegaba a una bifurcación o al final de una calle, hacía lo mismo: elegía una dirección antes de poder ver adónde me llevaría.

—A la derecha. Por esas escaleras —declaró Adam con decisión.

Remy sonrió y él casi lo hizo también.

Cuando llegaron al final de las escaleras, Remy optó por girar de nuevo a la derecha y se toparon con la imponente nave de la Église Notre-Dame-de-l'Assomption. El interior era fresco y reinaba el silencio. Estaban solos. Remy casi pudo ver cómo se aflojaba la mandíbula de Adam; el Adam que había empezado a conocer cuando estaban los dos solos y se iban reencontrando a sí mismos sin prisa alguna.

Caminaron por el pasillo hacia los pilares de mármol gris azulado cerca del altar. Una araña de luces brillaba como una gema sobre ellos. Cuadros y crucifijos y objetos diseñados para procurar consuelo colgaban de las paredes, pero el único consuelo que cualquiera de los dos necesitaba en ese momento, pensó Remy, era el de la soledad... juntos.

Mientras Adam contemplaba —quizá sin ver, quizá viendo algo totalmente distinto— la abundancia de arte que aguardaba sin pompa ni placas explicativas para dar al espectador lo que fuera que necesitara, Remy se volvió hacia una de las capillas laterales y encendió una vela. Dudó, sabiendo que debía encender otra para Toby. Toby, que conducía a toda velocidad.

Su mente fue directa al punto de partida habitual, un punto en el que la culpa y la ira le permitían olvidar la tristeza. Dolía menos estar enfadada que triste. Pero, de pronto y por primera vez, se sintió muy triste por haber dejado que la ira estropeara sus recuerdos de Toby. El accidente había sido solo eso, un accidente; no había sido culpa de él. Toby era el que siempre se había asegurado de que Ebony estuviera bien sujeta en el coche; siempre daba un tirón extra a la hebilla, solo para quedarse tranquilo. A Remy le encantaba la forma en la que él hacía eso —aunque nunca se lo había dicho—, la forma en la que ese pequeño gesto demostraba lo mucho que se preocupaba por su hija. Así que encendió una segunda vela. Cuando la puso junto a la de Ebony, sintió que se le saltaban las lágrimas, pero esta vez no se odió por eso. Esa tarde, en Èze, estaba permitido estar triste.

—¿Estás bien? —preguntó Adam, que se había acercado a ella.

—Sí —respondió—. He estado triste por Ebony, pero mezclada con esa tristeza, también he sentido mucha ira hacia Toby, mi marido. Mucha ira —repitió, observando cómo el resplandor de la vela difuminaba todo lo que había detrás—. Creo que acabo de liberarme un poco de ella. Así que no sé si el día de hoy te ayudará —agregó y le sonrió—, pero al menos a mí me ha ayudado.

—A mí también. No recuerdo la última vez que estuve en una iglesia, supongo que tenía demasiado miedo de que me cerraran las puertas si me veían llegar, pero esta sensación de... No sé. —Buscó la palabra—. Paz. Tal vez la ponen dentro del sahumerio.

Remy se rio y se enjugó los ojos.

—"Paz" es la palabra perfecta —convino—. ¿Listos para enfrentarnos a un exterior menos pacífico?

Se perdieron entre la multitud de fuera, pero sin sentirse asfixiados sino más bien ligeros, como si la brisa acarreara alegría y quisiera esparcirla.

—Sé que esto no te sorprenderá —comentó Adam— Pero estoy muerto de hambre.

—Hay algunos restaurantes italianos en el centro del

pueblo. Vayamos allí y después buscaremos el camino de salida.

Encontraron una mesa en el borde de una terraza, a la sombra de una buganvilla, y pidieron pasta y vino. No hablaron de nada, en realidad, hasta que la conversación retrocedió a la casa de Remy y a los jardines por los que Adam había paseado esa mañana.

—Son una cosa increíble —exclamó—. Hay un jardín japonés, otro lleno de esculturas y unas rosas impresionantes...

—Lo sé —respondió Remy—. Yo tampoco podía creerlo la primera vez que conocí la casa. Al parecer, las fuentes en los estanques bailan al ritmo de la música, o eso me contó uno de los jardineros. Por suerte, la casa venía con jardineros; creo que una especie de fondo fiduciario les paga el salario.

—Dime que me meta en mis asuntos, pero ¿sabes algo sobre tus padres biológicos?

Remy bebió un sorbo de vino.

—Poco —admitió con vacilación, insegura de cuánto quería oír él realmente—. Me dieron en adopción enseguida después de nacer, porque mis padres habían muerto. A mi madre adoptiva le dieron algo de información sobre ellos. Al parecer, mi padre era alemán y mi madre inglesa.

Se detuvo.

—¿Y? —la urgió Adam.

—Bueno, ambos eran científicos brillantes, un talento que está claro que se saltó una generación —bromeó con ironía—. Se conocieron en una conferencia en Polonia. Mi padre era de Alemania del Este y por lo general no se le permitía viajar, pero le habían dado un permiso especial para ir a la conferencia. Al cabo de una semana, se había enamorado de mi madre y ella lo siguió a Alemania Oriental.

—¿Detrás del Muro de Berlín? —inquirió él, con suma atención.

—Detrás del Muro de Berlín —asintió Remy.

—Guau.

—Siempre me he preguntado por qué lo hizo —agregó ella mientras movía el tenedor por la pasta con aire distraído.

—Supongo que si él era de Alemania del Este y estaban enamorados, no tenía otra opción. Si no lo seguía, no volvería a verlo.

—A veces me pregunto si su amor valió la pena, en vista de todo lo que sucedió después —reflexionó Remy—. A mi madre adoptiva le contaron que, cuando mis padres biológicos estaban en la conferencia en Polonia, mi padre le dio a mi madre un artículo científico que había escrito. Ella se lo pasó a unos colegas en Londres y se publicó. A los científicos de Alemania Oriental no se les permitía publicar en revistas occidentales y eso lo convirtió en un traidor. La Stasi lo vigiló durante un tiempo y trató de obligarlo a que se afiliara al Partido Comunista, cosa que él no quiso hacer. Le restringieron el trabajo y le prohibieron trabajar a mi madre. Así que decidieron escapar.

—¿Intentaron escapar de Berlín Oriental? —Adam estaba tan absorto en la historia que había dejado de comer—. Debían de estar desesperados si pensaron que intentar cruzar el muro era la mejor opción.

Remy asintió.

—Tenían un amigo en Berlín-Mitte, en una zona donde los apartamentos lindaban con el muro. Salieron por una ventana y bajaron por una cuerda, y se llevaron con ellos la escritura de la casa de Cap-Ferrat, mi cuadro y algo de ropa. Pero los guardias los vieron. A mi padre le dispararon en la franja de la muerte. A mi madre, que estaba embarazada de mí, también le dispararon, pero no murió. Consiguió llegar a Alemania Occidental y a la embajada británica. Luego viajó de regreso a Inglaterra. Pero seguía débil por la infección y la pérdida de sangre de cuando yo decidí que quería nacer antes de tiempo. Y murió también.

—Dios mío, Remy —musitó Adam, mirándola con fijeza.

—Los padres de mi madre biológica eran ancianos y estaban enfermos y no podían cuidar de un recién nacido, así que me dieron en adopción en Inglaterra —continuó, ignorando la empatía que Adam le había ofrecido—. Un año después, mis padres adoptivos se mudaron a Australia en busca de un lugar mejor donde criar a una niña. Así que ya sabes de dónde viene mi cabello rubio y mis ojos azules. Soy el ciudadano ario modelo.

Dejó el tenedor. Sentía que Adam quería decir algo.

—Una amiga de Lauren trabaja en el Louvre —mencionó por fin—. Ayer la llamé para preguntarle por ese cuadro que tienes y que figura en el *Catálogo Göring*. Dijo que deberías hacerle una visita.

Remy levantó la vista y frunció el ceño.

—¿Por qué habría de hacerlo?

—¿No quieres saber más? —inquirió Adam—. Tienes una casa increíble que te ha regalado una persona anónima, con jardineros y mantenimiento pagados. Una casa que te ha estado esperando, literalmente, toda la vida. Y tienes un cuadro. La amiga de Lauren dijo que los cuadros del catálogo eran piezas muy valiosas, casi todos robados a acaudalados coleccionistas privados en París durante la guerra. Tú tienes hojas de papel en blanco cuando la mayoría de las personas tiene una historia, y necesitas, no sé, convertirlas en algo antes de que el papel se haga demasiado viejo y no quede nadie que pueda decirte lo que debería estar ahí. A veces no soporto estar en la misma habitación que mi familia, pero sé quiénes son y conozco todas sus historias, y son mis historias también; así es como me convertí en mí mismo. Todo lo que tú tienes es una figura posando sobre un fondo vacío.

—Algo que no vale la pena mirar —concluyó ella con brusquedad.

—No quise decir eso.

—En este momento, el pasado y el futuro son cosas que no puedo soportar. El presente ya es bastante duro de por sí. —Se puso de pie, abrió el bolso y arrojó unos euros sobre la mesa—. Nos vemos fuera.

Se dirigió al baño y se miró en el espejo. La mujer sin historia, porque ¿quién querría una historia como la suya?

"Contrólate, Remy". Había traído a Adam aquí para alejarlo de todo, no para ser grosera y ahondar en su propio pasado problemático.

Abandonó el refugio del baño y encontró a Adam fuera, apoyado contra la pared, con las manos en los bolsillos y el ceño fruncido.

—Pensé que saldrías corriendo —admitió—. Me metí donde no debía y, como dijo Lauren, odio que se metan conmigo. Lo siento.

—No pasa nada —lo tranquilizó Remy—. Y deja de fruncir el ceño. Si te devuelvo a tu familia con ese aspecto, pensarán que te llevé a la desalmada Saint-Tropez en vez de a la hermosa Èze. Caminemos hasta que podamos sonreír.

Ambos empezaron a reírse.

—Ahora vamos a ir hacia la derecha —indicó ella, con una mueca.

Caminaron amigablemente juntos calle tras calle y se turnaron para elegir la dirección: a veces daban vueltas sin rumbo y otras descubrían calles tan encantadoras que Adam sacaba su cámara y tomaba fotos de Remy junto al excesivo pintoresquismo.

—Lauren y mamá se van a poner muy celosas cuando vean estas fotos —aseguró, después de que descendieron hasta el Château de la Chèvre d'Or.

—Las traeré otro día —contestó Remy.

—Eso huele a futuro —precisó él con una sonrisa torcida.

Ella no pudo evitar devolverle la sonrisa.

—Me has pillado —admitió—. Recuérdame que no lo vuelva a hacer.

—No. No te lo prometo. Aunque tenga que volver a casa caminando.

—¿Caminando? Llamarías un Uber en cuanto yo me fuera.

—Por supuesto. No le tengo tanto miedo al futuro como para no prever las ampollas que se me harían en los pies. ¿Ves? No siempre es malo pensar en el futuro.

Doblaron otra esquina y se toparon con la vista que había dejado sin aliento a Remy la primera vez que había visitado la ciudad: el paseo marítimo frente al castillo que miraba hacia el Mediterráneo.

—Tomemos algo —sugirió Adam en dirección a la terraza llena de gente en la que había un par de sillas libres.

Pidieron champán y hablaron de fotografía y del negocio de Remy, tal como habían hecho en la terraza de ella la otra noche y, de vez en cuando, se sumían en un silencio satisfecho mientras las nubes atravesaban el sol en lo alto y mitigaban la luz, tiñendo todo de colores pastel.

Remy oyó el clic de la cámara y se dio cuenta de que Adam le había tomado otra foto mirando el mar. Alargó la mano para coger la cámara y recorrió las imágenes de aquella tarde: una de ella riendo mientras fingía abrir una de las puertas de trampantojo; otra de espaldas mientras caminaba un poco por delante de Adam y otra de segundos después cuando se había vuelto para sonreírle; la que acababa de tomarle de perfil, con el atisbo de una sonrisa no solo en los labios, sino en todo el rostro. Remy contenta. Y se dio cuenta de que, en ese preciso momento, se sentía exactamente como se veía: a gusto. Levantó la vista hacia Adam, que la estaba observando. La comodidad cedió un poco y se convirtió en una extraña mezcla de gratitud y tristeza, que ella necesitó explicar porque ahora estaba frunciendo el ceño y Adam, preocupado, estaba haciendo lo mismo a modo de respuesta.

—En todas las fotos que me has tomado... —comenzó, titubeante—, me devuelves partes de mí misma que había perdido u olvidado... No sé. Y la mitad lógica de mi cerebro entiende que es un regalo; que tengo suerte de que alguien me muestre que soy más que el mero nudo de dolor que creía ser. Pero... —Bebió un champán, con la esperanza de que la ayudara a articular el resto—. Pero es un regalo que devolvería sin pensarlo dos veces, por Ebony. Han pasado muchas cosas nuevas en estos últimos quince días y siento que cada cosa nueva es como una moneda de cambio que no quiero aceptar en caso de que sea una moneda que pueda ofrecer a cambio de mi hija. Si la acepto, es como decir que no la quiero de vuelta...

Su voz se fue apagando, tragada por el bullicio de risas y conversaciones a su alrededor. Se quedó mirando el océano, un azul Cenicienta pálido que brillaba como promesas en las que no creía.

—Darías cualquier cosa, ¿verdad? —murmuró Adam, con los ojos también fijos en el agua, y ella supo que se refería a Molly—. Es como si, en comparación, todas las cosas valiosas del mundo perdieran valor porque ninguna es suficiente para darte lo que más quieres.

—Sí.

Pasó un minuto, luego dos, hasta que una carcajada sonora en la mesa de al lado devolvió a Remy al presente, al regalo de lo que tenía en ese momento: alguien que la escuchaba y que tal vez incluso la comprendía.

—¿Sabes qué? —agregó, en un esfuerzo por aligerar el ambiente que ella misma había enrarecido—, para ser un imbécil, eres una persona muy profunda.

Esta vez, la carcajada brotó de los dos. En el proceso, Remy echó la cabeza hacia atrás y dejó que la luz del sol le diera en la cara. Se volvió hacia Adam y le sonrió, y algo visceral pasó entre ellos, como la tibieza persistente del sol del atardecer.

Adam maldijo.

—¿Qué pasa? —preguntó ella con recelo.

—Tengo que decirte algo. Aunque creo te vas a enfadar. —Terminó su champán y la miró con sus ojos de un azul arcano e insondable, tan parecidos al océano—. Dije que no sabía por qué te había besado. En realidad, sí lo sé. Te besé porque me divierto contigo. Me gusta pasar tiempo contigo y trabajar contigo. Y también porque... —Dudó—. Porque creo que eres una mujer preciosa e increíblemente sexy. No hay ninguna posibilidad de que no vaya a soñar con la forma en la que te veías esta mañana: con tu espalda, tu piel.

Estranguló el tallo de su copa de champán con la mano.

—Necesitaba decírtelo. Si no lo hacía, estaría mintiendo por omisión. No voy a hacer nada al respecto. Tengo auto-control más que suficiente para salir contigo y no volver a besarte nunca. A no ser que tú quisieras, claro —se corrigió y volvió a maldecir—. Sé que no quieres. No ahora, quizá nunca... —Suspiró—. Me voy a callar.

Remy recordó que esa mañana en la playa, su mente había considerado con seriedad la posibilidad de deslizar un dedo por el hueso de la cadera de Adam. Y mientras él hablaba hacía unos minutos, ella no había podido evitar imaginarse una versión diferente de esa mañana: Adam que se acercaba por detrás en la playa y ella que giraba hacia él. La forma en la que la miraría...

Se estremeció y supo que hasta ahí debía llegar todo. Pero también que no podía enfadarse con él por lo que había dicho.

—Está todo bien —le aseguró y se dio cuenta de que no podía mirarlo mientras hablaba—. ¿Cómo me voy a enfadar porque alguien que se pasa la vida trabajando con modelos semidesnudas me diga que soy preciosa? —Se ruborizó hasta ponerse escarlata.

—Lo eres, Remy —susurró él—. ¿Y sabes qué? Cuando pasas tanto tiempo como yo mirando mujeres aparentemente hermosas en varios estados de desnudez, te vuelves casi inmune al cuerpo femenino desnudo. Te das cuenta de que lo importante es a quién pertenece el cuerpo, no el cuerpo en sí.

Fue el turno de ella de moverse con incomodidad.

—A mí también me gusta pasar tiempo contigo —reconoció, y se atrevió a mirarlo—. Pero tienes razón. Besar, incluso coger a alguien de la mano son intimidades que no puedo afrontar. No sé cuándo podré hacerlo. Así que entenderé si decides no volver a visitarme.

—Aunque no existiera el incentivo de escapar de mi familia, seguiría queriendo visitarte. —Le sonrió con gentileza, pero también porque no podía evitarlo, porque Adam era así, carismático y definitivamente sexy. Y frente a esa sonrisa, Remy sintió algo y supo lo que era: esa necesidad primaria, corporal y apremiante de rozar sus labios con los de otro, de sentir otra boca abrirse a la suya, de amoldar su cuerpo a otro cuerpo, de articular la necesidad sin palabras.

En vez de eso, se terminó su champán.

—Deberíamos volver. Tu madre debe estar preguntándose qué te ha pasado.

***

Una vez en el coche y sin la distracción del champán, las preguntas previas de Adam sobre el cuadro de Remy y su casa —"¿No quieres saber más?"— se posaron con incomodidad sobre sus hombros como una estola de piel en verano. Cada vez que le confiaba a Adam algo que la agobiaba, el peso se descomprimía un poco. De modo que soltó sin rodeos:

—¿Y si descubro algo sobre el cuadro o la casa y es malo? Siento que he llegado a mi límite de cosas malas. Que la locura me está acechando de cerca y que, antes de sucumbir a ella, preferiría construir mi torre en Cap-Ferrat, esconderme allí y dejar entrar solo las cosas buenas. —Sacudió la cabeza—. Ahora sí que sueno como una loca.

Alargó la mano para encender la radio, con la intención de terminar la conversación que había pretendido presentar de forma más racional. Adam la apagó.

—Si yo quisiera construirme una torre, Cap-Ferrat sería el lugar adecuado. —Le sonrió.

Remy no pudo evitar devolverle la sonrisa.

—¿Por qué no estás saltando fuera del coche y huyendo de toda mi locura?

—Porque estás conduciendo tan rápido que me rompería las piernas.

Siempre la hacía reír, y ahora se rio. Adam apoyó un codo en el borde de la ventanilla abierta que dejaba entrar el olor del mar y el verano.

—No va a desaparecer porque lo ignores —prosiguió—. Solo será otro tipo de cosa mala que te enloquecerá: no sabrás, pero te preocuparás de todos modos.

—Es cierto —admitió ella—. Háblame de la amiga de Lauren del Louvre. Tengo que ir a París en algún momento. Cuando estoy en Francia, voy siempre al mercadillo y agosto es una buena época porque está todo más tranquilo. Podría visitarla cuando esté allí.

—¿Te...? —Hizo una pausa y Remy percibió algo en su voz: una vacilación que le dio ganas de apretarle la mano—. Podría ir contigo, si quisieras compañía —concluyó—. No tengo ni idea de lo que encontrarás en el Louvre, pero si necesitas un amigo, puedo acompañarte.

Remy dio el salto más grande que había dado en casi dos años.

—¿Qué narices le diríamos a tu familia?

—¿Que vamos a pasar un fin de semana de libertinaje en París? —sugirió él con ironía—. De mí lo creerían, seguro.

Remy sonrió.

—Tu madre y Lauren no. ¿Y si vamos todos? Toda tu familia.

—Ni de coña.

Ella se rio.

—Por Dios, dime lo que sientes de verdad.

—No pienso recorrer París en tropel con mi familia.

—Si le digo a Lauren que me voy de compras al mercadillo, no habrá forma de que no quiera venir.

Adam negó con la cabeza y le sonrió, una sonrisa genuina que dejaba traslucir todo sobre él: el dolor y la ira por Molly, el artista que trataba de olvidar el arte, el hombre seguro de sí mismo que elegía ser porque era más simple que ser cualquier otra cosa, la vasta complejidad que era Adam.

—De acuerdo —aceptó—. Hagámoslo. La expedición de los Henry-Jones a París. No veo la hora.

CAPÍTULO 20

El Marché aux Puces de Saint-Ouen era enorme, una colección de quince mercadillos diferentes, cada uno con su propia personalidad y tesoros, que requerían un mapa o un guía o un sentido de la aventura inagotable para quienes los visitaban por primera vez. Incluso Adam estaba impresionado.

—Empezaremos por el Marché Paul Bert Serpette —declaró Remy con decisión—. Es caro, pero tiene algo para todos los gustos. Más tarde podremos buscar gangas en otros mercadillos.

Antoinette y los Henry-Jones siguieron a Remy por rue des Rosiers hasta el *marché couvert* y ella observó con una sonrisa cómo todos se quedaban boquiabiertos contemplando la cornucopia de rarezas: armaduras, arañas de luces, repisas de mármol, animales disecados de verdad, diamantes fascinantes y hasta una escalera a la venta.

—Tengo que admitir que pensé que esto sería una lata, pero es… —Adam se detuvo frente a una galería de arte y fotografía—. Increíble. Mira —le señaló—. Es una de las fotos de Dahl-Wolfe que usamos. Y —continuó y miró más de cerca—, está numerada y firmada. Es auténtica. —Y allí, en la pared, estaba la imagen de la mujer que esperaba a alguien frente a una chimenea. Adam sacó su cartera y la compró.

Durante las horas siguientes, todos se divirtieron muchísimo. Incluso Matt parecía bastante afable y no dijo nada cuando Adam le tomó una foto a Molly con la boca abierta de asombro mientras acariciaba un león disecado en uno de los puestos. Tampoco dijo nada cuando Adam tomó a Molly de la mano para llevarla a ver una cámara de daguerrotipos, y la levantó en brazos para poder explicarle cómo funcionaba.

Mientras los observaba, Remy sintió el conocido corsé de emociones que le estrujaba el pecho, pero esta vez, no podría haber dicho con seguridad si era por añorar lo que había perdido o por el dolor de ver lo que otra persona quería pero nunca tendría. Antoinette enlazó su brazo con el de ella y, tal como había hecho en la playa hacía unos días, le susurró:

—Mírate. De nuevo pensando en otra persona.

Remy esbozó una media sonrisa. Al parecer, el dolor no se limitaba a querer lo que nunca podría recuperarse; también provenía de momentos fugaces de belleza, momentos que una persona daría cualquier cosa por preservar no para sí misma, sino para otro. Remy sacó su móvil y fotografió a Molly en brazos de Adam, la mano de él señalando algo, la niña inclinándose hacia delante para ver mejor, con una mano confiada sobre el hombro de Adam.

Luego se dirigieron a Chez Sarah, en el Marché Jules Vallès, donde Lauren se gastó un dineral en un hermoso vestido de Chanel y, por último, al Marché Vernaison.

—Creo que esta es nuestra oportunidad de desaparecer —susurró Remy a Adam mientras Alistair se volvía para mirar unos mapas antiguos, tomado de la mano de Judy, quien escuchaba a su marido no porque le importara demasiado, sino como si supiera que a él sí le importaba. Antoinette y Molly escudriñaban joyas caras con ojos desorbitados mientras Matt se reía de ellas con buen humor y Lauren le susurraba embelesada a su marido.

—Creo que tienes razón —coincidió Adam: su familia se veía feliz.

Se desplazaron por entre la multitud, que ahora era densa. En un momento dado, Adam apoyó una mano en la espalda de Remy para apartarla del camino de un turista cargado de bolsas y ella se relajó y se dejó guiar casi por instinto. Pero entonces su mente pensante le gritó: "¿Cómo te atreves, Remy?", así que no reaccionó al contacto y la sensación desapareció enseguida.

Una hora más tarde, llegaron al Louvre, donde los recibió Chloe, la amiga de Lauren, una pelirroja alta y elegante.

—Tu cuadro es un poco un misterio —comentó Chloe a Remy, y los condujo a una de las galerías donde, cosa increíble, había un cuadro muy parecido al de Remy en la pared más lejana. A diferencia del suyo, que no tenía cielo ni luna, solo la misma pareja, este mostraba una pareja abrazada enmarcada por una ventana, bajo un cielo nocturno de un azul oceánico y la luna como un círculo blanco.

—Vaya —exclamó Remy—. Hay otro igual al mío.

—Sí. Este está firmado; el pintor se llamaba Luc Dufort —prosiguió Chloe—. Fue una especie de héroe de la Resistencia y por eso el cuadro se volvió muy popular. Siempre nos hemos preguntado qué pasó con el otro, el que figuraba como *Le Traître*, en el *Catálogo Göring*, que, basándonos en las similitudes, suponemos que también lo pintó Luc Dufort. No puedo creer que haya estado en tu habitación todos estos años.

—¿Un héroe? —preguntó Remy, intrigada.

—Se dedicó a salvar cuadros robados durante la guerra —continuó Chloe—. Hermann Göring utilizaba un museo no muy lejos de aquí como depósito de las obras de arte que sus compinches alemanes robaban para él y para Adolf Hitler. Luc Dufort trabajaba con una francesa llamada Rose Valland que espiaba a los alemanes.

—Hasta que vi el *Catálogo Göring*, no tenía ni idea de que se hubieran robado tantas obras de arte —admitió Remy.

—La mayoría de la gente no conoce esa parte de la guerra. —Chloe se pasó una mano por el cabello y le sonrió, como para asegurarle que su falta de conocimiento no significaba que fuera una ignorante—. Pero la parte de la historia de Luc Dufort que siempre ha captado la atención de todo el mundo y le ha dado cierta fama a este cuadro es el relato de lo que ocurrió en 1944, poco antes de la liberación de París.

Remy y Adam se inclinaron como niños ansiosos por escuchar lo que venía a continuación.

—Los nazis llenaron un tren entero con obras de arte que sacaron del museo. La Resistencia se enteró y ayudó a detener el tren y conservar las obras en Francia. Luc Dufort estaba en el tren. Al parecer, levantó este cuadro para protegerse de una bala alemana. Algunos dicen que la bala pegó en la pintura, pero, como podéis ver, la pintura está intacta. Como sea, Luc Dufort murió a causa de esa bala. Murió por el arte —sentenció Chloe con cierta reverencia—. ¿Os imagináis a alguien haciendo eso hoy en día?

—Mi cuadro —comenzó Remy con lentitud— tiene un agujero extraño en la esquina superior derecha. Nunca supe de qué era…

—Estás bromeando. —Los ojos de Chloe parecían dos lunas, clavados sin pestañear en Remy.

—Supongo que podría ser un agujero de bala. ¿Crees que eso significa que mi cuadro es… el de la historia que acabas de contar? —La voz de Remy se redujo a un susurro ante lo absurdo de lo que estaba diciendo.

—No lo sé —respondió Chloe emocionada—. Quizá. ¿Sabes si tiene algo detrás? Como esto. —Se puso los guantes, apagó un dispositivo de seguridad y retiró el cuadro de la pared.

En el reverso del lienzo, había un sello de una esvástica en una esquina. Remy se estremeció al recordar una marca difusa en el reverso de su cuadro que podría haber sido también una esvástica antes de que el tiempo la borrara hasta volverla irreconocible.

—Tiene unas marcas en la parte de atrás —contestó—. Letras o números, quizá. Le pediré a mi madre que tome una foto y me la envíe.

—Este también tiene letras —precisó Chloe, y señaló unas líneas de tinta negra descolorida en una esquina—. No sé por qué. Solía preguntarme si no serían códigos, como los que utilizaron durante la guerra para identificar a la auténtica *Mona Lisa*, pero este cuadro no estuvo en el Louvre durante la guerra.

Remy entrecerró los ojos para escudriñar las marcas, que parecían ser las letras "XL/ED".

—Me encantaría ver tus fotos cuando las tengas —agregó Chloe—. De hecho, me encantaría ver tu cuadro.

—Es una historia increíble —intervino Adam, y se acercó más al cuadro—. Y la obra también es increíble. Es como si uno estuviera viendo el amor de verdad; parece tan real…

—Como si el pintor hubiera atrapado un hada y te enseñara la botella para decirte: mira, es así. Y por fin crees en ella —terminó Chloe.

Adam se volvió hacia Chloe y Remy se dio cuenta de que Chloe parecía atraída por Adam, lo cual era comprensible dado su aspecto: estilo informal, pantalones cortos azul marino y una camiseta azul oscuro, un tatuaje seductor que asomaba por debajo de la manga, bronceado por todo el tiempo que había pasado al aire libre durante las dos últimas semanas y sin afeitar, de una forma que Antoinette había descrito esa misma mañana como "perfecto para la cama". Y Chloe era una parisina elegante y tal vez emocionalmente disponible. En ese instante, Remy tuvo la certeza de que Adam superaría pronto su interés en ella y experimentó una punzada de dolor ante la perspectiva de un futuro en el que no podría subirse a un coche con él e ir a dar una vuelta sabiendo que, pasara lo que pasara, el resultado sería que se sentiría mejor. Este era el motivo por el que no valía la pena pensar en el futuro; aquí estaba, sufriendo antes de que llegara. Ya tenía bastante por lo que sufrir en el presente.

—Mi cuadro te hace sentir lo mismo —interpuso ahora, y se acercó a Adam—. A veces me costaba mirarlo.

Apretó los labios. Era una eterna quejica. No podía limitarse a decir que le gustaba el cuadro y listo; tenía que encontrar algo malo, algún fallo, algún defecto. Su oficio era encontrar el lado oscuro de todo.

—El cuadro se llama *Les Amoureux*, los amantes, naturalmente —añadió Chloe con entusiasmo, un ejemplo viviente de buen humor.

—Según el *Catálogo Göring*, el cuadro de Remy se llama *El Traidor* —indicó Adam—. Un nombre un poco raro para un cuadro que parece muy íntimo.

—¿Quizá uno de los dos le era infiel al otro...? —sugirió Chloe—. Pero nadie pintaría un cuadro así de una persona a quien odia. Por la técnica, debería estar en el Museo de Orsay, ya que es de esa época. Pero el benefactor insistió mucho en que quedara aquí.

—¿Benefactor? —preguntó Remy.

—Una mujer nos donó la pintura hace muchos años. Se llamaba Elke König. Puede que sepa algo sobre tu cuadro. La llamaré y le preguntaré si puedo pasarte sus datos. Mientras tanto, tengo otras ideas. El mejor lugar para buscar información es Washington D. C. La mayoría de los documentos relacionados con la sección de Monumentos, Bellas Artes y Archivos de las Fuerzas Armadas Aliadas, que fue la organización encargada de encontrar y recuperar las obras de arte saqueadas al final de la guerra, se conservan en los Archivos Nacionales. Tienen las fichas de todos los cuadros —con el título y el artista correspondientes— que entraron en el museo Jeu de Paume durante la guerra.

Remy había dejado de escuchar después de las dos primeras frases. No quería decirlo delante de Chloe, pero era imposible no hacerlo. "König".

—El apellido de mi padre biológico —pronunció con voz entrecortada— era König.

Las cejas de Chloe se alzaron hacia el techo.

—Vaya, qué hermosa coincidencia. ¿Tenía una pariente llamada Elke König?

Remy no pensaba confesarle a Chloe que no podía preguntarle a su padre porque no lo conocía.

—No estoy segura…

—Bueno, hay una investigadora en Nueva York que estuvo aquí por una beca el año pasado —explicó Chloe—. Sabe mucho más que yo sobre el museo Jeu de Paume y Luc Dufort. Puedo darte sus datos y quizá puedas visitarla si vas a Washington. También me pondré en contacto con Elke König, si quieres.

¿Quería? Remy no lo sabía.

—Gracias. Has sido de gran ayuda —respondió.

—Lauren y yo fuimos juntas a la escuela, así que estoy encantada de poder ayudar a una amiga suya. De hecho, me alegro de que hayas llamado. —Chloe se volvió ahora hacia Adam—. Hacía siglos que no te veía. Deberíamos ponernos al día mientras estés aquí. Ir a tomar algo.

Remy quiso desaparecer. Entonces vio la expresión en la cara de Adam y sonrió. Sorpresa absoluta. No tenía ni idea de que Chloe lo había estado observando todo el tiempo. En ese momento, casi sintió pena por Chloe.

—Mmm, solo estaré aquí un par de días —contestó Adam—. Esta noche tengo una cena familiar. Y estoy ayudando a Remy con algunas cosas… —Sus ojos se cruzaron un instante con los de Remy y ella no pudo ocultar su sonrisa a tiempo, lo que hizo que Adam se sonrojara un poco.

Dejaron a una Chloe un tanto decepcionada, una mujer lo bastante afable para que no le importara la respuesta evasiva de Adam. Mientras atravesaban las galerías hacia la salida, Adam miró de reojo a Remy.

—No lo hagas —le advirtió.

Remy estalló en carcajadas.

—¡Nunca he oído una excusa peor! "Estoy ayudando a Remy con unas cosas" —repitió, imitando el tono ambiguo de él—. Pensé que eras más experto en rechazar propuestas. ¿O estás tan acostumbrado a aceptarlas que has olvidado cómo hacerlo? —bromeó.

—Dada la frecuencia con la que mis últimas propuestas a cierta mujer han sido rechazadas, diría que he tenido bastante práctica —replicó él, burlándose ahora de ella—. Y por lo menos no le dije que era repugnante.

Aunque sabía que él estaba intentando restarle importancia a la situación, Remy sintió que se ruborizaba.

—No eres repugnante —susurró—. En absoluto. Yo soy la loca a la que le repugnan los besos. No quiero que pienses que tiene algo que ver contigo.

—Ey. —Adam se detuvo en medio de la Cour Napoleón, obligando a la multitud a que los esquivara—. Lo entiendo. De hecho —agregó, y se metió las manos en los bolsillos—, a riesgo de parecer un imbécil otra vez, yo fui el loco que odió a los niños durante mucho tiempo después de que Matt me dijo que me alejara de Molly. ¿Qué clase de persona odia a los niños? No podía mirarlos, ni siquiera salía a correr de día por Central Park para no verlos jugando.

—No era odio lo que sentías —lo corrigió ella en voz baja. Lo había visto con Molly y estaba claro que la quería. Lo que él había sentido, ella lo sabía, era miedo.

Lo que también significaba —su hilo de pensamiento continuó hacia algo parecido a la autoconciencia— que tal vez no era repugnancia lo que sentía ante la idea de besar a Adam. Cortó el pensamiento allí mismo.

—Tal vez no —concedió él con un suspiro.

De camino al hotel, Remy dio vueltas al hecho de que tenía un cuadro que era muy posible que hubiera sido robado por los nazis, un cuadro muy importante para sus padres —¿para los dos? ¿O solo para uno de ellos?— que habían decidido llevarlo con ellos cuando intentaron escapar de Alemania Oriental y habían dejado instrucciones específicas para que la pintura quedara con su bebé.

Remy había visto esa carta, escrita de puño y letra por su madre biológica desde la cama del hospital, mientras agonizaba. Y luego estaba la carta que su madre adoptiva le había enseñado hacía casi dos años, en la que se le concedía a Remy la propiedad de *la casa de la Riviera*. Estaba escrita con otra letra: la de su padre biológico, de apellido König. ¿Era hermano de Elke König? ¿Padre? ¿Hijo?

—Washington —reflexionó en voz alta cuando se acercaban al hotel—. No tiene ningún sentido ir a Washington.

Pero ahora que había iniciado esta extraña búsqueda, ¿podía renunciar a ella, así como así? Sobre todo cuando un hombre, el Luc Dufort que había mencionado Chloe, había dado la vida por obras de arte como la que ella tenía colgada en la pared de su dormitorio en su casa de Sidney.

—Puedo acompañarte a Washington si quieres —se ofreció Adam cuando el ascensor se detuvo y se marchó antes de que Remy pudiera pensar qué decir.

***

Antoinette se abalanzó sobre Remy en cuanto entró en la habitación.

—¿Dónde os habéis metido? —inquirió con una sonrisa.

—Fuimos al Louvre —contestó Remy. Se sentó en la cama y se quitó los zapatos.

—¿Al Louvre? —repitió Antoinette con incredulidad—. ¿Te pasaste toda la tarde con Adam mirando cuadros viejos con olor a humedad?

—Sí.

Antoinette se dejó caer en la cama.

—Parece que le interesas. No puede parar de mirarte.

—Sé que le intereso —reconoció Remy con tono brusco.

Antoinette se incorporó, boquiabierta.

—¿Lo sabes? ¿Cómo? No creo que nada, salvo lo absolutamente obvio, te habría hecho ver eso.

Remy se levantó y abrió la puerta del baño.

—Necesito darme una ducha. De lo contrario, llegaremos tarde.

Antoinette no se dejó disuadir. Siguió a Remy al baño, se sentó en el borde de la bañera y esperó expectante. Remy protestó, dejó caer la ropa al suelo, entró en la ducha, abrió el grifo y le dio la espalda a su amiga.

—Me besó —dijo—. En realidad, nos besamos los dos. Yo lo detuve. Me dijo que cree que... —Se llevó las manos a los oídos: sabía que Antoinette estaba a punto de soltar un alarido—. Me dijo que cree que soy preciosa.

Cubrirse los oídos no sirvió de nada ante el chillido de Antoinette.

—¡¿Qué?!

Remy dio un respingo.

—Nada de eso importa, ¿de acuerdo? —Se volvió por fin hacia su amiga, sin dejar de restregarse con el jabón.

—¿No te gusta?

—No es eso.

Antoinette se puso de pie, se llevó las manos a las caderas y la miró fijamente.

—Entonces no debería haber ningún obstáculo. Convertirte en monja no cambiará nada. Ebony y Toby seguirán muertos. Va a hacer dos años. Ya es hora, de verdad.

Remy soltó el jabón; no estaba segura de poder soportar el amor duro y muy brutal de Antoinette.

—¿De verdad crees —continuó Antoinette— que ellos querrían que pasaras el resto de tu vida sola, sin amor e infeliz? ¿Eso querrías para ellos, si hubieras muerto tú? ¿Que Ebony te erigiera un mausoleo en su mente y te venerara, y nunca conociera el amor? ¿Eso querrías para Toby?

"Si hubieras muerto tú". Ese era el problema. Lo mucho que Remy deseaba que hubiera sido ella y no ellos. Cuánto más fácil habría sido morir y no sentir siempre esta pérdida, este vacío, esta tristeza. Pero si hubiera muerto ella, su marido y su hija habrían sentido lo mismo, ¿cómo podía desear que ellos sufrieran este dolor en lugar de ella?

—No querría eso... —admitió con voz temblorosa— Pero..., pero... —Se volvió hacia su amiga entre lágrimas y agua—. ¿Y si me enamoro de Adam, que creo que podría, y le pasa algo? —Y ahí estaba, el mismo miedo punzante y terrible que había sentido la noche que él la había besado—. No podría volver a pasar por esto. No podría.

El rostro de Antoinette se transformó en una ternura exquisita de la que solo eran capaces los amigos más antiguos y queridos.

—Ven aquí, tontita.

Extendió una toalla y Remy salió de la ducha y se dejó envolver en la toalla, y luego en los brazos de su amiga, y lloró quizá por millonésima vez desde que todo había ocurrido. Pero ahora era diferente, como si estuviera dejando ir algo, como si la culpa y un poco del miedo se hubieran aplacado.

***

Habían quedado con los Henry-Jones en el Café Marly, un lugar que tanto ella como Adam y Antoinette conocían de las fiestas de la moda. Ubicado debajo de los arcos de piedra abovedados del exterior del ala Richelieu del Louvre, era un espacio largo y estrecho, difícil de encontrar, con la vista más increíble de la Pirámide del Louvre. Remy y Antoinette habían decidido vestirse para hacer justicia al imponente edificio, cuya *terrace* estaba cubierta por techos esculpidos impresionantes, una obra de arte en sí mismos, y sostenidos por inmensos pilares de piedra antigua de color marfil.

Antoinette optó por un vestido deslumbrante de crepé de seda carmesí de los años cuarenta que, de frente, parecía recatado. Sin embargo, cuando se daba la vuelta, dejaba al descubierto la profunda V de la espalda y la combinación de inocencia y atrevimiento hacía que muchas cabezas se giraran en su dirección. Antoinette aceptaba las miradas con indiferencia, como si la atención fuera una nimiedad aburrida, y Remy sonreía; esa era la razón por la que su amiga seguiría felizmente soltera para siempre.

Remy había elegido un vestido de seda negra de los años treinta, con escote en pico y el tipo de costuras *decó* al bies que se adaptaban a las curvas del cuerpo. También tenía la espalda baja y un polizón con un falso drapeado adornado con flores de seda rojas y negras. Era el tipo de vestido que hacía sentir a cualquiera que podía ser una estrella, en el cielo más que en la tierra.

Cuando un camarero las condujo a la mesa de los Henry-Jones, lo primero que hizo Remy, de manera instintiva, fue buscar a Adam. Aún no había llegado. No fue hasta que sintió la decepción cuando se dio cuenta de lo que había hecho, pero la decepción fue momentánea: Lauren y Adam aparecieron justo detrás de ellas y Remy sintió que sus labios esbozaban una sonrisa. Antoinette estaba de lo más indulgente y se limitó a darle un codazo en las costillas.

Adam llevaba un traje azul marino y una camisa haciendo juego. Estaba tan apuesto que bien podía ser el modelo al otro lado de la cámara. Remy sintió que la recorría una ola intensa de lo que solo podía llamarse deseo.

Lauren se sentó en el cubículo junto a Antoinette y Adam se deslizó junto a Remy. El espacio era estrecho, ya que la intimidad era parte del ambiente del local, y la pierna de Adam se apretó contra la de Remy al sentarse, lo que no ayudó a amortiguar la sensación de calor.

—Lo siento —se disculpó y trató de apartarse.

—No pasa nada —aseguró ella, fingiendo despreocupación—. Si te sigues moviendo, acabarás en el suelo.

—Ahora que todos estáis aquí, podemos pedir la comida —sugirió Matt, mirando a Adam—. Molly tiene hambre.

Matt llamó al camarero, que empezó por Adam. Adam hizo su pedido en un francés tan perfecto que Molly saltó de su asiento, se sentó en su regazo y le susurró al oído lo que ella quería para que él pidiera su comida también en francés. Luego Molly trató de imitarlo de una forma tan entrañable que hasta el camarero se echó a reír.

En cuanto Adam hubo terminado, se volvió hacia Molly.

—Será mejor que vuelvas a tu lugar al lado de tu papá.

Molly sacudió la cabeza.

—Háblame más en francés —le pidió.

—*Tu es la plus belle fille dans la salle, à part de Remy.*

—Dijiste su nombre. —Molly señaló a Remy, que se estaba riendo.

—Así es —coincidió Remy.

—¿Qué dijo el tío Adam? —preguntó la niña.

—Que eres preciosa —afirmó Remy.

—Tú también —respondió Molly—. Quiero esto. —Tocó el collar de Remy, un colgante *art decó* de cristal tallado color negro azabache en una cadena larga que caía justo sobre su esternón.

—Para tener cinco años, tienes un gusto excelente —interpuso Adam—, pero no puedes quedarte con otro de los collares de Remy.

En lugar de hacer pucheros y protestar, la niña puso la cabeza en el hombro de Adam y permaneció así, contenta. Era evidente que el largo día de deambular por París la había cansado; además, eran las ocho y media de la noche, por lo que debía tener sueño. Adam levantó la mano y le acarició el cabello y Molly suspiró como un gatito. Los ojos de Adam y de Remy se encontraron por encima la cabeza de Molly y ella percibió en ellos muchas cosas dolorosas, pero también muchas cosas bonitas.

La expresión de Adam cambió de repente y Remy se dio cuenta de que Matt estaba observando. Y Judy estaba observando a Matt. Lauren charlaba con vivacidad sobre sus desventuras en el mercadillo, con la clara intención de que todos participaran y se olvidaran de por qué Adam parecía de golpe tan culpable, como si hubiera hecho algo malo, y todas las cosas bonitas hubieran desaparecido de sus ojos.

Por suerte, Matt no intervino.

—Será mejor que ahora vuelvas con tu papá —insistió Adam cuando llegó la comida, y Molly parpadeó, soñolienta, y regresó a su lugar. Durante la comida, todos conversaron y Remy sintió que se relajaba, y Adam también.

Casi al final, cuando el grupo empezó a hablar menos en general y más en particular con la persona que tenían al lado, Adam le dijo a Remy:

—Cuando llegué, parecía que habías estado llorando.

—Algo que hago con demasiada frecuencia —reconoció ella con pesar—. Pero estoy bien. Y creo que... —Bebió un sorbo de champán para armarse de valor—. Creo que iré a Washington.

—Te echaré de menos.

El bullicio y el ruido a su alrededor se apagaron. Solo

quedó Remy, sentada junto a Adam, tan cerca que podía ver cómo se oscurecía el azul de sus ojos, podía sentir el calor de su pierna contra la suya y, si tuviera el valor o fuera capaz de darse permiso, podía alargar la mano y tocar la de él, o incluso su mandíbula, deslizar el pulgar cerca de sus labios.

La Remy de hacía una semana se habría levantado de un salto y corrido al baño para escapar de sus pensamientos. La Remy de hoy permaneció donde estaba, con todos sus sentimientos encontrados en ese breve momento de intimidad.

Adam debió detectar el esfuerzo que había hecho para quedarse, porque se inclinó hacia ella.

—Gracias —le susurró en voz tan baja que nadie más pudo oírlo.

Frente a Remy, Antoinette estaba hablando con Matt:

—Me voy dentro de un par de días. Remy Terminó las fotos, dejaré de ser peluquera y maquilladora y volveré a ser directora de marketing…, aunque pasar unos días con Remy en una casa espectacular en la Riviera francesa no ha sido ningún sacrificio. ¿Estás segura de que no quieres hacer más fotos? —agregó, suplicante, hacia su amiga.

Remy sacudió la cabeza.

—No. Me voy a Washington. —Ahí se interrumpió. Pero en el momento exacto en que la música y la conversación en la mesa decrecieron, añadió—: Adam vendrá conmigo.

Se quedó paralizada, consciente de que acababa de invitar a Adam a Washington delante de toda su familia. Antoinette abrió mucho la boca, Lauren también. Los ojos de todos, Judy, Alistair, Matt, el esposo de Lauren, se volvieron hacia Remy y Adam.

La mano de Adam estaba apoyada en el asiento de la silla junto a Remy y ella deslizó la suya dentro de ella por debajo de la mesa, donde nadie pudiera verla.

Sintió que los dedos de él se apretaban sobre los suyos como diciendo: "Que se jodan. Es asunto nuestro".

CAPÍTULO 21

POR SUERTE, ADAM AÚN ERA CAPAZ DE HABLAR.

—Solo serán un par de días —le aclaró a su madre—. No voy a perderme las vacaciones familiares. Remy tiene que investigar unas cosas en Washington. Nunca ha estado allí, así que le mostraré un poco la ciudad.

—Me parece fabuloso —respondió Judy. Había captado la necesidad imperiosa de Remy de pasar a otra cosa—. Pidamos el postre.

Remy soltó la mano de Adam, tomó la carta de postres y se obligó a permanecer en la mesa durante cinco largos minutos mientras fingía tratar de decidir qué quería comer. Por fin, se volvió hacia Adam.

—Permiso.

Él se levantó de la silla y ella se dirigió al baño, donde tomó asiento, a punto de hiperventilar. Quería que él la acompañara. Claro que sí. Pero también sabía que haberle tomado la mano durante treinta segundos había sido un paso tan colosal y aterrador que no estaba segura de si sería capaz de hablarle durante toda la estancia en Washington.

Se acercó al espejo y verificó que su rostro revelara cierta compostura antes de dejar el baño, sorprendida de que Antoinette no la hubiera seguido gritando. Cuando salió al pasillo oscuro, un hombre la estaba esperando.

—Les dije que íbamos a dar una vuelta —le susurró Adam.

¿Cómo lo sabía? ¿Cómo podía saber que lo único que ella quería era perderse en la noche parisina?

Adam la guio fuera del café y echaron a andar por los jardines del Louvre y el jardín de las Tullerías.

—¿Estás segura? —preguntó mientras caminaban, no de la mano, sino lado a lado, ambos perdidos en pensamientos laberínticos.

—Quiero que vengas. No solo para enseñarme la ciudad. Sino porque… yo también te echaría de menos. Pero fue muy egoísta de mi parte anunciarlo a toda la mesa sin preguntarte antes. Y es egoísta de mi parte querer que vengas cuando haberte tomado de la mano esta noche me ha resultado emocionalmente tan agotador como cualquier otra cosa que haya hecho en casi dos años. No porque no fuera lo que necesitaba, sino porque hacer eso implica dejar muchas cosas atrás. Y hay ciertas cosas que son muy difíciles de dejar atrás.

Una lágrima desolada rodó por la mejilla de Remy.

—Es como si tuviera que reconocer que nunca volverán. Como si de algún modo, estúpidamente, hubiera estado esperando que lo hicieran. Y sumado a eso está el hecho de que echo más de menos a Ebony. Que si pudiera elegir a uno de los dos para que regresara, sería a ella y no a Toby. Eso me hace sentir una persona horrible. Esas son las cosas en las que pienso por las noches, las cosas que no me dejan dormir.

Habían llegado a la plaza de la Concordia. Allí Adam se detuvo.

—Por Dios, Remy —exclamó—, es tan duro verte tan triste. Lo único que quiero es abrazarte y sé que no puedo. Pero ¿qué puedo hacer? Dímelo.

Remy se enjugó los ojos.

—Soportarme es más de lo que cualquiera debería hacer. Es todo lo que necesito ahora. Pero entiendo… —Hizo una pausa—. Entiendo que no sea suficiente para ti.

—Es mucho —respondió él, y casi la hizo llorar de nuevo.

En vez de eso, Remy parpadeó y esbozó una pequeña sonrisa.

—Creo que debería volver a mi habitación. Ha sido un día de lágrimas y estoy lista para que se acabe. Pero también ha habido cosas buenas —añadió, pues quería que él supiera que tomarle la mano había sido una de las cosas más bonitas que le habían pasado en mucho, mucho tiempo.

**

El trabajo en Washington era extenuante. Sentada junto a Adam, revisaban rollo tras rollo de microfilmación —las listas del inventario creadas por el personal de ERR en el museo Jeu de Paume durante la guerra—. Algunas en francés o alemán, pero, por suerte, la mayoría traducidas al inglés.

—¿Remy? —aventuró Adam al cabo de un rato.

Ella miró la pantalla de él y allí estaba. Su cuadro. Y el del Louvre. Uno al lado del otro.

—En las notas sobre este rollo dice que esta foto fue tomada en la Sala de los Mártires del Jeu de Paume —señaló Adam.

—¿Qué es la Sala de los Mártires?

—No lo sé. —Adam se frotó los ojos.

—Bueno, es un hallazgo gratificante. Siento que se me van a caer los ojos.

Poco después, Remy también encontró algo. Dos tarjetas del índice de cuadros que habían sido llevados al Jeu de Paume; en una estaba su cuadro, en la otra, el cuadro del Louvre. Este último se denominaba *Les Amoureux*, tal como había dicho Chloe: *Los amantes*. Pero la tarjeta en la que figuraba el cuadro de Remy lo denominaba: *L'Amour*, o *Amor*. No *Le Traître*.

—Mira esto —dijo a Adam.

Él estudió la tarjeta.

—Es un título más apropiado, sin duda.

—¿Significa eso que hay un tercer cuadro? ¿O que...? No sé... —Ahora fue ella quien se frotó los ojos. Consultó su reloj—. Falta media hora para reunirnos con la investigadora de la que nos habló Chloe. ¿Por qué no almorzamos, hablamos con ella y luego volvemos y seguimos buscando con ojos más funcionales?

—Gran idea.

Bajaron las escaleras, almorzaron y, pronto, Taylor Edwards, una mujer con el cabello castaño de un aviso publicitario de champú y una sonrisa con hoyuelos se sumó a ellos.

—Gracias por reunirte con nosotros —comenzó Remy—. Intentaré no robarte demasiado tiempo.

—Es un placer conoceros —respondió Taylor—. Así como hay personas apasionadas por los cachorros y el yoga, yo soy una apasionada del robo y la falsificación de arte. Si fuera lo primero, estaría más en forma y me resultaría más fácil hablar de trivialidades.

Remy se rio. Había temido que una investigadora no la tomara muy en serio, ni a ella ni a su pequeña pintura.

—También soy una apasionada de tu cuadro, bueno, del pintor en realidad —continuó Taylor.

—Luc algo —interpuso Remy.

—Sí, Luc Dufort está registrado como el artista. Pero creo que es obra de otra persona.

—¿De quién? —preguntó Adam—. ¿Y te refieres solo al cuadro de Remy o también al del Louvre?

—A los dos —indicó Taylor—. Pero empecemos por el principio. ¿Cuánto sabéis sobre los robos de arte del Jeu de Paume durante la guerra?

—He hojeado el *Catálogo Göring*, nada más —admitió Remy.

Taylor les brindó un breve relato sobre los cuadros judíos robados por los nazis durante la guerra y el papel del museo del Jeu de Paume como prisión y centro de clasificación.

Luego sonrió con ironía.

—Pobre Chloe. Tuvo que aguantar todas mis teorías descabelladas cuando estuve con mi beca en el Louvre. Y una de mis teorías descabelladas es que... Bueno, para abreviar, mi madre tiene una galería en Manhattan. Su madre compró el negocio a finales de 1940 al hombre que lo fundó. Además de la galería en Manhattan, este hombre tenía una galería en Londres y otra en la rue *La Boétie* en París, que, en su época, era "el" lugar. Pero quería marcharse y dejar atrás el lío y los tesoros para que otro se ocupara de ellos. Muchos de sus objetos personales estaban en la galería, incluido un conjunto de cuadros de su hijo, Xavier Laurent. A mi abuela le gustaron y los colgó en su casa, luego mi madre los colgó en la suya y ahora yo los tengo colgados en la mía. Creo que Xavier Laurent pintó la obra del Louvre firmada por Luc Dufort. Crecí con su estilo a mi alrededor, así que podría identificar un cuadro suyo aunque yo estuviera en la cima del Everest y el cuadro al pie de la montaña. Desde que vi la ficha de tu cuadro aquí, me he estado preguntado que habrá sido de él. No tenía ni idea de que estuviera en Australia.

Taylor hablaba con pasión y conocimiento, y a Remy le resultaba creíble.

—¿Por qué dejaría que otra persona firmara su obra? —preguntó.

—Ahí es donde mi teoría se desmorona —confiesa Taylor—. No tengo ni idea. Y cuando se trata de una obra que se supone que fue pintada por un héroe de la Resistencia, nadie quiere escuchar teorías inciertas.

—¿Algo de eso significa que el cuadro es técnicamente tuyo? —inquirió Remy a continuación—. En realidad, no sé cómo llegó a manos de mi familia.

—Según el *Catálogo Göring*, fue robado a Édouard de Rothschild —respondió Taylor—. Y de acuerdo con los archivos de la familia, Rothschild compró el cuadro que ahora está en el Louvre en 1939 y el tuyo en 1940, poco antes de huir de París.

—¿Estás diciendo que mi cuadro pertenece a la familia Rothschild? —Los ojos de Remy, que acababan de recuperarse de la microfilmación, estaban a punto de salírsele de nuevo.

—¿Qué grado de seguridad tienes en todo esto? —interpuso ahora Adam mientras dejaba tres cafés sobre la mesa. Remy ni siquiera se había dado cuenta de que se había levantado para pedirlos.

Sorbió el suyo con gratitud y se sintió afortunada de nuevo que Adam la hubiera acompañado. Su mente estaba desbocada —¿y si los Rothschild le reclamaban una reparación por haber conservado su cuadro durante tanto tiempo?—, pero él se mostraba tranquilo y racional, sin sacar conclusiones extrañas.

—Está claro que sabes mucho del tema —agregó— y no dudo de ti. Es solo que, para Remy, el cuadro podría estar relacionado con su pasado. —Adam procedió a explicarle en forma concisa cómo la madre de Remy había traído el cuadro de Alemania.

—Eso es algo sobre lo que me gustaría saber más. —Los hoyuelos de Taylor parecían cada vez más profundos y algo como la anticipación se extendió por su rostro—. Espero que lo que sabes me ayude a resolver otro misterio que intenté abordar en mi investigación. Mi doctorado se centró en la Sala de los Mártires del Jeu de Paume —explicó—. Se suponía que tenía que tratar sobre lo que ocurre social, económica, cultural y artísticamente cuando una serie de obras de arte son declaradas transgresoras; expresado en términos académicos, por supuesto. Pero la verdad es que lo que yo quería era escribir sobre ese grupo de cuadros encerrados en una habitación y vigilados por una o quizá dos mujeres. Rose Valland y, tal vez, Éliane Dufort, aunque ella y su historia parecen haberse perdido con los años y nadie sabe con certeza si estuvo allí o no realmente. Heroínas de la Resistencia.

"Heroínas de la Resistencia". La historia era cada vez más absurda y compleja.

—¿Qué quieres decir con que ella y su historia se han "perdido"? —preguntó Remy, en un esfuerzo por intentar encajar esta pieza en un rompecabezas que se estaba volviendo tan grande que casi se le salía de la cabeza—. ¿Y alguna de esas mujeres tiene algún vínculo con mi cuadro?

Taylor echó azúcar al café y bebió un sorbo.

—Éliane Dufort es la hermana de Luc Dufort, el hombre que supuestamente pintó tu cuadro. Y digo que ella y su historia se han "perdido" porque Rose Valland escribió un extenso libro de memorias sobre cómo arriesgó su vida por los cuadros del museo, registrando las obras robadas y los lugares donde eran enviadas, lo cual hizo que encontrarlas después de la guerra fuera una tarea mucho más fácil de lo que de otro modo habría sido. Básicamente, salvó decenas de miles de obras de arte de perderse para siempre. Pero sus memorias, a pesar de ser tan detalladas, nunca mencionan a Éliane, ni una sola vez.

—Es un misterio —concluyó Taylor con una ceja enarcada—, porque aquí, en los archivos, entre las pruebas reunidas por Monumentos, Bellas Artes y Archivos de las Fuerzas Armadas Aliadas cuando investigaban a los que robaron las obras de arte, está el diario de un alemán llamado Ernst König. Era uno de los historiadores del arte que trabajaban para Göring en el Jeu de Paume y él menciona a Éliane Dufort todo el tiempo. Dice que trabajaba allí con Rose y que él estaba enamorado de ella.

König. Otra vez ese apellido. Y, pensó ahora con estupor, las fechas… No. No quería preguntar.

Se volvió hacia Adam y se dio cuenta de que él sabía lo que ella estaba pensando. Respiró hondo.

—¿Sabes…? ¿Sabes si Ernst König estaba casado? ¿Si tuvo un hijo durante la guerra?

—¡Sí! —exclamó Taylor con entusiasmo—. En 1944. Un niño llamado Alexandre. Y esta es la parte que no entiendo. Aunque menciona que tenía una esposa llamada Elke, a quien no le dedica muchas palabras, dice que tuvo un hijo con Éliane Dufort. Pero si ella estaba trabajando con Rose para proteger las obras de arte, ¿por qué iba a tener un hijo con un hombre que estaba ayudando a robarlas? Aunque si nos fijamos en lo que hicieron muchas mujeres francesas durante la guerra para mantenerse a salvo a sí mismas y a sus seres queridos o para encubrir su trabajo para la Resistencia, es razonable suponer que tal vez pensó que no tenía opción. O eso o —añadió Taylor y meneó la cabeza con tristeza— él abusó de ella, algo horrible pero muy común en esa época. Nacieron muchos niños mitad alemanes mitad franceses y sus madres fueron condenadas al ostracismo después de la guerra por sus supuestos actos de colaboración.

Remy casi no oyó la última parte de la explicación de Taylor. Taylor acababa de decir que el hijo de Ernst König se llamaba Alexandre. El padre biológico de Remy, el brillante científico que había muerto intentando huir de Berlín Oriental, también se había llamado Alexandre König. Y había nacido en 1944. Lo que convertía a Remy en la nieta de un ladrón de arte nazi.

¿Por qué había venido a Washington? ¿Por qué no se

había quedado en Cap-Ferrat? ¿Por qué, de hecho, no se había quedado en su casa de Sidney con Toby y Ebony sin irse a ninguna parte? Entonces ellos estarían vivos y ella estaría con ellos y todo sería perfecto.

***

Después de la reunión con Taylor, Remy y Adam fueron directos al aeropuerto. Remy no habló y Adam la dejó a solas con su tornado de pensamientos, que era lo que ella quería.

Había ido a Washington a buscar la historia de un cuadro y, tal vez, había encontrado una historia propia que quería hacer pedazos. ¿Qué implicaba para la casa de Cap-Ferrat? ¿Que se había comprado con dinero obtenido de robar cuadros a judíos franceses que habían sufrido de todas las formas posibles e inimaginables durante la Segunda Guerra Mundial?

En el aeropuerto, se puso los auriculares y trató de llenarse la cabeza con todo tipo de música: relajante, furiosa, alegre y cacofónica. Pero nada sirvió.

La única vez que Adam le habló fue después de que ubicaron sus asientos en el avión.

—Sigo pensando que deberías hablar con Elke König si Chloe logra localizarla —señaló—. Suponiendo que sea la mujer del Ernst König que mencionó Taylor, podría decirte que todo lo que te preocupa no es cierto, o que sí lo es. No lo sé. Y no te voy a decir que no deberías preocuparte o que eres la persona que eres sin importar tu origen porque ambos sabemos que, teniendo en cuenta el desastre de lo de Molly, no soy el más indicado para hablar del tema. Solo te voy a decir que eres una de las mejores personas que conozco, Remy. Eso no cambiará nunca.

Remy estaba a punto de llorar.

—Gracias —respondió—. Por el bien de mis ojos, ¿podríamos no hablar de esto por un rato? Voy a intentar dormir un poco.

Reclinó el asiento y se arropó con la manta del avión, sin esperar dormir, pero lo hizo, y no se despertó hasta la mañana cuando la azafata anunció que pronto aterrizarían en París. Se frotó los ojos y se incorporó, preguntándose dónde estaba, sin recordar lo que había sucedido el día anterior; lo único que recordaba era que, mientras dormía, había oído algo parecido a su conciencia hablándole. Si llevar un registro de cuadros como el que ella tenía había sido tan importante como para que una o tal vez dos mujeres espiaran a los alemanes para poder hacerlo y, si su propio cuadro había sido utilizado como un escudo inútil por un héroe de la Resistencia que había perdido la vida, ¿no debería Remy, como mínimo, intentar devolver el cuadro a la persona a la que en verdad pertenecía? ¿No debería dejar de pensar en sí misma y estar agradecida por estar viva y en un país sin guerra y porque era poco probable que alguna vez tuviera que protegerse con un cuadro para salvarse de un disparo?

Sí, debería.

Se apartó el cabello del rostro, bebió un sorbo de agua e intentó dejarse guiar por la determinación y no por el miedo.

En el asiento de al lado, Adam la miraba con un aspecto como si no hubiera dormido en un asiento de avión toda la noche. Tal vez era capaz de ostentar cualquier apariencia, incluso una desaliñada, con la misma elegancia que si llevara un traje de noche.

—Buenos días —la saludó con una sonrisa.

Se frotó la nuca y se estiró; la camiseta se le levantó unos centímetros y Remy tuvo un atisbo del cuerpo que había admirado en la playa hacía una semana. Era imposible evitar que sus ojos recorrieran ese terreno glorioso.

Él la descubrió. Se sonrojó y bajó los brazos.

En lugar de avergonzarse o salir corriendo y encerrarse en el baño, Remy se rio y disfrutó de saber que incluso Adam Henry-Jones podía ponerse un poco nervioso a veces.

—Lo confieso. Te estaba mirando —admitió ella sin dejar de reír porque él seguía sonrojándose de forma muy entrañable.

Y en vez de darle demasiada importancia, Adam hizo como si se estirara de nuevo.

—Puedo hacer esto hasta París si hace falta —aventuró, y eso hizo reír aún más a Remy, y a él también, hasta que la azafata les indicó con voz severa que se pusieran los cinturones y se prepararan para el aterrizaje.

Tal vez era la sensación de alivio, o el hecho de que ella había conseguido relajarse, o tal vez era todo lo que había ocurrido en las dos últimas semanas, pero Remy podía sentir el aire electrizante entre ellos y el estremecimiento de la atracción correspondida, que no era lo mismo que la admiración unilateral. Esto era visceral; le entibiaba la piel y la urgía a acercarse, la obligaba a mantener una mano dentro de la otra para que no se adentrara en ese espacio cargado.

Fingió estar fascinada con una revista mientras Adam oía música de su móvil hasta que el avión aterrizó.

Cuando se pusieron de pie, él preguntó:

—¿Quieres volver directamente a Cap-Ferrat? ¿O parar en algún sitio?

El móvil de Remy zumbó antes de que pudiera responder. Era un mensaje de Chloe. Elke König había accedido con gusto a reunirse con ella a las diez de esa mañana. El dolor de mandíbula del día anterior volvió, pero Remy respiró hondo y se obligó a concentrarse. Le enseñó el mensaje a Adam.

—Ya estás preocupada y ni siquiera la has visto —comentó él—. Así que hablar con ella no te hará sentir peor.

—Tienes razón. Vamos a desayunar, sé que te estarás muriendo de hambre, y luego podemos ir a verla.

—Si hay que desayunar, cuenta conmigo.

Encontraron una *brasserie* al final del pasaje parisino *Galerie* Véro-Dodat, donde vivía Elke König.

—No creo que tengan tus huevos en el menú —dijo Remy—. Me vendrían muy bien en este momento.

—Me imagino que un chef parisino puede preparar algo mucho mejor que mis huevos, pero si no es así, te los haré cuando lleguemos a casa.

"Cuando lleguemos a casa". Como si un futuro brillante se desplegara más allá de ellos, en el que Adam y Remy estaban juntos, en un lugar llamado hogar. Durante la hora que pasaron sentados en la *brasserie* comiendo unos huevos que nunca serían tan buenos como los de Adam porque no los había preparado él, Remy se dejó llevar por esa visión.

Poco antes de las diez, salieron al suelo de mármol blanco y negro del pasaje. Tiendas con hermosos frentes de caoba y pórticos del París antiguo mitigaban el brillo contemporáneo de Christian Louboutin y otras tiendas de lujo. Las columnas de mármol con alegres querubines que volaban en lo alto realzaban la sensación de elegancia. El aroma a pan y café recién hechos siguió a Remy y a Adam por la escalera de caracol hasta el tercer piso.

Remy llamó a la puerta.

Una mujer mayor abrió la puerta; con la luz del sol a sus espaldas, resultaba imposible distinguir sus rasgos. Su voz era suave, aterciopelada y casi hipnótica.

—Te he estado esperando.

Remy buscó a ciegas la mano de Adam.

Quinta parte

Francia, 1943

CAPÍTULO 22

EL TREN A SAINT-JEAN-CAP-FERRAT PODRÍA HABER DES-
carrilado siete veces, podría haberse desviado a Italia,
podría haber volado por los aires y Éliane no se habría
enterado. Solo podía pensar en que, tres años atrás, había
destruido un amor que sabía que nunca volvería a encontrar. No existía en el mundo otro hombre como Xavier.

Lágrimas lentas y calientes rodaron por sus mejillas y ni
siquiera cesaron cuando los alemanes verificaron su billete
de viaje y trataron de animarla diciéndole que una Fräulein
tan hermosa no tenía nada por lo que llorar. Ella se quedó
mirándolos en silencio.

En la estación, supo que tenía que serenarse. Debía ser
la Éliane que König y Von Behr creían que era: decorativa,
muda y deslumbrada por los nazis. Tenía que averiguar si
habían encontrado la colección Schloss y quién, entre las
facciones rivales de ladrones de arte franceses y alemanes,
lo había hecho. Tenía que averiguar qué planeaban hacer
con ella.

Abrió la maleta y se concentró en arreglar su aspecto: se
secó las lágrimas, se empolvó la cara, se quitó lo que quedaba de rímel para desviar la atención de sus ojos enrojecidos y se pintó los labios. Cuando terminó, vio que el rímel
había acentuado el verde de sus ojos y que el pintalabios le

daba a su tez el color que necesitaba: pasaría por Éliane, la simpatizante alemana.

Bajó del tren.

Al verla, el rostro de König se iluminó con una alegría casi infantil. ¿Cómo era posible que inspirara tanta devoción a ese hombre cuando el único hombre al que deseaba inspirar casi no soportaba hablar con ella, por la forma en que ella lo había tratado? Se forzó a sonreír.

Mientras el coche se desplazaba por el bulevar que bordeaba la costa, Éliane fijó los ojos en el paisaje y trató de comportarse como debía.

—Nunca había visto el mar —comentó, y al oír su propia voz apagada, supo que tendría que esforzarse más.

—Lo verás tanto desde la casa que te aburrirás —respondió König, aún radiante.

Cuando vio la casa, rosada y perfecta, encaramada en lo alto de un acantilado que caía de forma abrupta al mar, se preguntó cómo podía König siquiera imaginar que ella podría aburrirse de eso. El coche entró en el sendero de entrada y el mar quedó oculto por un instante, pero cuando Éliane se bajó, allí estaba de nuevo: inmenso, extendiéndose para siempre, como si no tuviera fin. Como el amor que ella aún guardaba en su interior, el fantasma de un pentimento debajo de una capa de pintura que debía asegurar que nunca llegara a ser lo bastante delgada para que alguien pudiera ver a través de ella.

El agua caía en cascada por unos escalones que conducían a un edificio blanco. Xavier le había dicho una vez que se llamaba el Templo del Amor y que había sido construido como una copia exacta del templo de Versalles. También le había hablado de los jardines: un jardín japonés, uno español, el jardín de las esculturas, uno de plantas exóticas y otro de rosas. Y también el jardín francés, ante el que se encontraba ahora, con parterres y setos que se extendían desde la casa hacia el mar como la cubierta de un barco. Un barco que deseó que zarpara con ella a bordo, y con Xavier también.

—Mademoiselle Dufort. —Una mujer mayor vestida de negro se acercó—. Soy madame Mercier, el ama de llaves. Por favor, sígame. —La sonrisa de la mujer era cálida y, por primera vez desde las revelaciones de la noche anterior, Éliane se relajó, pero solo un poco.

König siguió a ambas mientras madame Mercier conducía a Éliane por las escaleras hasta el segundo piso, demasiado lejos para que alguien pudiera oír sus gritos. Pero también lo bastante lejos como para que pudiera utilizar el frasco sin que nadie se enterara.

Madame Mercier abrió la puerta a una habitación con una cama imponente y, como era de esperar, König se sonrojó.

—Quizá debiera dejar que mademoiselle se asee —añadió la mujer, y sugirió que König volviera a las escaleras.

—Pero... —comenzó König. Sus ojos pasaron del rostro severo de madame al de Éliane y luego asintió con docilidad—. Debemos reunirnos abajo a las ocho —precisó—. Es importante ser puntual.

Y desapareció. Éliane suspiró con fuerza ante el alivio de no tener que bañarse y vestirse delante de König. Entró en la habitación y advirtió que madame Mercier le estaba preparando un baño.

—Por favor, llévese todo cuando se marche —indicó madame con un gesto hacia las cremas y lociones lujosas—. Y aquí hay un timbre —agregó, y señaló un interruptor en la pared del dormitorio—, por si me necesita.

Luego se marchó también y Éliane se dio cuenta de que ni siquiera le había dado las gracias y que estaba tan agradecida por el timbre que tenía ganas de llorar.

En vez de eso, dejó la maleta en el suelo, se desnudó

despacio y se acostó en la bañera para relajar un poco más la tensión.

Cuando hubo pasado demasiado tiempo, se obligó a salir. Investigó los artículos de tocador, ya que pensaba utilizar todo lo que tenía a su disposición para darse fuerzas y aparecer en la planta baja con el aspecto de una mujer dispuesta a dejarse seducir. Había hasta una polvera, rímel, lápiz labial: todo lo que se le estaba acabando. Suponía que Xavier no habría equipado así todos los baños de la casa, ¿no?

Una pequeña botella cuadrada llamó su atención. Joy de Jean Patou.

La cogió, le quitó la tapa y el tiempo se contrajo y la hizo retroceder a la noche en que Xavier le había regalado un envase del mismo perfume y le había contado que solo se fabricaban cincuenta frascos al año, lo que significaba que nadie olería como ella y que él siempre podría encontrarla.

"Pase lo que pase", había afirmado, y ella no lo había entendido en ese momento.

Ahora lo entendía.

Se lo colocó en el cuello, sobre las muñecas y entre los pechos. Tuvo que cerrar los ojos ante los recuerdos que, como imágenes puntillistas, invadieron sus sentidos. Alguien llamó a la puerta y la hizo dar un respingo. Abrió los ojos.

—¿Está usted lista, Fräulein? —llamó la voz de König.

—Casi.

Salió del baño y encontró un vestido sobre la cama. Era de seda negra y le quedaba tan ceñido que no podía creer que no se lo hubieran cosido al cuerpo alguna noche mientras dormía. La falda le rozaba las caderas, caía hasta las pantorrillas en una columna cada vez más estrecha y luego se abría con suavidad en una cola. Una capa de encaje transparente que le llegaba hasta la parte baja de la espalda le cubría los hombros y la espalda escotada, de manera que ocultaba su piel lo suficiente para que pareciera todavía más sensual que si la hubiera dejado al descubierto.

Solo un hombre conocía tan bien su cuerpo como para haber encargado un vestido que le quedara tan perfecto como este. Se aferró al poste de la cama. Tenía que calmarse. Pensar en la forma en la que Xavier había conocido su cuerpo era solo un problema. La volvía incapaz de ver otra cosa que no fuera su expresión mientras le desabrochaba los botones para luego besar con lentitud cada centímetro de su piel.

König la volvió a llamar. Éliane abrió la puerta.

**

König soltó un balbuceo al verla y su cara entera se tiñó de un rojo tan intenso que Éliane tuvo que morderse el labio para no reírse. Gracias a Dios por König, que siempre le permitía encontrar el humor en cualquier situación nada graciosa.

Solo cuando puso un pie en el antepenúltimo escalón se dio cuenta de que pronto vería a Xavier, y que quería verlo. Pero también sabía que no debía buscarlo, ni siquiera con la mirada, pues como él había dicho, nadie debía saber que alguna vez habían creído amarse. Pero también porque aún lo amaba y temía que sus ojos pudieran delatarla.

Por suerte, había mucha gente y mucho ruido en el salón principal. König le puso una mano en la espalda para permitirle pasar delante de él, pero se arrepintió al instante, sacudió la mano y tironeó de sus pantalones y Éliane pensó que al final el frasco podría llegar a no ser necesario, que tal vez él estaría demasiado abrumado para siquiera tocarla.

En ese momento, Xavier apareció en su periferia. Éliane se sobresaltó y le pareció que él también lo hacía, pero iba con una mujer a su lado y la sujetaba de la cintura con desenfado. La mujer le habló y entonces Xavier ya no miraba a Éliane, quizá nunca la había mirado.

—*Mon Dieu, fräulein.* —Von Behr estaba de pie ante ellos—. Debería cambiar su uniforme de camarera por ese vestido. —Sonrió con satisfacción y Éliane sintió que la mano de König se deslizaba alrededor de su cintura; su tío le daba la fuerza para hacer lo que su cuerpo había querido y su estupor le había impedido—. Estamos en el *petit salon* —añadió Von Behr con tono suave—. Por aquí.

Los condujo hasta un sofá curvo en un nicho destinado a los susurros y caricias de los amantes. Göring estaba sentado allí.

Von Behr fue el primero que pensó en ofrecerle un cigarrillo a Éliane, que ella rechazó para luego sacar sus Gauloises del bolso.

—Sigo prefiriendo estos.

—Es hora de desarrollar el gusto por lo teutón —dijo Von Behr con frialdad—. En particular esta noche.

Y aunque sabía que no debía, Éliane no pudo evitar provocar al coronel.

—Ya lo he hecho —manifestó, y lanzó una mirada seductora a König, que casi lo hizo chillar.

—¿Ya? —Von Behr se volvió con satisfacción hacia su sobrino—. Pero ella solo lleva aquí una hora. —Dio una palmada en la espalda a König y se rio—. Así me gusta.

—Un único minuto nos hubiera bastado —agregó Éliane con languidez—. Discúlpenme.

Se puso de pie y se dirigió a la barra. Von Behr era quien se arreglaba los pantalones ahora y König parecía desconcertado, como si por fortuna no hubiera entendido la insinuación.

El bar estaba abarrotado de alemanes que querían champán y Éliane tardó un rato en llegar al frente. Estaba casi allí cuando oyó una voz en el oído.

—No provoques a Von Behr.

Y luego el sonido de un suspiro prolongado, como si la persona detrás de ella hubiera aspirado hondo, como alguien degustando su vino favorito. U oliendo su perfume favorito. Se giró y vio la espalda de Xavier que se alejaba.

Tenía razón. Von Behr sería mucho más difícil de manejar que König. Y era poco probable que pudiera detenerlo con un frasco de medicamento tóxico. Tenía que sentarse junto a König y escuchar, retener toda la información que pudiera de esos hombres y dársela a Xavier para que él, a su vez, pudiera usarla para destruir a todos los que estaban allí.

Tomó su champán y, con los nervios bajo control, regresó junto a los hombres y deslizó su mano en la de König. Él la miró con adoración.

—Nadie debe encontrar la colección Schloss antes que nosotros —estaba explicando Göring—. Quiero ser el primero en elegir. Dijo usted que la encontrarían pronto.

Von Behr empezó a fanfarronear, pero enseguida Göring lo interrumpió.

—El Gobierno de Vichy sabe que el Führer tiene el ojo puesto en las obras de la colección Schloss y el Gobierno de Vichy necesita que el Führer reduzca el impuesto a la ocupación de Francia antes de que el país quiebre. Me pregunto con quién querrá congraciarse Laval.

Éliane encendió un cigarrillo mientras su mente trabajaba a toda velocidad para traducir la conversación. En efecto, Laval, traidor y líder de la Francia de Vichy, tenía dificultades para pagar el abrumador impuesto que Alemania imponía a Francia y, sin duda, querría congraciarse con el Führer con un conjunto de cuadros por los que Hitler pagaría con gusto grandes sumas de dinero. De ahí que la policía francesa hubiera arrestado a la familia Schloss, aunque parecía que, por el momento, Hitler ignoraba que la colección estaba a punto de ser descubierta y Göring deseaba que lo siguiera ignorando para quedarse él con la colección. Von Behr debía estar desesperado por ayudarlo.

—¿Quiere…, le gustaría…? —La cara de König estaba saturada de todos los matices, desde el blanco del desmayo al gris del terror, pasando por el rosa del placer, mientras indicaba la pista de baile.

—Creo que mi sobrino desea que baile con él —interpuso Von Behr con aire burlón—. Por Dios, muchacho, ¿necesitas que haga todo por ti?

Éliane alcanzó a ver que Xavier bailaba muy cerca. Su sonrisa encantadora ocultaba el cansancio que debía de sentir como plomo en sus párpados si realmente había salido del apartamento de ella a las dos de la mañana y conducido durante horas para llegar a su casa y disponer todo para los invitados. Tenía un aspecto impecable —la pajarita anudada a la perfección, la chaqueta negra ceñida al cuerpo, la camisa de un blanco titanio: aterciopelada, radiante— aunque no se había afeitado, como si le hubiera faltado tiempo. Éliane recordó el cosquilleo de su barba contra su cuello.

Apartó los ojos y asintió hacia König, que la condujo entre la multitud. Mientras bailaban, observó los cuadros en las paredes. Uno de ellos era de la casa en la que se encontraban y tenía un estilo que le pareció propio de Xavier: la exuberancia del color y el movimiento de los óleos sugerían una espontaneidad y una alegría que solo podían provenir de pintar *au premier coup*, a la primera, cuando a uno lo asaltaba la inspiración. El fuerte empaste de color en el océano le daba vida y Éliane deseó poder estar en la cima del acantilado y contemplar el agua bajo la luz temprana de la mañana, como en el cuadro.

Von Behr pasó junto a ellos y tocó a König como para aguijonearlo. König respondió deslizando una mano pegajosa por la espalda de Éliane hasta el sacro. Luego la besó en los labios con la boca abierta y se demoró allí tanto tiempo que ella pensó que iba a tener náuseas.

Dejó pasar unos minutos insoportables y luego se excusó para apresurarse entre el ruido, las risas, las conversaciones en alemán y las parejas que estaban en el jardín, tan depravadas como Von Behr, entregándose a innumerables placeres. Siguió caminando por la terraza en dirección al mar y subió unos escalones blancos flanqueados por dos jarrones azules y blancos. Allí, divisó una abertura entre los setos verdes y la abundancia de rosas rosadas y se coló por ella.

Un sendero descendente la condujo por el acantilado hasta una orilla de guijarros alisados por el agua: grises, marrones salpicados de blanco, blancos como la crema batida, amarillentos y de un marrón rojizo brillante. Sintió que la presión en su cabeza se aliviaba y que la repulsión que experimentaba en el cuerpo por el sabor y el contacto de König se desvanecía. Recogió un puñado de guijarros y los dejó caer al suelo de nuevo.

Entonces, un sonido la sobresaltó y una voz pronunció su nombre.

—No deberías estar aquí. —Xavier apareció en la orilla, sin chaqueta, con las mangas remangadas y la pajarita floja en el cuello, como si él también hubiera sentido el ahogo—. ¿Y si te hubiera seguido Von Behr en vez de yo?

Éliane se estremeció. ¿Y qué si lo hubiera hecho? Nadie la oiría gritar.

—No podía respirar —explicó, con los ojos en las ondas doradas que la luz de la luna proyectaba sobre el agua.

Xavier se detuvo a su lado, frente al agua también, a escasos centímetros de ella. Si movía un poco la mano, lo tocaría.

Una ola se estrelló contra la orilla con la misma intensidad del fuego que ardía en el espacio entre su cuerpo y el de él.

Pero a Xavier parecía serle indiferente y Éliane tomó conciencia con sorpresa de que ahora no sabía nada de él. Tal vez se había casado y tenía una esposa en Inglaterra. O una prometida. ¿Por qué un hombre tan bello como él seguiría soltero?

Xavier le había comprado perfume, el perfume de un recuerdo potente y doloroso. Pero era para su atuendo de esta noche, para darle la fuerza que necesitaba. Todo era por esa esperanza remota de que algún día su casa no estuviera llena de alemanes, que Francia se liberara de la opresión de Alemania, que nadie volviera a ver un saludo nazi.

—Cierra los ojos —le pidió él de repente, y a ella se le hizo un nudo en el estómago—. El cuadro de la pareja, el cuadro de Luc, el que está en la Sala de los Mártires —precisó—. Tenlo siempre presente. Siempre que necesites respirar, deslízate dentro del cuadro y sé la mujer sin nada a su alrededor, sin nada de esto... —Sus palabras bullían de odio hacia todo lo que los rodeaba—. Feliz.

"La mujer sin nada a su alrededor". Excepto el amor y los brazos de su amante.

Éliane sintió el escozor de las lágrimas contra sus párpados cerrados. Cuántas veces no se habría refugiado en la seguridad del óleo sobre el lienzo y no se habría convertido en la mujer que solo conocía el amor enmarcado en ese cuadro. Pero la razón por la que ella y Xavier estaban ahora de pie en una playa era porque existía un contexto mucho más amplio, sin marco, infinito al parecer. La única forma de reducirlo a un tamaño lo bastante pequeño como para poder destruirlo era tragar saliva, esperar a que pasaran las lágrimas, abrir los ojos y hablar.

—Me imagino que ya lo sabes, pero Göring está desesperado por la colección Schloss —comenzó—. Y Von Behr está desesperado por encontrarla para él. Laval también la está buscando, quizá para Hitler. Göring preferiría mantener a Hitler en la ignorancia para, por una vez, poder quedarse con lo mejor. —Xavier la miró por primera vez.

—La banda Bonny-Lafont estuvo aquí esta tarde con Von Behr —respondió Xavier con una intensidad con la que no había correspondido antes al deseo de ella.

La banda Bonny-Lafont, también conocida como la Gestapo francesa, era un grupo de delincuentes de los que se rumoreaba que hacían el trabajo del que ni siquiera la Gestapo quería hacerse cargo. Como franceses, la banda podría muy bien sacar de la Francia de Vichy una colección entera de cuadros robados sin que nadie pensara que se trataba de un robo nazi, si es que la encontraban. Que por supuesto lo harían. Los Schloss y sus amigos no podrían resistir la cárcel ni a la banda de Bonny-Lafont.

—Si Von Behr descubre la colección, ¿podríamos...? —empezó ella, con un esfuerzo por mantenerse a flote, por no hundirse en el mar de la desesperación pura. Tenía que haber algo que pudieran hacer—. ¿Podríamos hacer algo más que no sea limitarnos a registrar el robo y confiar en poder rastrear las obras? Por lo que dijo Göring allí dentro, no quiere que Hitler se entere. ¿Pero y si Hitler se enterara de que ha sido localizada...?

Su voz se fue apagando. No tenía ni idea de cómo funcionaba el mundo de los hombres, la guerra, el espionaje y la política.

Xavier guardó silencio. Una ola se rindió ante las rocas y rompió sobre ellas; el viento rozaba el frente del acantilado. Y el corazón de Éliane latía con un ruido sordo y le decía cosas que desearía tener el valor de decirle a Xavier. "Te deseo. Te amo. Fui una tonta".

Entonces, él habló.

—Si Von Behr se apodera de las obras de arte de los Schloss, puedo asegurarme de que Hitler se entere mañana por la tarde. Göring está perdiendo protagonismo. Las derrotas en el norte de África lo confirman. Tal vez si el Führer se enterara del doble juego de Göring, este perdería todavía más protagonismo y se acabarían los robos de arte.

"Tal vez". Había tantos tal vez.

—Las instigaciones de Von Behr envalentonan a König —agregó en un susurro.

—Hoy por la tarde pensé que ni siquiera sería necesario usar el frasco —comentó ella con desenfado: no quería que Xavier soportara más cargas—. Me tocó la espalda y casi sufrió un paroxismo. Pensé que con quitarme el vestido sería suficiente para rematarlo. Muerte por *déshabille*. —Sonrió al imaginar la ridícula escena. Luego se le borró la sonrisa—. Usaré el frasco cuando regrese a la casa.

—Madame Mercier te sigue de cerca. Puedes confiar en ella. Pero... —Suspiró—. Hemos estado fuera demasiado tiempo. —Su reticencia a volver a la fiesta era tan obvia como la luna en cuarto creciente, un hueso curvo y dorado que atravesaba la piel del cielo.

Entonces ella dijo algo que debería haber dicho la otra noche.

—Siento haberte llamado cobarde.

Él sonrió y casi fue demasiado: una sonrisa de Xavier era como un cielo de Van Gogh, iluminado y vivo, con los colores más puros centelleando frente a tus ojos.

—No solo me llamaste cobarde.

Éliane se rio, una carcajada de verdad: la sensación olvidada desde hacía tanto tiempo estuvo a punto de producirle vértigo.

—No... —respondió y se ruborizó como König—. No puedo creer que te dijese eso.

La sonrisa de Xavier desapareció de su rostro y la noche se volvió negra, sin color.

—Fui cobarde. Y un desgraciado. Nunca debí haber ido al hotel contigo esa noche, sabiendo que me iba de París.

—No, hiciste bien en hacerlo. —Se obligó a mirarlo mientras hablaba y él no esquivó el rostro teñido de emoción que acompañaba sus palabras desveladoras—. Hiciste bien en hacerlo —repitió—. He necesitado ese recuerdo... He usado ese recuerdo... a menudo...

En ese instante, demasiadas cosas acudieron a su mente, todo lo que había perdido desde 1939: su honor, su reputación, su madre, sus hermanas, su arte, su amante. Su futuro con Xavier. Cerró los ojos.

—Siento lo de tus hermanas. Y lo de tu madre.

Éliane abrió los ojos y ahí seguía él, mirándola.

—¿Adónde vas cuando necesitas respirar? —preguntó de repente.

Él se encogió de hombros y ella comprendió. No tenía ningún sitio. Siempre era el Xavier que conocían los alemanes.

Le tocó el brazo.

—Deberías haber venido aquí anoche, en vez de ir a verme —murmuró—. Aquí habrías podido respirar.

Él le tomó la mano y se la retiró con suavidad.

—Si no te hubiera dado ese frasco, no habría importado adónde hubiera ido; nunca habría podido respirar.

Le dirigió otra sonrisa, una que contenía una chispa del Xavier que ella había conocido. Luego desapareció.

***

De vuelta en la casa, caminó con decisión hacia el bar. Pidió dos copas de champán y, en medio del bullicio, vertió el contenido del frasco en uno de ellos. Luego encontró a Von Behr y a König y le entregó una copa a König.

—Para usted —dijo, y lo rodeó con un brazo.

König la miró boquiabierto, como si acabara de darse cuenta de que iba a pasar la noche con ella. Por un momento, Éliane sintió un destello de frialdad en sus ojos al pensar: "No, no lo harás". Parpadeó y descartó el pensamiento y la frialdad, y se convirtió en la chica tonta con un vestido sensual que no podía esperar a que König la desvistiera.

König bebió el champán de un trago y, envalentonada por la certeza de que no tenía nada que temer, Éliane le susurró al oído, lo bastante alto como para que Von Behr la oyera:

—Vamos arriba.

Von Behr sonrió a su sobrino.

—Diviértase, Fräulein. Siempre puede volver a bajar si no encuentra satisfacción.

König dejó el vaso sobre la mesa, tomó a Éliane de la mano y se dispuso a abandonar la sala. Éliane lo siguió, pero antes hizo un gesto sutil con la cabeza hacia Xavier para que supiera que todo estaba bien.

Llegaron a la escalera. Éliane no sabía cuánto tiempo tenía hasta que la poción hiciera efecto. König debía estar en la habitación cuando eso sucediera para que, a la mañana siguiente, ella pudiera fingir que todo lo que Von Behr y König imaginaban que ocurriría, había ocurrido. Sobre todo, confiaba en que esta fiesta fuera algo excepcional; el frasco era una solución provisional y no podía utilizarse más de una vez.

Madame Mercier apareció de la nada justo cuando König se tropezó en la parte superior de la escalera. Las dos mujeres, una de cada lado, lo rodearon con un brazo. Tenían que darse prisa.

Consiguieron entrar y llegar a la cama antes de que él cayera, aturdido, boca abajo, con la cabeza girada hacia un lado, la boca abierta y el aspecto, pensó Éliane de repente, de un joven inocente. Pero no lo era; estaba en París ayudando a los nazis a robar obras de arte. Despreciaba a los judíos. Seguía haciendo lo que le decían a pesar de los autobuses cargados de ciudadanos franceses arrancados de sus hogares en mitad de la noche, a pesar de los fusilamientos, las guillotinas, las muertes. Sí, podría haber tratado a Éliane con humanidad en alguna ocasión, pero no a su país.

—Ahora manos a la obra —la urgió madame Mercier, despabilándola.

Éliane empezó con los zapatos mientras madame se ocupaba de la camisa y la corbata. Luego Éliane se obligó a quitarle los pantalones a König y, por último y con desagrado, la ropa interior.

Era delgado, y la mente de Éliane retrocedió de manera involuntaria al cuerpo de otro hombre que una vez había yacido desnudo junto a ella. El cuerpo de Xavier había sido musculoso, su pecho marcado, sus piernas fuertes; no había podido dejar de tocarlo, consumida por el deseo con solo mirarlo.

El cuerpo de König le provocó arcadas.

Tragó fuerte, respiró hondo y las dos mujeres empujaron con todas sus fuerzas para que las piernas de König quedaran bien apoyadas en la cama. Luego desordenaron las sábanas a su alrededor para que pareciera la escena de una orgía.

—Gracias —dijo Éliane a madame Mercier—. Estaré bien ahora.

—Toca el timbre si me necesitas. Estaré en este piso toda la noche. —La mujer le dirigió una sonrisa tranquilizadora.

Éliane cruzó el dormitorio hasta la puerta, se deslizó por ella, se sentó en el suelo y trató de refugiarse en el interior de un cuadro donde el hombre al que amaba la sostenía en sus brazos.

Un rato después, unos pasos débiles sonaron en el pasillo. Una sombra tapó la rendija de luz en la parte inferior de la puerta.

—Éliane —oyó susurrar a Xavier—. ¿Estás bien?

—Sí —murmuró ella.

A continuación, la luz volvió a aparecer en la parte inferior de la puerta y ella lloró.

***

Cuando König despertó por la mañana, Éliane estaba vestida y esperando con la maleta en la mano. Había rociado las almohadas con su perfume, había sacado pelos de su cepillo y los había echado sobre las sábanas, había dado forma a una hendidura en su almohada, había hecho todo lo posible para que pareciera que había dormido junto a él toda la noche, en lugar de haberla pasado sentada en el suelo, despierta.

—Creo que lo he dejado muy cansado, monsieur —aventuró con timidez, y König parpadeó, una, dos, tres veces, y luego se incorporó sobresaltado, lo que lo hizo gemir y caer de nuevo sobre las almohadas.

—Ahí tiene algo para el dolor de cabeza —agregó, y señaló el vaso de agua y la aspirina en la mesita de noche—. Debo irme. Esta noche trabajo. Gracias por una velada tan agradable.

König intentó sentarse una vez más y, una vez más, no lo consiguió.

—Debería llevarla a la estación —manifestó, aturdido—. Pero el champán…

—Lo ha disfrutado usted demasiado —contestó ella—. Siga durmiendo. Puedo ir sola a la estación.

Abrió la puerta, deseando poder salir corriendo. Pero se obligó a caminar despacio a través de la casa y hasta afuera. No tenía ni idea cómo llegaría a la estación, esperaba que algún coche que pasara se ofreciera a llevarla. Era una caminata de una hora y no estaba segura de tener las fuerzas necesarias después de una noche sin dormir y tanto miedo y champán.

Había andado unos diez minutos cuando oyó un coche detrás de ella. Se volvió y vio que Xavier se detenía a su lado.

—¿De verdad estás bien? —le preguntó mientras se bajaba.

Éliane esbozó una sonrisa repentina cuando el alivio de haber sobrevivido a la noche sin tener que acostarse con König la invadió, primero con alegría y luego con tanta fuerza que tuvo que apoyar una mano en el coche para no perder el equilibrio. Xavier no tardó en llegar a su lado.

—No estás bien.

Ella meneó la cabeza.

—Sí, estoy bien. Creo que acabo de darme cuenta de que funcionó. No estoy segura de haber creído que funcionaría.

Xavier sonrió también, con una sonrisa radiante y deslumbrante.

Éliane levantó la mano. Pero en lugar de tocarle el rostro, ese rostro amado, se alisó el cabello, y lo que podría haber sido ya había desaparecido, espantado por su incertidumbre sobre lo que él sentía.

Xavier dio la vuelta y abrió la puerta del coche. Ella entró y siguieron adelante, acompañados a un lado por un mar azul Picasso.

—¿No se darán cuenta de que te has ido? —inquirió ella para llenar el silencio demasiado recargado.

—Nadie se despertará antes del mediodía. Te vi salir, estaba en los jardines.

—Los jardines son hermosos —comentó ella con sinceridad—. Y la casa. Debes echarla de menos.

—Sí —admitió él, con los ojos fijos en la carretera.

—¿Podrás...? —empezó. Quería saber algo que le preocupaba desde que se había enterado de lo que hacía Xavier—. ¿Podrás volver a vivir en Francia cuando todo esto acabe?

¿Podrás algún día decir que ayudaste al pueblo francés y no que trabajaste para los alemanes?

El silencio se prolongó tanto tiempo que pensó que no respondería.

—Aun si cuando todo esto acabe pudiera decirle a alguien lo que he estado haciendo, seguirían sospechando —contestó por fin—. No es fácil creerle a alguien que pareció estar al servicio de un mariscal del Reich durante años.

—Tal vez podrías regresar a Cap-Ferrat, ¿no? —sugirió ella, desesperada por encontrar una solución, pues él se merecía al menos eso—. La mayoría de la gente allí no sabrá lo que has estado haciendo.

—La casa podría no estar aquí dentro de un año —señaló con tono sombrío—. Göring está preocupado por los éxitos de los Aliados en el norte de África y pronto van a minar y evacuar toda la zona. Podrían volarla en pedazos.

—Espero que no. Vale la pena preservarla.

—Muchas cosas que valían la pena preservar han sido destruidas —replicó mientras entraban en la estación de tren, observando el tráfico, no a Éliane—. Es demasiado esperar que esto sea diferente.

"Valía la pena preservar lo nuestro", quiso decir ella. "¿No te parece?".

Estaba claro que si ella no le importara, Xavier no se habría preocupado tanto por ella. Si no le importara, no habría recordado tan bien su cuerpo como para que el vestido negro le sentara tan a la perfección. ¿Era posible? ¿O acaso en este pequeño interludio del horror que era su vida estaba creando una obra de arte en su mente: un cuadro de color rojo ardiente en el que Xavier también se preocupaba por ella?

No podía sobrevivir otra noche sirviendo a los nazis en la *brasserie* y espiando a los nazis en la galería sin imágenes de Xavier que la sostuvieran. Si no le decía nada ahora, podría fingir que él aún la quería y seguir soñando con él. Si le decía algo y él admitía que no sentía lo mismo, se quedaría sin esperanza y le resultaría mucho más difícil sobrevivir. Mejor dejar que el coche se detuviera, abrir la puerta y bajarse.

Excepto que...

En el último momento, se inclinó y lo besó en la mejilla, tan deprisa que sus labios casi no rozaron su piel. Sin embargo, alcanzó a oír el jadeo desconcertado y desesperado de Xavier.

CAPÍTULO 23

Después de nueve horas de viaje en tren desde la Riviera y otras cuatro horas de pie atendiendo mesas, Éliane cerró con llave la puerta de la *brasserie*, agradecida por haberse librado de las embestidas de König y Von Behr aquella noche. Luc, con quien no había podido hablar bien mientras trabajaban, subió las escaleras con ella y le dijo que habría una reunión en el apartamento.

—Xavier me ha dicho que lo sabes.

—Deberías habérmelo contado. —No dejó que su rostro delatara nada de lo que sentía, porque Luc la observaba con atención.

—Creía que todavía sentías algo por él.

—No, para nada, desde hace mucho tiempo. —Mintió de forma tan convincente que se sorprendió a sí misma.

¿En qué se había convertido? En una mentirosa, una tramposa, en alguien que administraba drogas. Se había convertido en lo que los alemanes habían hecho de ella.

—¿Cómo se portó tu nazi anoche? —preguntó Luc—. ¿Sedujiste al buen soldado?

Por primera vez en su vida, quiso insultar a su hermano. En vez de eso, abrió la puerta del apartamento, la empujó con toda la fuerza que deseaba descargar en Luc, se preparó una taza del espantoso líquido color arena de achicoria

330

molida que pretendía pasar por café y lo revolvió como si fuera el motivo de su furia. Poco después llegó Rose y le sugirió que durmiera un poco, y Éliane supo que se debía de tener un aspecto horrible. Le sirvió a Rose un vaso de vino.

Una secuencia de cuatro golpes las interrumpió. La puerta se abrió y monsieur Jaujard entró.

Y Angélique.

—¿Qué ha pasado? —gritó Éliane mientras corría por la habitación hacia su hermana, la abrazaba y miraba horrorizada a monsieur Jaujard.

No había ninguna razón para que Angélique hubiera vuelto a París, a menos que hubiera ocurrido una catástrofe.

—Sé lo que estás haciendo. —La voz de Angélique no era la de la niña impetuosa que había tenido dificultades para controlar los berrinches de Yolande. Era la voz de una mujer que sabía lo que quería.

Éliane soltó a su hermana, con los ojos todavía fijos en monsieur Jaujard. Dudaba que él le hubiera contado a Angélique lo que estaba haciendo su hermana mayor. ¿Cómo lo sabía entonces?

De pronto se dio cuenta de que Luc besaba las mejillas de Angélique y que no parecía nada sorprendido de verla.

—¿Qué has hecho? —susurró hacia Luc, muy despacio y en voz muy, muy baja.

—No hizo nada —replicó Angélique, y Éliane no la creyó ni por un segundo—. Fue idea mía.

—¿Idea tuya qué? —repitió Éliane.

Sintió una mano en el brazo, la mano gentil de Rose, que la guiaba hacia la mesa.

—Ven —le indicó—. No hablemos de estas cosas tan cerca de la puerta. Será mejor que nos sentemos todos.

Éliane se dejó conducir hasta la mesa, donde se sentó con Rose a un lado, que seguía sosteniéndole la mano, y Angélique al otro. Luc tomó asiento frente a ella, con una sonrisa socarrona en el rostro, y ella deseó haberlo insultado antes. O algo peor.

—Soy correo de la Resistencia —declaró Angélique.

Ahora sí, Éliane maldijo a Luc, porque sabía que, a pesar de lo dicho por su hermana, él la había metido en esto. Este peligro. Los correos recorrían Francia llevando mensajes —y a veces material: armas, panfletos, dinero y cigarrillos— entre las células de la Resistencia y de los operadores de radio a los líderes de la Resistencia. Éliane sabía que la mayor parte del personal del Louvre en los depósitos en la campiña estaba trabajando con la Resistencia; que, al haber enviado a Angélique a un castillo utilizado por el Louvre, la estaba enviando a un lugar donde existían riesgos de un tipo diferente al de Von Behr. Esto era en particular cierto desde el robo del retablo belga, que indicaba que los nazis podrían tener planes nefastos también para las obras de arte de los Museos Nacionales guardadas en los depósitos.

Pero Éliane no había pensado ni por un momento que Angélique se involucraría. Eso era algo absurdo.

Luc, sin embargo, solía estar en los depósitos. Por eso Éliane lo miraba fijamente ahora.

—Mírame a mí, no a Luc —la urgió Angélique, y Éliane giró la cabeza para contemplar el rostro de diecinueve años de su hermana. Era tan joven—. Tenía miedo de que me mataras —continuó—. Lo único que no sabía era a quién matarías primero, si a él —precisó y le sonrió a Luc con ironía— o a mí. Pero sabes tan bien como yo que los mensajes sobre arte y resistencia no se pueden enviar por correo y que alguien tiene que recibirlos de Luc y llevárselos a los maquis. Tengo la pantalla perfecta; estoy en los depósitos como secretaria del Louvre. Y además lo tiene que hacer una mujer, porque se supone que todos los hombres deben estar en Alemania para cumplir con el Servicio de Trabajo Obligatorio. No pueden andar recorriendo la campiña.

—Pero... —Éliane empezó a ver no a una hermana menor que necesitaba protección, sino a una mujer valiente que no se dejaría disuadir de su causa.

—Cuando llegué al castillo —prosiguió Angélique—, le pedí a monsieur Jaujard que me enseñara la *Mona Lisa*. Siempre habías dicho que era una reina entre los cuadros y quería verla; saber por qué Luc y tú os arriesgabais tanto por el retrato de una mujer. Era casi de noche y cuando monsieur levantó la tapa de la caja, lo vi: el esfumado, esas sombras imprecisas de las que solías hablar. Eran... —vaciló, buscando las palabras—, interminables. Como si se extendieran más y más a través del tiempo hasta el infinito. Y cuando levanté la vista hacia monsieur Jaujard, y aunque él había visto la *Mona Lisa* miles de veces, pero quizá nunca antes en la hora más oscura de Francia, también estaba llorando. Así que tenía que hacer algo, y no pararé hasta que los nazis se hayan ido para siempre.

¿Cómo podía Éliane hacer otra cosa que abrazar a su hermana con todas sus fuerzas?

—Te quiero —le dijo. Luego sonrió—. Y prometo no matarte. Todavía no.

Debieron de llamar a la puerta, pero en medio de todo lo que estaba pasando, Éliane no oyó nada. Y no fue hasta que detectó el repentino olor a colonia cuando se dio cuenta de que Xavier estaba en la habitación. Lo observó asimilar primero la presencia de Angélique y luego adoptar una expresión de horror y comprensión. Soltó una maldición y su mirada buscó la de Éliane.

—Yo... —empezó y se interrumpió.

Éliane comprendió que no había tenido idea de lo que Angélique hacía, pero tampoco lo admitiría por temor a poner a monsieur o a alguien más en problemas.

Angélique cruzó la habitación hacia él y se arrojó a sus brazos como una niña.

—Sabía que no eras amigo de los nazis —exclamó, y lo besó en las mejillas—. Monsieur Jaujard me contó todo lo que pudo sobre lo que has estado haciendo. Y también me dijo que para ser más efectivos, necesitaban a alguien que llevara tus mensajes. Yo lo estoy haciendo.

Xavier volvió a mirar a Éliane y ella se encogió de hombros sin poder evitarlo, como aceptando que su hermana ahora formaba parte del pequeño grupo.

—Estoy decepcionado. —Luc habló con voz entre burlona y provocativa—. Pensé que al menos habría un concurso de gritos. Y supongo que ya tienes edad para beber vino —añadió. Llenó un vaso para Angélique y le indicó que fuera a buscarlo.

Angélique guio a Xavier a la mesa del mismo modo que Rose había guiado a Éliane.

—Me parece que a ti te vendría bien —dijo Angélique a Xavier, y le pasó el vino.

Era cierto. La expresión de Xavier era sombría. Seguía sin afeitarse, pero eso no alcanzaba para disimular el cansancio en sus ojos, que esta noche eran negro marfil, con los secretos ocultos allí como las cenizas de los huesos quemados que daban nombre al color. Bebió un sorbo de vino y Éliane esperó ver que sus iris recuperaran su color ámbar, pero permanecieron impenetrables.

—Hitler se ha enterado de que la colección Schloss ha sido confiscada —informó Xavier a monsieur Jaujard—. Lo siento, pero la banda Bonny-Lafont la encontró. Será mejor que aprovechemos la pérdida para algún fin.

Monsieur Jaujard asintió, con un gesto de dolor.

—Ahora que es casi seguro que Hitler intervenga la colección Schloss, creo que el Jeu de Paume será un lugar muy desagradable durante las próximas semanas —prosiguió en voz baja—. ¿Estarás bien? —Se dirigió a Rose, que asintió del mismo modo que monsieur.

—Hablando de problemas —interpuso Angélique hacia Xavier—, tengo a un piloto británico cuyo avión se estrelló cerca escondido en el sótano con la *Mona Lisa*. Necesito un contacto en una ruta de escape. Mis maquis son saboteadores expertos y pueden hacer volar por el aire cualquier cosa para enfurecer a los nazis, pero no saben cómo sacar a un hombre de Francia.

Éliane casi no pudo controlarse. Pasar mensajes a la Resistencia era de por sí arriesgado, pero contrabandear pilotos Aliados era letal.

—No tenía adónde ir —explicó Angélique con sencillez, como si se hubiera dado cuenta del esfuerzo de Éliane por contener sus objeciones—. No pude decirle que no.

—Claro que no —convino Éliane, y esbozó otra sonrisa—. Estoy muy orgullosa de ti. Puedes ayudarla, ¿verdad? —preguntó a Xavier, incapaz de impedir el tono suplicante en su voz y con la esperanza de que él supiera cómo sacar a un piloto aliado del mismo castillo donde vivía su hermana.

—Sí —respondió él con tono lacónico y consultó su reloj—. Y podría haber buenas noticias, que todos las necesitamos. —Se acercó al horno, donde Éliane había escondido la radio prohibida sintonizada en las emisiones de la BBC—. Espero que los Aliados hayan recibido el mensaje sobre la *Mona Lisa*.

Éliane sabía que se refería al traslado reciente de *la Gioconda* y muchos otros cuadros de Montauban a Montal, después de que los techos empezaran a resquebrajarse sobre esos tesoros irreemplazables. Intentaron que uno de los circuitos de la Resistencia enviara un mensaje codificado —que Éliane ahora suponía que Angélique debía de haber entregado— para informar a los Aliados del nuevo escondite de los cuadros y así evitar ataques aéreos en la zona.

A través de las ondas aéreas, llegaron las palabras: "*La Joconde a le sourire*".

"*La Gioconda* sonríe".

Xavier sonrió también, solo un poco.

—Significa que los Aliados han recibido el mensaje. El cuadro debería estar a salvo.

Angélique se llevó una mano a la boca como para reprimir un grito de emoción. Monsieur Jaujard sonrió. Rose apretó la mano de Éliane.

Pero la euforia no duró mucho. Después de brindar en voz baja, Xavier se acercó a la ventana y se apoyó en el alféizar. Éliane podía verlo en la sombra, con los bordes de la luz que realzaban las cosas que más le quitaban el aliento: el contorno de su cuerpo, la mandíbula que quería dibujar con sus dedos, los labios que deseaba que besaran las puntas de sus dedos.

Xavier giró la cabeza.

Sus miradas se encontraron y fue como si las paredes se hubieran abierto, el techo también, y ella se encontrara en un espacio que no existía: solo ella y Xavier, y era imposible ver otra cosa que anhelo en su mirada, un anhelo que se correspondía con el suyo. Fue solo un instante y luego, como si hubieran rociado la escena con aguarrás, el apartamento volvió y las paredes también y Xavier estaba de pie en el hueco de la ventana con la cabeza vuelta hacia la cortina opaca y Éliane estaba congelada junto a su silla, incapaz de distinguir si lo que acababa de ocurrir era real o una alucinación seductora producto de la fatiga.

Madame y monsieur echaron sus sillas hacia atrás y se despidieron. Angélique abrazó a su hermana.

—Monsieur Jaujard dice que es más seguro que me quede en su apartamento que aquí contigo y con Luc. Que no deberíamos estar los tres bajo el mismo techo.

—Gracias —dijo Éliane a monsieur, porque tenía razón.

—Te acompañaré —indicó Luc a Angélique—. Tengo mensajes propios que pasar.

—Y tú ya puedes irte a casa —sugirió Rose a Xavier, con la misma actitud maternal con que trataba a Éliane.

Xavier se apartó de la ventana.

—Necesito dormir.

Era la primera vez que Éliane le oía admitir en voz alta que necesitaba algo. Qué cansado debía de estar.

Se ocupó de recoger la mesa y dirigió un saludo general al grupo. Luego, en vez de irse a la cama, fue hasta la ventana y permaneció de pie donde había estado Xavier. Su perfume todavía persistía y la envolvió como la excitación prohibida de la absenta.

Porque no importaba si Xavier sentía algo por ella; nunca podrían hacer nada al respecto. El riesgo era demasiado grande. Era mejor atenerse a sus respectivos papeles y rezar para que no pasaran muchos años más antes de que —Dios, cómo odiaba admitirlo— los Aliados los rescataran.

Se alejó de la ventana, entró en su habitación y se cambió el vestido por el camisón. La seda rosada estaba casi transparente por el uso; la idea de tener que ponérselo delante de König la había aterrorizado, ya que mostraba mucho más de lo que ella deseaba que él viera. Las cintas que hacían de tirantes y el corpiño de encaje estaban empezando a deshilacharse y, de pronto, se sintió tan harapienta y tan pobre y tan desamparada como lo era en realidad: incapaz de conseguir un camisón nuevo en esta ciudad dominada por el racionamiento, con dos empleos que odiaba y rodeada de hombres que odiaba. Lo único bueno en su vida eran esas reuniones irregulares con personas de ideas afines, reuniones que esperaba que tuvieran lugar en todos los apartamentos, granjas y casas de campo de Francia. Si se celebraban suficientes reuniones, si se hacían suficientes planes, el pueblo pronto podría recuperar a Francia. Y entonces Éliane podría hacerle dos preguntas a Xavier: "¿Cuánto de esto he imaginado? ¿Y cuánto es real?".

CAPÍTULO 24

El sueño tentaba a Éliane, pero su mente no le permitía descansar. Por fin, se levantó de la cama para ir a buscar un vaso de agua y se detuvo al oír un ruido leve al otro lado de la puerta. Apoyó la mano sobre ella.

¿Cómo podía saber que era él? ¿Cómo podía saber que no era König, Von Behr o alguien a quien nunca dejaría entrar en su apartamento?

—Xavier —susurró.

—Sí.

Abrió la puerta.

Xavier tenía una mano apoyada en el marco. Casi no había luz para verlo, salvo las líneas que se colaban por los lados de la cortina opaca y transformaban la noche negra en grisalla y a Xavier, de extraño en amado.

—Esto sería lo más peligroso de todo —murmuró él, sin entrar en el apartamento, sino de pie en el umbral, una línea que, una vez que la cruzaran, conllevaba un peligro tan enorme que parecía que ninguno de los dos estaba seguro de poder hacérselo al otro.

—Lo sé —reconoció Éliane. La expresión de él la sobresaltó. Todo esto lo estaba destruyendo. ¿Qué quedaría de él si la ocupación continuaba, implacable, durante años?—. Estás muy cansado.

—Eso se cura durmiendo, Éliane. —Sonrió.

Ella sabía que nada podría detenerlos ahora.

—Si entras —respondió, también con una sonrisa—, no vas a dormir.

Xavier se rio y el sonido estremeció el cuerpo entero de Éliane.

—Si Luc supiera que estoy aquí… —empezó él.

—Nos mataría. —Éliane terminó la frase por él. Luego levantó la mano hacia el marco de la puerta, se puso de puntillas y se inclinó sobre la línea divisoria.

Le besó la mandíbula con tanta suavidad que casi no sintió el cosquilleo de la barba en sus labios.

—Solo una vez —agregó, con la boca cerca de la oreja, sus cuerpos separados, ella en el apartamento y él fuera —. Los dos lo necesitamos.

Xavier giró un poco la cabeza, no demasiado, pero lo suficiente para que ella supiera que lo único que quería era besarla como era debido. Su mano apretó el marco de la puerta.

—Te pondré en demasiado peligro, Ellie.

—Ya lo estoy. Necesito recordar cómo es… —Vaciló, aún no estaba segura de lo que esto significaba para él, si tal vez solo era algo físico. Deslizó sus labios por la mandíbula, cerca de la boca—. Amar. Te necesito.

Sus labios se posaron con ligereza junto a los de él. Xavier inspiró hondo, tembloroso.

—Éliane. —Echó la cabeza hacia atrás para que ella pudiera verle la cara al hablar—. Te quiero. —Su mano abandonó por fin el marco de la puerta y subió a la mejilla de ella para acariciarle la piel con las puntas de los dedos. Apoyó la frente en la de ella—. No podemos volver a hacer esto nunca más… —comenzó.

—¿Hasta…?

—Sueño con los "hasta". Y con esto. —Xavier movió la cabeza tan deprisa que el impacto de sus bocas al encontrarse por fin fue como una única gota de rojo que hubiera caído al agua y se hubiera esparcido, al instante, por todas partes.

La última vez que habían hecho el amor, años atrás, en 1939, había sido ferviente y fascinante, pero tan inocente que ella había pensado que era todo lo que necesitaban: su amor y la expresión desnuda y sincera de ese sentimiento. El fervor seguía ahí, pero la inocencia había desaparecido, sustituida por una tristeza que ensombrecía cada beso, cada caricia, de modo que, así como los labios de Xavier sobre su cuerpo la hacían gritar de deseo, también la hacían llorar: lágrimas de verdad. Así era el amor en tiempos de guerra, una urgencia que iba más allá de la capacidad de sus cuerpos de expresar la necesidad que sentían el uno por el otro con el contacto de las manos, las bocas o la piel contra la piel.

La mano de Xavier, enredada en el cabello de Éliane, descubrió las lágrimas que mojaban su mejilla.

—Lo siento —susurró.

—Yo también —respondió ella y advirtió el brillo en los ojos húmedos de él antes de que los cerrara, levantara su cuerpo sobre el de ella y se deslizara en su interior, con una mano agarrada con fuerza a la suya y el pulgar de la otra acariciándole la mejilla como si quisiera quitarle la tristeza. Pero nada podía hacerlo.

Cuando llegó el momento final, Éliane gritó y también lloró. Al igual que Xavier. Nunca un amor había dolido tanto ni había sido tan perfecto.

***

—No llores, Éliane —murmuró Xavier cuando ambos yacían exhaustos en los brazos del otro. La atrajo hacia él como si de algún modo pudieran estar aún más cerca, lo que en realidad no era posible, aunque de todos modos, ella sintió que se fundía un poquito en él.

Xavier los envolvió a ambos en las mantas y allí, en la oscuridad de la ciudad sumida en un apagón, se aferraron en un abrazo intenso hasta quedarse dormidos.

Éliane durmió sin soñar durante la hora siguiente, hasta que el calor de Xavier contra su cuerpo la despertó. Sonrió y supo lo que haría: quería que esta vez no hubiera lágrimas, que solo hubiera placer y mucho amor. Se separó de él y buscó el vestido de seda negra que él debía de haber mandado hacer para ella. Se lo puso, se colocó Joy en el cuello, las muñecas y entre los pechos y se quedó de pie junto a la cama, esperando que los sueños de Xavier se dieran cuenta de que el perfume era real.

Pasó un breve momento antes de que él abriera los ojos y extendiera un brazo con preocupación hacia ella. Cuando Éliane pronunció su nombre, él salió de la cama y estuvo a su lado en un instante; su boca encontró la de ella y murmuró que no importaba lo que hubieran hecho, no importaba lo que hicieran, él nunca se saciaría de ella, la desearía siempre, y por siempre. Si es que existía un por siempre para ellos.

Éliane descartó ese último pensamiento cuando las manos de Xavier se deslizaron por el vestido, bajaron por sus costados y llegaron a sus caderas.

—He querido hacer esto desde que te vi con este vestido en Cap-Ferrat —musitó.

—¿Nada más que esto? —preguntó ella, con una sonrisa—. Seguro que imaginabas algo más.

Ahora fue él quien sonrió.

Inclinó la cabeza hacia ella y le susurró al oído.

—También imaginé hacer esto. —Le acarició un pezón con el pulgar, una y otra vez, y la fricción de la seda y la presión del dedo eran tan embriagadoras como la libertad misma—. Con las dos manos —agregó, y separó sus dedos de los de ella.

—¿Qué más? —lo urgió ella, con las palabras casi atascadas en la garganta.

—Imaginé… —Levantó la mano y soltó un gancho que Éliane ni siquiera sabía que existía. La capa de encaje se deslizó hasta dejarle la espalda desnuda—. Me imaginé bailando contigo.

Le tomó una mano y le acarició la espalda. Empezaron a moverse al son de una música que solo ellos oían.

—¿Solo bailar? —lo apremió, y su voz delató el anhelo de su cuerpo. Xavier negó con la cabeza.

—Cuando estábamos en la orilla, me imaginé haciendo esto.

Su mano en la espalda comenzó a acariciar con lentitud cada una de sus vértebras. A pesar de que cada movimiento era como un fuego, Éliane se estremeció.

—Imaginé tanto hacer esto que me dolía. —Sus manos se escurrieron dentro del vestido y por el sacro y acariciaron la piel desnuda que encontró allí.

—Xavier. —Casi no pudo pronunciar su nombre; el deseo era tan incontenible que levantó una pierna y lo rodeó con ella, apretando su cuerpo contra el de él.

—Deseaba tanto que hicieras eso —admitió él con voz ronca, y la hizo retroceder contra la pared; la ligera seda negra del vestido era todo lo que los separaba—. Pero no me atreví a imaginar esto. Habría sido demasiado. —Le desabrochó el vestido y clavó la mirada en su cuerpo mientras la seda caía al suelo—. Sigue siendo demasiado —murmuró, y ahora levantó un dedo para trazar una línea desde la clavícula y a lo largo del centro del pecho hasta el ombligo. ¿Cómo era posible sentir tanto, estar tan al límite cuando ni siquiera se habían besado, cuando solo habían utilizado el tacto y las palabras, y el deseo atronador resonaba en sus voces?

—En mi imaginación —logró pronunciar Éliane—, tu mano no se detenía ahí.

—Ellie.

Su nombre fue un susurro ahogado y, al segundo siguiente, estaban en la cama. Uno de los dedos exquisitos de Xavier se desplazó hasta la cadera y recorrió la curva hasta el muslo, coloreando la oscuridad y la tristeza y las sombras con luz y amor y todos los colores del fuego. Recorrió la pierna hacia abajo y luego hacia arriba, sin besarla, observando su rostro, sus labios que se abrían y pronunciaban su nombre.

La mano volvió al muslo y Éliane cerró los ojos por un momento; su cabeza se inclinó hacia atrás mientras el fuego y el deseo la consumían. Pero se obligó a abrir los ojos, porque no volverían a estar juntos en mucho tiempo y quería recordar cada segundo.

—Creo que todavía no he encontrado el lugar adecuado —susurró Xavier a su oído, y la pasión en su voz resultaba intolerable—. Necesito usar la boca.

Le besó el ombligo y sus labios desanduvieron el camino que había recorrido con el dedo. Fue imposible no levantar las caderas hacia él, imposible no soltar exclamaciones ahogadas toda vez que sentía la exquisita y concentrada sensación de su boca robándole el aliento, allí, justo donde ella quería, y tal como lo había soñado.

Gritó su nombre y sintió las manos de él que se aferraban a sus caderas mientras el mundo desaparecía a su alrededor y nada existía excepto ella y Xavier.

Cuando pudo recobrar el aliento, le sonrió.

—Ahora tenemos que poner en práctica mis fantasías.

Xavier se rio y ambos volvieron a caer con imprudencia en lo que, como había dicho él, era lo más peligroso de todo.

***

Acababan de apartarse y Éliane tenía la cabeza apoyada en el pecho de Xavier cuando oyeron que la puerta principal se abría y se cerraba. A continuación, unos pasos cruzaron el suelo y la puerta del dormitorio de Luc se cerró.

—Había planeado irme antes de que él volviera —susurró Xavier y le besó la frente—. Me has distraído mucho.

Éliane sonrió y frunció el ceño.

—¿Dónde habrá estado? Se fue de aquí hace horas.

Xavier frunció el ceño también.

—No debería salir después del toque de queda. Es demasiado peligroso.

—Sin embargo planeas irte luego del toque de queda.

—Tengo protección alemana. Luc no.

Éliane le llevó un dedo a los labios.

—No hablemos de eso, ahora no. —Se incorporó sobre los antebrazos para mirarlo a los ojos, esos ojos en los que ahora podía leerlo todo—. Te quiero, Xavier. Más que a nada en este mundo. Lo que significa que no puedes volver a hacer algo tan imprudente como esto, nunca.

—Lo sé. Bésame. Vuelve a odiarme mañana, pero al menos sabré que estás fingiendo. Puedo superar cualquier cosa si sé que no me odias.

Se besaron de nuevo, durante tanto tiempo y con tanta fuerza que Éliane sintió cómo la barba le raspaba la piel.

—Espera un momento. —Xavier se volvió y cogió sus pantalones—. Volví a mi apartamento después de la reunión para traerte esto. —Sostuvo en el aire un zafiro con una estrella blanca—. Tu anillo de compromiso. Quédatelo. Véndelo si tienes que hacerlo; los papeles están ahí para que puedas conseguir un buen precio. No lo guardes de recuerdo. Yo no soy eso. Yo estoy ahí —concluyó y señaló el corazón de ella—, no aquí.

Le entregó el anillo, sus ojos húmedos dejaban en evidencia que esperaba que nunca más quisiera deshacerse de él.

—Algún día lo usaré siempre —aseguró Éliane, sin deslizar el anillo en su dedo porque, si lo hacía, no soportaría tener que quitárselo—. Por ahora...

Salió de la cama, corrió el espejo en la pared y colocó el anillo en el hueco que había detrás. Permaneció de pie con la mano apoyada en la pared y reunió fuerzas para decir:

—Sé que debes irte. No pasa nada. Estaré bien.

Esperó de espaldas a él mientras se vestía, no quería presenciar su partida. Pero Xavier la hizo girarse antes de irse y le acarició la cara.

—Te quiero —susurró.

Éliane atrapó esa sensación en su cuerpo y la guardó como un retrato en miniatura dentro del medallón de su corazón, que jamás se abriría para nadie excepto para Xavier.

CAPÍTULO 25

No fue hasta que llegó al Jeu de Paume al día siguiente, sin reparar en los uniformes alemanes ni en las colas, ni en el tiempo, ni en nada mientras caminaba, tan absorta estaba en los recuerdos de la noche que acababa de pasar con Xavier, que se acordó de König. El guardia que verificó sus documentos de identificación se lo recordó.

—Vaya buen fin de semana que ha pasado —comentó, acercándose a ella.

Era una afirmación más que una pregunta. Estaba claro que su noche con König era tan de conocimiento público como los encuentros de Von Behr con su secretaria. Había pasado a ser la puta francesa.

Pero eso no era lo peor. Mientras el guardia, de pie frente a ella, paseaba su mirada con lentitud entre los papeles y Éliane, con la tela de su chaqueta contra el fino algodón de la camisa de ella, Éliane se preguntó qué esperaría König ahora. ¿Sería suficiente una supuesta noche juntos? ¿O querría más? Y ¿qué harían los parisinos con las putas francesas cuando acabara la ocupación?

Un camión cargado de cajas de embalaje pasó frente a ellos y se detuvo a un lado del museo.

—La colección Schloss —dijo uno de los historiadores que aguardaban ahí. Por fin, había llegado al purgatorio.

—Un placer, mademoiselle. —El guardia le devolvió los papeles.

Ella esbozó una sonrisa fría y entró en el museo, donde la esperaba König.

Se obligó a olvidar a Xavier y sus labios sobre su cuerpo. König se movió con nerviosismo.

—Mademoiselle, yo…

Volvía a hablar con medias frases. Éliane tomó las riendas.

—Gracias por una velada espléndida —manifestó, y miró por encima del hombro como si la conversación fuera privada, solo para König. Luego se alejó mientras él se recuperaba.

No llegó muy lejos cuando oyó los gritos de un hombre y supo que era Göring: que su cara gorda estaría roja y que estaría escupiendo saliva. Hitler debía de saber que Göring tenía la colección Schloss. Todos se habían metido en problemas.

***

Éliane y Rose se quedaron en la oficina hasta que cesaron los gritos. No valía la pena recabar ninguna información mientras Göring estuviera furioso y Von Behr fuera el destinatario probable de esa furia. A media mañana, König fue a ver a Éliane y le mostró con orgullo una lista manuscrita.

—Estoy haciendo un inventario de la colección Schloss —explicó—. La idea es hacer un catálogo para que nuestro Führer pueda disfrutar de las obras que ha adquirido. —De pie muy erguido, le dirigió una sonrisa radiante.

De repente, ella pudo ver el parecido entre König y su tío.

—Maravilloso —murmuró, tratando de parecer sincera.

—Vendrá usted conmigo a la exposición de las obras Schloss —continuó—. El Führer ha sido lo bastante generoso como para permitir que la exposición siga adelante.

Después, hay un hotel... —La timidez resurgió—. Iremos allí...

—¡König!

"Gracias a Dios por Von Behr", pensó Éliane por primera vez en su vida.

König se volvió.

Éliane sintió que Rose la miraba, pero esquivó sus ojos. Fingió trabajar durante la media hora siguiente, pero en ese tiempo, el único plan que se le ocurrió para evitar ir a un hotel con König después de la exposición de las obras Schloss fue beber demasiado para ser ella la que fuera incapaz de hacer nada. Pero era un plan temporal y preocupante. Si no tenía el control de sí misma...

El silencio de fondo que había seguido al paroxismo de gritos de Göring se convirtió de pronto en un ruido de botas fuera, en la terraza de las Tullerías.

Rose y Éliane se acercaron con sigilo a la ventana para ver qué ocurría.

Lo primero que percibió Éliane fue el olor a humo. Luego, una nube blanca se elevó desde la terraza. Tuvo que apoyar una mano en el cristal para sostenerse.

El humo emergía de entre rojos, azules, amarillos y negros. De la sangre, los huesos y el alma del arte. Cientos de cuadros apilados en una pirámide ardían en el patio.

—Son los de la Sala de los Mártires —susurró Rose, y señaló lo que alguna vez había sido un Picasso, un Miró, un Klee.

El significado de las palabras recaló de lleno en Éliane. "Son los de la Sala de los Mártires".

Se apartó de la ventana y salió corriendo. Por primera vez en este lugar de ladrones y farsantes, su corazón estaba a la vista de todos. Corrió directa hacia el fuego y estuvo a punto de introducir la mano entre las llamas: no podía perder aquel cuadro, *L'Amour*, el cuadro del amor.

König tiró de ella hacia atrás con un grito. Éliane sintió las lágrimas en su rostro. Oyó la voz fustigadora de Von Behr y el estallido de su mano contra su mejilla cuando la abofeteó, con fuerza. Cayó al suelo.

Se controló y apeló a una mentira.

—Vi un cuadro que no debía estar ahí. Un Van Dyck, creo.

No había pruebas que respaldaran ni negaran su afirmación. El fuego se había encargado de eso.

El Mariscal del Reich se dirigió a Von Behr en alemán.

—Si alguno de los cuadros Schloss que espera el Führer fue destruido… —amenazó con severidad.

—La chica es joven y emocional y se ha equivocado. ¡Levántese! —Von Behr empujó a Éliane con el pie.

Ella no se movió. No entendía alemán.

—Verifique cada cuadro con el inventario —ordenó Göring a Von Behr.

Von Behr sonrió con tirantez y se volvió hacia König.

—Puede ayudar. —Señaló a Éliane, que asintió sumisa.

Éliane pasó un instante por la oficina para buscar papel y un bolígrafo.

—No te preocupes —le susurró Rose—. Tu cuadro sigue en la *salle*. Ya me fijé.

—Gracias —respondió Éliane—. No debí… —Parpadeó y tuvo que hacer un esfuerzo inmenso para no llorar delante de esta mujer que sufría tanto como ella, pero que nunca lloraba.

—Sí, no debiste hacerlo —aseveró Rose con firmeza—. Tenemos que mantener vivas las cosas que nos mantienen vivas. —Hizo una pausa. Su expresión sombría, vacía y desesperanzada era poco habitual en ella—. Quizá deberías parar. No me gusta lo que está pasando. Con König. Y aquí. —Hizo un gesto hacia el museo—. Y ahora también tu hermana. Alguien más por quien tienes que preocuparte.

Cosa increíble, Éliane sonrió. Aquí estaba Rose, preocupada por Éliane, y una de sus preocupaciones era que Éliane tenía demasiadas personas en las que pensar. La besó en la mejilla.

—Estoy en esto hasta el final. Como tú.

Pero Rose tenía razón. En la galería principal, las quejas de los historiadores corrían como un reguero de pólvora. Los dos hombres involucrados en una aventura amorosa con la misma secretaria se acusaban mutuamente de descuido. La secretaria de Von Behr, que sin duda se había llevado la peor parte de la ira de Von Behr esa mañana, le dijo a Rose que sus gafas debían de ser las más ineficaces de toda Francia, a juzgar por la lentitud con que se movía. Éliane sabía por qué Rose se movía con lentitud; estaba haciendo un inventario mental meticuloso. Von Behr entraba de vez en cuando y arremetía con un ataque verbal feroz.

El ambiente era el de una olla a punto de estallar.

La lista del inventario se terminó de verificar casi a las diez de la noche. Faltaban tres cuadros. Uno era un Van Dyck. Éliane miró a Rose y supo que, en medio del caos, Rose debía haberlo llevado a la Sala de los Mártires arriba para corroborar la versión de Éliane sobre el cuadro en el fuego. Para fomentar más la desconfianza y los celos.

—¿Dónde están? —chilló Von Behr y, por desgracia, en ese momento vio a Rose, la mujer que siempre cargaba con la culpa—. ¡Fuera! No vuelva. Cada vez que pasa algo malo, usted anda cerca.

König se puso delante de Éliane para ocultarla de su tío.

Los guardias de la Luftwaffe escoltaron a Rose fuera del Jeu de Paume.

Éliane tendría que adular a König —o algo peor— una vez más.

De camino a su casa desde el museo, Éliane vio a un hombre y una mujer, más o menos de su edad, de espaldas y con las manos apoyadas contra la pared. Los nazis les apuntaban con sus armas. Otro nazi salió de un edificio con una pila de papeles en la mano y ella le oyó mascullar que la pareja había estado ayudando a parisinos a evadir el programa de trabajo obligatorio en Alemania. Era una suerte, continuó el nazi, que el conserje del edificio colaborara con ellos y delatara a esos cerdos de la Resistencia.

El nazi levantó la cabeza del hombre y la estampó contra la pared. Luego pateó las piernas de su compañera y la mujer cayó al suelo. Se llevaron a ambos a rastra, sangrando, casi inconscientes.

Éliane estuvo a punto de vomitar allí mismo, delante de los nazis. Lo que acababa de presenciar —si algún parisino traidor llegaba a sospechar que Éliane era una *résistant*—, podía ser su propio destino, y el de Xavier y Rose y Luc y Angélique y monsieur Jaujard.

No importaba lo repulsivas que fueran las insinuaciones de König. Las aceptaría con una sonrisa para que nadie la delatara, para poder mantener con vida a su familia y a sus amigos.

***

En la *brasserie*, se aseguró de servirle a König una ración extra de sonrisas con su comida, aunque en realidad no tenía tiempo para entretenerse; el restaurante era muy popular ahora, dada su evidente conexión con nazis poderosos. De hecho, estaba tan ocupada que casi no se dio cuenta de que conocía a una elegante parisina con un vestido precioso hasta que le pasó los menús a ella y al funcionario nazi con el que estaba cenando. Incluso entonces, tardó un momento en establecer la conexión entre la mujer dócil y bien acicalada y la modelo artística bastante más salvaje que Luc había llevado al apartamento en varias ocasiones antes de la guerra. Había escandalizado a la madre de Éliane con su incapacidad para sobrevivir más de cinco minutos sin besar a Luc.

Los ojos de la mujer se posaron unos segundos en Éliane y su delantal manchado y volvieron al menú sin decir palabra. De todos modos, Éliane se apresuró a entrar en la cocina, pensando que su hermano estaría encantado de aceptar el desafío de hacer que su antiguo *amour* se fijara en él y no en el nazi.

—Louise está ahí fuera —anunció.

Luc se acercó a la puerta y miró en dirección a la mesa donde Louise inclinaba la cabeza de manera encantadora hacia el nazi.

—Haz alguna maldad —sugirió ella—. Necesitamos algo de lo que reírnos.

Luc no dijo ni una palabra. Miró su propia ropa arrugada y salpicada de grasa y luego al alemán, limpio, reluciente y con el traje recién planchado, que estaba bebiendo uno de los vinos más caros que tenían. Louise levantó los ojos al mismo tiempo y su mirada pasó por encima de Luc de la misma manera en que lo había hecho antes con Éliane. La diferencia era clara: un hombre poderoso que se movía en la mejor sociedad o un cocinero al servicio de esa misma sociedad.

Luc volvió a los fuegos y le gritó a su asistente de cocina con una expresión ilegible en el rostro.

Éliane quería abrazar a su hermano. En vez de eso, echó cinco veces más sal de la debida en la comida de Louise y sonrió sin alegría cuando la vio fruncir la boca.

***

Después de una espantosa despedida de König que pareció eterna, Éliane regresó a su apartamento. Llegó más tarde que los demás, consciente de la tensión en su rostro y su mirada apagada.

—¿Disfrutó tu alemán del digestivo de besos? —preguntó Luc—. Tendremos que cobrarle un extra por todo el tiempo que se está tomando.

Éliane se sonrojó y advirtió el destello iracundo en la mirada que Xavier le dirigió a Luc. Tenía que apaciguar a su hermano antes de que la furia de Xavier los delatara a los dos.

—No seas hiriente —regañó a Luc, con más brusquedad de la que había pretendido.

—No siempre se pueden evitar las heridas en las interacciones humanas —precisó su hermano con sorna—. Si algo has aprendido en los últimos tres años, es eso.

Debería haber echado el salero entero en la comida de Louise, reflexionó Éliane. Pero Luc tenía razón y el significado de sus palabras iba más allá de la crueldad de Louise. Ahora, cualquier cosa que hicieran podía herir al otro. Una expresión facial que revelara demasiado. Un secreto transmitido en un lugar donde los oídos oían más de lo que debían. Sus vidas estaban en manos unos de otros y, al observar alrededor de la mesa, Éliane distinguió lo diferentes que eran las manos de cada uno de ellos. Las de Luc estaban manchadas de vino, las de Rose eran pequeñas y débiles, las de Xavier estaban bien cuidadas, las de monsieur Jaujard entrelazadas y las de Éliane habían estado a punto de quemarse ese día.

Les contó a todos lo del fuego y Rose terminó la historia.

—Pude esconder un solo cuadro en la Sala de los Mártires —aclaró con aire pensativo—. Un van Dyck, para que encajara con lo que Éliane le había dicho a Von Behr. Pero cuando se terminó el inventario de los cuadros Schloss, faltaban tres.

—¿Crees que alguien los está robando? —inquirió Éliane con el ceño fruncido—. ¿Quién?

Rose sacudió la cabeza.

—Deberíamos tratar de identificar a cualquiera que de repente parezca tener más dinero o poder del que debería.

—Y tener cuidado —añadió Xavier, con el rostro vuelto hacia Rose y un breve destello de sus ojos hacia Éliane.

Acto seguido, la puerta del apartamento se abrió de golpe y con más ruido del habitual y apareció una Angélique con los ojos desorbitados; Angélique, que debería estar en Montal con la *Mona Lisa* y no aquí en París otra vez. Cerró la puerta a sus espaldas, se apoyó en ella y exhaló.

—La Das Reich ha estado hoy en el depósito del Louvre en Valençay. Y luego fueron a Montal.

—¿Qué? —Las voces de Éliane y Xavier sonaron al mismo tiempo. Los miembros de la Das Reich, una división de las SS, eran conocidos como asesinos. Asesinos brutales.

—Las obras están a salvo —se apresuró a agregar Angélique—. Pero uno de nuestros guardias ha muerto. —Se dejó caer en una silla.

Un guardia del Louvre estaba muerto. Un hombre que cuidaba cuadros. ¿Qué clase de amenaza podía significar para el ejército alemán conquistador?

—Nos sacaron a todos afuera y nos obligaron a tumbarnos en el césped —continuó Angélique con voz seca—. Dispararon a las ventanas. Luego nos dijeron que nos pusiéramos de pie y nos dispararon.

—¿Estás herida? —preguntó Xavier con urgencia. Angélique negó con la cabeza.

—¿Qué buscaban? —interpuso monsieur Jaujard con tono sombrío.

—Al piloto —respondió ella.

Xavier se levantó demasiado deprisa y volcó la silla. Esta golpeó contra el suelo y el ruido retumbó como un disparo.

"El piloto". Éliane cerró el puño con fuerza, una roca de tensión.

—¿Cuánta gente sabía lo del piloto? —preguntó Xavier, dándose la vuelta.

—Casi nadie —contestó Angélique despacio, como si estuviera atando cabos. Éliane no acababa de comprender, pero era obvio que Xavier sí, por la atención y la seriedad con que miraba a Angélique—. Solo los dos maquis que lo llevaron a Montal —continuó Angélique—. Y la mujer que dirige la casa segura a la que lo llevé esta mañana. Ella no diría nada que pudiera atraer a la Das Reich a la puerta de su propia casa. Y los maquis se cuidan mucho. Ellos tampoco quieren a la Das Reich en su puerta.

—Las otras personas que estaban al tanto están todas aquí —señaló Xavier y miró a los cinco mientras hablaba.

Se hizo un silencio colosal. Entonces Luc se levantó y su silla también cayó al suelo.

—¿Te incluyes a ti mismo en tus conjeturas? —susurró.

—Sí. —Xavier también habló en voz baja—. Esto ocurrió porque alguien ha sido descuidado o ha actuado con deliberación. Ambas cosas son imperdonables. Ninguna de las dos debería repetirse.

—Hablaré con los maquis —dijo Luc—. Tiene que haber sido uno de ellos. Vámonos. —Hizo un gesto a Angélique, quien siguió a su hermano hasta la puerta.

Éliane no podía hablar, ni siquiera despedirse. Y tampoco podía pensar. Era imposible imaginar que Rose los hubiera puesto al descubierto, que se hubiera olvidado de sí misma y le hubiera hablado del piloto a monsieur Jaujard en un lugar demasiado público. O Xavier. O Angélique. O Luc. O incluso la misma Éliane. ¿Habría puesto ella en evidencia lo que sabía? No. Luc tenía razón. Tenía que haber sido uno de los maquis.

CAPÍTULO 26

VON BEHR LE DIJO A ÉLIANE QUE USARA EL VESTIDO NE-gro de Cap-Ferrat para la exposición de la colección Schloss la semana siguiente. Se lo puso en el baño del museo y se maquilló el rostro con colorete y máscara de pestañas para convertirse en la Éliane que los nazis querían ver. La Éliane que König planeaba llevar a un hotel al final de la noche, algo que ella había olvidado con la tensión de los días anteriores, algo que ya no podía olvidar, pues la noche se le había venido encima.

Las náuseas amenazaban su garganta. Cerró los ojos, se obligó a respirar y esperó a que se le pasaran. Cuando abrió los ojos y vio su cara en el espejo, supo que nunca había tenido tanto miedo en toda su vida.

—¡Mademoiselle! —sonó la voz de König, llamándola.

Tenía que salir del refugio del baño. Tenía que convencer a König de que permitiera que Rose volviera al museo. Tenía que pasar esta noche sin ponerse en evidencia.

No tenía ni idea de cómo haría nada de eso.

—¡Mademoiselle! —La voz sonaba justo fuera.

"Piensa en lo único bueno de la semana", se dijo a sí misma. Luc había identificado al maquis que los había traicionado y se había encargado de él. Éliane no había preguntado cómo. Le bastaba con saber que no habría más traiciones.

Abrió la puerta.

König la abrazó.

Ella lo apartó de un manotazo, intentando que pareciera un juego.

—Monsieur —lo regañó—. Estoy trabajando.

König frunció un poco el ceño y Éliane esperó que no se hubiera dado cuenta de que ella intentaba disuadir sus besos y abrazos tanto como pudiera. Se daría cuenta pronto. Tal vez en cuestión de horas.

—¿Dónde está nuestra camarera? —gritó Von Behr y, por segunda vez en su vida, Éliane pensó: "Gracias a Dios por Von Behr".

Se apresuró a la galería principal, cogió una botella de champán y se dispuso a servir.

Xavier llegó con los primeros invitados. Éliane trató de no mirarlo y de mantener la atención en llenar las copas. Las puertas del museo volvieron a abrirse y entró una mujer bajita y de curvas generosas. Su aparición hizo que König se detuviera en seco en medio de su carrera en línea recta hacia Éliane.

—¿Qué estás haciendo aquí, Elke? —resonó la voz disgustada de Von Behr.

—He llegado esta tarde —respondió la mujer en alemán—. Me cansé de esperar en Berlín. He oído decir que París es una ciudad encantadora. Ernst —agregó con tono nervioso hacia König, que aún no se había movido—. ¿No te alegras de verme?

Xavier se adelantó y König no tuvo más remedio que presentarle a la mujer.

—Ella es Elke, mi esposa —dijo.

¿König tenía una esposa? Éliane casi se atraganta. ¿Quién iba a pensar que el König de la frase inconclusa iba a mentir de forma tan espectacular? Y, como consecuencia inmediata y delirante de ese pensamiento, Éliane comprendió que estaba a salvo. Si la esposa de König estaba en París, ella no tendría que ir a un hotel con König.

Von Behr pasó al francés.

—No hay duda de que París es una ciudad de lo más encantadora —contestó.

Mientras hablaba, miró a Éliane con una sonrisa indolente en el rostro y Éliane decidió aprovechar la sorpresa genuina que sentía en lo que tendría que ser la mejor actuación de su vida.

—¿Tiene usted una esposa? —preguntó a König.

—Lo… lo siento —balbuceó él —. No sabía que vendría.

—Eso no es una disculpa —dijo ella entre dientes.

König hizo una mueca y estudió el movimiento de sus pies en el suelo. Luego levantó la cabeza.

—Me gustaba no ser el König de Berlín casado con Elke. Me gustaba ser el König de París que podría convencer a una mujer hermosa de que bailara con él.

Éliane vio que la cara de Elke se fruncía de dolor. Pero no podía detenerse.

—Hicimos algo más que bailar —replicó, y se le escapó una lágrima de tanto cansancio y compasión y sobreexcitación. Cada uno jugaba su juego—. ¿Cuánto tiempo llevan casados? —susurró, como si le importara.

—Cuatro años.

—¿Y a cuántas mujeres sedujo en grandes fiestas?

—A ninguna. Yo jamás…

—Pero lo hizo.

—¿Acaso no lo ve? —gritó König y las cabezas se giraron hacia ellos—. Ella no es nada comparada con usted. Es regordeta y sencilla como un buñuelo de patata. Usted es…

—Ernst —suplicó Elke, pero todos la ignoraron.

—¡Un suflé que se desinfla rápido! —replicó Éliane—. Sus habilidades metafóricas son tan malas como sus *competences de la chambre*.

Una ronda de risas y carcajadas acogió el arrebato de Éliane. Abandonó la galería y se dirigió al baño, donde se encerró y abrazó, sin saber si iba a reír o a llorar.

***

La puerta del baño se abrió de golpe al cabo de unos minutos y, por el perfume, supo que era Xavier. Éliane salió del cubículo.

—¿Y ahora qué? —inquirió al verle la cara y con el cuerpo tenso.

Él habló con rapidez.

—Van a subir a la Sala de los Mártires a buscar el cuadro de Van Dyck de la colección Schloss. El que Rose escondió allí. La SD alertó a König para que registrara la sala.

Éliane no sabía bien qué hacía la Sicherheitsdienst, o SD, pero sí sabía que era una agencia que se encargaba de perseguir a las personas que trabajaban contra los nazis. Y si König encontraba el cuadro de Van Dyck escondido en la Sala de los Mártires, se desencadenaría una cascada de sospechas e investigaciones que solo podía acabar con la detención de todas las personas que le importaban.

Subió corriendo al primer piso y agradeció a Dios la fiesta de abajo. Tuvo que maniobrar entre mucha gente. Vio que Von Behr intentaba abrirse paso entre la multitud, con König, resuelto, a su lado, pero el gentío de nazis, y ahora Xavier, retrasaban el avance de los dos hombres. Éliane llegó a la Sala de los Mártires antes que nadie y sacó el Van Dyck de su escondite. Era demasiado grande para ocultarlo bajo su vestido. Pero si aparecían ahora, la atraparían con él.

No tenía tiempo para ser cautelosa. Tendría que arreglárselas con el cuarto de limpieza. Se apresuró a entrar, escondió el cuadro detrás de las fregonas y cogió unas botellas de vino que Rose había guardado allí.

El sudor le bañaba la nuca y le temblaban las manos.

—¡Mademoiselle! —ladró Von Behr—. ¿Por qué está aquí arriba?

Éliane esbozó una sonrisa alborozada y levantó una botella con el Burdeos.

—Desde el incidente con Herr Schmidt, los mejores vinos tintos se guardan aquí. —Gracias a Dios por Herr Schmidt, un historiador del arte que se había bebido a escondidas casi toda la bodega de vinos de Von Behr.

—Dese prisa —le ordenó el coronel con brusquedad, y Éliane no necesitó que le insistiera.

Se apresuró a bajar las escaleras y rogó a Dios que no registraran todas las habitaciones. Pero al menos, lo que había hecho demostraría que su informante no lo sabía todo.

Qué difícil era servir vino mientras Von Behr y König estaban arriba. Qué difícil era no mirar a Xavier. Qué difícil fue ver a König y Von Behr regresar casi veinte minutos después, con las manos vacías y las mejillas de König rojas de mortificación.

Observó cómo Von Behr cogía una copa en una mano y una mujer en la otra, cómo Elke reclamaba su lugar al lado de König, cómo Xavier se deslizaba junto a ellos, halagando a Elke, para luego volverse hacia König y apartarlo para una conversación privada.

Éliane se obligó a esperar diez minutos a que la conversación hubiera terminado y regresó al baño, esperando que Xavier se diera cuenta. Antes de llegar, Elke apareció ante ella.

—Es usted muy hermosa —señaló la mujer, no con tono acusador sino más bien melancólico.

Éliane se preguntó qué se sentiría si tu esposo te llamara buñuelo de patata delante de una multitud de hombres que se reían. Se sintió obligada a decir la verdad, aunque no sirviera de consuelo.

—No sabía que estaba casado.

—La creo —respondió Elke, sin apartar su mirada clara del rostro de Éliane—. ¿No quería usted reservarse para un esposo?

—Lo dice como si de verdad creyera que tengo la opción de negarme —replicó Éliane con incredulidad.

Elke parpadeó.

—Pero Ernst no... —La vacilación fue momentánea—. No la obligaría.

—Hay muchas maneras de obligar a alguien a hacer lo que no quiere, además de la fuerza física. Espero que nunca le pase.

Por suerte, Elke no la siguió al baño. Por suerte, Xavier sí. Estuvo allí treinta segundos y volvió a hablar rápido.

—Solo los que asistieron a nuestra reunión sabían lo que Rose y tú habíais hecho con el cuadro de Van Dyck —soltó—. A menos que alguien viera a Rose esconderlo ahí arriba.

Éliane negó con la cabeza. Rose era demasiado cuidadosa para dejar que eso ocurriera. Su mente iba a toda velocidad.

Esta vez no se podía culpar a los maquis de la filtración de información secreta. Solo podía haber llegado a la SD a través de una de las seis personas de su grupo. ¿Cómo? ¿Un accidente imposible? ¿O algo más deliberado?

Sus ojos se cruzaron con los de Xavier, como si compartieran el mismo pensamiento.

—Von Behr ha echado a Rose del museo —continuó Xavier en voz baja y desesperada—. Y hoy, en una reunión con Göring, han amenazado a monsieur Jaujard con matarlo si sigue obstruyendo los intentos de los nazis de apoderarse de las obras de arte estatales, que ya no se contentan con dejar a salvo en los depósitos. Y ahora esto. Todo esto podría caer muy pronto sobre nuestras cabezas. Y quedarás atrapada en el medio. —La preocupación teñía los ojos de Xavier de un negro feroz e implacable—. Sobre todo si hay… —Se interrumpió, pero Éliane sabía lo que había estado a punto de decir: "Sobre todo si hay un traidor entre nosotros".

Sexta parte

Saint-Jean-Cap-Ferrat, 2015

CAPÍTULO 27

—Me ha estado esperando —repitió Remy aturdida, tomada de la mano de Adam con fuerza.

Intentó distinguir algo más de la mujer, pero, a contraluz del sol, todo lo que podía ver, como en una fotografía sobreexpuesta, eran manchas blancas: cabello blanco, manos blancas, camisa blanca.

Entonces el sol se movió y apareció una anciana inofensiva. Las arrugas de su rostro enmascaraban su verdadera expresión, pero sus ojos eran azul pálido y compasivos, como si estuviera a punto de decir algo que pudiera doler.

Remy dio un paso atrás.

—Por favor, pasad y tomad asiento —los invitó Elke König con un acento alemán gutural levemente atenuado por la vida en París.

Remy la siguió por el interior del apartamento y hacia dos sillones pequeños junto a la ventana, incapaz de recordar cómo sentarse, muy desconcertada por el recibimiento de la mujer.

—¿Seguro que no quieres sentarte? —insistió Elke, casi con pesar, como si deseara que Remy se sintiera cómoda, que se quedara. Apretó el bastón en su mano y cruzó la sala hacia uno de los sillones.

—¿Dónde está su marido? —preguntó Remy—. Ernst

König. —Era la pieza que conectaba el rompecabezas, la que Remy necesitaba encontrar.

—¿No lo sabes? —respondió Elke, antes de sentarse—. Querida, murió hace setenta años.

Remy sintió que su mano apretaba aún más la de Adam.

—Ernst y su tío, el coronel Von Behr, tomaron la salida de los cobardes. —La voz de Elke era tranquila y las manos le temblaban sobre el bastón—. Bebieron champán envenenado a principios de 1945, cuando se dieron cuenta de que todo había terminado. Se quitó la vida antes que enfrentarse a lo que había hecho.

El hombre con el apellido de su padre, el hombre que podría ser el padre de su padre, se había quitado la vida. Solo los culpables hacían eso.

Remy no quería oír más. No quería a esa gente. No era su gente.

Soltó la mano de Adam y se marchó del apartamento.

***

Adam la alcanzó al pie de la escalera. Había tanta compasión en sus ojos que ella apoyó la cabeza en su hombro, lo rodeó con los brazos y se aferró a él, sin siquiera darse cuenta de lo que hacía. Después de un largo momento, él le dio un beso ligero en lo alto de la cabeza. Luego se separó con lentitud.

Solo cuando él se apartó, ella comprendió que acababa de abrazarlo. Lo miró y vio al Adam del primer encuentro: rígido, reservado. Imposible de descifrar.

—Supongo que no quieres volver ahí arriba —murmuró él. Remy negó con la cabeza.

Ninguno de los dos habló mucho durante el viaje de regreso a Cap-Ferrat, salvo alguna petición amable de parar a tomar un café o para comprobar las indicaciones cuando el GPS no funcionaba bien. Remy podía achacar la falta de conversación al extraño encuentro con Elke. O podía argumentar que ella y Adam siempre habían podido estar juntos sin necesidad de hablar. Pero la estruendosa ausencia de sonido llenaba todo el espacio del coche.

Remy intentó concentrarse en el trabajo, en cualquier cosa menos en lo que había dicho Elke König. Pero no podía concentrarse en catálogos de moda ni en ropa. Y cuanto más se prolongaba el viaje, más le costaba ignorar la sospecha de que abrazar a Adam había sido demasiado para él, que le había despertado sentimientos que él prefería mantener ocultos por el bien de ella. Remy se lo estaba poniendo muy difícil. ¿Por qué? No servía de nada ignorar lo que su cuerpo y su mente sabían: que sentía algo por Adam. Una atracción física. Una atracción emocional. Una conexión inconfundible.

Se quedó pensativa, echándole vistazos mientras él conducía, sin poder verle los ojos, ocultos por las gafas de sol. Podía observar un lado de su cara, los pómulos y la mandíbula, y la barba que la ensombrecía. La línea de los hombros, los brazos tonificados y bronceados, la camiseta que le cubría el torso, que ella sabía que también era musculoso y estaba bronceado porque lo había visto muchas veces en la playa.

Apretó las manos a los costados y el estómago se le contrajo. Tosió.

—¿Estás bien? —preguntó Adam.

—Solo pensaba —respondió ella.

—Yo también.

Ninguno de los dos hizo la pregunta siguiente: ¿en qué?

Su mente se llenó de imágenes de las dos últimas semanas: Adam yendo a París por ella y luego a Washington; Adam mirando microfilmes hasta que se le secaron los ojos; Adam que le sostenía la mano durante la horrible conversación con Elke König; Adam que nunca le había permitido que se embarcara sola en esta búsqueda.

¿Cuándo alguien le había dado tanto? La idea la golpeó como un cubo de agua fría.

—Necesito parar —soltó, aunque no había ninguna señal de "Área de descanso" a la vista.

Adam se salió de la carretera entre el sonido de las bocinas y la observó bajarse. No la siguió. Ella se acercó a un árbol y se quedó con una mano apoyada en el tronco.

"¿Cuándo alguien le había dado tanto?".

La pregunta surgió por sí misma otra vez. Remy sacudió la cabeza, en vano. Una serie de pensamientos leales y desleales cruzaron por su mente: Toby que se despertaba un sábado por la mañana y decía: "Vamos a algún sitio", metía sus cosas en una bolsa y las llevaba a Thredbo o Jervis Bay o incluso Byron Bay para pasar un fin de semana divertido. Toby que quería que ella lo acompañara a las cenas de la empresa, pero que siempre se las ingeniaba para no ir a los eventos de ella porque eran "cosas de la moda". Toby leyéndole un libro a Ebony por la noche cuando estaba en casa. Toby que le avisaba por la mañana que tenía una reunión esa noche tarde y que nunca se detenía a averiguar si ella tenía algo también. Toby que jamás contrataba a la niñera, ni siquiera una de esas mañanas en las que se había olvidado de avisarle de una reunión. Toby que nunca se iba por la mañana sin decirle "Estás preciosa". Toby que jamás le hacía una sola pregunta sobre la moda *vintage* que ella coleccionaba.

Ella y Toby habían compartido un tipo de amor. Remy no se había dado cuenta de que existían otros tipos. Adam le había mostrado una compasión tan tierna, tan profunda, que ella no había sabido reconocerla porque nunca había experimentado nada igual.

Remy había levantado un muro y le había pedido que no

lo traspasara. Y él no lo había hecho, nunca. Ahora entendía que ese muro había sido una prueba. Una forma de ver si, a pesar de todos los obstáculos y pasara lo que pasara, él se quedaría. O si se iría, como había hecho Toby.

Excepto que Toby no había tenido opción. Adam la tenía. No la había ejercido. Hasta ahora, quizás, cuando ella lo había obligado a hacerlo para preservarse a sí mismo.

Hizo un esfuerzo por respirar a pesar de la opresión en su garganta y luego regresó al coche donde él la estaba esperando.

—Estoy bien —se apresuró a decir mientras se sentaba y antes de que él pudiera preguntar nada, cosa que sabía que haría.

Pero ¿qué iba a hacer al respecto?

***

Cuando se detuvieron en el sendero de entrada de la casa de Remy, Adam se bajó, abrió el maletero y sacó su bolsa, y Remy supo que iría directo a casa de sus padres, se daría una ducha larga y rumiaría hasta que alguno de sus hermanos lo provocara.

—Mis padres organizaron una cena, como podrás oír —comentó—. Me mandaron un mensaje para invitarnos cuando llegáramos. Les dije que estarías demasiado cansada. Como lo estoy yo.

Remy lo comprendió.

—Gracias por acompañarme —murmuró—. Me alegro que hayas estado allí.

Él le dirigió una sonrisa breve, se echó la bolsa al hombro y se alejó.

Dentro, Remy encontró una nota de Antoinette en la que le hacía saber que había dejado algunas cosas que no le cabían en la maleta y que Remy podría encontrar útiles.

Remy rebuscó en la bolsa con aire distraído y descubrió, entre pintalabios y rulos, una enorme caja de preservativos. Dio un respingo.

Envió un mensaje de texto a Antoinette para darle las gracias por ir a Francia y añadió un emoji de ceja levantada sobre la bolsa de artículos "útiles".

Antoinette respondió de inmediato: "¿Estás con Adam? Si no, ¿por qué no?".

"Adam está en una cena en casa de sus padres", respondió Remy. Estuvo a punto de pulsar enviar, pero luego añadió: "Tengo miedo de lo que siento por él".

Pasaron al menos diez minutos antes de que Antoinette contestara: "Iba a echarte la bronca. Pero después me he dado cuenta de que el miedo forma parte de cualquier relación. Si de verdad sientes algo por él, deberías tener miedo. Tener miedo es normal".

"Tener miedo es normal". Remy salió y se sentó en la tumbona, el lugar donde había visto a Adam por primera vez.

Normal. Se estaba comportando como una persona normal. Como cualquiera que hubiera conocido a alguien que le importaba. Porque la vida, aunque no hubieras perdido un marido y una hija, nunca estaba exenta de dolor, miedo o decepción. Lo había olvidado. Había identificado la normalidad con un tipo de esterilidad emocional que no existía. Había pensado que debía superar su dolor antes de poder seguir adelante. Pero ¿alguna vez superaría el dolor?

Nunca olvidaría a Ebony ni a Toby. Pero tal vez el dolor podía coexistir con la vida. Tal vez vivir no significaba que tuviera que dejar de echarlos de menos. Sin duda, si algo había aprendido en los últimos tiempos era que los corazones eran como tesoros enormes, capaces de albergar una diversidad de sentimientos hacia mucha gente.

Consultó el reloj. Era casi medianoche. El ruido de la casa de al lado se había acallado un poco, lo que significaba que la cena estaba llegando a su fin. Bajó a la playa y se quedó contemplando el agua. Luego sacó el móvil, buscó el número de Adam y le envió un mensaje de texto. "Si no estás dormido o agotado, ¿quieres bajar a la playa? Estaré aquí media hora o algo así. Remy x".

Nunca había puesto esa pequeña x junto a ningún mensaje que le hubiera enviado a Adam. No sabía si él se daría cuenta. Y pronto averiguaría si lo había presionado tanto que él se había retraído por completo y todo había terminado antes de empezar. Se quitó el vestido, lo dejó sobre las piedras, colocó encima el sujetador y las bragas y entró caminando en el agua, se sumergió y aguantó la respiración todo lo que pudo, dando patadas. Se alejó nadando de la casa de los Henry-Jones y luego se volvió hacia la orilla y se quedó flotando y pataleando en el agua. No veía nada en la playa. Adam no vendría.

Volvió a sumergirse.

Cuando salió a la superficie, vio a Adam de pie en el suave resplandor que proyectaba la luz al pie de la escalera. Tenía las manos en los bolsillos y la observaba.

Remy se acercó nadando; el agua negra como el azabache la cubría por completo, salvo por el cabello rubio y el rostro de color marfil.

Adam también se acercó y se detuvo junto a la ropa sobre las piedras. Bajó los ojos al sujetador y las bragas que estaban a plena vista, porque ella había querido que él los viera y entendiera, y que luego decidiera.

—Creo que debería volver a subir —aventuró con voz insegura.

—Te mandé un mensaje porque esperaba que te quedaras. Esperaba que… —Hizo una pausa. Coraje. Podía hacerlo—. Esperaba que te metieras en el agua. —Las últimas palabras brotaron apresuradas.

Adam se pasó una mano por el pelo con rapidez.

—Creo que no debería.

—Lo entiendo si no quieres hacerlo —susurró ella, y comprendió que tal vez lo había estropeado todo—. Pero me gustaría, de verdad.

Él no se movió, no habló, y Remy creyó que se daría la vuelta y subiría los escalones a su casa. Pero en un movimiento rápido e impaciente, Adam se quitó la camisa por encima de la cabeza y se metió en el agua. Nadó hasta estar a menos de un metro de Remy.

—¿Y ahora qué? —preguntó, y Remy detectó en su voz la misma inseguridad que sentía ella, un recelo que surgía de la necesidad de protegerse del dolor. Y entonces supo que él también quería estar allí; si los dos no lo quisieran tanto, no tendrían tanto miedo.

Así que dijo la verdad.

—Tengo miedo de besarte. Pero también tengo muchas ganas.

La expresión de él fue casi suficiente para quitarle el miedo. Tierna y feroz y tan gentil como si hubiera escuchado todo lo que yacía debajo de esas palabras. Se inclinó y la besó con suavidad en la frente.

—Y ¿qué tal? —inquirió.

—Estuvo bien —contestó ella y sonrió un poco, porque no había estado solo bien, sino que la había dejado atontada, como si hubiera saltado y, en vez de estar cayendo hacia abajo, se estuviera elevando hacia algo mejor. Además, la excitación de estar cerca, ella desnuda y él casi, y la anticipación de lo pudiera pasar le provocaban escalofríos.

—¿Solo bien? —Fingió decepción—. Tendré que esforzarme más.

La sonrisa de Remy se ensanchó —él siempre la hacía sonreír— cuando Adam se acercó aún más. Dos besos esta vez, uno en la sien, el otro en la mejilla derecha.

—¿Qué tal eso?

Ella fingió reflexionar.

—No estuvo mal.

Tres besos más en la otra mejilla, el tercero junto a los labios. La boca de Remy se abrió a modo de respuesta.

—¿Y eso? —murmuró él.

—Bastante bien —susurró ella mientras la corriente desplazaba su cuerpo contra el de él.

Adam se puso rígido, como si hubiera recobrado el control, y ella supo que estaba a punto de salir del agua. Así que le rodeó el cuello con los brazos y le rozó los labios con una lentitud dolorosa.

—Remy. —Su voz era baja y ronca. Se inclinó hacia ella.

En ese momento, una ola golpeó a Remy y la volvió de costado.

—Esto no es una buena idea —soltó ella sin pensar.

El cuerpo de Adam se tensó.

—Me iré.

—No quise decir eso —rectificó ella enseguida—. Es difícil besarse en el agua. Casi no puedo mantenerme vertical. Además, me falta práctica, así que esto me excede. Quizá podríamos intentarlo allí. —Señaló la orilla.

Adam soltó un suspiro largo y tembloroso.

—¿Estás segura?

—Creo que sí. ¿Te parece bien?

Él asintió.

—Pero solo besos. No haré nada más.

Ella lo guio fuera del agua y justo antes de pisar los guijarros, se volvió para mirar por encima del hombro. La expresión en el rostro de él, con los ojos que recorrían su cuerpo, la detuvo en seco y con el corazón acelerado.

—Necesito besarte otra vez, en serio —confesó Remy.

Esta vez, sus bocas no se encontraron con rapidez ni ligereza.

—Por Dios, Remy —musitó él, y alejó los labios para

besarle el cuello—, pensé que esto me gustaría, pero no tenía ni idea…

Fiel a su palabra, solo la besaba, sin apartar las manos de la espalda. Sin embargo, estaban tan cerca que ella podía sentir la intensidad de su pasión y, a la luz de la luna junto al agua, tuvo la sensación de que nunca se había visto más hermoso, con la noche que resaltaba los contornos de su pecho y ese tatuaje tan sexy en el brazo.

—Necesitamos la tumbona —murmuró ella a su oído.

Los ojos de Adam se oscurecieron, tornándose del color azul más intenso posible, y ninguno de los dos se soltó ni un segundo mientras caminaban sobre los guijarros. Luego se tendieron en la tumbona, sin dejar de besarse, pero durante tanto tiempo que el ardor y el deseo se expandieron con más y más fuerza en el interior de Remy, sobre todo cuando Adam empezó a besarle el cuello de nuevo. Podía oír su propia respiración acelerada, y suponía que él también podía hacerlo. Los labios de Adam encontraron el camino a su clavícula y él levantó la vista unos segundos para asegurarse de que todo seguía bien. Ella asintió. Ahora la boca empezó a bajar, a deslizarse con lentitud por el costado de un pecho. Remy se arqueó hacia él.

Volvió a mirarla y lo que fuera que viese en el rostro de ella hizo que por fin deslizara los labios sobre el pezón.

Remy dejo escapar su nombre.

—Tienes que hacerlo de nuevo —murmuró.

Adam rio bajito y ella sintió el aliento caliente sobre su piel. Luego le tocó a su estómago retorcerse bajo las atenciones de la boca de Adam y después a la parte superior de sus caderas. Respiraba tan deprisa que casi no podía inspirar, sentía que iba a morir allí mismo, en la playa, porque el simple hecho de que Adam la besara no se parecía a nada que hubiera experimentado en toda su vida.

Él volvió a mirarla y, esta vez, en lugar de asentir, ella

pronunció un sí muy ronco pero muy decidido. Adam le sonrió y eso fue casi todo lo que ella necesitó. La boca de él descendió todavía más y volvió a besarla, y ella no tardó casi nada en entregarse a un olvido absoluto, sin saber siquiera dónde estaba, con la única certeza de las manos de ese hombre sobre su piel y la forma en la que la hacía sentir y la convicción de que, si pudiera, sería capaz de hacer esto durante cada minuto del resto de su vida.

***

Pasó un largo rato antes de que su respiración se calmara, su cuerpo se relajara y pudiera por fin abrir los ojos. Adam la sostenía en sus brazos y le cubrió el rostro de besos hasta que ella reaccionó y lo besó a su vez.

—No era mi intención ir tan lejos —admitió él.

A Remy se le estrujó el corazón.

—Adam. —Se movió, lo hizo girar sobre la espalda y lo miró a los ojos—. Si crees que tienes que disculparte por eso, es que no has entendido nada de lo que acaba de pasar. Te deseo. Eso está lejos de haber sido suficiente…

No llegó a terminar la frase porque la mano de él se enredó en su pelo y atrajo su boca hacia la de él, con la misma desesperación que ella había mostrado un momento atrás.

Adam se apartó con un gemido.

—No podemos. No tengo… —Hizo una pausa—. No traje nada porque creí que no querías esto. Y si vuelvo a mi casa ahora y después trato de desaparecer otra vez, será como la Inquisición española, ya bastante difícil fue intentar irme después de que me enviaste el mensaje, y estoy seguro de que no tienes una reserva de condones en tu casa.

Remy sonrió.

—Pues sí que la tengo. Por suerte, Antoinette es más previsora que nosotros.

—¿Estás bromeando? Por favor, dime que no —añadió, repentinamente serio.

—No bromearía con eso. Vamos. —Se levantó de un salto.

Adam meneó la cabeza y le recogió la ropa.

—Tienes que ponerte algo. No llegaremos al final de la escalera si no lo haces.

La sonrisa de Remy se ensanchó.

—Ya veremos.

Se dirigió a los escalones, desnuda, y Adam la siguió. Habían llegado a la mitad cuando sintió que él le tiraba de la mano. La besó de nuevo y sus manos ya no estaban quietas, sino impacientes, ávidas, como ella quería.

—No podía verte bien ahí abajo, pero ahora con la luz... me estás matando, Remy.

Ella sonrió contra los labios de él.

—Deja de besarme o nunca llegaremos a casa.

—Te lo advertí —respondió él, con los ojos oscurecidos.

En cuanto la puerta se cerró tras ellos, la boca de Adam volvió a estar sobre la de ella y sus manos también, hasta que dio un paso atrás para pasear sus ojos por el cuerpo desnudo. Remy quería escabullirse, pero no podía moverse porque todo en la mirada de él, atrapado en la admiración y en el deseo puro e inconfundible, le quitaba el aliento.

—Si sigues mirándome así, tendremos un grave problema —consiguió pronunciar con la voz tan temblorosa como sus rodillas.

—Ya tenemos un gran problema. ¿Dónde están las provisiones de Antoinette?

—Aquí.

De camino a la cocina, Remy le quitó el resto de la ropa. La sensación de tenerlo así de cerca era tan fuerte —para los dos, pensó— que se olvidaron de moverse y se quedaron de pie, besándose, con las manos en todas partes, pero nunca en lugares suficientes ni durante el tiempo suficiente.

Conscientes de que ambos estaban llegando al límite del autodominio, Remy encontró lo que necesitaba y tomó a Adam de la mano.

Llegaron hasta el *petit salon*, donde él se sentó en el sofá curvo y tiró de ella hacia su regazo. Remy se contuvo durante un minuto —eran demasiadas sensaciones, mucho que sentir, y no quería perderse nada— hasta que él la besó y sus labios le transmitieron esa necesidad que era mayor que cualquier cosa que ella hubiera imaginado jamás. Una de las manos de Adam se enredó en su cabello, la otra se apoyó en su espalda y no pasó mucho tiempo antes de que volviera a suceder: el mundo desapareció y todo quedó reducido a solo ella y Adam, sus cuerpos y mentes unidos en una pasión tan feroz que, por un momento, Remy se preguntó si podría durar.

***

Por fin llegaron a la cama y se dejaron caer, tendidos de lado para poder verse la cara.

—¿Estás bien? —preguntó él, y Remy sintió una punzada en el corazón por el hecho de que le preguntara eso entonces.

Que fuera tan desinteresado como para dejar que los sentimientos complicados de ella y su marido se metieran en la cama con ellos, porque le importaba.

—Sí —respondió—. No sé si mañana me sentiré terriblemente culpable. Espero que no, pero sé que el dolor no es predecible y que de repente hago locuras. Ahora mismo, solo pienso en ti y —agregó y sonrió— en cuándo podremos volver a hacer esto; hay un pedacito de futuro en eso.

Adam se rio.

—Solo necesito que me des cinco minutos.

Fue el turno de ella de reírse.

—Si repitiéramos todo eso en solo cinco minutos, creo que ninguno de los dos sobreviviría.

—De acuerdo, que sean diez.

Ella volvió a reírse.

—Te quiero, Remy —agregó Adam—. Sé que no me quieres y que no deseas pensar en querer a otra persona. No espero ninguna declaración. Solo espero que te parezca bien lo que siento.

A Remy se le llenaron los ojos de lágrimas —¿por qué siempre había lágrimas?— y se acurrucó contra él y le besó el pecho, el cuello, la mejilla.

—Gracias —contestó, y sintió que los brazos de él se ceñían con fuerza a su alrededor.

CAPÍTULO 28

REMY SE DESPERTÓ CON UNA LUZ MÁS BRILLANTE DE LO normal. Miró el reloj y se dio cuenta de que eran las diez de la mañana. Estiró los brazos por encima de la cabeza y sintió los dedos de Adam que recorrían su piel.

—Somos muy perezosos.

—¿Perezosos? —Adam enarcó una ceja—. Yo diría que nos hemos ganado estas horas de sueño.

Ella se rio.

—Tienes razón. Lo que probablemente significa que estás muerto de hambre y que has estado aquí acostado esperando con desesperación a que yo me despierte para poder comer.

Adam sonrió.

—Pero no puedo decidir si comerte a ti o los huevos primero.

—Es bueno saber que he alcanzado el ilustre estatus de los huevos. ¿Qué tal si me doy una ducha, tú cocinas y luego comemos… algo?

Se deslizó fuera de la cama y echó una mirada hacia atrás; Adam meneaba la cabeza. Remy se encerró en el baño, abrió el grifo y se quedó quieta, deleitándose con la sensación del agua sobre su piel. Por primera vez en mucho tiempo, las cosas sencillas de las que antes disfrutaba, pero que habían perdido todo sentido, volvían a producirle placer. El agua de la ducha. El olor de la comida. La risa.

Apoyó una mano en la pared y esperó a que la ola de culpa y vergüenza la golpeara. Pero no ocurrió. Seguía disfrutando de la ducha.

Había adorado las últimas horas con Adam. Nada de eso la convertía en una mala persona.

Por fin salió, se puso un camisón de los años treinta muy parecido al que había usado cuando Adam la había fotografiado y se sentó en la cama, con el teléfono en la mano, y se puso a mirar fotos de su hija. Una de Ebony dormida de esa manera profunda de la que solo son capaces de dormir los niños pequeños. Otra con el ceño fruncido y concentrada, como si intentara comprender el mundo entero. Otra corriendo hacia Remy, con los brazos estirados, lista para abrazarla. Un abrazo de Ebony no se parecía a ningún otro.

Remy cerró los ojos y recordó la sensación maravillosa de aquellos bracitos. Sabía que estaba llorando, pero no le importaba. Era mejor recordar los abrazos de Ebony que borrarlos de su mente para siempre.

Se secó los ojos, se puso de pie y fue a la cocina, donde Adam había preparado fruta, yogur, huevos y tostadas.

—¿Puedo mostrarte algo? —preguntó.

—Claro.

Le tendió el teléfono.

—Esta es mi hija, Ebony.

—Se parece a una versión tuya con el cabello más oscuro. —Adam tomó el móvil y siguió mirando más fotos; sonrió cuando vio la de Ebony dormida—. Molly duerme igual. —Luego agregó—: ¿Y tu marido?

Remy pasó el dedo por las fotos hasta que encontró una de Toby, un selfi tonto que ella había tomado en el coche mientras se dirigían a las Montañas Azules a pasar un fin de semana. Ebony agitaba los brazos como loca en el fondo.

—Ese es Toby —murmuró, y le deslizó un brazo alrededor de la cintura—. ¿Te resulta raro ver eso?

Adam negó con la cabeza.

—No. Sé que no se deja de querer a alguien solo porque haya muerto. Es bueno verlos. Y a ti con ellos.

Remy vaciló.

—Eres muy diferente a Toby. No sé si debería decirlo. No te estoy comparando. Es que… —Hizo una pausa—. Yo también soy diferente. Y en cierta forma me gusta. Si no hubiera ocurrido el accidente, no sería como soy ahora. Me cuesta entender… que hayan surgido algunas cosas buenas de ese día espantoso. Como tú. Nunca te habría conocido de otra manera. Y me alegro mucho de haberlo hecho.

—Gracias —respondió y la besó con gentileza.

Desayunaron en la terraza, disfrutando de la naturalidad de estar juntos: Adam comía del plato de Remy, Remy preparó el café, él se acercó a besarla y conversaron de todo: de fotografía, del negocio de Remy, del trabajo que Adam tenía previsto para cuando acabara el verano. Pero no de Elke, ni del cuadro, ni de Ernst König. Ninguno de los dos dejaba que eso se entrometiera todavía.

Cuando terminaron, Remy se ofreció a fregar mientras él se duchaba. Estaba recogiendo los platos cuando oyó que llamaban a la puerta principal.

La abrió. Era Lauren, con cara de preocupada.

—¿Has visto a Adam? Anoche estaba raro y después salió y no ha vuelto…

—Remy, ¿dónde puedo encontrar…? —gritó una voz, y Adam apareció, por suerte con una toalla alrededor de la cintura. Se detuvo al ver a su hermana.

Lauren esbozó una sonrisa gigante.

—Parece que te he encontrado, hermano mayor. Informaré a los demás que estás bien y a salvo y que tal vez no te veamos por un tiempo.

Y se fue riendo por el sendero de entrada.

Adam se volvió hacia Remy con timidez.

—Supongo que ahora se enteraran todos. No es que pensara mantenerlo en secreto. Creo que lo que siento por ti se me nota en la cara.

Remy cerró la puerta, le tocó la mejilla y vio cómo los ojos de él se posaban en sus labios. Y comprobó que sí, que su rostro y sus ojos delataban todo lo que sentía por ella. Sus manos volaron hacia abajo para quitar la toalla.

—Si vas a pasearte así, ya sabes lo que va a pasar.

Antes de que pudiera besarlo, él le había quitado el camisón por encima de la cabeza y lo había arrojado al suelo.

—¿Este es el que usaste para las fotos? He estado deseando quitártelo desde entonces —murmuró, y la hizo retroceder contra la pared para que estuvieran lo más cerca posible, su boca sobre la de ella.

Cómo la hacía sentir cuando hablaba así.

Remy se apartó solo lo suficiente para negar con la cabeza en respuesta a su pregunta.

—Te deseo —susurró.

Los ojos de Adam se oscurecieron aún más.

—Siempre nos va a pasar esto —dijo—. Dos personas que no pueden esperar a encontrar una cama. —La levantó y pasó las piernas de ella alrededor de su cintura—. Dos personas que se vuelven completamente locas la una a la otra. Por Dios, Remy —exclamó, y ella supo perfectamente lo que él sentía porque ella sentía lo mismo.

***

El día pasó perezosa y sensualmente, y la noche también. A la mañana siguiente, después del desayuno, el sonido de gente nadando se elevó desde la playa. Y la voz de una niña.

—Deberíamos bajar —sugirió Remy.

Adam la miró de reojo.

—Deberíamos —insistió—. Se supone que tendrías que estar disfrutando con tu familia, pero llevas aquí no sé cuánto tiempo. En algún momento tenemos que salir de la casa, entre otras cosas porque te vas a acabar toda la comida. Bajemos a la playa.

Adam dejó su libro.

—De acuerdo. Esperaba que pudiéramos quedarnos aquí para siempre, pero supongo que es una fantasía. Y, Remy...

Ella sabía lo que iba a decir.

—Tenemos que hablar de Elke König —admitió con lentitud—. Lo sé. Yo solo...

—Quieres otro día como este. —Adam se levantó de la tumbona y le besó la frente—. Lo entiendo. Hablemos mañana, ¿te parece?

Se pusieron los bañadores y cuando Adam vio a Remy enfundada en un Catalina con estampado de leopardo de los años cincuenta de dos piezas y atado detrás del cuello, ella tuvo que apartarlo de un manotazo.

—Más tarde —lo regañó—. De lo contrario, nunca llegaremos a la playa.

Bajaron los escalones cogidos de la mano. Cuando llegaron a los guijarros, Remy sintió que Adam le apretaba la mano y sintió una oleada de algo en su interior al saber que ese hombre, ese tipo duro y tatuado acudía a ella cuando necesitaba refugio. Gracias a Dios por su madre, a quien Lauren debió de decírselo, ya que se limitó a acercarse a su hijo y besarlo en la mejilla.

—Hola, cariño —lo saludó. Luego besó a Remy también en la mejilla—. Me alegro de veros a los dos.

Adam se relajó junto a Remy. Pero ella lo sorprendió mirando a Matt, quien observaba sus manos entrelazadas con desconcierto. Era obvio que Lauren se había acobardado y no le había contado nada a su otro hermano.

Remy llevó a Adam hasta el agua, se zambulló y nadó un poco, antes de detenerse y salir a la superficie para encontrarlo a su lado. Adam la atrajo hacia él y la rodeó con sus brazos. Ella sonrió.

—Quizá tenías razón. La playa es demasiado tentadora.

—¿Estás bien? —inquirió ella. Él se lo había preguntado muchas veces, ahora le tocaba a ella preguntárselo a él.

—Sí. Hasta que Matt abra la boca.

Nadaron un rato y luego regresaron a la orilla, donde todos estaban tendidos con pereza al sol. Molly corrió a abrazar a Adam, pero tropezó y se cayó con fuerza. Cuando se le pasó el susto, empezó a llorar. Estaba más cerca de Adam cuando ocurrió, pero fue directa a su padre. Era lo que hacían los niños: en momentos de dolor, corrían hacia sus padres. Nadie era más importante. Ni siquiera un tío que, de hecho, era un padre biológico.

Remy no dijo nada, sabía que Adam debió de sentirse dolido, pero que ahora no querría hablar del tema. Adam recogió la pelota, la lanzó al agua y silbó en dirección al perro, que saltó y nadó feliz para recuperar su premio. Remy le dejó hacerlo durante media hora, hasta que el perro cayó exhausto en la orilla.

—Vamos a nadar otra vez —lo urgió entonces.

Cuando Adam se levantó, Molly, ya recuperada, se zafó de los brazos de su padre y corrió hacia él.

—Tío Adam —gritó—. Yo también quiero nadar.

—De acuerdo. —La levantó, la apoyó en su cadera y entró con ella en el mar hasta que el agua le llegó a la cintura—. ¿Hasta aquí está bien? —preguntó.

Molly negó con la cabeza.

—No, más dentro. Hasta la cabeza.

—Mejor no tan lejos —replicó Adam.

Se volvió hacia la orilla donde su hermano estaba sentado y a Remy le dolió la forma en que trataba de hacer lo que su hermano quería y al mismo tiempo forzaba un poco los límites con Molly para que la niña pudiera salir de la burbuja en la que vivía.

—¿Qué tal hasta aquí? —Caminó un paso más, hasta que el agua cubrió las rodillas de Molly.

—Aquí sí —exclamó ella—. Ahora quiero nadar.

—¿Por qué no volvemos y buscamos rocas?

—No quiero rocas. Quiero nadar.

Adam volvió a mirar a su hermano y, por un momento, Remy pensó que se arriesgaría a la ira de Matt y lanzaría a Molly por los aires, la dejaría caer y luego la recogería. Matt debió de pensar lo mismo porque se puso de pie de un salto y se dirigió al agua.

Adam besó la frente de Molly.

—Mejor vamos a la orilla —insistió.

Pero Matt no lo oyó y gritó a su hermano.

—¿Cuántas veces tengo que decirte que no quiero que hagas eso? ¿Un millón? ¿No puedes escucharme por una vez?

Alargó la mano para quitarle a Molly, pero, de todas formas, Adam estaba a punto de entregársela. Una vez que Molly estuvo a salvo en los brazos de Matt, Adam trató de alejarse e ignorarlo todo. Pero Remy no pudo, ya no.

—Sé que no es asunto mío —empezó en dirección a Matt—, pero estás siendo injusto. A Molly le gusta estar en el agua con Adam. Tú y yo sabemos que cualquier cosa que genere alegría después de perder a alguien debe ser atesorado, no evitado. Ella siempre te buscará a ti primero cuando se lastime. Eso es lo más valioso de todo y nadie te lo va a quitar. Nadie. Lo único que quiere Adam es hacerla reír. Deberías dejarle hacerlo.

Matt se quedó mirando a Remy y Molly también. Acto seguido, Molly comentó con tono alegre:

—¿Ves, papá? Reírse es bueno. Lo ha dicho Remy.

Pero Matt se llevó a su hija a la orilla de todos modos.

Remy advirtió la expresión de Judy y tuvo ganas de llorar por todo el dolor que había entre esas personas, por lo que no podía ser deshecho, por lo que nunca sucedería.

Sintió que Adam la cogía de la mano. La condujo con decisión hasta los escalones.

Mierda. Debía de haber odiado que ella hiciera eso. Sintió el estómago revuelto, dolor por haberlo hecho sentir mal, un dolor que no tenía nada que ver con su propio sufrimiento, sino con ver a otra persona sufrir por su culpa. Dolía más de lo que le había dolido nada desde hacía un tiempo.

Estaban a medio camino de la escalera y fuera de la vista de todos cuando él se volvió hacia ella y la besó con más pasión que nunca, si fuera posible.

—Nunca nadie me había defendido así —reveló con los ojos encendidos.

Remy se relajó contra él, aliviada.

—Creí que estabas furioso.

Y tomó conciencia de que el tumulto de emociones en su interior le resultaba familiar; era la misma ferocidad con la que había reaccionado cada que vez que Ebony se había visto amenazada en el parque. Una ferocidad que surgía de un sentimiento primario y formidable y que de repente identificó. Sonrió.

—Tenía que decirle algo a Matt porque te quiero.

—¿Qué? —Adam echó la cabeza hacia atrás como si le hubieran pegado y ella supuso que lo había hecho; le había dado un golpe directo al corazón, porque allí era donde lo sentía ahora: ese amor que era todo lo que quería y lo que no quería, todo lo que podía causarle dolor, pero también una alegría desbordante y arrebatadora.

—Te quiero —repitió, y él sonrió por fin.

—Tienes que quitarte ese bañador porque me voy a morir —respondió, y ella sintió los dedos que desataban las tiras alrededor de su cuello.

—Estamos fuera, Adam. Cualquiera podría subir los escalones —le recordó en voz baja y con una risa—. Deberíamos intentar llegar a una cama.

—Nunca vamos a llegar a una cama, ya te lo dije —contestó él.

La cogió de la mano y la hizo correr escalones arriba. Cuando llegaron a la tumbona, no podían esperar más.

**

Llegaron a un consenso: arrastrarían la tumbona fuera del sol, pero eso era todo. Más tarde, mientras yacían abrazados, Adam estaba muy callado y Remy sabía que estaba pensando en Molly.

—¿Qué vas a hacer? —preguntó, y lo ciñó con más fuerza.

Adam suspiró, rodó sobre la espalda y dejó que ella apoyara la cabeza en su hombro.

—Alejarme —respondió—. No tengo otra opción. De lo contrario, Molly nos verá a Matt y a mí peleándonos todo el tiempo. Así que seré el tío distante que le envía regalos dos veces al año. Un tipo que es solo un nombre. Vernos a Matt y a mí así está matando a mamá. Y es malo para Molly. Matt se siente amenazado cuando estoy cerca. Así que lo único que puedo hacer es no estar cerca.

Remy imaginó lo que podría ocurrir al día siguiente: Molly que caminaba por la orilla y le rogaba a Adam que la metiera en el agua y él que se negaba y ya no la alzaba en brazos. Se imaginó lo dolida que se sentiría la niña durante un tiempo y cómo, más adelante, a medida que el verano fuera terminándose y el recuerdo se desvaneciera, Matt se tranquilizaría al ver que Molly se olvidaba de Adam. Y podía imaginar lo triste, muy triste, que sería eso para Adam.

—¿Estás seguro?

—No. Odio la idea y voy a estar muy enfadado mucho tiempo, así que si no quieres estar conmigo... —Se interrumpió y se aferró a ella con fuerza. Remy hizo lo mismo, con lágrimas en los ojos porque el abrazo de él llevaba un mensaje: "Me haces sentir mejor y te necesito".

—Quiero estar contigo —le aseguró en un susurro. Pero también sabía que tenía que decirle algo. No era justo no ser sincera.

—Quiero estar contigo —repitió, levantó la cabeza y lo miró—. Y no sé qué va a pasar con esto y no sé nada de futuros, pero sí sé que no podría soportar volver a tener hijos. Nunca —enfatizó, por si hubiera alguna posibilidad de que no hubiera sonado seria la primera vez—. Y supongo que tú los querrás. Todavía eres joven. He visto cómo eres con Molly. Serías un padre increíble. Pero yo no puedo volver a ser madre.

Adam se quedó observándola durante un largo rato y ella vio pasar muchas cosas detrás de sus ojos azules. Él se restregó una mano sobre el rostro y luego la estiró para tocarle la mejilla.

—La vida es muy jodida, ¿verdad? En estos últimos días ha sido muy tentador pensar que esto es todo lo que existe: esta casa y esta tumbona... y varios otros lugares. —Esbozó una sonrisa irónica—. Y nosotros. ¿Y sabes qué es lo más loco? —reflexionó—. Si pudiera retroceder en el tiempo y deshacer todo lo que te ocurrió, lo haría. Aunque eso significara que no estarías acostada aquí. Daría lo que fuera porque nunca hubieras sufrido tanto, ni lo siguieras haciendo. Pero no puedo deshacer las cosas. Lo único que puedo hacer es intentar hacerte feliz. Y si eso implica no tener hijos... —Se encogió de hombros—. Como dijiste, yo tampoco sé qué pasará con nosotros. Pero no quiero renunciar a ti por la promesa de unos hijos que ni siquiera existen. Tú existes. Te quiero, sea como sea.

Las lágrimas corrían de nuevo por las mejillas de Remy mientras volvía a apoyar la cabeza en su pecho y lo envolvía en sus brazos. Era incapaz de hablar. Solo podía llorar. Y pensó que era muy probable que, si levantaba la vista, los ojos de él también estuvieran húmedos, llorando por Molly y el sacrificio que haría por su familia, el sacrificio que haría por Remy.

Tendida allí con él, Remy solo sabía que Adam era el mejor hombre del mundo y que tal vez ni ella ni Matt lo merecían.

Séptima parte

París, 1943-1944

CAPÍTULO 29

ÉLIANE ESTABA DE PIE JUNTO A LA VENTANA DE SU APAR-
tamento, con una mano pegada al cristal y un chal sobre
los hombros, temblando de frío y de miedo. Había llegado
el otoño y observaba cómo las hojas caían sobre la acera y
bailaban con el viento —lejos de lo que una vez había sido
una ciudad de luz, pero ahora era una ciudad de sombras—
mientras reflexionaba sobre lo que debería hacer.

Debería estar pensando en los traidores. En quién podría ser. Alguien relacionado con los seis, porque era imposible imaginar que pudiera ser uno de ellos. ¿Actuarían de
nuevo? ¿Cuándo? ¿Por qué no habían hecho nada desde la
exposición Schloss?

Pero ahora mismo tenía que ocuparse de algo todavía
más urgente que un traidor.

Una hoja errante revoloteó hacia arriba, en lugar de
hacia abajo, impulsada por una ráfaga repentina, casi escapando hasta que, de la nada, una rama crujió y aplastó
la hoja contra el pavimento, donde ahora yacía, atrapada y
trepidante. El desembarco de los Aliados en Italia, los ataques aéreos casi nocturnos sobre toda Francia y el rumor
clamoroso de que los Aliados invadirían Francia en uno o
dos meses habían vuelto locos a los nazis. Todo el mundo,
judío o gentil, colaboracionista o *résistant*, miraba ahora

por encima del hombro. Pero todos mantenían también los ojos fijos en el cielo, esperando la invasión que se predecía con tanta seguridad, deseando que llegara ese mismo día.

Pero Éliane no podía esperar más.

***

Se detuvo en su escritorio del museo el tiempo suficiente para dejar el bolso y el abrigo.

—Tengo que visitar la Sala de los Mártires. Vuelvo enseguida —le avisó a Rose.

Rose miró la cara de Éliane y frunció el ceño.

—¿Qué pasa?

—Pronto —prometió la joven—. Te lo contaré pronto.

Dejó una nota para Xavier en la Sala de los Mártires, encajada en la parte trasera del cuadro de Luc de los amantes abrazados bajo la luna; había escondido la otra muy a salvo en el interior de la *salle*, porque era demasiado valiosa para que estuviera expuesta. Las notas eran la única forma que tenían Xavier y ella de comunicarse entre las reuniones mensuales; no podían arriesgarse a encontrarse en el baño del Jeu de Paume a menos que fuera urgente.

"Tengo que hacer algo", había escrito. "Será sorprendente".

Esperaba que Xavier fuera al museo ese día, que viera la nota y hallara un momento para que pudieran encontrarse a solas y ella pudiera contarle lo que pensaba hacer. Pero pasó otra semana y Xavier no apareció. No lo había visto en el museo desde hacía semanas. No habían podido seguir hablando acerca de la posibilidad de que alguien los estuviera traicionando con los nazis. No habían podido hablar de nada en absoluto.

Suponía que estaba en Londres; Éliane sabía que tenía que viajar allí de vez en cuando —lo que para Göring y Von Behr eran viajes a Suiza para comprar obras de arte— para recibir nuevas órdenes y transmitir información demasiado delicada para hacerlo a través de la radio. Se preguntó si estaría buscando pruebas de otras filtraciones de información, otras violaciones de confianza. ¿Cuánto tiempo estaría fuera?

En cualquier caso, se había quedado sin tiempo. Cuantas más semanas pasaran entre la noche en la Riviera y el momento en que se lo contara a König, más inclinado estaría este a no creerla.

Así que fue a buscarlo.

—Debo hablar con usted, monsieur —precisó, y se echó a llorar. Llorar era fácil; había mucho por lo que llorar. Que tuviera que contarle esto a König antes que a Xavier.

—¿Qué pasa? —inquirió König, y le tendió un pañuelo—. ¿Qué puedo hacer?

—Me ha puesto en una situación muy difícil, monsieur.

—Lo sé —gritó König—. Estoy intentando convencer a Elke de que regrese a Berlín. Pero...

—No se trata de su esposa —interpuso Éliane, y se tocó el estómago—. Voy a tener un hijo. Un hijo suyo.

Las náuseas retorcieron su estómago, no sabía si por la mentira, el embarazo o el hambre. Sus ciclos mensuales habían sido tan esporádicos durante más de un año, pues en realidad solo comía una vez al día en la *brasserie*, que no se había imaginado que aún podría quedar embarazada. Y durante un tiempo, tampoco se había dado cuenta de que lo estaba. Se obligó a respirar cuando König la tomó en sus brazos y la abrazó.

—¿Nadie trabaja hoy? —los interrumpió Von Behr.

König cogió la mano de Éliane.

—Tenemos noticias, tío —anunció con expresión radiante y felicidad evidente.

De pronto, Éliane se odió a sí misma. Que König la hubiera engañado antes no era justificación. Pero la desesperación y el bien mayor tenían que ser razón suficiente, ¿verdad? ¿O acaso era tan mala como los nazis? ¿El futuro la perdonaría o la condenaría? El estómago se le revolvió de nuevo.

—Vamos a tener un bebé —concluyó König.

—Un bebé —repitió Von Behr con frialdad—. Pero ¿cómo sabes que es tuyo?

Éliane palideció.

König dio un paso al frente, la noticia le había dado coraje.

—Te agradeceré que no le hables así a la madre de mi hijo, sobre todo porque tus propios asuntos son muy deshonrosos y atraen la atención equivocada hacia la ERR.

"Lo siento", murmuró Éliane en silencio a su hijo, y a Xavier. Era lo único que podía hacer. König la protegería ahora, quizá compartiría con ella más información de la debida.

—¿Qué pensará tu esposa? —preguntó Von Behr, y encendió un cigarrillo—. Sabes cuánto desea Elke tener un hijo —añadió.

"Este es mi hijo", quiso gritar Éliane.

—Discúlpenme —interpuso en lugar de hacerlo—. No me siento bien. —Se llevó la mano a la boca y se alejó.

—Esta noche —gritó König hacia ella—. Brindaremos por nuestro hijo en la *brasserie*.

***

Éliane casi no tuvo tiempo de contárselo a Luc antes de que empezara el turno noche en la *brasserie*. Le dijo a su hermano, a quien una vez se lo había confiado todo, que el niño era de König. Todos debían creer eso. No podía arriesgarse a decirle la verdad a nadie, excepto a Xavier. Pero ¿dónde estaba?

—Un niño alemán —dijo Luc con desagrado—. ¿Cómo puedes soportarlo?

Sus palabras fueron una bofetada. ¿Le diría ella lo mismo si él le anunciara que iba a tener un hijo con una mujer alemana? No lo sabía. Ya no sabía nada.

—¿No tienes nada que hacer? —agregó Luc, de un modo que le recordó a Von Behr.

Así como obedecía a Von Behr, obedeció a su hermano. Sacó los cubiertos para poner las mesas, salió de la cocina y empezó a doblar servilletas sin saber lo que hacía.

Pronto, el olor a carne —¡a carne!— se extendió por el restaurante. Incluso con el permiso de restaurante, Luc no había podido conseguir carne desde hacía al menos una semana. El estómago de Éliane gruñó; tanto su cuerpo como el bebé le avisaban que necesitaba comer, ya. Se apresuró a la cocina.

Sobre la encimera, dispuesto como un festín, había un bol de *boeuf bourguignon* humeante lleno de carne tierna y deliciosa. Estaba sobre un paño blanco y junto a un gran vaso de un líquido blanco que Éliane casi no reconoció. Entonces se dio cuenta de que era leche, algo que no había visto desde hacía meses. Se quedó mirando la comida, atónita, y luego a Luc, que sonreía.

—Para usted, mademoiselle —expresó él con un ademán ostentoso.

—Tengo ganas de abrazarte, pero tengo más ganas de comerme esto —respondió ella. Tomó el tenedor y cerró los ojos mientras probaba con ganas el primer bocado—. Celestial —agregó. Abrió los ojos, masticando, y sonrió a su hermano, que se reía de ella.

—Me he portado como una bestia —reconoció Luc—. Y tú necesitas comida.

—¿Quieres decir que lo sientes? —bromeó ella.

Luc la besó en la mejilla.

—Date prisa y termina de comer antes de que lleguen los nazis.

No hacía falta que se lo dijera dos veces.

***

—¡Champán! —se oyó cuando Von Behr, König y el grupo habitual de clientes entraron en la *brasserie*. Por fortuna, Xavier no estaba entre ellos.

Sin embargo, una botella no era suficiente para Von Behr y Éliane estaba ocupada buscando otra en la bodega, que se estaba vaciando con rapidez, sin prestar atención a la puerta, de modo que no vio entrar a Xavier; solo se dio cuenta de que había llegado cuando se volvió hacia la mesa y lo vio deslizarse en una silla junto a Von Behr.

Nom de Dieu. Era imposible que Xavier hubiera leído su nota: el museo cerraba por las noches. Era imposible que estuviera preparado.

Éliane vio con horror cómo Von Behr abría la boca.

—Mi sobrino va a ser padre —anunció el coronel hacia Xavier.

Las manos de Éliane se movían con desesperación para descorchar el champán.

—Felicitaciones —exclamó Xavier, y le dio una palmada a König en la espalda—. ¿Tal vez su esposa vuelva a Alemania durante el embarazo?

—Pero no es la esposa la que tiene un bollo en el horno —aclaró Von Behr con una sonrisa satisfecha—. Es nuestra querida Fräulein.

¡Cras! La botella cayó al suelo, como Éliane había planeado. Una explosión de cristal y líquido voló por los aires, sobre las piernas de los hombres.

Gracias a Dios que había dejado caer la botella. Gracias a Dios que le había dado a Xavier unos segundos para recuperarse mientras todos a su alrededor maldecían y se limpiaban el champán. Pareció a punto de descomponerse, y ella detectó el preciso instante en el que él comprendió lo que ella acababa de decir; sus ojos la miraron con una especie de aullido angustiado y silencioso. Pero fue solo un instante. Luego empezó a limpiarse los pantalones y a maldecir también a Éliane.

—Quiero creer que esa botella no figurará en la cuenta de esta noche, ¿verdad? —chilló Von Behr.

—Por supuesto que no, monsieur —contestó ella.

Le temblaban las manos, como si tuviera miedo, y lo tenía, no de Von Behr, sino de lo que había hecho y de lo que diría Xavier. "Lo hice por ti", intentó decirle con la mente, pero había tanto ruido y tanto desorden que sabía que él nunca la oiría ni la entendería.

König tiró de ella con sus manos frías, la atrajo hacia su regazo y la besó de lleno en la boca delante de todos. Levantó su copa.

—Por mi hijo.

—Por mi sobrino nieto —gritó Von Behr.

Todos en la mesa brindaron; la botella rota y el líquido derramado ya olvidados. La puerta de la *brasserie* se abrió y entraron más clientes.

—Discúlpeme —aprovechó para decir Éliane a König, y se apresuró a conducir a la pareja recién llegada a una mesa. Luego se dirigió al baño y vomitó en el retrete.

Cuando no le quedó nada dentro, se limpió la boca, se sentó en el suelo y se dijo a sí misma que debía ponerse de pie y regresar y continuar con la farsa. No importaba que el malestar fuera por el embarazo, el asco o la preocupación por Xavier. Debía entrar en el restaurante, sonreír y dejar que König llamara hijo al hijo de Xavier. Debía servir champán y fingir que no entendía alemán. No debía, ni una sola vez, preguntarse si tenía las reservas de energía suficientes para pasar otro año así, y quizá otro, y otro, hasta el fin de los tiempos.

***

Éliane sabía que Xavier iría a verla esa noche. Así que cerró la puerta del apartamento con llave. El riesgo era demasiado grande, sobre todo ahora. Por eso habían jurado pasar esa única noche. Confiaba en que él comprendería que no había tenido otra opción de explicar su embarazo a König sin exponer a Xavier y a Luc y a Angélique y a Rose y a monsieur Jaujard. O Éliane mentía a todos sobre su bebé o entregaba el grupo entero a los alemanes.

Se durmió, agotada, con una mano sobre su hijo.

Un rato después, se despertó sobresaltada. Xavier estaba sentado en su cama.

—No deberías haber venido —susurró ella—. Cerré la puerta con llave.

—Una de las despreciables habilidades que adquirí en los últimos años es la de forzar cerraduras —afirmó él con ironía. A continuación, una sonrisa tan frágil como una hoja de oro se dibujó en su rostro y Éliane habría dado su corazón por atrapar esa sonrisa para siempre en un cuadro, inalterable: Xavier, feliz—. Vamos a tener un hijo.

Y ella sonrió por primera vez desde que había descubierto que estaba embarazada; la alegría repentina la tomó desprevenida. Por supuesto que era un momento de alegría. ¿Cómo había podido olvidarlo?

Pensó que nunca lo había amado tanto como en aquel momento en que, al inclinarse y besarle el estómago —el vientre que protegía a su hijo de este mundo horrible— la hizo olvidar que le había dicho a otro hombre que él era el padre del bebé.

Luego, con suavidad, con mucha suavidad, la besó en los labios.

—Te quiero mucho, Ellie.

Lo único que quería en ese momento era besarlo. Pero,

400

sobre todo, lo único que quería era que se mantuviera vivo para que algún día pudieran ser una familia.

—Deberías irte. Podría subir alguien.

Xavier la ignoró.

—Odio que hayas tenido que hacer esto. Pero sé que si König y Von Behr se enteraran…

Éliane lo acalló con un dedo en los labios, no quería hablar de consecuencias.

—König podría contarme más cosas ahora —aventuró, en un esfuerzo por encontrar un resquicio de esperanza.

La mano de Xavier le acarició el vientre.

—¿Cuándo nacerá?

—En seis meses. Dicen que los Aliados llegarán pronto, así que quizá ya seamos libres para cuando nazca.

—No vendrán este año. —Su voz era casi inaudible, como si no pudiera soportar lo que estaba diciendo—. No hasta el próximo verano, por lo menos.

Éliane cerró los ojos. Faltaban ocho meses para el verano. Tendría que superar otro invierno. Más meses de König y Von Behr. Un bebé que nacería durante la ocupación y no en la liberación, en una ciudad sin comida, una ciudad en la que se podía contar quizás con dos horas de electricidad al día y solo un poco más de gas —los aviones Aliados habían empezado a bombardear las vías de abastecimiento y las plantas de servicios básicos— y donde todo el carbón existente ardía en los fuegos nazis.

—Debería sacaros a ti y al bebé —prosiguió Xavier, y la besó en la frente—. Llevarlos a Inglaterra.

Por un momento, Éliane se imaginó embarcando en un avión y llevándose a su hijo a un país donde estaría a salvo. Pero si desaparecía de repente, no había ninguna posibilidad de que König y Von Behr no investigaran a todos los que la conocían. Abrió los ojos y volvió a su apartamento en París y a sus dos amores verdaderos.

—No puedo hacerlo —contestó—. Tal vez eso me convierta en una egoísta por no poner a este niño por encima de todo. Pero un niño a cambio de una nación me parece un mal trato. Si todos los que están creando un poquito de luz en el claroscuro de la París ocupada por los nazis dejaran de hacerlo, entonces solo habría oscuridad, tanta que ninguno podría escapar de ella. ¿Lo entiendes?

Esta vez, Xavier cerró los ojos.

—Me imaginé que no querrías.

Por fin, ella se obligó a decir lo que la había estado carcomiendo como una enfermedad durante la última semana.

—Este embarazo te ha puesto en una situación todavía más peligrosa. Si König llegara a sospechar lo que siento por ti... —Le soltó la mano—. Deberías olvidarte de mí...

Xavier no la dejó terminar.

—Nunca podré dejar de amarte, Éliane. —La besó con una suavidad enorme, como la de una pincelada perlada sobre un lienzo de marfil—. Pero necesito acordar algo contigo.

Se apartó un poco y la miró, con ojos color granate, los marrones mezclados con el rojo intenso del dolor.

—Si alguna vez me atrapan —comenzó con decisión—, no te entregues para tratar de salvarme. El amor es verme partir sin decir nada y sin hacer nada, porque si lo haces, te matarán a ti también. Si consigues librarte, no tiene sentido que te sacrifiques por un amor que de todos modos terminará, porque no hay duda de que me matarán.

Éliane sollozó demasiado alto; ¿y si Luc la oía? Se llevó la mano a la boca y se esforzó por recuperar el aliento y mantener la compostura.

—No sé si podré hacerlo.

—Tienes que hacerlo. Por el bebé.

—Entonces tú también tienes que prometerme algo. Que si me pasa algo, dejarás que me lleven. Y te llevarás al bebé.

Xavier pareció desolado.

—No puedo hacer eso...

Éliane lo interrumpió; encontró el autocontrol que necesitaba y habló con determinación.

—Te lo prometeré solo si tú también lo haces. Tenemos que hacerlo. Nuestro hijo lo merece.

Xavier maldijo con una emoción profunda. Luego inclinó la cabeza y volvió a besarle el estómago mientras hacía la promesa que ella sabía que no quería hacer, pero que haría por el bien de esa vida inocente a quien esperaban entregarle un mundo nuevo.

***

Se despertaron con el sonido de las sirenas antiaéreas.

—¿Dónde queda tu refugio antiaéreo? —inquirió él.

—Nunca voy —respondió ella—. Nadie lo hace por aquí. Preferimos sentarnos en la ventana y mirar el cielo.

Era verdad. Con más estaciones de metro cerradas cada vez y, por lo tanto, incapaces de servir de refugios antiaéreos, y con los aviones que llegaban cada noche, los parisinos se habían vuelto fatalistas. Éliane tomó a Xavier de la mano, lo llevó hasta la ventana, subió la cortina opaca y casi ni se inmutó al oír las bombas que detonaban en algún lugar al norte de la ciudad. El cielo se tiñó de rojo anaranjado, luego de caoba, un poco como los ojos de Xavier antes, como si la ciudad también expresara su dolor. Xavier la atrajo hacia sí, la rodeó con los brazos y le besó la cabeza.

—Estás demasiado delgada, Ellie. El bebé te va a consumir. Y la comida faltará cada vez más.

—Ayer me pregunté a qué sabría la hierba —admitió ella—. Siempre he podido arreglármelas con una comida al día en la *brasserie*. Pero ahora ni siquiera conseguimos comida en el mercado gris de Luc. El bebé necesita verduras y yo le doy nabos.

Xavier la abrazó con fuerza.

—Escondí una bolsa de comida debajo de la cama cuando llegué. Algunas cosas de Inglaterra. Asegúrate de que Luc no la encuentre. Y tengo algo más para ti. —Sacó un sobre del bolsillo y se lo dio.

Éliane lo abrió despacio. Dentro había dinero, una llave, el título de propiedad de la casa de Xavier en Cap-Ferrat y una carta que otorgaba a Éliane y a su hijo la propiedad de la casa y detallaba un fondo fiduciario que se había creado para mantener la casa a perpetuidad.

—También hay una nota que te dice cómo ponerte en contacto con madame Mercier en Cap-Ferrat si lo necesitas —continuó Xavier—. Puedes ir allí y esconderte si las cosas se ponen demasiado feas. Envíale los papeles a madame Mercier para mantenerlos a salvo. Necesitas un plan alternativo, sobre todo ahora.

Éliane asintió.

Otra explosión de bomba, más cerca, el sonido de una ciudad ardiendo. ¿Qué quedaría de ella, de cualquiera de ellos, cuando por fin llegara el rescate?

Hundió la cabeza en el hombro de Xavier y luego dijo algo que sabía que tenía que decir, por el bien de todos. Algo que haría más llevadera su mentira sobre el padre del bebé, que le daría la fuerza de un propósito.

—Voy a sondear a König para tratar de averiguar quién ha estado pasando información a la SD —susurró—. Debo aprovechar que el bebé me servirá de excusa para acercarme más a él...

—No —interrumpió Xavier con brusquedad y ella oyó el miedo oscuro en sus palabras.

—Tal vez me lo diga. Soy la única que tiene la posibilidad de averiguarlo.

—Estoy tratando de sonsacarle el nombre a Von Behr. Y lo conseguiré. —La voz de Xavier era temible.

—Lo cual es tan peligroso, o más, que lo que estoy proponiendo. —Apoyó la frente en la de él—. Sea quien sea, no ha hecho nada más. Todos somos conscientes de que debemos tener más cuidado con lo que decimos y dónde lo decimos. Quizá eso sea suficiente para que no vuelva a suceder.

Xavier no dijo nada y ella supo que era porque no quería correr el riesgo del "quizá", que seguiría buscando hasta descubrir la fuente. Ella haría lo mismo.

—Te quiero mucho —agregó.

—Lo sé —respondió él con lágrimas en las mejillas.

—Tienes que irte. —Se forzó a apartarse—. Llevas demasiado tiempo aquí.

—Hay chocolate en la bolsa —precisó él, sonriendo un poco—. Tómatelo en el desayuno.

Éliane rio, entre sollozos.

—Si lo hago, verás que pronto estaré tan gorda que no me reconocerás.

—Estoy deseando ver eso, porque entonces sabré que es verdad. Que el bebé es real. —Titubeó y ella sintió que se le partía el corazón al verlo tan vulnerable—. Es tan difícil, hoy por hoy, creer en las cosas buenas cuando no puedes verlas...

Las cosas buenas. Como que los Aliados invadieran Francia. Como que las obras de arte regresaran, por un milagro, a las manos de sus dueños. Como que el arte se extendiera por todas partes. Como su bebé, ahora invisible pero que crecía, confiaba ella. Por favor, Dios, déjalo crecer a pesar de las raciones, el frío y la maldad.

CAPÍTULO 30

Éliane no vio a König durante algún tiempo y, por lo tanto, no tuvo oportunidad de introducir el tema del informante en una conversación. Él y el *Catálogo Göring* desaparecieron durante varias semanas. Rose, que se había presentado a trabajar una semana después de la exposición Schloss con su habitual atuendo monótono que la hacía pasar desapercibida para la mayoría, había descubierto la ausencia del catálogo.

Ella y Éliane habían mantenido una conversación en voz baja.

—¿ Habrán cambiado de escondite? —preguntó Éliane.

Rose sacudió con la cabeza.

—Tal vez se lo llevó König. Uno de los choferes me dijo que había ido a Carinhall.

Carinhall. La casa de campo de Göring en Alemania. Tenía sentido que hubiera llevado el catálogo allí.

—Espero que lo traiga de vuelta —respondió Éliane.

—Y yo que tú estés bien —soltó Rose, estudiándola.

No había tratado a Éliane de forma diferente desde el anuncio de su embarazo. No había dicho "un niño alemán", como si la vida en el vientre de Éliane fuera lo más espantoso en toda la espantosa ciudad de París.

—El bebé ha empezado a moverse —le confió Éliane, y

se permitió sonreír como lo había hecho la noche anterior al sentir una ola de movimiento bajo su piel.

Qué ganas había tenido de contárselo a alguien, pero Luc había estado completamente borracho. Y, de todos modos, tampoco estaba segura de que se lo hubiera contado, porque no quería oírlo decir otra vez: "¿Cómo puedes soportarlo?".

Rose también sonrió y Éliane se preguntó cómo los nazis podían estar tan ciegos para no verla, para no ver lo extraordinaria que era. Día tras día, registrando detalle tras detalle con meticulosidad, sirviendo al arte con una diligencia que pocos concedían a sus maestros.

—Le estoy tejiendo un gorrito —dijo Rose—. Y unas botitas de lana. Todavía hará mucho frío cuando nazca.

—Pero... —Éliane intentó protestar.

La única manera de conseguir lana era deshaciendo una prenda propia. Rose estaba renunciando a su jersey, a su bufanda de punto, para que el bebé estuviera calentito.

Rose ya se estaba alejando, regañando a Éliane.

—Saque toda esta basura. Esto es un desastre.

Éliane escondió su propia sonrisa en el montón de papeles que llevó al cubo de basura fuera.

Unos quince días después, Éliane se enteró de que König iba regresar. Al día siguiente, se puso el vestido azul marino de manga larga que había sido su mejor vestido y que ahora estaba muy gastado. Pero dejaba ver la curva ligera de su vientre. Una vez en el Jeu de Paume, los ojos de König destellaron cuando ella le tomó la mano y la puso sobre su vientre, imaginando que era la mano de Xavier.

—El bebé ha empezado a moverse —le contó también, y se esforzó por sonreír. Su manole acarició el vientre—. Ha estado usted demasiado ocupado. —Se apartó como si le preocupara estar robándole tiempo en vez de querer que le quitara la mano de encima.

—Nunca estoy demasiado ocupado para usted.

—¿Ha estado haciendo cosas más importantes para el mariscal del Reich? —inquirió con los ojos muy abiertos y fingiendo admiración por su poder.

König asomó la cabeza por la puerta y la giró.

—He visto a su tío salir a dar un paseo con mademoiselle Putz —añadió ella—. No volverán hasta dentro de un rato.

—Entonces podré enseñarle mi obra maestra. —König se acercó al chifonier, deslizó hacia afuera la moldura y sacó el catálogo, que debía haber devuelto a su escondite.

Y aunque ella ya había visto el catálogo y sabía lo que estaba escrito, le costó contener la excitación por el hecho de que König confiara tanto en ella ahora como para mostrarle, por voluntad propia, algo tan secreto. Había hecho bien en decirle que el bebé era suyo. Ahora descubriría lo que necesitaba saber, a pesar de que Xavier lo desaprobara. ¿Cómo no iba a aprovechar una oportunidad como esta, una oportunidad para salvarlos de traiciones futuras? Si a Xavier se le presentara una oportunidad así, también la aprovecharía.

Le había dicho a König que el sexo perjudicaría al bebé y, siendo tan ignorante sobre todo lo relacionado con las mujeres, él la había creído, así que a Éliane no le preocupaba que las caricias o besos pudieran pasar a mayores. Sin embargo, esa protección duraría solo unos meses. Si no hacía buen uso de ella, sería una cobarde.

König pasó la primera página del catálogo y ella vio los nombres familiares de artistas y obras de arte, las fotografías de cada cuadro y una columna nueva que detallaba a qué habitación de la mansión de Göring estaba destinada cada obra.

—He estado ayudando al mariscal del Reich a planificar cómo colgar su colección para tener todo listo cuando saquemos las obras de depósito. Debería usted ver su casa.

Todo lo fino, raro y valioso está acumulado allí. Hasta tiene dos leones.

Dos leones. ¿A quién se los habría robado Göring? Debía darles las mismas píldoras que tomaba él para evitar que lo atacaran; sin duda, los leones eran capaces de oler el mal. Éliane ocultó esos pensamientos mientras pasaba un dedo por la caligrafía meticulosa de König.

—¿Todo esto es obra suya?

—Sí.

El orgullo en la voz de König fue casi demasiado para ella. Se obligó a pasar la página; la mandíbula le temblaba por el esfuerzo de mantener la sonrisa.

—Es una obra maestra —elogió, y se inclinó más cerca—. Este último mes ha sido muy tranquilo. No hubo exposiciones. Rose ha vuelto. Me gusta cuando todo está en calma. Espero que siga así.

—Por lo que sé, todo indicaría que sí —le aseguró él al oído, y ella insistió, pues necesitaba todavía más.

—Me alegro. Es una suerte que haya gente que le cuente esas cosas. Los hombres importantes siempre saben cómo conseguir información.

—Bueno —admitió él, de nuevo con orgullo en la voz—, mi tío solía ocuparse de eso. Pero ahora lo hago yo.

Éliane pasó más páginas del catálogo y dejó que sus ojos registraran detalles de entradas que sabía que no estaban en los cuadernos que ella y Rose llevaban.

—¿Cómo hacen para encontrar gente así?

—Por lo general, ellos nos encuentran a nosotros —explicó König—. Quieren dinero, claro. Creen que eso les dará el poder que han perdido o que nunca han tenido. Suelen ser las personas que uno menos espera. Algunos están más callados ahora que piensan que los Aliados... —Se interrumpió, reacio, como todos los alemanes, a reconocer que la situación estaba cambiando.

La risa de Von Behr resonó en el pasillo.

—Debería irme —dijo Éliane—. Me ha gustado hablar con usted. Con Elke aquí, no tenemos ocasión suficiente de hacerlo.

Lo besó en la mejilla y salió de la oficina, reflexionando sobre lo que él le había dicho.

***

La semana siguiente, en tanto el año llegaba a su fin y comenzaba 1944, Éliane seguía reflexionando al respecto. Solo le quedaban tres meses para conservar a su hijo a salvo en su interior.

—Tengo algo para usted. —La voz de König interrumpió sus pensamientos cuando ella entró en la oficina—. Tengo que dárselo en privado.

Éliane se paralizó. No quería reuniones privadas con König. Pensó con rapidez.

—Hay un banco en el jardín que es privado.

Él pareció a punto de insistir en otro lugar, pero ella pudo ver cómo su mente consideraba y descartaba opciones: la *brasserie* estaba lejos de ser privada; su casa también; el museo era un zoológico de gente.

—Esta noche. Después del trabajo —acordó, sonriendo como excitado ante la perspectiva de ese encuentro y ese regalo.

¿De qué se trataría? ¿Una llave de un apartamento para tener citas secretas después de que naciera el bebé? Éliane se estremeció.

Al final del día, se arrastró a través del frío hasta el banco del parque donde solía encontrarse con Rose. König ya estaba allí, con el abrigo largo de lana, bufanda, guantes de cuero, gorra y botas gruesas nuevas típicas del atuendo nazi. Éliane tenía puesto el abrigo de piel, ahora agradecida por el hecho de que, debido al racionamiento, su cuerpo era más pequeño de lo que debería ser y, por lo tanto, incluso con el embarazo, aún podía cerrarse el abrigo —o lo que quedaba de él— sobre el vientre. Sentía como si el frío hubiera congelado la sangre de sus piernas sin medias y deseaba poder dejar de castañear los dientes. König era indiferente a todo eso, y si no lo era, prefería no colmarla de ropa, comida y otros artículos que la ayudarían a tener más fortaleza física; prefería mantenerla débil e impotente, pensó Éliane ahora con el ceño fruncido.

Se sentó en el banco y él le rodeó los hombros con un brazo y la atrajo hacia sí. Rose pasó de largo, sin mirarlos, pero Éliane sabía que se quedaría cerca por si la necesitaba después.

König le apoyó un paquete envuelto en el regazo. Era grande, así que no podía ser una llave. Parecía la caja de Pandora y Éliane no se atrevía a dejar salir lo que fuera que encerraba el papel de seda rosa.

Desató la cinta despacio.

El papel cayó y allí, en las manos de Éliane, había dos personas abrazadas para siempre. Era uno de los cuadros de Luc de la Sala de los Mártires, el primero que había visto en el museo. *Les Amoureux*: el cuadro con la luna y el cielo. La pareja en el mundo, no la pareja sin mundo.

—Me han dicho que le gusta este cuadro —comenzó König. Éliane amagó con ponerse rígida, pero se contuvo a tiempo.

¿Quién le había dicho a König que le gustaba el cuadro?

Se quedó mirando los óleos que se arremolinaban en colores bajo sus manos y solo vio preguntas. ¿Quién? Quienquiera que hubiera sido había confundido los cuadros. O no sabía que el otro, el que Éliane prefería, también estaba en la Sala de los Mártires.

—No puedo aceptar esto, monsieur. Si Von Behr se

entera de que lo tengo, me matará. Pensará que lo he robado.

—No puede rechazar un regalo —respondió König—. Si usted no se lo dice a mi tío, entonces no lo sabrá. Puedo darle cualquier cosa.

Para cualquiera que estuviera escuchando, el tono de König podría haber sonado autocomplaciente. Pero a Éliane se le heló la sangre. Tal vez se refería a ramos de *edelweiss*, pinturas, protección. Pero si podía darle eso, también podía darle una celda, un interrogatorio, una sentencia de muerte por tener en su poder un cuadro robado.

Este cuadro era algo más que un simple regalo.

Era el seguro de König. O su chantaje.

¿Pero qué quería de ella?

Éliane se puso de pie.

—Gracias —expresó, sabiendo que tenía que aceptarlo—. Soy muy afortunada. Ha hecho usted siempre tanto por mí. No lo olvidaré.

Una amenaza inútil. König le dio un beso de despedida como lo hacía un hombre que deseaba a una mujer.

Por fin, pudo emprender el camino a su casa, con una mano apoyada en su hijo, lo más inocente en un mundo perverso. Debajo del brazo, llevaba el cuadro, lo más peligroso en un mundo peligroso.

***

Poco después, por la mañana temprano, antes del trabajo y mientras Luc estaba en Les Halles buscando comida para la *brasserie*, Éliane esperaba en su apartamento, con los ojos fijos en la puerta y el reloj. Si su hermana no llegaba pronto, tendría que irse para el museo. Y no tendría tiempo para hacer esto más tarde si quería llegar a tiempo a la *brasserie* para el turno de la noche.

Por fin, su concentración en la puerta se vio recompensada por la aparición de Angélique, que corrió hacia ella. Éliane la acogió en sus brazos como siempre lo había hecho, como si fuera su madre.

—Es hijo de König —susurró con rapidez mientras la mano de Angélique le recorría la panza.

—Hola, bebé —pronunció Angélique. El bebé respondió con una patada decidida—. Eres todo un luchador. —Miró a su hermana mayor, que tenía los ojos tan llenos de lágrimas como ella—. No puedo creer que Luc no me lo contara.

—No quiere ser tío de un niño nazi.

—Pero no...

—Shhh. Llegaré tarde al trabajo si hablamos del bebé. Necesito que lleves todo esto a Montal. Una mujer llamada madame Mercier lo recogerá y lo esconderá en la casa de Xavier, en Saint-Jean-Cap-Ferrat.

Le entregó el cuadro de Luc, el sobre con el dinero que le había dado Xavier, su anillo de compromiso, el título de propiedad y la llave de la casa de Saint-Jean-Cap-Ferrat.

—Por supuesto. Pero... —Angélique se quedó mirando el cuadro—. ¿De dónde sacaste esto? Si König o Von Behr te llegan a descubrir...

—Me lo regaló König.

—Te lo regaló König —repitió Angélique con lentitud—. Quiere decir que piensa usarlo.

—No lo dudo. Quizá como un seguro para el niño.

Éliane vio que los ojos de su hermana se posaban en el nombre del artista en la esquina inferior derecha.

—¿Lo pintó Luc? —inquirió, con una incredulidad tan evidente como el vientre redondo de Éliane.

—Lleva su nombre. Y nos contó que les había vendido una pintura a los Rothschild.

Éliane advirtió la duda en los ojos de su hermana.

Angélique se sentó, sin dejar de observar el cuadro, pero

era como si estuviera mirando algo completamente distinto. Tenía el ceño fruncido y la boca apretada.

Éliane lo observó también y, mientras lo hacía, recordó algo de lo que debería haberse dado cuenta en su momento, pero que el tumulto de sus sentimientos por Xavier le había impedido hacerlo. En la playa de Saint-Jean-Cap-Ferrat, Xavier le había dicho: "El cuadro de la pareja, el cuadro de Luc, el que está en la Sala de los Mártires. Tenlo siempre presente. Siempre que necesites respirar, deslízate dentro del cuadro y sé la mujer" sin nada a su alrededor...

"La mujer sin nada a su alrededor".

En 1941, Xavier había visto a Éliane con el otro cuadro, el de la pareja con el cielo y la luna de fondo, el que utilizaban para pasarse notas. Nunca la había visto mirando el cuadro de la pareja sin nada a su alrededor. ¿Cómo sabía entonces que existía? Podría haberlo visto también en la Sala de los Mártires, pero Éliane lo había escondido en un rincón oscuro para mantenerlo a salvo...

En ese instante, Angélique habló e interrumpió los pensamientos de Éliane antes de que llegaran a destino.

—Intenté averiguar quién era el maquis traidor que Luc había descubierto, el que les había filtrado a los nazis lo del piloto escondido en Montal. Necesitaba saber si debería haberme dado cuenta del engaño; si de alguna manera había sido culpable de traición por ignorancia. Pero ninguno de mis maquis sabía quién fue, nadie había desaparecido.

Éliane sentía que los minutos pasaban en el reloj, sabía que nunca llegaría a tiempo al trabajo, no tenía ni idea de qué quería decir su hermana, pero también sabía que no podía irse ahora; que fuera lo que fuera, Angélique quería que lo oyera.

La pausa se hizo interminable. El cambio de tema fue sutil.

—Sabes que veo a Luc alguna vez cuando está en la campiña pasando mensajes a la Resistencia. Los maquis lo

consideran un héroe. Lo llaman d'Artagnan. Estoy segura
de que eso debe alimentar su ego de por sí enorme. Lo
llaman así porque les lleva dinero, café, carne, armas, vino.
Ojalá te diera algo de ese dinero para comida.

Éliane estaba ahora tan quieta que bien podría ser un
cuadro, una *madonna*, no, una *Mona Lisa*: una cosa en la
superficie, pero otra por completo distinta bajo la piel.

—La última vez que vi a monsieur Jaujard —prosiguió
Angélique, con tanto cuidado como si las palabras salieran
de puntillas de su boca—, le comenté que éramos muy afor-
tunados de que los Aliados le enviaran tanto dinero para
que Luc se lo pasara a la Resistencia. Que les levantaba mucho la moral. Pero monsieur Jaujard dijo que nunca le había
dado a Luc ningún dinero de los Aliados.

Angélique miró a Éliane a los ojos por primera vez desde
que se había sentado.

—Le pregunté a Luc y me dijo que había hecho un negocio especial con café y carne para los alemanes en la *brasserie* y que le había sobrado. Que ese café era lo menos que les
podía dar a un grupo de hombres que llevaban esperando
y preparándose para luchar desde 1940. Le expliqué que su
necesidad de ser adorado nos metería a todos en problemas:
¿por qué arriesgarse a robar café destinado a los alemanes
en la *brasserie*? Eso fue lo que pensé en su momento, que
todo se reducía a su necesidad de ser idolatrado.

"¿Y ahora qué piensas?". La pregunta muda se reflejó en
los ojos de Éliane, porque Angélique añadió:

—No lo sé.

CAPÍTULO 31

Éliane esperó con una impaciencia casi imposible de disimular a que los alemanes se fueran del museo para almorzar Entonces se apresuró a subir a la Sala de los Mártires y estiró el brazo hacia donde había escondido *L'Amour*: el cuadro del Amor. Dio un paso atrás y estudió el cuadro; sus ojos volvían siempre a las expresiones en los rostros de la pareja y al cabello de la mujer, que tenía un trabajo fino especial. Luego se acercó más y examinó el manejo del pincel, la superposición de capas de pintura.

¿Cómo no se había dado cuenta antes?

Cuando había visto por primera vez el otro cuadro de la pareja, había estado desconsolada y furiosa con Xavier. No había querido recordar su estilo como artista. Además, el nombre de Luc estaba en el primero, y el segundo era tan parecido que no había razón para pensar que no fueran de él.

Pero ahora…

Lo único que sabía con certeza era que una vez le había dicho a Luc que le gustaba el cuadro que le había regalado König. Y se lo había dicho antes de saber que el que tenía adelante ahora, el que prefería, existía. No le había mencionado el segundo cuadro a Luc porque él había respondido con mucha frialdad a sus elogios del primero. Pero él tampoco había hablado de un segundo cuadro.

Tenía que hablar con su hermano.

Fue un largo día en el Jeu de Paume y un turno aún más largo en la *brasserie*, y no pudo decir nada hasta que Luc y ella estuvieron limpiando al final de la noche.

—El cuadro que les vendiste a los Rothschild, el que está en el Jeu de Paume —empezó, y trató de que sus palabras sonaran más como una conversación que una urgencia.

Esperó a ver si él respondía: "¿Cuál? Les vendí dos casi iguales".

Luc se limitó a bostezar con exageración.

—Intenté recordar cuál de tus muchos amores era la protagonista —probó otra vez—. ¿Era Louise?

—Dios sabrá. —Luc descorchó una botella de vino y se sirvió una copa, su forma habitual de evitar las conversaciones—. No me puedo acordar del nombre de todas. —Dio un buen trago y apagó las luces.

—¿Te veo arriba? —preguntó Éliane, y sonrió como le sonreía a König mientras rezaba para que su hermano dijera que no.

Luc negó con la cabeza y se marchó.

—Tengo trabajo que hacer.

Y lo único que Éliane supo con certeza era que su hermano era un mentiroso. Pero ¿sobre qué mentía exactamente? ¿Y qué trabajo tenía que hacer esa noche?

"Deberíamos tratar de identificar a cualquiera que de repente parezca tener más dinero o poder del que debería", había dicho Rose. Luc no tenía dinero. ¿Cómo había hecho entonces para conseguir las armas y el dinero para los maquis?

"Quieren dinero, claro. Creen que eso les dará el poder que han perdido o que nunca han tenido", había dicho König.

Al igual que el dinero, el poder era algo que Luc rara vez había tenido. Salvo con sus modelos artísticas y durante aquel breve momento en que había vendido un cuadro a los Rothschild y su propio padre lo había llamado maestro, enfatizando la palabra con orgullo.

Éliane siempre había pensado que, al intentar salvar el arte, a Luc le habían arrebatado el arte. Pero ¿y si en realidad nunca lo hubiera tenido? ¿Y si solo hubiera tenido la vida de un artista: los beneficios secundarios de las modelos artísticas y la sociedad artística?

No. Se equivocaba. Luc nunca…

Interrumpió el pensamiento, se apresuró por las escaleras hacia el apartamento y sacó el cuadro que le había regalado König, el que había querido entregarle a Angélique esa mañana. En vez de eso, le había dicho a su hermana que lo llevaría a casa de monsieur Jaujard esa misma noche.

Porque había algo más que la inquietaba. Había visto en los archivos del Jeu de Paume que esta pintura, *Les Amoureux*, había sido comprada, como ella sabía, por Rothschild en septiembre de 1939. La segunda, *L'Amour* —la favorita de Éliane, que todavía estaba en el museo— había sido adquirida en junio de 1940, poco antes de que la familia Rothschild huyera de Francia.

¿Por qué Luc no había vendido los dos cuadros juntos a Rothschild?

Se tumbó en la cama, cerró los ojos y se llevó las manos al vientre.

—Tal vez no tenga importancia —le susurró a su bebé, hablándole como solía hacerlo por las noches a solas en su habitación. El vientre se agitó a modo de respuesta y ella acarició el lugar donde se había movido.

Y quizá no tenía importancia. No había habido más traiciones. Incluso si alguno de los seis hubiera suministrado cierta información a los alemanes a cambio de dinero…, ¿dinero para armas para los maquis? ¿Quizás eso lo justificaba? No habían ocurrido más filtraciones y Éliane se había imaginado que, con las victorias aliadas en el norte de África y el desembarco en Italia, el traidor pensaría que los Aliados se acercaban y que ya no valdría la pena vender información a los alemanes. Que tal vez las consecuencias de sus actos —un guardia del Louvre muerto en Montal— habían sido más de las que había previsto y había recuperado su conciencia.

Debía olvidarse de todo eso. El bebé pateó otra vez.

¿Acaso el dinero había sido no solo para armas, sino también para poder y adulación?

Sus manos la empujaron fuera de la cama. Sacó la botella de disolvente que había robado del Jeu de Paume, arrancó un trozo de tela de las sábanas, lo empapó y lo puso en la esquina superior izquierda del cuadro. Al disolverse la pintura, apareció una capa de blanco titanio. No era raro: los lienzos eran caros y la mayoría de los artistas pintaban en lienzos usados y utilizaban el blanco para ocultar una obra que sabían que no podían o no querían vender.

Frotó con más fuerza y lo que vio le dio ganas de llorar. Debajo del blanco titanio había una palabra que empezaba con las letras "Xa" y estaba escrita en el mismo lugar donde Xavier había firmado siempre sus cuadros.

Este lienzo había sido de Xavier. Y aunque existía una pequeña posibilidad de que se lo hubiera dado a Luc para que pintara encima y lo reutilizara, conociendo sus apuros económicos, también había otra.

Luc nunca había pintado nada. La obra era de Xavier. Y seguro que también el otro cuadro que todavía se encontraba en la Sala de los Mártires. Xavier le había dado el cuadro a Luc, le había presentado a los Rothschild y había fingido que la obra no era suya. Lo había hecho por Luc y, por lo tanto, por Éliane.

Luc no había sido nada y Xavier lo había sido todo, siempre.

Se sentó en la cama; le temblaban las piernas.

Si alguien le hubiera dicho un año atrás que sería incapaz de llorar cuando descubriera que su hermano era un traidor, no le habría creído. Pero sus ojos eran un vacío seco, producto del estupor.

Quería cerrarlos y bloquear todo aquello de lo que acababa de enterarse. Pero fingir era cosa de cobardes y eso se lo dejaría a Luc. Cuanto más pensaba, más surgían preguntas horripilantes que le exigían que analizara las respuestas. Por ejemplo: ¿cómo había llegado a manos de Luc el segundo cuadro, la obra de arte de la pareja abrazada que seguía bajo la custodia del museo? En 1940, cuando Rothschild lo había comprado, Xavier ya había abandonado París.

La galería de la rue *La Boétie* no había sido desmantelada. Los cuadros de Xavier seguían en la galería. Luc lo había sabido.

Solo podía significar que su hermano había entrado a robar la obra de su amigo, la había vendido y se había quedado con el dinero.

"¿Cómo puedes soportarlo?", la había provocado Luc.

Ahora, ella le replicaría:

"¿Cómo puedes soportarlo tú?".

***

Faltaba media hora para el toque de queda. Éliane le dio la vuelta al cuadro y escribió unas letras en el reverso: su propio código, como el de la *Mona Lisa* en 1939. No sabía muy bien por qué sentía la necesidad de hacerlo, salvo que era importante dejar constancia del verdadero autor del cuadro, en caso de que…

No se permitió terminar el pensamiento.

Cubrió el cuadro con un chal y se lo llevó a Angélique, sin mencionar sus sospechas. Si lo hacía, quién sabía lo que sería capaz de hacer Angélique, y lo que Luc le haría a ella después. Éliane solo verbalizaría sus temores si Luc hacía algo más para perjudicarlos. Era mejor y más seguro para todos alegrarse de que el traidor se hubiera detenido; mejor no hacer nada que le diera motivos para empezar de nuevo.

Luc contaba con la adoración y la devoción de los maquis para compensar el hecho de que mujeres como Louise ya no lo idolatraran. Eso debería ser suficiente.

Dejó que su hermana le besara la tripa.

—¿Crees que el bebé será como Yolande? —preguntó Angélique, y Éliane asintió.

—Sí, creo que sí —se limitó a responder, porque a Angélique le habían arrebatado toda su familia y Éliane era todo lo que le quedaba.

***

A mediados de febrero, el embarazo de Éliane empezó a ofender a Von Behr y se vio obligada a pedir la baja en el Jeu de Paume. Eso significaba que tampoco podía trabajar en la *brasserie*, por lo que dejó de ver a Xavier. A finales de marzo, dos semanas antes de dar a luz, Rose se apareció en el apartamento con una maleta.

—Me quedo hasta que nazca el bebé —anunció—. No puedes estar aquí sola.

Éliane se sentó a la mesa y lloró. Ahora estaba sola la mayor parte del tiempo. Luc salía después de que cerraba la *brasserie* y no solía volver a dormir. Ella ya no podía asistir a las reuniones en casa de monsieur Jaujard porque no podía moverse con rapidez por las calles. Sabía que Xavier había insistido en que no se reunieran en el apartamento de ella para no poner en peligro al bebé. Así que Éliane solía estar sola en las dos habitaciones del apartamento que no había clausurado para mantener el escaso calor. Pero ahora tenía a Rose.

Rose se sentó a su lado, sacó un libro del bolso, lo abrió y empezó a leer en voz alta con voz suave y dulce, como la que se usaría con un niño.

—*Il était une fois un gentil homme qui épousa, en secondes noces, une femme, la plus hautaine et la plus fière qu'on eût jamais vue.*

Cendrillon, la historia de una joven que se casaba con su príncipe. El bebé se agitó como respuesta.

Éliane se enjugó el rostro. Ya había derramado demasiadas lágrimas por esta guerra. El bebé necesitaba algo más que tristeza. Una historia de amor triunfante, de sacrificio recompensado, de la derrota de la maldad, esa era la clase de alimento que necesitaba.

—Gracias —dijo.

—Estás interrumpiendo la historia —la regañó Rose, pero luego sonrió y Éliane también lo hizo.

Una semana después, un dolor agudo contrajo el vientre de Éliane. Persistió durante toda la noche y también el día siguiente, muchas horas y mucho dolor. Su cuerpo temblaba y se estremecía con la intensidad de las contracciones. No podía llorar ahora, solo podía gritar una y otra vez hasta que los espasmos cedían solo un instante y yacía acurrucada en un ovillo sobre la cama mientras intentaba ahorrar la energía que no poseía. Se miró los brazos que rodeaban su vientre y advirtió que eran casi tan delgados como habían sido los de Jacqueline a los doce años.

El apartamento se oscureció y pensó que las velas se habían apagado. Intentó decir el nombre de Rose, pero no pudo. Lo único que la arrancaba de ese estado de semiinconsciencia eran las náuseas y el paño húmedo que Rose, con el ceño fruncido, ponía sobre su frente. No tenía sentido intentar buscar un médico en París en 1944.

—Haré todo lo que pueda para mantenerte despierta —aseguró Rose—. Aunque tenga que cantarte *La Marsellesa*.

Éliane buscó la mano de Rose y la apretó con fuerza mientras la acometía otra ola de dolor.

Por fin, después de veinticuatro horas casi interminables, cuyos últimos momentos no recordaba en absoluto, se encontró con un bulto en los brazos. El bulto acurrucó la cabeza contra su pecho y entonces comprendió que ella y el bebé habían logrado sobrevivir. Y que el bebé tenía hambre. Éliane soltó una risita.

—No eres como Yolande —le susurró, pues era un niño—. Espero que Angélique no se sienta demasiado decepcionada.

Le besó la mejilla y su hijo la miró a los ojos, y la conmoción del amor fue devastadora, un golpe mortal al corazón del que sabía que nunca se recuperaría. Que algo tan fuerte y tan magnífico pudiera surgir de la guerra. Por primera vez, comprendió que lo más verdadero del alma de una persona se manifestaba en los momentos más oscuros. Xavier le había esculpido el alma, y ahora su hijo también lo haría.

Se recostó contra las almohadas y el bebé se prendió a su pecho como si estuviera muerto de hambre. La luz del fuego y el calor la envolvían mientras Rose apilaba cajas de madera en la chimenea, cajas que le había pedido a König, explicándole que Éliane necesitaba calor.

Éliane observó cómo se alimentaba el bebé, su carita, su manita sobre su piel, los ojos cerrados y su expresión concentrada. El mechón de cabello oscuro sobre la cabeza. Era imposible no llorar.

—Lo voy a llamar Alexandre —anunció.

—¿Crees que sea prudente? —preguntó Rose en voz baja y Éliane comprendió que, al igual que Angélique, Rose se había dado cuenta.

—König nunca relacionará los dos nombres. —Éliane estaba desesperada por preguntar y se había obligado a no hacerlo durante los dos meses que llevaba encerrada en el apartamento—. ¿Dónde...? —Vaciló—. ¿Xavier...?

—La historia oficial es que está en Suiza comprando obras de arte. Que estará fuera al menos un mes. Pero en realidad está en Londres. Dice que ya falta poco.

Éliane cerró los ojos. Faltaba poco, pero ¿para qué? ¿Para la liberación o el infierno? Xavier estaría más ocupado que nunca. ¿Cuándo vería a su hijo? ¿Y quién ganaría? Si lo hacían los alemanes, arrasarían con todo, desde la *Mona Lisa* hasta el amuleto más diminuto: la victoria les permitiría cosas que un simple armisticio no les había permitido.

Rose se inclinó y acarició el pelo de Alexandre.

—Es hermoso, por supuesto. Podría quedarme sentada aquí todo el día y observarte con él. Pero... —Frunció el ceño—. Tengo que ir al museo. ¿Estarás bien? ¿Se lo cuento a König?

—Supongo que será lo mejor. Pero dile que no estoy para visitas.

Dos horas más tarde, llegó un ramo de *edelweiss* desmesurado. Éliane lo dejó marchitarse sobre la mesa.

Luc subió un momento, le llevó comida y besó a su sobrino, antes de marcharse a abrir la *brasserie*. Éliane se quedó en la cama con su bebé, contemplándolo dormir, resoplar, roncar y suspirar. Estudió sus párpados delicados bordeados por las pestañas oscuras de Xavier, la boquita redonda que hacía formas mientras dormía, la imponente finura de sus dedos de pintor. Aquella primera noche se aprendió a su bebé de memoria, casi como si una premonición le advirtiera que debía hacerlo. Más tarde lo bañó, le pasó la mano por las piernas inquietas y los diminutos dedos de los pies, y volvió a llorar porque era tan pequeño, precioso e indefenso. Solo la tenía a ella y no sabía si eso sería suficiente.

CAPÍTULO 32

ÉLIANE PASÓ DOS DÍAS DENTRO DE LA CASA CON EL BEBÉ Y luego supo que tenía que volver al mundo, comprar comida, conseguir más paños de tela para los pañales…, no había sabido cuántos podía llegar a usar un ser tan pequeño y, sin calefacción en el apartamento, no se secaban lo bastante rápido. Además, ya había quemado todas las cajas que le había dado König. Por supuesto, no tenía cochecito, pero en los últimos meses había visto a muchos bebés en bandoleras hechas con sábanas viejas. Así que eso fue lo que hizo, y acomodó a Alexandre para que estuviera seguro y calentito contra su pecho. Alexandre la miró, se chupó el labio y se durmió enseguida y con placidez.

Caminó con él hasta la rue Saint-Honoré y se sumó a la cola de mujeres frente a la *boulangerie*. Pasaron horas. Mientras esperaba, dio de comer a Alexandre, pero no era tan fácil como en el apartamento y pareció quedarse con hambre; una hora después, se despertó llorando porque quería más.

Necesitaba cambiarlo, pero no podía perder su lugar en la cola. Así que apoyó uno de los paños que había traído sobre la acera y lo colocó encima, expuesto al frío de principios de abril. El bebé lloró todo el tiempo y su piel se volvió azul por el viento, que era tan brutal como cualquier nazi.

—¡Fräulein!

Éliane giró la cabeza, al igual que el resto de las mujeres en la cola. Todas, aunque solo habían estado haciendo cola para comprar pan, adoptaron una expresión culpable, y entonces Éliane supo, supo de verdad, que no era la única que estaba haciendo algo por París. Ya fuera tarareando *La Marsellesa* sin querer en la cola de la comida o quemando con la plancha la chaqueta de un nazi, como había hecho una vez la lavandera de König, había innumerables pequeños actos de resistencia en París que, algún día, sin duda se sumarían para conformar algo más grande.

De pronto se dio cuenta de que la persona que gritaba era König y que se dirigía directo hacia ella.

—¿Este es mi hijo? —inquirió, encantado, y la besó en la mejilla.

Las mujeres de la cola silbaron a Éliane y una de ellas escupió a sus pies.

La vergüenza la hizo perder el equilibrio. ¿Cuándo acabara todo esto, alguien creería que ella había intentado hacer lo correcto?

—Tenemos que irnos —indicó—. No podré volver a hacer la cola para comprar pan.

König observó los rostros hostiles de las mujeres como si de repente lo entendiera y se alejaron.

—Puedo traerle comida. Aquí tiene chocolate. —Le pasó un paquete inútil: ella necesitaba carne—. Me imagino que se llevará comida del restaurante, ¿verdad?

—Nunca queda nada para llevarse —admitió Éliane—. Usted y sus amigos se lo comen todo. Este mes no ha habido carne en París.

König hizo un gesto con la mano y ella supo que no tenía ni idea de cómo vivía un parisino.

—He venido a ver al niño.

No tuvo más remedio que llevarlo a su apartamento. Si

dejaba que le hiciera gracias al bebé en mitad de la calle, correrían el riesgo de ser apedreados.

La siguió por las escaleras de caracol y, al abrir la puerta, Éliane vio el apartamento a través de los ojos de König. Diminuto. Las puertas de los dormitorios estaban cerradas; toda la vida transcurría en dos habitaciones casi sin amueblar con un sofá, su colchón en el suelo de la sala porque no podía calentar el dormitorio, y una mesa y cuatro sillas: durante el último invierno, había quemado todos los muebles para calentarse. La ventana con la cortina opaca obligada y ningún otro adorno, ya que había tenido que reutilizar las cortinas más delgadas para confeccionarse algunas prendas harapientas. Esos harapos colgaban del tendedero junto a los pañales de Alexandre. Esa mañana, los paños blancos se habían agitado como las alas de un ángel. Ahora se daba cuenta de que, a pesar de los lavados, estaban manchados y tenían olor. El olor a bebé, ese hermoso olor a leche era fuerte y cercano, en comparación con el aire fresco del exterior.

König arrugó la nariz.

—No puede vivir aquí —precisó, y se dejó caer en una silla.

—Tengo que dar de comer al niño —replicó ella.

Los ojos de König se pasearon por todas partes, como si no supiera donde posarlos.

—Esperaré allí.

Se dirigió a la ventana, al lugar de Xavier, y Éliane intentó no pensar que König había visto a Alexandre antes que Xavier. Se sentó, se desabrochó la blusa y dejó que su hijo se saciara.

König no tardó en volver a la mesa y observó hasta que Alexandre se quedó dormido y soltó el pezón, lo que dejó el pecho desnudo a la vista de König. Sus ojos se abrieron de par en par, su piel se sonrojó y Éliane trató de cubrirse tan deprisa que golpeó sin querer a Alexandre, que emitió un gemido. Que König siguiera viéndola como una mujer deseable fue como una bofetada. Había esperado que su cariño disminuyera y que su esposa, ahora disponible para sus atenciones, le resultara más fácil de amar.

—Tiene que volver al trabajo mañana —señaló él, con los ojos puestos en los dedos que cerraban cada uno de sus botones.

—Tengo que cuidar del bebé —replicó Éliane con displicencia.

—El bebé se quedará con mi esposa mientras usted trabaja —explicó König sin vacilar, como si hubiera pensado mucho en eso—. Hay demasiado trabajo para madame Valland y no hay tiempo para capacitar a alguien nuevo.

Éliane apretó a Alexandre con tanta fuerza que tuvo que recordarse lo delicado que era.

—Pero lo tengo que amamantar.

—Alimentará al bebé en mi apartamento antes de dejarlo por la mañana. Elke se lo llevará al museo a la hora del almuerzo. Mi apartamento está calentito. Mi hijo debe estar calentito —agregó König, a la manera de Von Behr—. Tendrá al bebé por las noches y los fines de semana. Y yo podré verla a usted todos los días.

¿Qué había hecho? Nunca debería haber dicho que el bebé era de König.

Faltaban dos meses para el verano, los Aliados estaban llegando.

Y, sin duda, Xavier volvería pronto.

***

Todas las mañanas, Éliane caminaba al apartamento de König. Se sentaba en un sillón verde acolchado y amamantaba a Alexandre mientras König la miraba y su esposa miraba a König mirar a Éliane. Entonces Elke le quitaba a Alexandre y el bebé empezaba a gemir al principio, como si esperara ser rescatado por su madre, y luego a llorar, y Éliane se armaba de valor para no arrebatarle su hijo a Elke y salir corriendo por la puerta.

Los días transcurrieron de ese modo hasta que una mañana de mayo, cuando el sol comenzaba a imponerse en el cielo, König le comunicó:

—He hablado con Elke. Ha acordado que usted viva con nosotros como niñera del bebé. Su apartamento es... —Su rostro se torció con desagrado—. Apestoso. Seguro que preferirá una habitación grande, contigua a la del niño, en nuestro apartamento. Elke entiende mis necesidades y está dispuesta a aceptarlas.

Sus necesidades. Las grietas y el desmoronamiento del escenario nazi en los últimos meses habían alterado a la gente. Von Behr se enfurecía más y todos sus vicios se habían intensificado. Pero en König, la situación había fomentado cualidades que nunca había sabido utilizar. Incluso el año pasado, nunca le habría hablado con tanto descaro de sus necesidades. Éliane bajó la vista como avergonzada.

—Pero ahora no... no estoy disponible para sus necesidades... Todavía estoy sangrando por el parto. —Sus últimas palabras fueron un susurro débil. Habían llegado al museo y Éliane arrastró su cuerpo hambriento y sangrante por las escaleras. Sus pechos clamaban por su hijo.

König parecía medio avergonzado y medio asqueado.

—Le daré tiempo, por supuesto —concedió con brusquedad, para ocultar su ignorancia—. Me imagino que no durará para siempre, ¿no? —Sonó tan afligido que, de haber estado en otra circunstancia, Éliane se habría reído.

—No —aseguró ella—. Nada dura para siempre. Pero sí por un tiempo. —Era mentira, pero no importaba. Dudaba que König pidiera detalles a alguien.

—Pero de todas formas tiene que venir a vivir con nosotros —insistió—. En cuanto a lo otro… comenzaremos cuando esté lista.

***

König no estaba en el apartamento cuando Éliane llegó al día siguiente. Elke no le habló, salvo para darle los buenos días. Tomó asiento y observó el ritual de alimentación con ojos preocupados y una mirada tan firme que el cuerpo entero de Éliane se tensó hasta tal punto que la leche no bajaba con facilidad y Alexandre se había puesto inquieto y nervioso. Éliane intentó calmar la tensión, pues de lo contrario el bebé volvería a tener hambre antes de que Elke llegara al museo a la hora de almorzar, pero el temor no hizo más que enroscarse a su alrededor como un lazo.

En los últimos días, Alexandre había empezado a quejarse menos cuando Éliane se lo entregaba a Elke y lo mismo ocurrió esa mañana. Cuando el bebé estuvo a salvo en los brazos de la mujer, Elke sonrió y casi pareció hermosa. Que un niño pudiera hacer eso. Hacer que alguien a quien Éliane odiaba se convirtiera, de pronto, en una mujer enamorada de un bebé, igual que ella.

Elke levantó la vista y Éliane no tuvo tiempo de apartarla.

—Alexandre es feliz cuando no estás aquí —dijo Elke.

Éliane se estremeció, pero Elke le sostuvo la mirada.

—Lo quiero —continuó—. Crees que no soy capaz y que mi esposo no es capaz. También somos humanos.

"De la peor especie". Pensó Éliane y casi no se contuvo de responder.

—No quiero que te preocupes por eso —prosiguió Elke en un susurro—. Cuando estás en el museo, Alexandre llora muy poco, tanto como cualquier bebé. Nada de lo que ocurre aquí es malo para él.

Alexandre no estaba molesto durante el día. Tal vez Éliane no estaba perjudicando a su hijo. Tal vez estaba haciendo lo mismo que había hecho su madre al dejarla a ella y sus hermanas con la mujer del apartamento de al lado hasta que Éliane fue lo bastante mayor para cuidar de ellas.

Ojalá pudiera pensar en Elke como una mujer que cuidaba de un bebé con diligencia y no como la esposa de un nazi. Pero nunca pensaría así. La esposa de Ernst König era incapaz de amar a nadie como debería hacerlo una madre.

Elke le tocó el brazo.

—Sé que no sientes por Ernst lo que él siente por ti.

Éliane se quedó paralizada y fijó los ojos en su hijo, lo único en la habitación que podía darle fuerzas. Ayer había tomado un plato de sopa en la *brasserie*, lo último que quedaba en la olla, ya casi sin verduras y con un trozo de grasa como única carne sobrante. Rose había encontrado una zanahoria en los huertos del Louvre y se la había hecho comer de almuerzo; le había dado también una patata para que se llevara a casa. Luc la había puesto en la sopa para los nazis.

—Su marido es… —Éliane buscó las palabras a ciegas. Los rincones de la sala estaban en sombras y sentía la piel húmeda y pegajosa por el sudor. El hambre se arrastraba como hormigas por su vientre. No se desmayaría delante de Elke. Lo haría fuera, en la acera, con la esperanza de que nadie del barrio la reconociera como la amante de un nazi y la escupiera.

—A ver, ahora entiendo cómo funcionan las cosas —interpuso Elke—. No quieres mi consejo, pero te lo daré de todos modos. Es lo único que no podrás desechar en cuanto salgas de este apartamento. A Ernst no le romperás el corazón. Es imposible romperle el corazón a quien tiene todo el poder. —Algo parecido al agua brilló en los ojos de Elke. Enjugó su rostro en la parte superior de la cabeza de Alexandre. Cuando levantó los ojos de nuevo hacia Éliane, el brillo había desaparecido—. Me llevará al menos quince días amueblar una habitación para ti. Es muy difícil encontrar cosas ahora en París. Le he dicho a Ernst que no estará lista hasta el 6 de junio. Eso te dará tiempo para decidir qué hacer.

"Qué hacer". Elke todavía pensaba que Éliane tenía una opción.

Éliane salió a la calle, donde el sol resplandecía con tanta intensidad que resultaba casi ofensivo, como si pudiera disfrazar de cabaretera a una vagabunda. Se quedó sentada un momento en el escalón, con la cabeza apoyada en las rodillas, hasta que la oscuridad en los bordes de su visión se disipó y su piel se enfrió y el hambre se cerró como un puño que se instaló inmóvil en su vientre. Luego se puso de pie con dificultad y caminó hasta el Jeu de Paume. Recordó las palabras de Elke, "Es imposible romperle el corazón a quien tiene todo el poder" y ahora fueron sus ojos los que brillaron.

Elke tampoco tenía poder. Y eso también le rompía el corazón.

—No dejes que me compadezca de ella —murmuró. El odio no vacilaba y no razonaba; la lástima era como una espina en un corazón ya herido.

***

La última semana de mayo se escurrió por las aceras embarradas de una ciudad que había olvidado la primavera. El invierno todavía acechaba por todas partes, en los rostros grises y hambrientos, en los senderos sucios, en la ausencia de pájaros y en el paisaje chamuscado por el fuego y las bombas. Xavier, que seguía en Londres, le hizo llegar una nota a través de Angélique. Era breve e impersonal, como tenía que ser, aunque su alma necesitaba lo eterno y lo íntimo.

El 6 de junio, Éliane caminó con desesperanza al apartamento de König. Por fortuna, él no estaba allí para acompañarla al trabajo. Elke tomó a Alexandre de los brazos de Éliane sin decir ni una palabra; de hecho, la mujer parecía sombría como el invierno y Éliane supuso que era porque anticipaba que esa noche perdería a su esposo a manos de su amante.

En la entrada del museo, los guardias de la Luftwaffe estaban de pie con las armas en la mano en lugar de al hombro. No se limitaron a chequear su *Ausweis* y su bolso, sino que la palparon, no un guardia, sino dos, y las manos se demoraron en su cuerpo. Éliane cerró los ojos y se imaginó con Xavier en el cuadro, el que no tenía telón de fondo, nada en el mundo salvo ellos dos. Y Alexandre. Lo sumó también al cuadro.

—Directo a su escritorio, mademoiselle —le gruñó un guardia y, al terminar la inspección, la aguijó con la pistola.

Cuando entró y vio los rostros de los historiadores, iguales al de Elke, se dio cuenta de que algo había ocurrido. König fue a buscarla y por fin lo comprendió.

—Es un día nefasto —murmuró—. Los británicos y los norteamericanos han desembarcado en Normandía.

König acababa de pronunciar las palabras que ella había estado esperando oír durante cuatro largos años. La habitación comenzó a girar y estuvo a punto de desmayarse, pero logró desplomarse en una silla en vez de en el suelo.

—Han desembarcado —repitió en un susurro.

—¡Que torpe soy! —exclamó König—. No debí decírselo tan de improviso. Tome. —Le tendió un vaso de agua.

Solo entonces Éliane tomó consciencia de que había estado a punto de delatarse y de que tenía mucha suerte de que König hubiera pensado que su reacción había sido producto del miedo y la incredulidad y no de una alegría tan intensa que casi no podía soportarla.

Se obligó a tocarle el brazo.

—¿Estará usted bien, monsieur? —se forzó a decir—. ¿Y su tío?

König apoyó su frente en la de ella, le puso las manos sobre los hombros y rompió a llorar. Lloraba como Alexandre: con impotencia, imparable.

Éliane dejó que las lágrimas cayeran sobre su rostro.

Por fin, el ruido de movimiento lo hizo enderezarse y apartarse.

—Lo siento.

—Lo entiendo —respondió Éliane, porque lo entendía. Debería llorar. Debería sollozar. Debería gritar, lloriquear y berrear. Debería tener miedo.

***

Quince días más tarde, con la imposibilidad de recibir noticias verificables sobre lo que estaba ocurriendo en Normandía y con el plan de que Éliane se mudara al apartamento de König por fortuna en suspenso debido a la invasión, Éliane abrió la puerta de su apartamento y se encontró con que alguien la estaba esperando. ¡Angélique!

Angélique alzó a su sobrino en brazos y le cubrió la cara de besos. El bebé se retorció y contrajo la cara al principio, pero luego se sometió a la avalancha de amor.

Angélique miró a Éliane y ambas sonrieron como no lo habían hecho desde que eran niñas. Con libertad, extasiadas.

—La invasión —susurró Éliane.

Angélique asintió.

—Los maquis están armados y preparados para cuando los Aliados abandonen las playas y empiecen a avanzar por Francia. La liberación está en camino, te lo prometo. —Acarició la mejilla de Alexandre—. Mientras tanto, no sé si te lo voy a devolver.

—¿Cuidar de Yolande no te quitó las ganas de cuidar niños para siempre?

—Yolande nunca se portó tan bien.

Angélique se echó a reír, y Éliane también, aferrada a su hermana, que a su vez se aferraba al bebé. Alexandre les sonrió a ambas como si deseara poder reír él también.

Pero, por supuesto, la alegría duró poco.

Rose y monsieur Jaujard entraron en el apartamento con rostros pesimistas. Éliane se armó de valor y metió a Alexandre en un cajón de la cómoda que había transformado en una cuna improvisada.

—¿Qué ha pasado? —preguntó.

—Nos han pedido una estimación de los metros cúbicos que ocupan las obras de arte de los Museos Nacionales guardadas en los depósitos —informó con crudeza monsieur Jaujard.

—Pero ¿por qué...? —Éliane se interrumpió antes de terminar la pregunta. La única razón para querer saber cuánto espacio ocupaba la colección de obras de arte del país era para poder trasladarla a otro lugar.

—Quieren quedarse con todo —concluyó monsieur Jaujard.

La Gioconda. La Victoria alada de Samotracia. La totalidad de la cultura francesa y, por lo tanto, el corazón del pueblo francés y su espíritu de combate.

—Habíamos planeado trabajar muy despacio con los cálculos —explicó Angélique—, con la esperanza de que la liberación llegara primero. Pero alguien descubrió uno de mis mensajes a monsieur en uno de los puntos de recogida. Por suerte, había fingido ser demasiado estúpida para calcular esas cosas y el mensaje no era muy incriminatorio. Pero si ya saben dónde queda uno de nuestros puntos de intercambio de mensajes... —"Entonces estaban a un paso de descubrirlo todo".

—¿Cómo? —Éliane miró a su hermana a los ojos. El ruido de pasos en la escalera hizo que ambas se volvieran hacia la puerta.

—Tal vez la invasión aliada haya hecho que los alemanes presionen a su antiguo informante —sugirió monsieur Jaujard—. En este momento, los nazis necesitan más información que nunca y es probable que recurran a cualquiera que crean que puedan doblegar...

Pero Éliane no estaba escuchando. Estaba mirando a su hermano entrar en la habitación y casi no oyó las palabras siguientes de Rose.

—Acciones como esta significan que los nazis están preocupados. Los Aliados deben estar ganando en Normandía. Están en camino, sin duda.

—¿Cuándo? —El tono de Luc era violento—. Llevamos meses diciendo que van a venir. ¿De verdad creéis que Hitler se rendirá ahora, solo porque unos pocos soldados ingleses y norteamericanos están luchando contra sus ejércitos en una pequeña playa de Normandía?

En ese mismo instante, Éliane soltó casi cuatro años de ira, todo lo que se había guardado.

—¿Dónde está el hombre que me dijo que iba a luchar? ¿Dónde está el hombre que dijo que ya no era pintor? Ahora no eres ni pintor ni luchador. ¿Qué eres?

"¿Qué eres?". La pregunta flotó en el aire durante unos largos segundos mientras los hermanos permanecían frente a frente en la mesa.

Las manos de Éliane temblaban de furia, pero sabía que debía controlarse, que debía tener mucho cuidado de no presionar demasiado a Luc. No podía permitir que todo se derrumbara ahora.

—¿Qué soy? —repitió Luc, con la voz carente de emoción—. Soy un hombre que casi no puede distinguir el bien del mal. En esta ciudad donde la gente se inclina ante los alemanes un día y ahora saca sus banderas tricolores para recibir a los ingleses. Soy un hombre cuya hermana tiene un hijo alemán, algo que se suponía que se había hecho por las razones correctas, pero casi he olvidado cuáles eran esas razones.

Éliane estuvo a punto de desplomarse en la silla. Todo iba a derrumbarse. Aquí y ahora, en el apartamento de su infancia, con su hermano de un lado de la mesa rayada y gastada y su hermana del otro. "No es tan fuerte como tú". Las palabras de Angélique de hacía mucho tiempo resonaban en su cabeza. No las había creído entonces, pero ahora sí. Éliane tenía a Xavier y a Alexandre para darle fuerzas. Luc no tenía a nadie. Excepto a Éliane. Tenía que darle la fuerza que necesitaba.

"Apela a su corazón", se dijo a sí misma. "Está ahí, en alguna parte". De lo contrario, percibía que toda la adulación recibida de los maquis no sería suficiente esta vez.

—¿Recuerdas —empezó en voz baja— cuando estábamos al pie de la escalera del Louvre y vimos cómo bajaban la *Victoria alada de Samotracia*?

Luc no respondió al principio, pero luego asintió.

Ella continuó, aprovechando la pequeña ventaja.

—¿Recuerdas que todo el mundo contuvo la respiración por miedo a que se cayera? ¿Por qué hicimos eso? ¿Qué importa si perdemos un trozo de piedra o se resquebraja un trozo de mármol? ¿Qué sería de París sin su *Victoria alada*, Luc? Piensa en lo que es París ahora, solo con el gris de los uniformes nazis, el marrón de sus botas, el grito interminable de *Heil Hitler*. Cuando la *Victoria* bajó la escalera, tuvimos miedo, pero también esperanza…, esperanza de que saliera ilesa. Si se hubiera roto, todos habríamos llorado.

Angélique empezó a sollozar. Las mejillas de Rose estaban húmedas y los ojos de monsieur Jaujard se llenaron de lágrimas.

Luc deslizó la espalda por la pared y se sentó en el suelo.

—El arte nos recuerda que existe un mundo distinto de este en el que vivimos —prosiguió con decisión. Hablaba tanto por ella misma como por los demás, hablaba para olvidarse de Xavier y del hijo que él no había visto, le hablaba a Luc, el traidor entre ellos—. ¿No dijo Schiller que el arte es hijo de la libertad? Mientras observábamos la *Victoria alada*, estábamos conectados por algo más allá de nosotros mismos. El arte es todo lo que tenemos cuando nos fallan las palabras, cuando nos falla la humanidad y cuando nos fallamos unos a otros. Si no salvamos estas obras, no podremos salvarnos a nosotros mismos.

—Escuchad, escuchad. —Era la voz de Xavier. Éliane se volvió.

CAPÍTULO 33

ÉLIANE NO SE DIO CUENTA DE QUE LOS DEMÁS ALREDEDOR de la mesa repetían las palabras de Xavier: "Escuchad, escuchad". Se limitó a mirar con fijeza a su amor, su corazón, su alma. Su Arte.

Xavier también se paralizó, con los ojos clavados en el niño que dormía en el cajón de la cómoda junto a la ventana. Luego sonrió a Éliane, una sonrisa brillante y hermosa, y ella no pudo evitar llevarse la mano al corazón.

Entonces supo por qué no lo había visto sonreír así en tantos años y por qué ocultaba su sonrisa. Porque Xavier enamorado era una obra de arte que aún estaba por pintarse, una obra de arte que tal vez este mundo cruel no se merecía. Si los alemanes llegaran a ver lo que ella acababa de ver...

Por primera vez, tuvo miedo de verdad.

Atravesó la habitación con paso vacilante, cayó en sus brazos y él la sostuvo mientras ella lloraba. Casi no vio el gesto de sorpresa de Luc, y tampoco reparó en la felicidad de Angélique, monsieur y madame. Solo existía Xavier.

Después de un largo largo rato, levantó la cabeza y se dio cuenta de que los demás se habían ido. Cogió a Xavier de la mano y lo llevó al otro lado de la habitación. Él se inclinó, levantó a su hijo y lo estrechó contra su pecho, y Éliane empezó a llorar de nuevo. Xavier extendió la otra mano, la atrajo hacía sí y la condujo a la cama.

—Solo quiero estar acostado contigo y con nuestro hijo.

Depositó al bebé con mucha delicadeza. Ambos se tumbaron, con Alexandre en medio de los dos. Xavier levantó la mano para acariciar la mejilla de su hijo.

—¿Qué nombre le has puesto?

—Alexandre.

A Xavier le brillaron los ojos y tragó saliva.

—Ya lo amo —afirmó con asombro en la voz—. Imagino cómo te sentirás tú.

Éliane alargó la mano para tomarle la suya, que seguía apoyada en la mejilla de su hijo.

—Es algo casi abrumador —admitió—. Como una locura, un instinto salvaje de hacer todo lo que pueda por él. Salvo que no lo hago —agregó, de manera casi inaudible—. En vez de eso, se lo entrego cada mañana a la esposa de König.

—Ellie. —Xavier levantó un dedo de la mejilla de Alexandre y acarició la de ella—. Si no hubieras... —Por primera vez, pareció asustado también—. ¿En qué os he metido?

Éliane le enjugó la lágrima lenta y desolada que había rodado por su mejilla.

—No es tu culpa —le aseguró—. Yo ya hacía esto antes de saber que tú también estabas involucrado.

—Déjame sacaros de aquí —le rogó—. A ti y a Alexandre.

Éliane negó con la cabeza.

—Ahora no. Si le han pedido a monsieur que calcule los metros cúbicos de las obras de arte, entonces deben estar planeando algo también para las piezas que quedan en el Jeu de Paume. Tengo que ayudar a Rose. Yo... —Vaciló—. Casi me he convencido de que, más adelante, Alexandre entenderá por qué no me fui. ¿Crees que lo hará?

—¿Entender que su madre es la mujer más valiente del mundo? Lo entenderá —susurró Xavier.

Fue su turno de enjugar una lágrima en la mejilla de ella.

Ninguno de los dos habló. Se miraron el uno al otro y miraron dormir a su bebé, Ojalá tuvieran una noche entera. Ojalá ese silencio inestimable e impregnado de amor pudiera perdurar. Pero ella sabía que Xavier ya se había quedado demasiado tiempo. Tenía que decírselo ahora.

—König me regaló uno de los cuadros de la Sala de los Mártires. El primero de tus cuadros que Luc les vendió a los Rothschild. Madame Mercier lo esconderá en Cap-Ferrat.

Xavier hizo una mueca.

—¿Estás enfadada porque se lo di a Luc?

Éliane sonrió.

—¿Cómo podría enfadarme contigo por pintar algo tan impresionante? Nunca podría enfadarme contigo.

Entrelazó sus dedos con los de él y apoyó las manos unidas sobre el cuerpo dormido de su hijo. Y, por el bien de todos, hizo la siguiente pregunta.

—¿De dónde sacó Luc el otro cuadro? ¿El de la pareja sin fondo? ¿Se lo diste para que lo vendiera?

Xavier negó con la cabeza.

—Lo dejé en la galería acá en París cuando regresé a Inglaterra. En ese entonces, me dolía demasiado mirarlo. Ahora desearía, más que nada, habérmelo llevado.

Lo que significaba que Luc lo había robado de la galería de Xavier.

Éliane cerró los ojos, no quería hablar de eso todavía, quería permanecer en ese momento, con Xavier y sus cuadros maravillosos.

—¿Cuándo los pintaste?

Xavier se acercó a Alexandre y apretó la mano de Éliane.

—El primero lo pinté al día siguiente de que sacáramos las obras del Louvre. Al día siguiente de que nos besáramos por primera vez. El segundo lo pinté la noche después de que te fuiste del hotel. Lo pinté como una promesa a mí mismo que lo que teníamos podía sobrevivir a cualquier cosa. Que algún día podría regalarte el cuadro. De hecho... —Hizo una pausa, alargó una mano para sacar un sobre de sus pantalones y se lo entregó—. Le envié un telegrama a Rothschild en Norteamérica y le pregunté si podía comprarle los cuadros. Dijo que sí. Aquí está la factura de compra. Ponla con los demás papeles. Los dos cuadros serán tuyos si... —Sacudió la cabeza—. No *si*. Serán tuyos cuando saquemos el otro del Jeu de Paume.

—Cuando todo esto termine y tú, Alexandre y yo vivamos juntos en Cap-Ferrat. —Éliane expresó el sueño en palabras como si fuera un hecho.

Entonces Xavier frunció el ceño, como si acabara de comprender lo más importante.

—¿Por qué te regaló König el cuadro?

—Creo que quiere algo para tenerme bajo su control. —Hizo una pausa y, por primera vez, lo dijo en voz alta—: La única persona que puede haberle dicho que me gustaba ese cuadro es Luc.

Xavier cerró los ojos como si le doliera demasiado ver el mundo.

—¿Sabes que es él?

Éliane asintió.

Xavier abrió los ojos y los fijó en ella.

—He tenido a alguien vigilándolo desde hace meses. Un maquis de confianza. Y en los últimos tiempos, Angélique también lo ha hecho. Lo estoy observando. Creo que sabe que está bajo sospecha. Lo que significa que debería sacarte de aquí. Y a Angélique también.

—Creo que... —¿era una tonta por pensar eso o tenía razón?— si huyo a Londres, no habrá nada que lo detenga. Tal vez sea estúpido creer esto de alguien que nos ha engañado a todos, pero confío en que si me quedo, se limitará a cosas menores, no hará nada que pueda hacerme daño. Lo que significa que tampoco les hará daño a Angélique ni a Rose ni a monsieur Jaujard. Ni a ti. Así que no puedo irme. —Se le quebró la voz—. Soy la mejor póliza de seguro que tenemos. Siempre ha estado más cerca de mí que de nadie.

—No —replicó Xavier con vehemencia—. No puedo permitir que hagas eso.

—Pero tampoco puedes impedírmelo —replicó ella—. Como yo tampoco puedo impedir que hagas lo que tienes que hacer. —Desestimó sus protestas—. Además, esto no puede durar mucho más ahora que los Aliados han desembarcado —concluyó con tono esperanzado.

—Podría durar meses, Ellie. Meses de más sufrimiento.

Meses. No era la noticia que esperaba. Le puso un dedo en los labios.

—No puedes quedarte mucho más. Hablemos de otra cosa estos últimos cinco minutos.

—Te quiero —dijo Xavier mientras le acariciaba el rostro y las puntas de los dedos pintaban amor y belleza y esperanza sobre su piel, y Éliane se embebía de todo aquello, pues lo necesitaba más que nunca—. Háblame de nuestro hijo.

—Es un comilón —contestó—. Y le encanta que lo bañen, así que lo hago todas las noches, y sonríe tanto que siento que me voy a romper en mil pedazos porque no puedo contener todo ese amor. Lo quiero tanto… —Su voz se apagó.

—Tiene el pelo oscuro. —Xavier señaló la sombra ligera en el cuero cabelludo de Alexandre.

—Como tú —dijo Éliane—. Y los ojos bien azules. Podrás verlos cuando se despierte.

"Cuando se despierte, te habrás ido", pensó ella, pero no lo dijo. "Deja que la fantasía continúe. Que no se detenga nunca".

—Y las pestañas muy largas —agregó él, y pasó un dedo con delicadeza por ellas.

—También como las tuyas —respondió ella, haciéndole lo mismo que él acaba de hacerle a su hijo—. Siempre me han gustado tus pestañas. Después de la primera vez que te volví a ver, en 1939, soñaba con tus ojos. Con lo oscuros que eran. Y cómo tus pestañas los ocultaban a medias. Pensaba que eras el hombre más apuesto que había visto nunca.

Xavier sonrió levemente, luego se inclinó sobre su hijo y la besó profundamente mientras le acariciaba la mejilla con una mano y le deslizaba la otra entre el cabello. El beso duró mucho y Éliane supo por qué.

—Pasará mucho tiempo antes de que vuelva a verte, ¿verdad? —preguntó cuando él se alejó.

Xavier asintió.

—Te enviaré todos los mensajes que pueda.

—Quedémonos así cinco minutos más —le pidió ella.

Alexandre dormía con placidez entre ambos, con las manos de los dos sobre él y sus miradas entrelazadas. Éliane vio en los ojos de Xavier todo lo que no quería ver, pero todo lo que sabía que debía afrontar.

—Adiós —murmuró—. En caso de que nos ocurra algo a alguno de los dos y no… —"No vuelva a verte". No pudo decir las palabras—. Te he querido mucho, Xavier. Siempre te querré. Pase lo que pase. Nadie puede arrebatarnos esto.

El sollozo agudo de Xavier desató las lágrimas de Éliane.

—No hay nada en este mundo —declaró él con vehemencia— mejor ni más hermoso que lo que hemos hecho juntos. Si el arte es hijo de la libertad, nuestro amor es el antecedente de todo. Un amor como este es lo que da sentido a la libertad y lo que el arte celebra, y he sido muy afortunado por haberlo tenido, Éliane. —Se interrumpió, con los ojos de un negro brillante, una noche estrellada, una constelación que solo le pertenecía a ella—. Te adoro —agregó con voz ronca—. Y a Alexandre. Hará falta algo más que nazis para destruir eso.

Apretó los labios contra el antebrazo de Alexandre, los posó en la boca de Éliane y desapareció.

***

Media hora después de que Xavier se hubiera marchado, Éliane se despertó: alguien la estaba sacudiendo. Abrió los ojos y se topó con el rostro de Luc.

—¿Qué pasa? —preguntó, y acercó a Alexandre hacia ella.

—König sospecha de Xavier. Me han visto hablando con él.

—¿Qué? —La mente aletargada de Éliane tanteó las repercusiones de las palabras de Luc.

König había visto a Luc, su informante, hablando con Xavier. Se aferró con más fuerza a Alexandre.

König querría saber por qué su informante estaba hablando con Xavier, un hombre al que König siempre había considerado una especie de rival. En el mejor de los casos, hacía parecer a Luc como alguien que vendía sus secretos al mejor postor. Alguien en quien no se podía confiar. Pero también…

Sus pensamientos se aceleraron y su boca se abrió en un grito silencioso cuando Luc empezó a moverse hacia la puerta.

Luc sabía que König lo había visto con Xavier. Por lo tanto, König ya debía de haber hablado con Luc al respecto. Pero Luc estaba allí, en el dormitorio de Éliane. ¿Por qué iba König a dejar libre a alguien que no era de fiar?

Su corazón pareció acelerarse y detenerse al mismo tiempo. Su respiración también. Ahora aferraba a su hijo con desesperación.

Luc habría tenido dos opciones al verse enfrentado a König: en primer lugar, decirle que también le estaba vendiendo información a Xavier. Pero si König verificaba si

Xavier había pasado alguna vez información de Luc a la SD, quedaría expuesto Xavier como alguien que también reunía información, pero no para los nazis. "No".

Intentó llamar a su hermano, pero su boca no formaba ninguna palabra. Porque la segunda opción de Luc era todavía más terrible: que le hubiera contado a König algo tan valioso como para comprar su libertad.

La mano de Luc estaba en la puerta principal.

—¡Luc! —gritó al fin—. ¡Luc!

Él se volvió. Éliane no podía verle la cara, no podía ver nada en absoluto en la oscuridad. Pero oyó las palabras de Luc.

—Lo siento.

Y percibió el temblor en su voz al pronunciar la última palabra.

Luego desapareció. ¿Qué había hecho?

Éliane oyó el ruido de botas que subían las escaleras hacia ella.

Octava parte

Saint-Jean-Cap-Ferrat, 2015

CAPÍTULO 34

Al día siguiente de que Adam le dijera lo que pensaba hacer con Molly —que se apartaría y se convertiría en un tío distante para proteger a la niña—, él y Remy pasearon por los jardines y hablaron de todo lo que podían hacer: volver a poner en funcionamiento las fuentes, explorar bien todo el terreno, hacer un cuarto oscuro en la casa para Adam y montar un estudio para Remy. Planes, planes para los dos. Al principio los discutieron con cautela, pero pronto cada idea se fue sumando a otra y, de repente, se vieron rodeados de mucho futuro.

Así pasaron dos semanas, felices y casi perfectas. Adam se quedaba todas las noches en casa de Remy. A veces cenaban con la familia de él, a veces cenaban solos y a veces conducían hasta la civilización para comer. Se levantaban juntos y ella trabajaba en su catálogo y él la ayudaba o sacaba fotos del jardín. Después iban a nadar o a explorar los pueblecitos de la Riviera.

Dos cosas impidieron que esas semanas fueran perfectas. Molly y Elke.

Molly importunaba a Adam todos los días para ir al agua. Cada vez, Adam encontraba una excusa diferente: tenía que pasear el perro, le dolía una pierna y no podía nadar, ese día le tocaba a su abuela llevarla a nadar. Molly lo miraba fijamente, confundida, y hacía pucheros y lloriqueaba como su manera de expresar su dolor. Remy observaba cómo Adam intentaba sentarse lo más lejos posible de Molly en las comidas familiares, cómo retaba al perro y lo llevaba a correr para desahogarse, cómo los ojos de Judy se volvían más tristes que nunca.

Él no decía mucho, solo que no quería pensar en eso ni hablar al respecto. De modo que Remy le dejó intentar olvidar a Molly y se limitó a quererlo y a confiar en que eso sería suficiente.

Tuvieron una conversación sobre Elke.

—No necesito saber nada más —aseguró Remy—. Fue hace mucho tiempo. Como dijiste, yo soy yo, no un duplicado de nadie de mi pasado. Hay cosas en las que es mejor no pensar ni hablar.

Expresado así, sabía que Adam no podría objetar nada. Él también respetó su silencio.

Durante todo ese tiempo, nunca se perdían de vista más de un par de minutos, lo que volvía loca a Lauren y hacía sonreír a Judy.

Hasta que un día hubo una llamada inesperada a la puerta. Remy la abrió y se encontró a Elke, la mujer que había intentado olvidar, de pie allí.

Remy se quedó mirándola. Y Elke también.

—Tienes mucho de tu padre —señaló la anciana—. El cabello de Alexandre König era oscuro, pero tenía tus ojos.

A su pesar, Remy susurró:

—¿Era su hijo?

Elke sonrió con tristeza.

—No es una pregunta fácil de responder. ¿Me dejas pasar? No… no es mi intención hacerte daño.

—¿Quién es, Remy? —preguntó Adam. Se acercó como si esperara a Lauren o a su madre y se detuvo al ver a Elke. Remy sabía que no podía dejar a una mujer de más de noventa años de pie en el umbral de la puerta. Así que la condujo al *petit salon*, hasta un sofá curvo.

—Aquí fue donde ocurrió —dijo Elke—. Ella llevaba un vestido negro que según él era una invitación. ¿Cómo iba a rechazar una invitación? Esa fue su excusa.

—No sé a qué se refiere —respondió Remy.

—En 1943, una mujer llamada Éliane Dufort y mi marido vinieron a una fiesta en esta casa. Luego subieron a una habitación. Fue la primera y única vez que durmieron juntos. —Elke estudió sus dedos arrugados y encorvados—. En 1943, todavía me daba cuenta de cuando Ernst mentía. Por eso sé que me dijo la verdad. En 1944, cuando todo se desmoronó, eso cambió. —Miró a Remy a los ojos—. Poco después de esa noche, Éliane descubrió que estaba embarazada.

—Tuvo mala suerte —comentó Remy despacio, todavía desconcertada— al quedarse embarazada después de una sola vez.

Elke asintió como si Remy hubiera dicho lo correcto.

—Demasiada mala suerte. Siempre me lo pregunté, pero Éliane nunca me habría dicho la verdad. Y Ernst no comprendió que debería haber sentido curiosidad. En cualquier caso, no pregunté porque no me importaba. Pero puede que a ti sí.

—Sigo sin entender qué quiere decir —insistió Remy, y se acercó a Adam, quien le cogió la mano.

Elke sonrió. Era una sonrisa amable, sin rastro de maldad ni mala intención.

—Quiero decir que es muy posible que mi esposo no fuera tu abuelo. Y que no eres pariente mía. Nunca tuve hijos. Crie al hijo de Éliane, no al mío. Ella era tu abuela y fue una heroína de verdad, en el antiguo sentido de la palabra, no como se usa hoy para describir a alguien que gana un trofeo deportivo. Le conté a Alexandre todo lo que sabía la noche antes de que él y tu madre intentaran huir de Berlín Este hacia la seguridad de Occidente. Todavía no puedo creer que haya muerto... —La voz de Elke se apagó y sus ojos brillaron con lágrimas de dolor y amor genuinos.

Remy soltó la mano de Adam y cogió la de la anciana. Todavía no podía procesar la noticia de quién era en verdad su abuela, no cuando era tan evidente que Elke necesitaba consuelo. Elke apretó los dedos de Remy mientras seguía hablando.

—Alexandre sabía que no podía criarte en Alemania Oriental. No quería que el régimen limitara a su hija como lo había limitado a él y a su genialidad científica. Se parecía mucho a su madre, Éliane, en términos de hacer lo imposible por su hija. Cuando le hablé de Éliane, le di el cuadro, tu cuadro, y la escritura de esta casa. Le dije que averiguara lo que pudiera sobre Éliane cuando llegara a Inglaterra. No pude darle el otro cuadro, el que ahora está en el Louvre, porque lo había dejado aquí. —Elke suspiró—. No me estoy explicando bien.

—Le traeré un poco de agua —ofreció Adam.

—Ya que te has puesto de pie, ¿podrías ir al cajón de la mesita de juegos en la habitación de al lado? Debería haber unos papeles dentro.

Adam asintió y Remy lo oyó en la cocina y luego en el salón principal. Cuando volvió, tenía un vaso de agua en una mano y unos papeles en la otra.

—Gracias —dijo Elke y se volvió hacia Remy—. A finales de 1944 y principios de 1945, viví aquí con Alexandre durante un tiempo. Esperé aquí porque este era el lugar a donde Éliane habría venido si hubiera podido. Después de que los Aliados desembarcaron en Francia, cuando París era un caos y los alemanes huían, me dejó una nota con la dirección de esta casa. Me pidió que cuidara de su hijo y de su herencia. Eso fue lo que hice. Esperé aquí hasta el otoño de

1945, pero como había pasado tanto tiempo, supe que algo debía de haberle ocurrido. De modo que regresé a Alemania, donde descubrí que mi casa estaba en la zona rusa de lo que se convirtió en Berlín Este. Solo me llevé un cuadro, el que te dejaron a ti porque... Bueno, después de la guerra, ninguna mujer alemana quería viajar por Francia y arriesgarse a que le descubrieran algo tan costoso en su poder. Solo podía esconder un cuadro en el forro de mi maleta.

La mente de Remy no paraba de dar vueltas. Su abuela era Éliane Dufort, la *femme de la Résistance* francesa que Taylor creía que había arriesgado su vida para salvar obras de arte durante la guerra. Y su abuelo... podría no haber sido un nazi. Pero ¿quién era?

—Vine a Francia en los años noventa, después de que cayó el muro —continuó Elke—. Para entonces, odiaba Alemania. Era el lugar donde Alexandre había muerto y donde había perdido a mi familia. Me mudé al apartamento en París donde había nacido Alexandre para sentirme más cerca de él. Estuve aquí y recogí el otro cuadro de Luc Dufort, el hermano de Éliane, y lo doné al Louvre. ¿Sabías que Luc también fue un héroe? ¿Que le salvó la vida a tu padre?

—¿Cómo? —preguntó Remy, incapaz de creer que tan solo un par de semanas atrás había creído estar emparentada con el mal cuando la verdad parecía ser que estaba emparentada con guerreros.

—En 1944, Ernst y yo intentábamos huir de París en un tren, junto con muchas obras de arte robadas. Hubo disparos y Luc cogió tu cuadro, mi marido lo llevaba consigo, se puso delante de Alexandre y utilizó el lienzo como escudo. Salvó al bebé. Pero perdió la vida. Tengo mucho que agradecer a los Dufort. La vida de Alexandre. El amor de Alexandre.

Elke hizo una pausa, se llevó un pañuelo blanco doblado a la boca y luego a los ojos.

—Alexandre —repitió, con una sonrisa—. Me sorprendí y me alegré mucho cuando vi a través de la ventana de mi apartamento que Éliane dejaba en mi buzón la nota en la que me pedía que cuidara de su hijo. Pensaba que me odiaba. Nunca pude agradecérselo, ni a ella ni a Luc. El pesar es una carga abrumadora, ¿sabes? —agregó con los ojos fijos en Remy—. No lo recomiendo como estrategia para vivir la vida.

Remy se estremeció. ¿Acaso llevaba la terrible historia de su vida escrita en algún lugar de su rostro? Pero ¿cómo de terrible era su historia si la comparaba con la de personas que habían sufrido y luchado contra los nazis durante años para acabar perdiendo la vida?

Elke le pasó los papeles que Adam había traído de la sala y Remy los abrió en silencio. El primero era una factura de compra que documentaba una transferencia de fondos efectuada por Xavier Laurent desde un banco de Londres a un banco de Nueva York, que recibía los fondos en nombre de Édouard de Rothschild. Xavier Laurent le había comprado dos cuadros a Rothschild: *Les Amoureux*, el que estaba ahora en el Louvre, y *L'Amour*, el que colgaba en el dormitorio de Remy en Sidney.

También había un hermoso anillo. La pieza central era una piedra que parecía el mar con una estrella ahogada en su interior. Junto con el anillo había otro papel que demostraba que Xavier Laurent lo había comprado en 1940.

—¿Qué tiene que ver Xavier Laurent con todo esto? —reflexionó Remy en voz alta. Abrió el papel siguiente y encontró una carta escrita por Xavier a Éliane Dufort, en la que transfería a Éliane la propiedad de la casa en la que se encontraba Remy. Frunció el ceño al ver las iniciales *XL* en el extremo inferior de la página. Había visto esas iniciales en algún lado. Pero antes de que pudiera recordar dónde, Elke le puso algo en la mano.

—También está esta carta —aventuró la mujer con voz muy débil—. Nunca la he abierto ni la he leído. No está dirigida a mí, así que... —Hizo una pausa—. Y tenía demasiado miedo.

Remy miró el sobre que sostenía en la mano. Estaba dirigido a Éliane Dufort.

—¿Miedo de qué? —La voz de Remy también era trémula.

—De que... —Otra vacilación, una sacudida de hombros, la boca dispuesta con determinación como si tuviera que hablar—. Tenía miedo de que fuera una denuncia, que revelara todo lo que Ernst había hecho. Miedo de que hubiera hecho cosas peores de las que yo sabía. Miedo de que hubiera sido tan malvado como su tío. Miedo porque podría haberlo detenido si hubiera alzado mi voz. Miedo de que esta carta fuera la prueba de mi culpabilidad.

Remy se quedó mirando el sobre fijamente; tampoco estaba segura de querer leerla.

—Remy —interpuso Adam, y ella lo miró a los ojos y tomó la fuerza que él le ofrecía—. No importa lo que haya ahí dentro, estarás bien.

Remy deslizó un dedo por el nombre, "Éliane", escrito en la parte delantera del sobre.

—¿De dónde ha salido? —preguntó a Elke.

—Éliane me lo dejó aquella noche en París, cuando puso en mi buzón la nota sobre esta casa y sobre Alexandre.

—¿Le dejó una carta dirigida a sí misma? —Remy negó con la cabeza—. Es muy extraño.

—Por eso pensé que debía ser... —Elke apartó los ojos del rostro de Remy—. Una denuncia. Algo que tenía intención de entregar a las autoridades.

—¿Y ha estado sin abrir en el *petit salon* desde 1944?

—Sí.

Remy deslizó un dedo debajo del sello y retiró una hoja de papel envejecida y amarillenta.

Novena parte

París, 1944

CAPÍTULO 35

ÉLIANE NO TUVO TIEMPO DE LEVANTARSE DE LA CAMA ANtes de que un grupo de soldados armados tiraran abajo la puerta del apartamento e irrumpieran. Se llevó un brazo inútil a la cara y otro sobre Alexandre.

—¿Dónde está el hombre? —gritó uno de los soldados. Llevaba el uniforme de la Gestapo.

Estaban allí por Xavier.

El terror dio paso a la rabia y salió de la cama con tanta furia que Alexandre pudo sentirla. El bebé rompió a llorar de manera lastimosa, lágrimas por su madre, que no podía permitirse llorar en ese momento.

—¡Hay un niño aquí! —exclamó Éliane—. Un niño que estaba dormido.

Alexandre siguió llorando mientras los soldados registraban el apartamento.

Entonces Éliane vio a König de pie junto a la puerta.

—¿Qué significa esto? —exigió saber.

—Una fuente fiable nos informó que está usted auxiliando a un traidor —replicó él con rigidez.

Éliane se echó a reír como una loca.

—¿Auxiliando a un traidor? ¿Cómo voy a auxiliar a alguien cuando necesito todas mis fuerzas para cuidar de mi hijo?

Alexandre soltó un alarido. Ella se abrió el camisón y lo puso a comer en su pecho.

—¿Quién buscaría el auxilio de una mujer entregada a satisfacer las necesidades de su bebé? —insistió.

Aunque solo miraba a König, era consciente de los movimientos de los soldados a su alrededor. Buscaban otra cosa, no solo a un hombre. Un hombre no se escondería en los cajones de la cocina, ni en el horno, que ya no guardaba la radio, pues Éliane se había deshecho de ella al día siguiente de que König le regalara el cuadro.

Apartaron el espejo de la pared y encontraron el hueco vacío.

Era una suerte que fuera más lista de lo que König pensaba. No había ningún cuadro escondido en el apartamento. Ningún anillo. Ni dinero. Ni títulos de propiedad. Todo había sido enviado a Cap-Ferrat, donde había quedado al cuidado de madame Mercier. Todo menos los papeles que Xavier acababa de entregarle sobre la compra de los cuadros a Rothschild y que estaban escondidos entre la ropa de Alexandre; König no miraría allí.

Los soldados se reunieron junto a la puerta y lanzaron miradas acusadoras hacia König por haberlos involucrado en esa búsqueda inútil.

—¿Puedo saber a quién se suponía que estaba auxiliando? —inquirió ella, todavía con voz airada y sin dejar traslucir su terror.

—Nos hemos enterado de que el asesor de arte de monsieur Göring no es lo que parece —explicó König—. La dejaremos ahora.

Éliane no durmió esa noche. Alexandre tampoco. Sus ojos grandes y serios, adornados por las pestañas de su padre, la miraban mientras ella lloraba y confiaba. ¿Habría escapado Xavier? ¿Hasta dónde habría llegado? ¿Cuánto tardarían en atraparlo?

Luc no regresó al apartamento. Éliane se había equivocado al pensar que su hermano sería incapaz de hacerle daño.

Había entregado a Xavier para salvarse.

***

A la mañana siguiente, a Éliane se le rompió la blusa mientras le daba de comer a Alexandre y tuvo que recurrir a una de Luc, porque no tenía otra cosa que ponerse. Luego se dirigió al apartamento de König con sus zapatos de suela de madera, preguntándose si König la estaría esperando y si habría creído sus protestas de la noche anterior.

Elke la recibió con un traje Chanel y medias, y el mismo trato de siempre.

—Tu camisa está adornada con los restos de la cena de anoche, querida.

Éliane estuvo a punto de encogerse de hombros como si no le importara. Pero necesitaba sacarle información a König sobre Xavier, así que dejó que le temblara el labio, lo cual no era difícil de hacer.

—No tengo otra —se disculpó con voz trémula.

Elke la condujo al piso de arriba, a una habitación preciosa sin pañales colgados de un tendedero y con una chimenea llena de leña, a pesar de que era verano. Sacó del armario una blusa de seda color crema y una falda negra casi nueva y las puso sobre la cama.

—Te van a quedar grandes —comentó—. Te sujetaré la falda con unos alfileres cuando la tengas puesta. —La mujer se volvió mientras Éliane se cambiaba de ropa.

Cuando se vio en el espejo, Éliane se quedó sin aliento. Sus piernas sin medias parecían dos palos delgados que se introducían en unas tablas más que zapatos. Estaba pálida y tenía los pómulos demasiado marcados. "Esto es lo que la guerra le hace a la gente", quiso decirle a Elke.

En ese instante, König entró en la habitación y Elke se retiró, murmurando que iba a buscar unos alfileres.

Éliane pensó en Alexandre y en Xavier, en los tres tendidos juntos en la cama. Se obligó a tomar fuerzas de ese cuadro y se zambulló en los azules y dorados y rosados y rojos.

—¿De verdad creyó... —susurró a continuación— que yo compartiría mi cama con el asesor de arte de Göring?

—Esperaba que no —admitió él en voz baja, y Éliane captó el miedo en su voz y supo que König el niño aún vivía en él: el pianista, el que se sonrojaba, el joven tímido.

Pero sabía que König el niño moriría pronto, que la invasión y el pánico harían surgir de él a un hombre como su tío, el hombre en el que se convertiría.

Aprovechó la que podría ser su última oportunidad para preguntar.

—¿Lo han capturado?

—Todavía no —respondió König—. Pero hoy podríamos tener éxito.

"Todavía no". Pero la forma en la que König había pronunciado la última frase revelaba cierta confianza, como si tuviera motivos para albergar esperanza.

¿Dónde estaba Luc? ¿Qué le había dicho a König? ¿Lo suficiente para desenmascarar a Xavier y librarse de sus problemas o lo suficiente para también conducir a la Gestapo directamente al lugar donde se escondía Xavier? Le dolía la cabeza de la preocupación, el miedo y el hambre.

—¿Dónde está el cuadro que le regalé? —inquirió él, sin poder evitar enseñar su mano.

—Lo vendí —mintió ella—. Tuve que hacerlo porque necesitaba el dinero. Lo siento.

—Tengo que sujetar la falda de Éliane. —Elke entró a toda prisa, haciendo gestos para despachar a su esposo.

Éliane esperó a que la esposa de König le ajustara la

ropa, pero, en vez de eso, Elke abrió la puerta del armario, introdujo la mano y sacó dos cuadros.

—Mi marido trajo esto a casa hace unos meses —precisó, en tono de conversación—. Son cuadros muy bonitos; creo que deberíamos colgarlos en algún lugar destacado para que otros puedan verlos en lugar de tenerlos escondidos aquí.

Éliane estaba a punto de decir que no le interesaba el arte de König cuando advirtió el impasto pesado e iluminador utilizado para pintar la piel del hombre en el cuadro, el tono particular de marrón: marrón egipcio o marrón momia, un pigmento hecho con la carne, los huesos y las vendas de los que ya no descansaban en paz, exhumados de las momias egipcias. Era el color de la traición.

Los dos cuadros que Elke tenía en sus manos eran los que habían desaparecido de la colección Schloss en el Jeu de Paume. El mercado de arte actual pagaría sumas extravagantes por ellos.

El dolor de cabeza de Éliane se transformó en náuseas. König estaba robando, no solo para Alemania, sino también para sí mismo. Era mucho más ambicioso y, por ende, mucho más peligroso de lo que ella había supuesto. Y además era el hombre que creía ser el padre de su hijo. Dios, ¿qué había hecho?

***

¿Qué hacer? ¿Qué podía hacer? Xavier era más listo que Luc, se dijo a sí misma mientras esperaba oír algo de él, y mientras esperaba que a König se le escapara algo sobre el paradero de su informante.

Los aviones que sobrevolaban en lo alto con las banderas del Reino Unido y Estados Unidos le daban fuerzas. El espectáculo de fuego y llamas que antes había sido un destello distante y de color pardo en el cielo nocturno era ahora un ámbar brillante e incendiario. El único olor reconocible era el olor a quemado. A lo lejos, el ruido de explosiones y disparos resonaba de manera incesante. No había silencio.

Pasaron dos largas semanas antes de que Éliane obtuviera respuesta a sus preguntas sobre la ausencia de su hermano. Confiada en que König se había retirado ya del museo, tomó varias páginas del *Catálogo Göring*, las encajó dentro de su sujetador y se disponía a irse a su casa cuando el sonido de su nombre le arrancó un grito ahogado.

—*Mon Dieu* —exclamó hacia König, que había aparecido en su oficina—. No lo había visto.

—Mi tío y yo queremos hablar con usted. —La expresión de König era tensa.

"Por favor, que no hayan encontrado a Xavier", rezó Éliane con impotencia mientras seguía a König. "Cualquier cosa menos eso".

Rose estaba en la oficina de Von Behr, con el rostro desencajado.

—Su hermano ha sido detenido —le comunicó Von Behr a Éliane y encendió un cigarro—. Desapareció justo cuando más queríamos hablar con él. Lo que nos hace pensar que no es de fiar. Y eso significa que quizás ustedes dos tampoco lo sean.

—Manos arriba —ordenó König con brusquedad.

Éliane levantó las suyas y oyó el crujido del papel.

—¿Qué ha sido eso? —preguntó König.

Éliane no bajó las manos. Se comportó como la joven inocente y desconcertada que alguna vez había sido.

—Hojas de col, monsieur —contestó—. Para los pechos inflamados por la lactancia.

Von Behr arrugó la nariz con desagrado.

—No creo que nuestra Fräulein esconda secretos de estado entre sus hojas de col. Vacíen escritorios y bolsos.

Las hicieron marchar a la oficina, vaciar sus escritorios en el suelo y también sus bolsos. Von Behr arrugó la nariz otra vez cuando cayeron los pañales que Éliane había guardado allí junto con las compresas de lactancia, y dio gracias a Dios por los flujos de su cuerpo. Rezó para que Von Behr no pateara la pared en la que colgaba el cuadro del Führer con el cuaderno maestro detrás.

—Nada —pronunció König. Estudió el rostro de Éliane con indiferencia, más que con lujuria o incluso interés.

El coronel se volvió hacia Rose.

—Si es necesario, la llevaré a la frontera alemana y la mataré.

Esa noche en el apartamento, Éliane lloró de nuevo. ¿Estaría a salvo Xavier? ¿Habrían detenido de verdad a Luc o era un mero pretexto para ver qué hacía ella? Si habían arrestado a Luc, significaba que los nazis estaban cansados de él, que no les había dado suficiente. ¿Qué podría decir Luc ahora para salvarse?

***

Unos días después, cuando König la llamó a su oficina, Éliane descubrió que era posible quebrarse incluso estando rota.

—Se me ha ocurrido una forma de asegurar la liberación de su hermano. Siéntese —le ordenó, igual que su tío.

Éliane se sentó, con las manos entrelazadas y la esperanza de que el precio no estuviera fuera de su alcance.

—A cambio de su hijo, podrá tener a su hermano. Mis escrúpulos no me permiten robarle una cosa así a su madre. Debe ser entregado por voluntad propia.

Era casi imposible no caer de rodillas y suplicarle a König que le quitara cualquier otra cosa, lo que fuera. Pero sabía que si König descubría que su punto más vulnerable era

Alexandre, no dudaría en explotarlo. De modo que sofocó en su interior el rojo de su estupor, el negro de su pavor y el azul de sus lágrimas y habló en un inofensivo tono beis.

—No es una cosa —comenzó—. Alexandre es un bebé.

—El bebé —repitió König con desdén—. Estamos dispuestos a pasar por alto las transgresiones de su hermano, ha estado entregando provisiones del restaurante a la Resistencia, si me entrega el bebé. Tiene diez días para decidirse. Al cabo de ese tiempo, todas las obras de arte que queden aquí habrán sido embaladas, el edificio estará cerrado y yo supervisaré el traslado de los cuadros en tren a Alemania. Su hermano estará muerto.

Éliane se había equivocado. Había temido a Von Behr cuando debería haber temido a König. Él había orquestado todo esto.

Pero parecía que Luc no había revelado más secretos ni nombres. Y debía seguir siendo así.

—Por supuesto que salvaré a mi hermano —replicó con toda la sinceridad que pudo rescatar en medio de su espanto—. Por favor, comuníqueselo. Y usted y su esposa tendrán un bebé.

Ahora tenía diez días para idear un plan para salvar a su hijo de König.

**

Dos días más tarde, mientras caminaba hacia el Jeu de Paume envuelta en una nebulosa de ideas imposibles e irrealizables, vio a Angélique esperando en el banco del jardín de las Tullerías. Se apresuró a sentarse junto a su hermana y le tomó la mano mientras los tanques y las armas deambulaban a su alrededor.

—Recibí tu nota sobre la evacuación del Jeu de Paume —precisó Angélique con rapidez, de esa forma en la que todos hablaban ahora, sin saber de cuánto tiempo disponían—. La Resistencia detendrá el tren a poco de salir de París. Así que no será necesario que registres todo lo que carguen los nazis. Tanto los alemanes como las obras de arte quedarán bajo la custodia de la Resistencia.

—Gracias —contestó Éliane, y trató de sonreír ante lo que debería haber sido una noticia maravillosa.

Y, de hecho, sonrió, solo un poco, porque las palabras de Angélique le habían dado una idea. Una idea que debía meditar antes de involucrar a su hermana. Pero era una idea que podría funcionar.

Luego Angélique bajó la mirada al suelo, ocultando algo.

Éliane casi no se atrevía a preguntar. ¿Cuánto más podría soportar antes de que su corazón se partiera en dos? Pero no quería ser una cobarde como König y su tío.

—¿Qué? —susurró.

—No he recibido ninguna transmisión suya —explicó Angélique en un tono casi inaudible—. Ya debería haberlo hecho.

Éliane rodeó con los brazos la bandolera de Alexandre.

—Creo que podría haber perdonado a Luc cualquier cosa —musitó—. Menos Xavier. —Clavó los ojos secos en la ciudad a la que le había dado casi todo. Todo menos a Alexandre.

Intentó apartar de su mente lo que había oído esa misma mañana: que los nazis habían fusilado a treinta y cinco jóvenes en plena noche en el Bois de Boulogne antes de arrojar una granada sobre el montón de cadáveres y desmembrarlos. La horripilante confusión de carne y huesos había sido descubierta ayer, con algunos hombres aún tibios, lo que sugería que la muerte había tardado mucho en llegar. Éliane ni siquiera pudo vomitar al oír la noticia, ya que no le quedaba nada dentro. Ya no vivía más en París, sino dentro de *El juicio final* de Van Dyck, un infierno abovedado bajo un esqueleto diabólico. Debajo, una multitud de condenados eran torturados y devorados por todo tipo de criaturas.

¿Qué le harían los nazis a Xavier? Quería chillar como hacía Alexandre cuando se asustaba.

—Te quiero, Éliane —interpuso Angélique, desterrando esa imagen terrible y recordando a Éliane que el presente, y ese amor, aún existían.

***

En el Jeu de Paume, ya estaba todo embalado en cajas, listo para ser llevado a la estación y cargado en trenes con destino a Alemania. Los nazis estaban huyendo.

Éliane siempre había pensado que esas cuatro últimas palabras serían las más hermosas que había oído desde mayo de 1940. Pero ya nada era hermoso.

Xavier estaba, en el mejor de los casos, callado; en el peor, desaparecido.

Luc había sido detenido.

König quería a Alexandre.

Para salvar a su hermano, tenía que renunciar a su bebé.

Se aseguró de contarle a Rose, entre lágrimas, la propuesta de König. De explicarle que no tenía opción. La mirada solemne de Rose casi le rompió el corazón.

A continuación, Éliane subió la escalera y entró en la Sala de los Mártires. Cogió el cuadro de la pareja sin luna ni cielo. La pareja sin mundo. *L'Amour*. Sacó un bolígrafo del bolsillo y, en el reverso, escribió otro código. El nombre de König figuraba en la partida de nacimiento de Alexandre. No existía constancia alguna de quién era el verdadero padre de su hijo. Excepto ahora, en los cuadros.

Llevó el cuadro a la oficina de König, que se paseaba de un lado a otro con gotas de sudor en el labio superior. Su poder se estaba desmoronando. Pero todavía podía mandar a matar a su hermano. Todavía podía llevarse a su bebé. Los Aliados aún no habían llegado a París.

Señaló el cuadro.

—Quiero que esto vaya con Alexandre. Que sea suyo.

—Lo permitiré —accedió él, como si estuviera siendo magnánimo.

—Llevaré a Alexandre a la estación de tren antes de que partan —concluyó ella—. Y usted llevará a Luc.

Se hizo silencio mientras se miraban. König fue el primero en apartar los ojos. Se quedó mirando la ventana, no a través de ella.

—Las cosas podrían haber sido diferentes —aventuró.

—No, no podrían.

Él reculó, tan acostumbrado a la deferencia que la verdad era una bofetada. Pero la dejó marchar.

—Eres una tonta —la regañó Rose cuando Éliane cuando volvió a su oficina—. Estoy segura de que alguien más querría opinar sobre lo que planeas hacer.

—Encuéntralo y entonces podrá hacerlo —contestó ella con tono sombrío. Rose le cogió la mano.

—Quizá esté escondido.

Qué bonita historia. Xavier estaba vivo y escondido. Éliane apoyó las dos manos en el escritorio.

—Quieres a Luc —continuó Rose—, pero no vale la pena salvarlo.

—Es mi hermano.

—Y Alexandre es tu hijo. El hijo del hombre que tu hermano entregó a los alemanes.

Éliane cerró los ojos. Era muy difícil seguir fingiendo. Pero Rose tenía que creer, todos tenían que creer, que Éliane estaba haciendo lo que König quería. Luc tenía que creer que ella iba a salvarlo. Porque, si no lo hacía, ¿a cuántos más de ellos entregaría antes de que los nazis huyeran? Era la única forma de que Éliane pudiera asegurar el silencio de Luc y mantener a salvo al resto hasta que llegaran los Aliados.

—Los dos son mi propia sangre —afirmó, y abrió los ojos—. ¿Cómo voy a elegir entre uno u otro? Entre un hombre que conozco desde hace veinticinco años y un niño que conozco desde hace cinco meses. Si no le doy el bebé a König, Luc morirá. Si le doy el bebé a König, ambos vivirán. Dos vidas salvadas, en lugar de una. Elke será buena con el niño.

Mañana. Todo terminaría mañana. König y Von Behr y Elke subirían al tren con Alexandre. Luc y Éliane serían libres. Lo que significaba que Rose, monsieur Jaujard y Angélique también serían libres. Alexandre no volvería a ver a su madre.

Era lo que quería que todos creyeran. "Porque, si alguna vez me atrapan, no te entregues para tratar de salvarme", había dicho Xavier. "El amor es verme partir sin decir nada, sin hacer nada".

Era tan difícil aparentar que no estaba haciendo nada. Pero si no lo hacía, la arrestarían, lo sabía. Y entonces Alexandre no tendría a nadie. Si no fingía no hacer nada, podrían descubrir que Alexandre no era hijo de König. Entonces Alexandre estaría muerto, y Xavier también. No podía permitirlo.

Así que siguió el juego, como si no estuviera haciendo nada más que lo que le pedían.

CAPÍTULO 36

Éliane no sabía si Angélique recibiría su nota en medio de la confusión que reinaba en París o si lograría regresar a tiempo a la ciudad. Esperó con ansiedad en el banco del jardín de las Tullerías dos días antes de la fecha límite de König, pero Angélique no apareció. Luego, el último día posible, allí estaba Angélique. Ninguna de las hermanas pudo ocultar una sonrisa de alivio al ver a la otra.

—Dicen que la liberación llegará en solo unos días —susurró Angélique.

Qué bonitas sonaban esas palabras. Pero Éliane no recuperó la sonrisa.

—¿Qué pasa? —inquirió Angélique, que era obvio que esperaba algún signo de alegría por parte de su hermana.

Éliane le contó lo que quería König.

—Le voy a dar a Alexandre —concluyó.

—No. —Una palabra pequeña e inútil.

—Necesito que König crea que es real —explicó Éliane mientras rezaba para que no pasara ningún nazi cerca. Necesitaba que Angélique lo entendiera todo, y el papel que ella desempeñaría—. Que conseguirá lo que quiere. Solo entonces llevará a Luc a la estación. No importa lo que haya hecho nuestro hermano, no puedo dejarlo en manos de los nazis. Podrá enfrentarse a la justicia de los Aliados, que será dura, espero, pero no inhumana. Cuando la Resistencia detenga el tren... —precisó ahora y habló más despacio, pues este era el punto más importante de todos— necesito que tú también estés allí, con los maquis. Le quitarás Alexandre a König.

—Por supuesto. —Los ojos de Angélique brillaban con lágrimas, como si la idea de que Éliane le confiara lo más preciado de todo fuera casi demasiado.

—Y me lo traerás de vuelta... —La voz se le entrecortó con un sollozo—. Entonces encontraremos a los Aliados y les diremos que Xavier está... —La voz le falló y las lágrimas bañaron su rostro. Otras dos mujeres llorando contra el macabro telón de fondo de la guerra.

—La gente para la que trabaja Xavier lo encontrará —la alentó Angélique con determinación—. Entonces tú, él y Alexandre podréis ser una familia.

—Y tú también formarás parte de nuestra familia. Nos iremos a vivir todos a Cap-Ferrat.

Ahora era Angélique la que sollozaba.

Ninguna de los dos habló durante un rato; las palabras eran imposibles de pronunciar. Pero había otro desenlace que había que considerar. Éliane no estaba segura de tener el valor de expresarlo, pero su adoración por Alexandre la hacía tan fuerte como necesitaba serlo.

—Si König no cumple su palabra y no me dejan salir de la estación después de entregarle a Alexandre —agregó con crudeza—, tendrás que cuidar de mi bebé hasta que encuentres a Xavier.

Angélique cogió las manos de su hermana.

—Lo querré como a mi propio hijo —aseguró con vehemencia—. Pero rezo para que eso no ocurra, para que siempre seas su madre.

—Yo también rezo por eso. —Las palabras de Éliane fueron el susurro más suave.

Pero tenía que continuar, explicarle a Angélique que Alexandre llevaría consigo un cuadro. En el reverso del cuadro estaban las letras AD, de Alexandre Dufort.

—Lleva el cuadro y a Alexandre a Cap-Ferrat —prosiguió—. Madame Mercier, el ama de llaves, tiene dinero y papeles. No se los dará a nadie más que a la persona que llegue con el cuadro con el código. Es la única manera de asegurar que König no se quede con todo.

Un nazi se acercó.

Era momento de levantarse y marcharse.

Décima parte

Paris y Nueva York, 2015

CAPÍTULO 37

Remy sacó del sobre la carta dirigida a Éliane.

Querida hermana Éliane:
Te prometí que estaría con los maquis cuando detuvieran el tren y también que, si no puedes salir de la estación porque König te traiciona, querré a Alexandre como si fuera mi propio hijo.
Pero...
Hay otro posible resultado que no has planeado. Pero yo lo he hecho. He escrito esta carta para explicártelo.
Después de que nos hubiéramos encontrado en el jardín de las Tullerías, fui a casa de Elke König. Es la única persona que Alexandre conoce, y que quizás quiera, que se pueda decir con certeza que sobrevivirá a todo esto. Luc podría revelar a los nazis el nombre de Rose, así que no puedo correr el riesgo de confiarle el legado de Alexandre.
Dejé una nota para Elke con la dirección de la casa de Saint-Jean-Cap-Ferrat. Le dije que si quería a Alexandre, lo llevaría a él y al cuadro que él tendrá consigo a la casa de Cap-Ferrat.
También dejé esta carta en el buzón de Elke, sellada y dirigida a ti.

Si todo sale bien en la estación, serás libre y yo tendré a Alexandre y nos encontraremos en Cap-Ferrat como acordamos. Luego encontraremos a Xavier. Y Elke nunca necesitará darte esta carta.

Pero tuve que crear una salvaguarda extra. Porque veo sombras en la oscuridad por todas partes. No sé a quién vigilan esas sombras, a quién esperan, pero no puedo fallarte, Éliane.

Así que puede que llegues a Cap-Ferrat y no nos encuentres a mí y a Alexandre, sino a Elke y a Alexandre, esperándote con esta carta. Porque tal vez no logre llegar al tren para rescatar a tu hijo.

Tal vez ninguna de las dos lo haga.

Pero Alexandre seguirá teniendo alguien que lo ame.

Con todo mi amor,

tu hermana Angélique.

∗∗∗

Era imposible leer una carta en la que se hacían planes desinteresados para un niño, una carta en la que cada palabra estaba subrayada con amor y con terror, y no llorar. Remy se la pasó a Elke para que la leyera mientras se enjugaba los ojos. El rostro de Elke adquirió una palidez fantasmal.

—¿Está usted bien? —preguntó Remy.

—No fue Éliane... —Fue todo lo que Elke alcanzó a pronunciar antes de inclinar la cabeza y taparse los ojos con las manos.

El dolor que Remy percibió que Elke trataba de ocultar detrás de sus ojos cerrados, doblemente protegidos por la mano que le cubría la cara —como los intentos que Remy había hecho de aislarse del mundo, de retirarse a ese espacio de la nada en el que habían desaparecido su esposo y su hija— la impelió a abrazar a la mujer mayor. Elke empezó a llorar como si la carta la hubiera destruido.

Remy la sostuvo.

—Pensé… —susurró Elke con voz abatida y la cara todavía entre las manos—. Pensé que si le pasaba algo, ella quería que yo lo tuviera…

Las palabras dieron paso a un llanto crudo y desgarrador que Remy reconoció: el de una madre por su hijo.

Miró la carta mientras intentaba comprender lo que Elke había dicho: "Pensé que quería que yo lo tuviera". Y entonces recordó: Elke le había contado que había visto a Éliane dejarle una nota en el buzón con instrucciones sobre Alexandre. Pero esta carta sugería que no había sido Éliane quien había dejado esas instrucciones, sino su hermana Angélique.

Y ahora Elke se repetía una y otra vez: "¿Qué he hecho? ¿Qué he hecho?".

Remy le apartó las manos del rostro con gentileza.

—Todo lo que hizo fue amar a un niño.

Elke habló en un susurro angustiado.

—Un niño que Éliane nunca quiso que yo tuviera. Un niño que ella quería que tuviera su hermana. Un niño que nunca debí tener. Dios mío… Creía que me había perdonado. Que no me odiaba. Que esto era lo único correcto que yo había hecho. Pero… —Cerró los ojos—. Parece que mi vida entera ha sido una sucesión de errores imperdonables.

"Mi vida entera ha sido una sucesión de errores imperdonables". Remy sabía de eso. Aún no se había perdonado a sí misma por no haber estado junto a su hija en el momento de su muerte. Había sido fácil fingir lo contrario en los brazos reconfortantes de Adam. Pero ahora quería llorar por esa pena profunda y horrible que le mostraba que lo que había creído ser una cicatriz en su corazón seguía siendo una herida abierta.

Pero Elke era una anciana, demasiado vieja y cansada y triste, y necesitaba ayuda más que Remy.

—Dígame —preguntó Remy—, ¿le dijo alguna vez Alexandre, mi padre, que la quería?

Las palabras brotaron deprisa para ser falsas; fueron impulsivas y reales, acompañadas de una sonrisa.

—Todo el tiempo —contestó Elke.

Remy también sonrió.

—No se puede obligar a un niño a amar. Ellos dan amor, y lo hacen total y completamente. No hay nada malo ni imperdonable en eso.

***

Más tarde, después de haber arropado a Elke para que descansara en una cama en una habitación libre, Remy llamó a Taylor: sabía que le interesaría saber que el nombre de Xavier Laurent había vuelto a surgir, en recibos de cuadros y joyas, y en escrituras de propiedad.

—Dijiste que pensabas que Xavier Laurent había pintado el cuadro en el Louvre firmado por Luc Dufort —comenzó Remy—, pero quizá haya algo más.

Remy le contó a Taylor lo que pensaba: que si Xavier le había dado a Éliane la escritura de una casa de su propiedad, los dos cuadros que Taylor creía que había pintado y además un anillo, entonces…

—Entonces Éliane y Xavier tenían una relación muy cercana, como mínimo —reflexionó Taylor.

—Y otra cosa… —añadió Remy—. Elke dijo que, después de la guerra, Éliane no regresó. ¿Sabes qué le pasó, a ella o a Xavier? Si el padre de Xavier le vendió la galería a tu abuela en vez de dársela a su hijo…

—No suena bien, ¿verdad? Investigaré un poco y te llamaré en cuanto sepa algo.

Poco después de que cortara la comunicación con Taylor, Adam la encontró con la mirada clavada en el teléfono.

—Pareces muy ensimismada —comentó. Se acercó por detrás y la rodeó con los brazos.

Remy se volvió y le apoyó la cabeza en el hombro.

—Ha sido una mañana muy emotiva —confesó—. Descubrir que Elke es una especie de abuela. Y que Éliane Dufort es mi verdadera abuela. Pero sigo sin saber quién es mi abuelo.

Adam le acarició la espalda y ella cerró los ojos, acurrucada contra él, mientras rumiaba sobre todo lo que habían descubierto esa mañana. Las letras XL estaban presentes en casi todas las revelaciones, como si fueran la pieza más importante del rompecabezas.

Remy abrió los ojos de golpe y dio un paso atrás.

—O tal vez sí. ¿Tienes el número de Chloe en el Louvre? ¿Crees que le importaría que la llamara? Y podemos usar tu teléfono porque necesito mirar el mío mientras hablamos con ella.

—No le importará —aseguró él—. Pero ponla en altavoz para que yo sepa lo que está pasando.

En cuanto Chloe cogió la llamada, Remy preguntó:

—¿Puedes decirme algo más sobre los códigos que mencionaste en la parte de atrás del cuadro?

Chloe le contó que antes de que las obras del Louvre fueran sacadas del museo para ser puestas a salvo, se habían marcado con letras.

—Los códigos estaban compuestos de dos partes. La primera, MN, de Museos Nacionales, que indicaba que el cuadro pertenecía a Museos Nacionales. La segunda parte del código identificaba la obra en concreto —explicó Chloe—. Así que la primera parte indicaba quién era el propietario y la segunda, de qué obra se trataba. La *Mona Lisa* fue la única obra de arte que salió del Louvre con un código incompleto; tenía las letras *MN* en la caja, pero el resto del código se añadió cuando llegó a un lugar seguro para demostrar que era auténtica.

—Y el tuyo tiene las iniciales XL/ED en la parte de atrás —señaló Remy, emocionada—, porque Xavier Laurent y Éliane Dufort eran los dueños del cuadro. —Y el mío dice… —Buscó la foto que le había enviado su madre—. AD. La segunda parte del código.

Remy esbozó una gran sonrisa. Porque ahora lo sabía. Dio las gracias a Chloe y colgó el teléfono.

—AD: Alexandre Dufort —le dijo a Adam sin dejar de sonreír—. Él fue la obra de arte de Xavier y Éliane. Xavier Laurent y Éliane Dufort son mis abuelos y los padres de mi padre.

Sintió que el corazón se le ensanchaba en el pecho, que se expandía con el dolor y la belleza que había experimentado durante el último año, el último mes y el día anterior. Sus abuelos: combatientes de la Resistencia que habían luchado por salvar obras de arte durante la guerra. No había tenido oportunidad de conocerlos. ¿Dónde estaban ahora? ¿Había alguna posibilidad de que estuvieran vivos?

Ahora era más importante que nunca averiguarlo.

***

A la mañana siguiente, el teléfono de Remy sonó temprano y la arrancó de los brazos protectores de Adam.

—No vas a creer lo que he averiguado —exclamó Taylor sin preámbulo—. Esto puede sonar macabro, pero me pasé el día de ayer revisando la Colección Heinrich Himmler en los Archivos Nacionales. Incluye registros de la SD y la Gestapo. Busqué los nombres König, Dufort y Xavier Laurent y encontré algo.

—¿Registros de la Gestapo? —repitió Remy.

Adam, que había entreabierto los ojos con el timbre del teléfono, frunció el ceño al oír esas palabras.

—¿Qué sabes de la Gestapo? —inquirió Taylor.

—Aparte del hecho de que era tenebrosa, no sé mucho —admitió Remy. Se acomodó más cerca de Adam y puso el teléfono en altavoz para que él también pudiera oírlo.

—La Sicherheitsdienst o SD era una organización de inteligencia nazi. Recogía información sobre cualquiera que trabajara contra ellos, espías y cosas así. Cuando querían arrestar a alguien para interrogarlo o deshacerse de él, llamaban a la Gestapo.

—No me va a gustar nada lo que vas a decirme, ¿verdad?

—Supongo que no —reconoció Taylor—. Para abreviar, en los archivos de la SD hay una lista de los más buscados. Xavier Laurent fue puesto en esa lista en 1944. Al parecer, se había hecho pasar por el asesor de arte de Hermann Göring, pero un informante de los nazis reveló que en realidad era un espía que trabajaba para el Gobierno británico. También hay una lista de informantes de la SD en los registros. Luc Dufort figura allí. Él fue la persona que, a través de Ernst König, le dio a la SD el nombre de Xavier Laurent.

—Creía que Luc Dufort era un héroe de la Resistencia.

—Las leyendas no siempre son ciertas.

Remy se quedó pensando antes de preguntar:

—¿Y Éliane? ¿Se la menciona?

—Sí —respondió Taylor con seriedad—. Luc Dufort le dio a la SD el nombre de su hermana Angélique, lo que condujo a la SD hasta Éliane. No hay duda de que Luc era un traidor. —Taylor vaciló antes de añadir con voz extraña—: Ahora que sabes todo esto, echa otro vistazo a la última página del *Catálogo Göring*.

Adam se levantó de la cama para ir a buscarlo.

Se lo pasó a Remy y ella deslizó el dedo por la página, recordando la extraña anotación —*bébé*— en la columna titulada "Nombre del cuadro". Algo más le llamó la atención: unas letras que le habían parecido irrelevantes la primera vez que había visto el catálogo. En la columna "Artista", junto a la palabra *bébé*, aparecía la anotación XL/ED, lo que confirmaba todo lo que ella había empezado a creer ayer.

—¿Te das cuenta? —agregó Taylor.

Remy bajó más el dedo en la página. Allí estaba su cuadro, *Le Traître*. El nombre registrado como el artista era el de Luc Dufort. *Le Traître*. Luc Dufort.

Estaba todo allí, si uno sabía lo que estaba buscando.

—No es el nombre de la obra —dijo en voz alta—. Es un registro de lo que hizo.

—Creo que tienes razón —convino Taylor.

Remy sabía que estaba conteniendo la respiración y que lo menos doloroso sería colgar, dar por terminada la conversación sin preguntar nada más. Era lo que habría hecho el mes pasado, quizá incluso la semana pasada. Pero no ahora.

—Dime qué les pasó.

—Te envié un enlace por correo electrónico —explicó Taylor—. Lo siento mucho, Remy. Llámame cuando lo hayas leído si lo necesitas.

Remy se obligó a abrir el correo de Taylor. El asunto rezaba "Campo de concentración de Buchenwald". "Algunos prisioneros políticos fueron enviados allí", había escrito Taylor. "Los prisioneros políticos incluían a espías y miembros de la Resistencia".

Remy hizo clic en el enlace y apareció una lista terrible: personas muertas en Buchenwald.

Un campo de búsqueda. Remy tecleó. Primero, Xavier Laurent. Luego, Éliane Dufort.

—¿Están...? —empezó a preguntar Adam.

Remy dejó caer el teléfono sobre la cama.

—Tengo que ir a dar un paseo. Sola —se limitó a decir.

✳✳✳

Caminó durante horas, sin ir a ninguna parte. Todos muertos. Todos. ¿Eso era la vida? ¿Una sucesión interminable de muertes y heridas colosales? ¿Por qué sus abuelos habían entregado sus vidas por trozos de madera, piedras, lienzos y óleos? ¿Por qué sus padres habían entregado sus vidas para tratar de que ella alcanzara la seguridad de Occidente? ¿Por qué su marido y su hija habían entregado sus vidas por conducir sin cuidado? ¿Por qué? ¿Por qué? *¿Por qué?*

Se sentó en los guijarros de un tramo de playa algo más lejano de su casa y cerró los ojos. No volvió a abrirlos hasta que oyó dos voces muy cerca de ella: la de un hombre que decía: "Creo que será una niña", y la de una mujer que respondía: "Eso espero".

Sus ojos se abrieron de golpe y se posaron en una pareja que estaba a pocos metros. Sonreían de pie frente al mar y el hombre tenía sus manos sobre el vientre de la mujer.

Remy se puso de pie de un salto. Un temor inquietante que había elegido ignorar la hizo conducir hasta la ciudad, a una farmacia, y luego de regreso a la casa.

485

CAPÍTULO 38

—DAME UN MINUTO —LE PIDIÓ REMY A ADAM ANTES DE desaparecer en el baño.

Abrió la caja de la farmacia, sacó la tira reactiva y siguió las instrucciones. Tenía tres días de retraso. Nunca se retrasaba. Ni siquiera en la época de mayor dolor. Se quedó mirando la línea tenue en la tira.

Recordó la noche que Adam le había dicho que podría ser que el preservativo se hubiera rasgado o roto pero que era difícil saberlo y que casi seguro que no, que lo más probable era que estuviera siendo paranoico, pero ¿quería ella hacer algo al respecto? Podían ver al médico al día siguiente. Él había dicho "podría ser" y "casi seguro que no" y que era "difícil saberlo", así que Remy no le había dado importancia. Y luego lo había olvidado. Pero ahora…

No. No. Mil veces no.

Sentía el latido feroz del corazón en su pecho, la respiración acelerada, la inestabilidad de sus piernas, las náuseas, y supo que estaba sufriendo un ataque de pánico como los que había tenido en las semanas posteriores a la muerte de Toby y Ebony. Se deslizó por la pared y se sentó en el suelo, y trató de recuperar el aliento, trató de hacer retroceder el tiempo, trató de pensar en una forma de deshacer esto porque era imposible.

Nunca podría volver a tener un hijo. ¿Cómo iba a hacerlo si había defraudado a Ebony de una forma tan monstruosa? Su hija la había estado llamando desde la parte trasera de una ambulancia y Remy no había estado allí. Su hija había estado más asustada que nunca en su vida y Remy no había estado allí. Su hija había muerto sin nadie a su lado. Sin nadie.

Oh, Dios.

Volvió al hospital, más de dieciocho meses atrás, con la mano de Ebony entre las suyas, llorando, suplicando a los médicos que no se la llevaran. Pero lo habían hecho. Y Remy se había sentado en el suelo igual que estaba sentada ahora y no había podido respirar, se la habían tenido que llevar también para sedarla. Pero ahora no había nadie allí para llevársela y sedarla ante la noticia de que iba a tener otro hijo cuya mano tendría que soltar indefectiblemente.

Porque todos los que conocía se morían.

"Respira", se dijo a sí misma. "Respira". Se iba a desmayar. Quizá sería bueno. Podría acostarse y desmayarse e ir a donde fuera que estuviera Ebony.

Adam llamó a la puerta.

—¿Estás bien?

Remy levantó una mano temblorosa y pulsó el botón de la descarga para que él no entrara, todavía no. Luego se acercó al lavabo y se echó agua en la cara. Tenía que salir de allí. Era lo único que sabía. Tenía que alejarse de esta noticia.

Si podía estar de pie, entonces podía caminar. Si podía caminar, entonces podía alejarse. Alcanzó la puerta. La abrió y casi chocó con Adam, que tenía los brazos extendidos como si quisiera abrazarla.

—El preservativo se rasgó. O se rompió. Estoy embarazada.

—¡¿Qué?! —exclamó él mientras ella recogía su bolso y se dirigía hacia la puerta.

—Tengo que irme. Necesito… —Negó con la cabeza—. No sé lo que necesito, pero no es esto.

—Joder, Remy. No puedes irte así como así. ¿Por qué no…?

"¿Por qué no qué?", quiso gritar. ¿Por qué no le damos un poco más de importancia a un preservativo roto? ¿Por qué no hablas con un poco más de seriedad, como si fuera algo de lo que tuviera que preocuparme? ¿Por qué no nos casamos, tenemos un bebé y lo vemos morir? No.

—Era lo único que… —Se interrumpió, incapaz de terminar. Cerró la puerta cuando Adam gritó su nombre.

***

De alguna manera, el coche de Remy la llevó al aeropuerto de Niza. Tenía el pasaporte en el bolso, así que se subió a un avión, lejos de los mensajes de Adam que decían: "¿Dónde diablos estás?" y "Tenemos que hablar de esto".

Antoinette la recogió en el aeropuerto JFK.

—¿Qué estás haciendo, Remy?

—Estoy embarazada.

Antoinette se puso rígida a su lado.

—No puedes huir de esto —respondió con más gentileza—. Adam ya está sufriendo por Molly. Estás siendo injusta, Remy.

Injusta. ¿Qué era justo? ¿Perder a un esposo y a una hija?

La furia ardió roja y violenta y casi insoportable en el interior de Remy.

—Lo único que sé es que no puedo tener un hijo —le gritó a Antoinette—. Y sin embargo, parece que lo haré. Déjame digerir esto durante un día por lo menos antes de poder descifrar el resto. No puedo hablar con Adam ahora porque ni siquiera sé qué decirme a mí misma.

La expresión de Antoinette se suavizó.

—Tienes razón. Te daré tiempo.

Y Antoinette no preguntó nada más durante meses.

Pero a lo largo de esos meses, Remy siguió sin saber qué decir al respecto, así que le resultó imposible hablar con Adam. Trabajó sin descanso, cada hora de cada día, en la publicación de su catálogo con las fotografías que Adam le había hecho. La colección se agotó y Scarlett Johansson tomó prestada una de sus piezas de archivo —un vestido negro de Vionnet de fines de 1939— para los Oscar y Meghan Markle tomó prestado otro para los Emmy y Remy estuvo más ocupada que nunca, buscando vestidos *vintage* para celebridades, vendiendo lo que tenía en existencias y entregando ropa para fotos en revistas de moda. Siempre se preguntaba quién sería el fotógrafo de la sesión y tuvo que rechazar a dos porque el fotógrafo era Adam.

Vio su trabajo en distintas revistas y, cosa inexplicable, Antoinette lo contrató para la campaña de la semana de la moda. Las imágenes eran preciosas, el mejor trabajo que había hecho nunca. Estuvo a punto de llamarlo. Pero cuando iba a buscar el teléfono, bajó la vista a su vientre, vio el bulto y supo lo que significaba: que si su pasado iba a repetirse —una abuela y un abuelo asesinados de forma brutal, una madre y un padre también, y luego un marido y una hija— tendría que ver morir a este niño también.

La inevitabilidad del hecho era como un traje de clavos que no podía quitarse de encima y que no cesaba de aguijonearla con la pregunta: ¿cuándo ocurriría? ¿Cuándo el bebé tuviera un mes? ¿Un año? ¿Diez años?

Remy se despertaba casi todas las noches bañada en sudor, sin aliento y soñando con la muerte de su hijo. Nunca recordaba las circunstancias, solo sabía que había sucedido y que estaba de nuevo acurrucada en la cama, incapaz siquiera de llorar porque su cuerpo había dejado de funcionar y yacía en un coma agónico.

Ya no había duda de que no podía volver a ver a Adam. No podía dejar que la muerte lo alcanzara a él también. Si se alejaba, al menos él se salvaría.

Le envió un mensaje para avisarle de que había vuelto a Nueva York, que no deseaba hablar con él, pero que comprendía que tenía derechos. Antoinette lo mantendría informado de los detalles del embarazo. Una vez que el bebé naciera, acordarían un régimen de visitas a través de sus abogados; él podría verlo tanto como quisiera. Le pidió que les transmitiera a Lauren y a Judy que Remy no podría responder sus mensajes y que deberían hablar con él y no con ella.

Adam le contestó que la quería, que quería hablar con ella, pero que no la presionaría. En su mensaje, ella pudo oír el eco de lo que él le había dicho sobre Molly: "Me alejaré. Lo único que puedo hacer es no estar cerca". Remy entendió: la única manera de no sufrir era alejarse.

Adam aseguró que esperaría con impaciencia las novedades de Antoinette. Y cada vez que Antoinette le enviaba un mensaje de texto, o él a ella, le preguntaba a Remy si tenía algo que decirle, pero Remy siempre negaba con la cabeza.

Hacía lo que tenía que hacer. Comía bien, acudía a sus citas médicas y daba cobijo físico a la vida que crecía en su interior. Antoinette le hablaba al bebé todo el tiempo y la madre de Remy también, a través del teléfono, pero Remy no lo hacía. No podía hablarle, ni acariciar su vientre, ni permitirse sentir. Cuanto más desapego desarrollara, más protegida estaría cuando naciera el niño.

Tanto su madre como Antoinette le ordenaron que fuera a ver a alguien con quien pudiera hablar, pero ella se negó.

Entonces Elke König murió y le dejó el apartamento en París. Remy lloró un poco por Elke, pero sabía que nunca volvería a visitar el apartamento.

Una noche, su tripa se contrajo. Hizo una mueca y Antoinette lo advirtió.

—Ya es hora —declaró Antoinette.

Remy se paseó por el apartamento durante un par de horas hasta que los dolores fueron más fuertes. Antoinette se quedó con ella y solo salió de la habitación para llamar a su jefe y avisarle que no iría a trabajar al día siguiente. Luego condujo a Remy al hospital, donde los dolores se intensificaron y Antoinette le cogió la mano y solo se apartó de su lado un par de veces hasta que, al cabo de varias horas, el bebé vino al mundo y fue depositado en los brazos de Remy. Remy dejó que mamara de su pecho hasta que se durmió. Después lo envolvió en una manta, lo dejó en la cuna y se levantó para darse una ducha mientras Antoinette observaba con adoración a su ahijado.

Ya en la ducha, con el agua que caía sobre ella, el corazón se le aceleró y empezó a temblar de frío, aunque el agua estaba caliente. Y entonces el mundo se puso a girar a su alrededor, el sudor corrió por su piel y supo que estaba sufriendo otro ataque de pánico. No llamó a la partera ni a Antoinette; si inspiraba y espiraba y pensaba en cosas bonitas, se le pasaría. Pero no fue así.

Apoyó una mano en la pared, bajó la cabeza para no desmayarse y vio que el suelo de la ducha estaba cubierto de sangre. Mucha más sangre de lo normal. Sintió que caía sobre las baldosas. Después, nada.

***

Remy oyó fragmentos ocasionales en medio de la nada. Un grito de Antoinette. El llanto de un bebé. Su bebé. El bebé que había tenido con Adam.

Su bebé estaba llorando. Intentó levantar los brazos, alzar a su hijo. Sintió unas punzadas en los pechos y el dolor primitivo de la necesidad recorrió su cuerpo.

"No se puede obligar a un niño a amar. Ellos dan amor, y

491

lo hacen total y completamente", le había dicho a Elke. Y lo mismo hacía una madre con su hijo.

De repente, Remy comprendió que lo que había temido todo este tiempo no era no poder querer a su hijo, sino quererlo demasiado.

Pero ahora no podía abrir los ojos y comprendió una cosa más: se había equivocado. No era el bebé quien moriría, sino ella. Y ahora que le estaba pasando, no quería morir. No le importaba vivir para siempre con la amenaza de la muerte de su hijo sobre su cabeza; solo quería vivir, estar con su hijo y amarlo. Enseñarle a Adam lo que habían hecho.

Pero todos sus pensamientos se desvanecieron. Y se hundió en la nada.

Undécima parte

París, 1944

CAPÍTULO 39

El día en que debía partir el tren con todas las obras de arte, nada menos que ciento cuarenta y ocho cajas, se sabía que los Aliados estaban en las afueras de la ciudad. Un arcoíris de humo amenazante coloreaba el cielo de un negro impenetrable. Todo era rostros asustados y brazos extendidos, dientes afilados y fusiles. El *Guernica* cobraba vida en las calles de París.

Éliane intentó no ver nada de eso mientras caminaba hacia la estación con su hijo en brazos y Rose a su lado. Dos personas a las que no quería volver a ver nunca más esperaban de pie en la plataforma: Elke y König. Él llevaba consigo el cuadro de los amantes que ella había exigido que fuera con Alexandre.

—No quiero perderme ni un minuto —le señaló a Elke—. Déjeme sostenerlo en brazos todo el tiempo que pueda.

König, dispuesto a ser benevolente ahora que tenía lo que quería, accedió. Pero ese momento en el andén de la estación estaba sujeto a las leyes del tiempo y no podía durar para siempre. Éliane besó a su hijo.

—Te veré pronto —susurró en voz tan baja que nadie pudo oírla.

La Gestapo llegó con Luc. Había llegado la hora de realizar el intercambio.

—¿Qué pasa? —preguntó Luc.

König y Elke se acercaron al tren. Éliane los siguió con el bebé.

—Están huyendo —explicó Éliane con cansancio—. Los Aliados están a punto de llegar.

—No sabía que estuvieran tan cerca —respondió Luc.

Su rostro tenía un color gris ceniciento, el mismo tono espantoso que se producía cuando se mezclaban todos los colores —azules brillantes y rojos apasionados y amarillos esperanzados y rosados adorables y el color dorado de los sueños— y en lugar de obtener un matiz más espectacular que cada tono individual, surgía algo despreciable.

—Me encerraron —prosiguió, desesperado—. Me dijeron que los Aliados estaban huyendo y que estaban derrotados. Me hicieron cosas… Tuve que…

Éliane le pasó el bebé a Elke.

—¿Qué haces? —inquirió Luc, y sus ojos se movieron con rapidez entre su hermana y su hijo, ahora en brazos de Elke.

—Pagando tu rescate —replicó Éliane con frialdad—. Te puedes ir ahora. Angélique y yo les contaremos a los británicos lo que has hecho. Te someterás a la justicia de ellos, no a la de los nazis.

Las ruedas chirriaron y giraron. El tren con König, Elke y Alexandre a bordo empezó a alejarse con lentitud.

Rose lloraba a su lado.

Éliane deslizó su mano en la de Rose.

—Angélique estará con la Resistencia cuando detengan el tren —le confió a Rose cuando el tren comenzó a partir—. Estará esperando a Alexandre.

Luc palideció.

—Angélique ha sido arrestada.

—No. —La palabra fue el susurro más diminuto que Éliane había pronunciado nunca.

Angélique no podía haber sido arrestada.

—Tuve…. Tuve que decirles algo, suficiente para que me dejaran ir. —Las palabras de Luc eran febriles—. No dije nada sobre ti, lo juro. Pero Angélique… —Se frotó la cara con las manos—. Pensé que podría llegar a ella y arreglarlo antes de que pasara nada… En serio… Lo siento —murmuró ahora, y quizá también estaba llorando.

Éliane se desplomó en el andén. Sintió que su corazón se partía en tres trozos: uno se iba en el tren, en los brazos nazis de Elke; otro quedaba en el corazón de Xavier, dondequiera que estuviera; y otro aquí, en el andén, aplastado por el puño de su hermano.

Luc salió corriendo, como el cobarde que era. Corrió hacia el tren y saltó a bordo en el último minuto.

Pasó junto a König. Se detuvo delante de Elke. Estiró los brazos para coger a Alexandre.

Los disparos estallaron en el aire y desgarraron el horrible silencio.

—No —gritó Éliane, con los ojos fijos en su bebé—. ¡No!

Otro disparo. Vio cómo Luc cogía el cuadro, lo levantaba y se colocaba junto con el cuadro delante del bebé.

Luego cayó.

—No. —La palabra fue un susurro aún más pequeño que el anterior.

Un guardia la sujetó de los brazos y la puso en pie. Se olvidó de luchar mientras la arrastraban, con los zapatos rozando la plataforma y todo su cuerpo insensible. Lo último que pensó antes de que su mente se apagara fue que no importaba si Luc le había dado su nombre a König o a la SD. Les había dado el nombre de Angélique y eso había bastado para que fueran por ella también.

König había ganado.

Duodécima parte

Nueva York, 2015

CAPÍTULO 40

Ver la luz de repente fue toda una sorpresa. Remy no sintió que se le abrieran los párpados, solo que le ardían. Luego parpadeó. Aparecieron formas, colores. Una habitación de paredes blancas. Flores rosadas. Una máquina que emitía unos pitidos violentos. Las lágrimas en los ojos de Antoinette.

—¡Remy! Gracias a Dios. ¡Enfermera! —gritó Antoinette.

Remy quiso llevarse las manos a las orejas, pero no podía moverse. Quizás este era ese momento de lucidez que había oído que la gente experimentaba antes de morir: la oportunidad de decir adiós.

—Adiós —musitó.

Antoinette la fulminó con la mirada.

—No te atrevas a decir eso.

Dos enfermeras entraron corriendo, le pidieron a Antoinette que saliera de la habitación y empezaron a hacerle cosas a Remy y a formularle preguntas, lo cual la agotaba. Se quedó dormida y esta vez supo que estaba dormida porque soñó con Adam de pie junto a su cama, con la cara húmeda por las lágrimas. Sostenía al bebé, que no lloraba porque estaba feliz en brazos de su padre. La siguiente vez que despertó, Antoinette estaba allí de nuevo y Remy se sintió un poco menos débil y que controlaba más sus extremidades.

—¿Qué ha pasado? —logró pronunciar.

—Tuviste una hemorragia grave hace cuatro días, entraste en shock y no podían parar el sangrado. Lo intentaron con una laparotomía, pero no funcionó y dijeron que te podías morir. Así que te hicieron una histerectomía, pero incluso eso fue… —Antoinette sollozaba, con los ojos enrojecidos, como si llevara mucho tiempo llorando.

—¿Dónde está el bebé? —preguntó Remy.

—Iré a buscarlo.

Remy asintió y se durmió de nuevo.

***

La siguiente vez que se despertó, había algo diferente en la habitación. Movió un poco la cabeza y vio, justo a su lado, la cuna transparente y el pequeño bulto envuelto dentro de ella. Trató de incorporarse, pero no pudo.

Antoinette, que estaba dormida en la silla, se despertó sobresaltada.

—Cada vez que me duermo, pienso que te vas a ir, aunque los médicos digan que el mayor peligro ya ha pasado —lloró Antoinette—. Siento que todo el año pasado te estabas despidiendo y este año también y todavía no sé si te quedarás.

Remy juntó fuerzas para hablar.

—Ven aquí. —Antoinette se sentó en el borde de la cama sin dejar de sollozar—. No me iré a ninguna parte —aseguró—. Te lo prometo. De hecho, me gustaría mucho verlo. ¿Crees que nos regañarán si lo metemos aquí conmigo?

Antoinette negó con la cabeza.

—No se atreverían.

Sacó al bebé de la cuna y lo colocó junto a Remy, que ahora lloraba al ver a su pequeño hijo, hermoso y perfecto. Sí, todavía tenía miedo, pero también sabía que podía vivir con el miedo porque el amor que sentía por su hijo era superior a todo.

Igual que su amor por Adam. Adam. ¿Qué le había hecho? Se volvió hacia su amiga.

—Tengo que hablar con Adam. ¿Puedes llamarlo? Por favor. Dile que puede venir a ver al bebé. Si quiere. —Dios, ¿y si ahora no quería?

Antoinette torció la boca de una forma extraña.

—Claro. Dame un minuto. —Saltó de la cama y se escabulló de la habitación mientras Remy contemplaba el rostro dormido de su hijo y se maravillaba de su existencia.

Oyó un movimiento junto a la puerta y trató de girar la cabeza, pero todavía le costaba moverse.

—¿Qué ha dicho? —preguntó en voz baja, temerosa—. Me odia, ¿verdad?

—Nunca. —La voz que respondió era masculina.

Un hombre apareció. Adam. Antoinette acababa de llamarlo y ya estaba aquí. Remy lo miró con desconcierto.

—Casi me matas de un susto, Remy.

Se veía más cansado de lo que nadie podría estarlo y sus ojos estaban enrojecidos, pero no por cansancio.

Levantó la mano y ella pensó que iba a acariciarle el cabello, pero se detuvo.

—¿Cómo has llegado tan rápido? —preguntó, con temor a que su cabeza no estuviera funcionando bien.

—Cuando Antoinette me llamó para decirme que estabas de parto, vine para el hospital. He estado aquí desde entonces.

—¿Has estado aquí desde entonces? —repitió Remy con incredulidad—. Adam… ¿Cuánto hace de eso?

—Cinco días. Sé que no debería estar aquí. Pero no podía irme. Me alegro mucho de que te vayas a poner bien.

Parpadeó y Remy supo que estaba haciendo un esfuerzo para no llorar.

—Además… —Dudó, como si pensara que no debía decir lo siguiente—. Mamá y Lauren también están aquí. Perdón. Sé que no querías… —Se frotó la frente con la palma de la mano y luego el ojo, en un intento por enjugarse la lágrima antes de que ella la viera—. Pero no pude evitar que vinieran todos los días. Y por si fuera poco, Molly también está aquí.

—¿Molly? —Debía haber empezado a alucinar de nuevo, porque eso no podía ser real.

Pero Adam asintió.

—Sí. Después de que te fueras… —Suspiró, sacudió la cabeza y se pasó una mano por el cabello—. Las cosas con Matt cambiaron. Ahora paso tiempo con Molly. Se queda conmigo una noche a la semana. Se suponía que anoche iba a ser mi noche, pero cuando Matt le dijo que no podía venir a mi apartamento, Molly tuvo una rabieta, así que terminó trayéndola aquí. Y ahora se niega a irse hasta conocer al bebé. Anoche durmió en mi regazo en la sala de espera. Perdón —repitió, con expresión culpable a pesar de que no tenía nada por lo que sentirse culpable.

Lauren y Judy estaban allí. Molly estaba allí. Antoinette estaba allí. Adam estaba allí. Su hijo estaba allí. Toda una familia.

—¿Podrías acercarte y acostarte aquí para que pueda verte bien? —le pidió mientras le hacía sitio en la cama—. Acuéstate junto a él —agregó, con más fuerza, como si la verdad, la honestidad y Adam la fortalecieran.

—¿En serio?

Remy observó una lágrima desgarradora que le resbalaba por la mejilla. Habría dado cualquier cosa por tener la fuerza para enjugársela, para abrazarlo.

—Por favor —insistió—. No soporto verte así y no cogerte de la mano al menos.

Adam se dejó caer despacio en la cama y apoyó la cabeza

en la almohada; el bebé dormía pacíficamente entre los dos. Remy levantó una mano y cogió la de él.

—Te quiero —dijo—. Perdóname. Lo estropeé todo. No sabía lo que hacía. No merezco que estés aquí, pero me hace muy feliz. Te quiero tanto...—repitió—. Y a él también. —Sonrió hacia su hijo y luego hacia el rostro de Adam.

Adam tragó con dificultad y habló con voz ronca.

—Te entiendo —respondió—. Cuando Antoinette salió de la sala de partos y me dijo que habías sufrido una hemorragia y un shock y que te estaban haciendo transfusiones... Me volví loco. Sentí pánico..., pensé que te ibas a morir y Antoinette tuvo que ocuparse también de mí. Pero mientras estaba sentado en esas sillas de plástico de mierda y pensaba que quizá no volvería a verte con vida...

Cerró los ojos y le apretó la mano con fuerza antes de acercarse todavía más a su hijo y a ella.

—Entendí lo que sentías por Ebony y por Toby y lo que te generaba la idea de tener otro hijo —concluyó, mirándola a los ojos—. Entendí que lo que debería haberte dicho en Francia era: "Me quedaré contigo pase lo que pase". Me había convencido de que dejarte marchar era, no sé, una forma de respetar tu dolor. Pero la verdad es que en ese momento no entendía bien por qué te oponías tanto a tener un bebé. Estaba furioso y solo pensaba en mí, no en ti. No quería que las cosas acabaran como con Molly, que terminara amando a un niño con el que no podía pasar tiempo. Así que no me esforcé lo suficiente para entender por lo que estabas pasando ni para hacerte creer que podíamos superar esto juntos. Que juntos podemos hacer cualquier cosa.

—Adam —susurró ella, y ahora lloraba sin disimulo—. Soñé contigo. Sabía que estabas aquí en la habitación. Estuvimos juntos toda ésta semana pasada. Y no pienso morir. Tengo demasiado... —Se volvió hacia su hijo y luego hacia él—. Demasiado por lo que vivir.

Adam se inclinó para darle un beso en la frente.

—Tienes que ponerte bien pronto para que podamos llevarnos a este pequeñito a casa, mimarlo y ponerle un nombre.

—Xavier —precisó Remy con decisión—. Quiero llamarlo Xavier. ¿Te parece bien?

Adam sonrió y asintió.

—Es perfecto.

—Y nos aseguraremos de que sea tan valiente como su bisabuelo y su bisabuela, pero que tenga una vida más larga y mejor.

Adam la besó de nuevo.

—Así será —musitó con la voz todavía ronca por las lágrimas.

Remy sintió que volvía a dormirse, cálida y cómoda con el bebé a su lado y también con Adam, que sostenía la mano de ella entre las suyas. Sabía que, en cuanto se despertara, por mucho que las enfermeras protestaran, él seguiría allí, acostado en la cama, esperando a que ella abriera los ojos. Le sonreiría, se acercaría para besarla, para acariciar la mejilla de su hijo, para decirle que la quería.

Como Éliane había amado a Xavier. Como Éliane y Xavier habían amado a su hijo Alexandre. Como Elke había amado a Alexandre. Y aunque ninguna de esas personas, que podrían haberla amado también si hubieran tenido la oportunidad de conocerla, estaba viva ahora, sí lo estaba su legado.

—Os quiero —susurró a Adam y a su hijo antes de quedarse dormida. Los dedos de Adam apretaron los suyos y los latidos del corazón de su hijo debajo de sus manos entrelazadas resonaron con las palabras que aún no podía pronunciar: yo también os quiero.

Decimotercera parte

EPÍLOGO

Los momentos siguientes transcurren sin pena ni gloria. Pasan inadvertidos entre las sombras de tanta crueldad. ¿Fue todo para nada, entonces?

Espera. Ahí están König y Von Behr bebiendo champán envenenado. El mundo sabrá lo que hicieron y los condenará por eso.

Y ahí está Hermann Göring, tragando cianuro. El mundo también lo condenará.

Las acciones de estos hombres quedarán registradas porque no pueden volver a repetirse. Esto es lo que piensa Rose Valland mientras trabaja sin descanso durante años después de la guerra, encuentra muchos de los cuadros robados y se alegra cuando son devueltos a sus dueños. Muchos también se pierden, a pesar de su registro minucioso. Ella se acuerda de todos. Poco antes de morir, Rose saca el *Catálogo Göring*. Lo ha guardado en secreto todos estos años, porque sus páginas están llenas de dolor. Nunca debió dejar que Éliane la ayudara. Pero entonces Éliane y Xavier no se habrían entregado sus corazones, ni habrían entregado su corazón mutuo a Alexandre. Y qué corazones tenían ambos, hermosos, del color del amor más verdadero: rojo puro, atenuado por la luz de la luna.

Al final del catálogo, Rose añade dos entradas nuevas.

Una para el traidor y otra para el niño y sus padres. Tal vez haya llegado la hora de que sus historias sean contadas, pero solo por otros cuyos corazones puedan soportarlo. Coloca el catálogo en una caja y lo envía a los Archivos Nacionales para que alguien lo encuentre en alguna década posterior.

Luego cierra los ojos y recuerda cuando, con monsieur Jaujard a su lado, vio la *Victoria alada de Samotracia* subir la escalera del Louvre y recuperar el lugar que le correspondía en el piso superior. También recuerda cuando la *Mona Lisa* abandonó su refugio para poder seguir sonriendo durante décadas y para millones de personas. Recuerda cuando Édouard de Rothschild donó *El astrónomo* de Vermeer al Louvre para que, más tarde, una mujer pudiera contemplarlo y dejar que despertara en su corazón algo que había olvidado que estaba allí.

El mundo todavía tiene sus obras maestras. ¿Pero cuánta gente sabe lo que costó salvarlas?

Ni Angélique, ni Xavier, ni Éliane ven nada de esto.

***

El primer momento.

Angélique es llevada a la prisión de Fresnes. Allí, las cosas que les hacen a las personas como Angélique —*résistants*— son demasiado terribles para escribirlas. En Fresnes no hay humanidad ni arte. Angélique lo descubre al minuto de llegar cuando le arrancan las uñas de los pies.

Eso es lo mejor que le pasa a Angélique en Fresnes.

No, no es cierto. Lo mejor es que no delata a Rose ni a monsieur Jaujard ni a Xavier ni a Éliane. Nunca sabrá que, diga lo que diga, el destino de Xavier y Éliane ya está sellado.

Solo llora cuando se da cuenta de que jamás volverá a ver a su hermana y que no habrá nadie a su lado cuando muera.

***

El segundo momento.

Éliane cojea por la Largerstrasse del campo de concentración de Buchenwald. Tiene los dedos de los pies rotos. Los hematomas de un color púrpura furioso intentan obligarla a que cierre los ojos. Pero nada de eso importa. No ahora que está sola, sin Xavier ni Alexandre.

¿Qué les ha pasado? ¿Y a su hijo? Debería estar en brazos de Angélique ahora.

Dobla una esquina en dirección a unos barracones y apoya una mano en la pared. Un fusil la golpea en la espalda y la empuja hacia delante. ¿Por qué no se gira, levanta las manos y le pide al soldado que la mate? Porque, a pesar de todo, sigue teniendo esperanza. La esperanza de saber algo de Xavier, la esperanza de que sobrevivirán lo suficiente para ser rescatados por los Aliados. La esperanza de que encontrarán a su hijo y vivirán juntos y felices para siempre, como en los cuentos de hadas.

Pero no son tiempos para esas historias.

Las historias de 1944 son más oscuras y están teñidas de desesperación.

Y entonces Éliane ve, saliendo de un barracón un poco más adelante, a un hombre de cabello oscuro ralo. Está terriblemente delgado. Uno de sus brazos cuelga en un ángulo imposible, como si se lo hubieran roto una y otra vez y nunca lo hubieran arreglado. Camina despacio; arrastra los pies como alguien para quien el mero respirar es doloroso.

"Mírame", le ruega ella con los ojos.

Él gira la cabeza.

Ahora puede ver sus ojos. Son de un tono marrón particular y aún guardan en su interior la luz de un hombre que siente amor. Amor por ella.

Gracias a Dios, piensa Éliane mientras ignora a los

guardias y se acerca a él. Gracias a Dios, piensa mientras él la toma en sus brazos y la besa como si no hubiera guerra ni dolor. Gracias a Dios, piensa mientras se funde en él y él en ella, como óleos mezclados en un lienzo para formar un color nuevo: el color de sus corazones entrelazados que brillan con la luz blanca de la eternidad.

Los guardias detrás de ellos gritan en alemán y ella sabe que debería soltarse y alejarse. Pero no lo hace.

Xavier la abraza con más fuerza hasta que, de repente, son la pareja del cuadro. La pareja sin fondo, sin contexto, sin tiempo. La pareja sin pasado ni presente y, sobre todo, sin futuro.

Gracias a Dios, piensa. Moriremos juntos.

Pero se equivoca.

Xavier y Éliane viven para siempre en un cuadro colgado, primero, sobre la cama de Remy y Adam, y luego sobre la cama de su hijo Xavier, y luego sobre la cama de su hija, y así sucesivamente a través del tiempo. Nunca mueren porque un amor como el de ellos existe fuera del espacio y fuera del tiempo. Sin fin. Para siempre.

NOTA DE LA AUTORA

Si hubiera sabido lo difícil que sería escribir este libro, creo que nunca lo habría empezado. La primera vez que oí hablar de Rose Valland fue en el libro de Anne Sebba, *Les Parisiennes: How the Women of Paris Lived, Loved and Died in the 1940s*, que ha sido fuente de al menos dos de mis ideas para libros. La historia de una mujer que arriesgó su vida por el arte me intrigó y quise saber más. Poco después, leí un artículo sobre el *Catálogo Göring* —un registro terrible de avaricia y robo— y así empecé a trabajar en *La casa de la Riviera*.

Pero escribir sobre el robo de obras de arte, muchas de las cuales siguen desaparecidas, a doscientas tres familias judías durante la Segunda Guerra Mundial es un tema que debe abordarse con sensibilidad. Me he esforzado mucho por tratarlo con el respeto y la consideración que merece, y espero haberlo conseguido.

Comprender las cuestiones sensibles significaba que tenía la obligación de investigar el tema a fondo, cosa que también intenté hacer. Los documentos relacionados con el saqueo de obras de arte por los nazis durante la Segunda Guerra Mundial están repartidos en treinta y cinco archivos en diez países diferentes. Por suerte, internet me facilitó un poco la búsqueda, aunque en muchos momentos de la escritura de *La casa de la Riviera* me sentí agobiada por lo mucho que tenía que aprender, lo mucho que había que decir, la obligación que tenía con las personas que sufrieron y cómo demonios iba a comprimir todo en una historia amena y compasiva de menos de ciento treinta mil palabras.

El punto de partida para escribir sobre Rose Valland es leer sus memorias, *Le Front de l'Art*, que solo está disponible en francés. Como era tan importante para mi libro, me senté a leerlo, un capítulo al día, despacio y con atención; pude comprender la mayoría de las palabras, pero no necesariamente cada una de ellas.

Rose fue una verdadera heroína que espió a los alemanes en el Jeu de Paume y registró con meticulosidad los datos de muchas obras robadas y sus destinos, mientras pasaba información a Jacques Jaujard. La amenaza de Von Behr a Rose —de llevársela a Alemania y matarla— fue tal como se describe en este libro. Rose fue despedida del museo cuatro veces durante el desempeño de su cargo, pero consiguió volver cada vez para continuar con su trabajo, siempre en el trasfondo, casi inadvertida. Estuvo a punto de ser sorprendida mientras registraba información en sus cuadernos al menos en un par de ocasiones, pero logró salir indemne: les aseguró a los alemanes que nadie sería tan estúpido como para espiarlos. Después de la guerra, Rose trabajó sin cesar para localizar los cuadros desaparecidos y devolvérselos a sus dueños.

Rose se hizo del *Catálogo Göring* en algún momento después de 1945, nadie sabe dónde ni cómo, y lo guardó sin enseñárselo ni decírselo a nadie. En 1980, cuando se estaba muriendo, lo metió en una caja con todos sus papeles, que envió al Ministerio de Cultura francés. El catálogo languideció allí hasta que, en los años noventa, las cajas fueron enviadas al Ministerio de Asuntos Exteriores, donde se hizo un inventario del contenido y se descubrió el catálogo. Por qué Rose decidió no revelar su existencia en vida es un misterio y yo he inventado una razón para explicarlo.

Rose tenía otros secretos que necesitaba proteger. Era lesbiana y, según Corinne Bouchoux en *Rose Valland: Resistance at the Museum*, no reconoció de manera oficial la relación con su pareja, la doctora Joyce Helen Heer, hasta después de la muerte de esta.

El secretismo de Rose es comprensible, ya que muchas lesbianas acabaron en campos de concentración como el de Ravensbrück. Habría sido demasiado arriesgado para Rose llamar la atención sobre sí misma. Si la interrogaban sobre su orientación sexual, la persecución y la tortura podrían haberla llevado a revelar su conocimiento de lo que los nazis estaban haciendo en el museo. Y hablar de eso con Éliane habría sido un secreto más que Éliane habría tenido que proteger, una carga más que, dado el clima político, creo que Rose no habría querido imponer a su amiga. Por eso Rose sigue siendo un misterio y no sabemos nada de su vida privada, ni siquiera dónde vivía o qué hacía en su tiempo libre.

Me pareció importante explicar este punto aquí; mi intención no fue ocultar ni desestimar la orientación sexual de Rose, sino escribir el libro de una manera que, en mi opinión, reflejara lo que es más posible que haya ocurrido en el momento de los hechos.

Muchos de los demás acontecimientos en este libro se basan en hechos reales; si has leído alguna de mis novelas anteriores, sabrás que esto es importante para mí. A finales de agosto de 1939, el Louvre permaneció cerrado durante varios días: en ese lapso, se trasladaron la mayoría de las obras de arte. La *Mona Lisa* sí viajó a los lugares que he mencionado en el libro, en una caja forrada de terciopelo rojo y con el código al que hago referencia. La *Victoria alada de Samotracia* también fue retirada del Louvre de la forma que he descrito, pero esto ocurrió un mes más tarde de lo que aparece en el libro.

Diferentes personajes y organizaciones del Gobierno alemán emitieron disposiciones relativas a la "salvaguarda" de obras de arte, en particular las que pertenecían a judíos y masones, empezando por el propio decreto de Adolf Hitler del 30 de junio de 1940. La Einsatzstab Reichsleiter Rosenberg o ERR fue la principal organización nazi creada para llevar a cabo esta "salvaguarda" de los bienes culturales en los territorios ocupados por Alemania.

He hecho que mi personaje inventado, Ernst König, utilice el razonamiento vergonzoso expuesto el 18 de agosto de 1942 por Hermann Bunjes, un oficial e historiador del arte y parte del séquito de Göring, para explicar la forma en que los nazis veían la apropiación de obras de arte judías y al propio pueblo judío. Este razonamiento aberrante se encuentra disponible, en versión traducida, en el Informe consolidado de interrogatorios n.º 1, actividad de la Einsatzstab Rosenberg en Francia, compilado por la Unidad de Investigación del Expolio de Arte de la Oficina de Servicios Estratégicos en los Archivos Nacionales de Maryland, Estados Unidos. He utilizado mucho este informe a lo largo de mi investigación, así como el Informe consolidado de interrogatorios n.º 2 de la *Colección Goering*, compilado por la misma organización militar y que se encuentra en el mismo lugar.

Éliane, Xavier y Angélique son fruto de mi imaginación, quizá demasiado activa. Sin embargo, es un hecho que Jacques Jaujard colaboró de manera estrecha con los *résistants* franceses, en particular con una mujer llamada Jeanne Boitel, con la que más tarde se casó. Los depósitos del Louvre en la campiña francesa estaban en contacto frecuente con los maquis y el apartamento de Jacques Jaujard era un punto de encuentro para la Resistencia.

El barón Von Behr (el rango de coronel era un título honorífico de la Cruz Roja) era el jefe de la ERR en Francia. Me resultó difícil escribir sobre él, ya que todos los informes coinciden en que carecía por completo de humanidad. El informe antes mencionado lo define como un "maníaco sin escrúpulos", un hombre de "vanidad excesiva y ambición egoísta" que utilizaba "métodos de gánster" y recurría a "individuos criminales y casi criminales" para que lo ayudaran en sus muchas y diversas "depredaciones". Tuvo un romance con su secretaria Ilse Putz, y muchas fuentes describen el Jeu de Paume como un hervidero de intrigas y amoríos.

Göring visitó el Jeu de Paume veintiuna veces para ver exposiciones de las obras robadas y seleccionar piezas para su colección privada. He tenido que comprimir muchas de esas visitas, incluso cambiar la fecha de su primera visita de noviembre de 1940 a febrero de 1941 para que la novela no se hiciera demasiado pesada. La orden firmada para que las obras fueran entregadas a Hitler, a él mismo y a otros tres grupos de beneficiarios es un hecho, al igual que los intercambios organizados por Göring con los denominados cuadros degenerados que se guardaban en la Sala de los Mártires del Jeu de Paume.

Ernst König es una invención mía, basada en parte en Bruno Lohse, historiador del arte y asistente especial de Göring en la ERR. En sus memorias, Valland afirma que cree que Lohse se llevó cuadros del Jeu de Paume y, de hecho, hace poco, se descubrieron obras de arte en una caja de seguridad registrada a nombre de Lohse en un banco de Zurich. Fue a partir de esta historia que hice que König robara cuadros en mi libro.

He alterado otros detalles factuales menores, en particular relacionados con el tiempo y los personajes, para no confundir demasiado al lector. Por ejemplo, Von Behr tenía su oficina principal en el Hôtel Commodore, pero pasaba mucho tiempo en el Jeu de Paume. En octubre de 1943, la Colección Schloss fue trasladada a la sede de la GCJA —Oficina General de Asuntos Judíos— en la rue de la Banque y no al museo del Jeu de Paume. Muchas fuentes mencionan la rivalidad existente entre Göring y Hitler, pero no hay evidencia que sugiera que fuera avivada por fuerzas externas. Sin embargo, en más de una ocasión, se descubrió que Göring tenía en su posesión cuadros destinados a su Führer, entre ellos uno que he utilizado en mi libro: *Niña con escultura china* de Fragonard.

Compré y leí un ejemplar de *Le Catalogue Goering*, también en francés; ¡si hay algo que ha logrado *La casa de la Riviera* es mejorar mucho mi capacidad para leer en francés! Además de las fuentes mencionadas, leí algunos de los primeros informes sobre el expolio de obras de arte, como la serie de artículos de Janet Flanner en *The New Yorker* de 1947, «Annals of Crime: The Beautiful Spoils» y el artículo de James S. Plaut de 1946 en *The Atlantic*, «Loot for the Master Race».

Otras fuentes importantes fueron *Beyond the Dreams of Avarice: The Hermann Göring Collection* de Nancy Yeide; *Art of the Defeat: France 1940-1944* de Bertrand Dorléac; el excelente libro *The Rape of Europa* de Lynn Nicholas; *The Lost Museum* de Hector Feliciano; *The Battle of the Louvre* de Matila Simon; *Rose Valland: Resistance at the Museum* de Corinne Bouchoux; y *Saving Mona Lisa* de Gerri Chanel.

Otras fuentes de archivos útiles incluyen los Archivos de Tarjetas de Inventario de la ERR en los Archivos Nacionales de Maryland y los análisis de archivos de Patricia Kennedy Grimstead en su artículo de investigación «Reconstructing the Record of Nazi Cultural Plunder» publicado por el Instituto Internacional de Historia Social.

AGRADECIMIENTOS

TENGO MUCHA SUERTE DE CONTAR CON LA AGENTE MÁS tenaz, brillante y generosa. Gracias, Kevan Lyon, eres el tipo de mujer que todo autor necesita a su lado. Fuiste la primera persona en decirme que te encantaba este libro y tu fe en mí y en mis novelas es un regalo increíble.

Muchas gracias también a Rebecca Saunders, de Hachette Australia. Me has acompañado en cada libro desde 2016 y no podría pedir una editora mejor. Como siempre, me has ayudado a hacer un mejor libro de lo que podría haber hecho yo sola.

Quiero dar las gracias al resto de mi maravilloso equipo de Hachette Australia: a Alex Craig por su corrección de estilo siempre perspicaz; a Sophie Mayfield por hacer que todo sea fluido y fácil; a Fiona Hazard y Louise Sherwin-Stark por las celebraciones virtuales y el champán; a Dan Pilkington y el equipo de ventas por su entusiasmo incondicional por mis libros; y a Emma Rusher, Eve Le Gall y Jemma Rowe, mi equipo de marketing y publicidad: gracias por vuestra energía y vuestras ideas.

También tengo un equipo fantástico en Grand Central Publishing, Estados Unidos, y estoy muy agradecida por el entusiasmo sin límites de Leah Hultenschmidt y Jodi Rosoff. ¡Ambas habéis hecho realidad muchos de mis sueños!

Sara Foster es siempre la primera en leer mis libros, al margen de mi agente y editor y, como siempre, sus observaciones fueron profundas y sabias. ¡No sé cómo me las arreglaría sin nuestras charlas, mensajes de texto y risas frecuentes! A las *Lyonesses*: no puedo creer haber encontrado un grupo tan increíble de escritoras que me apoyan. ¡Gracias por admitirme y permitirme compartir el orgullo!

A Megan O'Shea, fisioterapeuta extraordinaria, por quitarme los dolores y molestias para que pueda seguir sentándome a escribir.

Mis lectores son los mejores. Adoro cada mensaje, cada correo electrónico y cada comentario que me envían. Nunca dejéis de estar en contacto y, por favor, sabed que vuestro amor por mis libros me inspira a seguir escribiendo, y que si pudiera daros las gracias personalmente a todos y cada uno de vosotros, lo haría.

Los vendedores de libros son también personas muy especiales. Muchas gracias por vuestro compromiso con la difusión de mis historias.

Para terminar, la última palabra es para las personas más importantes de todas.

A Darcy, Audrey, Ruby y Russell: os quiero.

NOVELAS HISTÓRICAS EN VIDIS

HISTÓRICAS ROMÁNTICAS
El secreto de París • Natasha Lester
Una novela sobre la resistencia en París que presenta a las primeras pilotos de guerra y el origen de la casa Dior.

Las tres vidas de Alix St. Pierre • Natasha Lester
En la postguerra en París, una exespía debe encontrar al nazi que arruinó su vida, mientras brilla como publicista de la alta costura y resiste a un amor inesperado.

La casa de la Riviera • Natasha Lester
Una mujer que lo arriesgó todo: el amor y la propia vida, para evitar que los nazis destruyeran obras de arte invaluables durante la Segunda Guerra Mundial.

La última rosa de Shanghái • Weina Dai Randel
Un amor apasionado entre una rica heredera china y un joven judío refugiado del nazismo, en el ambiente glamuroso del viejo Shanghai de los 40.

HISTÓRICAS ÉPICAS
Escape de Viena • Weina Dai Randel
Viena, 1938. La conmovedora historia real del cónsul chino, Dr. Ho Fengshan, que junto a su esposa salvó del nazismo a miles de judíos.

Las brujas de Vardø • Anya Bergman
En una fortaleza noruega del siglo XVII, se encarcelaban a las mujeres y se las quemaba por brujas.

Los hijos de Rachel • Eleanor Shearer
La increíble aventura por tierra y por mar de una esclava fugitiva que decide recuperar a sus hijos robados.

HISTÓRICAS DE AVENTURAS
Entre nosotras, la libertad • Chitra Banerjee Divakaruni
Tres hermanas sufren la muerte de su padre y la trágica partición de la India, mientras luchan por sus sueños, su libertad y la inquebrantable fuerza del amor.

Las cuarenta ladronas • Erin Bledsoe
Inspirada en la historia real de Alice Diamond, la reina de los ladrones de Londres en 1920.

HISTÓRICAS MITOLÓGICAS
Ítaca • Claire North
Ulises se ha ido con todos los hombres jóvenes de la isla y Penélope gobierna desde las sombras. Es hora que las mujeres cuenten su versión del famoso mito griego.

La casa de Ulises • Claire North
Penélope debe proteger Ítaca ante la inminente batalla entre Orestes, rey de Micenas, y su tío Menelao, rey de Esparta, que busca usurpar su trono. .

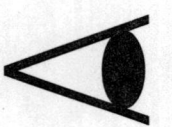